たまゆら

岡田正成
OKADA Masanari

文芸社文庫

目次

序

☆

先頃世間を騒がせた、青星赤星双《ふた》つの星の妖しい飛行《ひぎょう》の一件は、正体の、目星もつかず、諸星《もろぼし》の、噂《うわさ》ばかりをうみながら、月日と共に忘れ草、生い繁って迷宮入りのようである。

夏草や――夢の跡にそれでもやはりホシを追う、刑事《デカ》ならぬ、兵《つわもの》ならぬ痴者《しれもの》ぐらいの筆者が草間《くさま》にわけ入って、それを見しものどもが問わず語りに喋り散らした紅葉《もみじば》や、色めき立った好事家《こうずか》どもの由《よし》なし言《ごと》の狂おし葉を、拾い集めて落葉焚《おちばだき》、人の心のあき空に、くゆりあがるひとすじの、煙を手向《たむ》けにしたいと思う。

煙が消えて年久しい、富士のお山のあのお姿を巨大《おおい》なる首を戴《いただ》く台座山《うてなのやま》と見立てるなら、あるべき顔《おもて》の双《ふた》つのひとみはあそこあそこと指させる、むなしい空に双《ふた》つの星はこれぞそれと言わんばかりに顕現《みあれ》した。八月十三日。いみじくも迎え火の。

日中《ひるま》の暑さのほとぼりが、うっとりくつろぎゆき淀んで棚曳《たなび》いて、線香花火が手元に夜空を呼びそうな、ゆかたがけの女の子が、双《ふた》つのひとみを輝かせ――お空に顔があったよ――

「口しかないの。ぽおって青いでんき出した。ぽっぽ燃えて螢《ほたる》みたいに飛んですぐにとまってこっちの眼になった。もうひとつって思ったら、赤いの出たよちゃんとこっちの眼になった。線香花火の玉みたいにくちゅくちゅして、じゅううううって言ってたよ？」

——ところれは静岡県富士市に住む七歳の女の子の、それを語るなんともかわいく面白い言《こと》の葉で、筆者はすかさず押葉《おしば》にした。名にし負うこの富士市をはじめお膝元の静岡山梨両県の、それを見し人間《オトナ》どもの言《こと》の葉も、概《おおむね》いちように、夜目《よめ》にも富士の真上とわかる馴染《なじみ》の空の東寄りに見も慣れぬ、青い光の大きな玉がぽおっと出て、あ、や、これはあやしと呑《の》んだ息であやしと言わせる間《ま》を置いて、もうひとつ、継いだ息が今度は傍人《ひと》の袖を引いて西寄りに、ほら、あれ！　赤いのが、ゆらめくように現れて、双星《ふたぼし》そろうとやがてのことにつッ、と動き、つつつつつ、つうーッ、と、北東さして飛んでいったと紅葉《こうよう》して言うのである。青星は、それこそぽっぽぽっぽと燃えているのが見てとれた。がそれでいて、夜空の色を押しきれず、薄墨《うすずみ》めいたぼかしが入って紫色に縁取《ふちど》られ、幽《かす》かに尾を曳いていた。赤星は、ちょっと潤《うる》んだ日の丸の日色の赤で赤いというより朱色に近く、富士市の少女がいみじくもそれと見た、線香花火の火玉である。お山をはさんでお向《むこ》うの、同じく貴《とうと》い御名《おんな》を戴《いただ》く富士吉田市には当年齢《よわい》八十八の俳人云わく、半熟卵の黄身《きみ》じゃった。どちらのハイジンかはともかくも、キミだけ採《と》って線香花火の火玉の君はやはり幽《かす》かな尾を曳いて、花火はついぞ見せなかったがさりとてぽっとり落ちもせず、青星追ってつかず離れず双眼なして富士市の少女の詩《こころ》を守る。守る風流老俳人は廃人ならず、この夜《よ》のそれを双星道行夜空恋《ふたぼしみちゆきよぞらのこい》と命名す。風流なるかな粋《いき》なるかな。もっともしかし現代《いまのよ》では、粋《いき》も恋も風流も、とっくの昔に廃人ならぬ灰燼《かいじん》に帰したとか。煙も消えて年久しい。がなにはさて、双星《ふたぼし》燃えて顕現飛行《みあれひぎょう》し思いもかけぬ納涼の、人騒がせな演目《だしもの》で。

天頂《なかぞら》あたりを通過《よぎ》っていったという、仰天凝視の言《こと》の葉を、拾って地図に並べてゆくとつま先青く踵《かかと》の赤い足あとが、山中湖畔に一歩を記《しる》すやたちまちぐるりと湖囲《かこ》んで半開きの唇で、丹沢辺を下手《へた》な庭師の飛石伝いに相模原、ここで一気に二色織りの帯を解き、一本道が小田急線に乗り入れる。と二色織りは乱れに乱れており重なって帝都東京狛江世田谷眼《め》もあやに、渋谷新宿港区広く扇を開いてその先に、夥《おびただ》しい鋏《はさみ》が入り千代田はばっさり止《とどめ》をさしてまさに真上で相次いで、パチッ、パチッ、と水泡《みなわ》のように消えたという。即《すなわ》ち富士山頂から東京都心へ寄り道なしの道筋で、勿論《もちろん》この帯の南側では北の空を舞台とし、北側では南の空。例《たと》えば茅ヶ崎藤沢横浜あたりの舞台では、北天の主《あるじ》の君たる北極星が東の手に冠《かんむり》を、稲穂よ稔れと豊作促《うなが》す呪文の所作《しょさ》で持ち上げて、西の手に、銘は北斗七星なる柄杓《ひしゃく》を目上の棚から取って今まさに洗心の、水を汲もうと気取っていたが小癪にも、からかうように邪魔するように青星続いて赤星が、悠々と、柄杓《ひしゃく》くぐりに冠《かんむり》ひやかしをやってのけたというのである。また東京郊外武蔵野あたりの舞台では、蠍《さそり》や蛇の見世物一座の公演中、蠍《さそり》を踏んで見得《みえ》を切った蛇使いのおじさんの、膝が光ってどこで打ったか記憶がないぞ御乱行の青痣《あおあざ》めき、消えたと思うとまたも光ってお灸をすえたか赤くなり、おおと色めく客の眼は、青痣《あおあざ》星とお灸星の千両役者に引きずられ、おじさん面目丸潰《まるつぶ》れ。――とそうは言ってもどちらもさすがに恒星連、文句ひとつ出るわけなく、知ったことかと堂々たるものであったと聞き及ぶ。そこへいくと人間は――

人間どもはおさまらぬ。あれはなんだ説明せよとあなたまかせのすがる思いに事あれかしのお祭気分も手伝って、問合わせの大嵐は関係各方面襲って目撃証言偶撮映像しこたま吹き寄せ忙殺山鳴動寺、ひょいと出て来た鼠《ねずみ》の和尚《おしょう》の記者会見は調査ちゅうと埒《らち》あかず、伽藍《がらん》をつけばハラハラ崩れて舞い上がる埃《ほこり》の如《ごと》き言《こと》の葉が、青くなったり赤くなったり「通常考えられないことですが」と「なんらかの理由で」の、二種《ふたくさ》あやなし冷汗《ひやあせ》まじりにしらけてしまって五里霧中。正体の、目星もつかず。

五里霧中と来たならば、一理あるなしどうでもいいと我ら俗人夢中になってその場限りの噂《うわさ》もどきの諸星《もろぼし》花火に打ち興じ、これを肴《さかな》に暑気払いの杯《さかずき》で――「救世主《メシア》が降誕なさったぞよ。「どこの飯屋の牛タンだ。「いとすさまじ！「何を申すか青星は指名手配犯《おたずねもの》ベムラーで、赤星は警察官《とりかた》ウルトラマンに決まっておる。「いとあはれ！「ウルトラマン第一回か。古いねどうも。しかし思えば退治された怪獣達こそいたわしや。ウルトラマンの一神教的人間至上主義の犠牲となって未《いま》だ御霊《ごりょう》と祭られざる怨霊と言うべきだ。人間どもに鉄鎚《てっつい》下す権利がある。（自然）なんて他人事《ひとごと》みたいにうそぶきやがって（破壊）の次は（保護）だ（共生）だ？　思いあがってちっとも変わらず結局なんにもわかっちゃいねえ人間ども、地球の居候《いそうろう》たる人間どもに鉄鎚を。

「あなおそろし！「優しいわよ。泣いた赤鬼さんが青鬼さんを慕《した》って追っているんだわ？　人間どもには清涼剤の鉄鎚よ。「そういや君にも少女の頃があったんだ。見事にねじくれ歪《ゆが》んだね。「誰のせいだこの野郎！「出たあ――泣く子も黙る被害者意識。

「ええい黙らっしゃい愚者どもよ。「失礼しちゃうわねえこのグシャグシャ野郎！「わあ～許してたもれ頭が平成枯薄《かれすすき》――いやあのね、マジな話あれはね、日光月光両菩《ぼ》薩《さつ》。「日光にだって学校ぐらいあるだろ。「黙らっしゃい。双《ふた》つの星の両菩薩《ぼさつ》が脇に侍《じ》して真中《まんなか》に、ありがたくも薬師如来の貴《とうと》きお姿が、見える者には見えたはず。この国の、重き病も癒えようぞ。「テメーがまず医者へ行け。「いかんながら医者も病気。

「違《ちげ》えねえ！　医者も坊主も役人も政治家も企業人も学校教師も誰もかも、日本国中病人だらけの有様さ。男も女も親もガキも誰もかも。「救いようがないよね。「ううん心配御無用よ？　あれはね、悩める衆生《すじょう》を救済せんと手段《てだて》のあれこれ夢見て微笑《ほほえ》む弥《み》勒菩薩《ろくぼさつ》が遂にお目覚め遂に出立《おたち》のお告げなの。「五十六億七千万年たったのか？　あれはいわば虹のように常に未来のことなんだ。「それってね、いろんな解釈あるんだって。「たいしたもんだねどうも。日本国憲法顔負けだ。よお憲ちゃん、お前さんは所詮シャレ、マジな顔するんじゃねえよ。「いいえアタシも根っからの病気持ち。「違《ちげ》えねえ！　お前さんもあんなのを親に持ったが身の因果、なんだったら俺っちも手伝ってやろうじゃねえか大川にでも身投げしな。「そもそもその身がないんです。「違《ちげ》えねえ！「根っからのって言いましたけどアタシの病気は先天性無根症。「おっもしろおい。「アリガト……なにしろあなた父親に男根なく母親に垂乳根《たらちね》なく、なんでアタシが生れたんだかほとほとわけがわかりません。ほとほと女陰《ほと》が恋しいですけどそこから生れたわけじゃないからそれこそ根のない恋しさで。それどころか、所詮アタシは臭いものに蓋《ふた》のたかが蓋《ふた》でした。戦後の欺瞞《ぎまん》そのものでした。「そこまで卑屈になるこたねえよシャレなんだ。我らの智慧さ一字一句いじることなく臨機応変融通無碍《むげ》の解釈戦法これぞ我らがお家芸。内にはまんまと有名無実化誰もこれに縛られず、外には嫌味《いやみ》な金看板だ絶妙さ。「でもやっぱり、アタシとしちゃあ無根が遺恨。翼なかいりませんから根を下さい。歓《よろこ》びの、音《ね》を泣く根を。「いといとあはれ！」

「嘆くな憲ちゃん星に願いをかければいい。」

「始まるぜ？」

「あの夜《よる》のことなんだ。所も所、皇居のお濠端《ほりばた》で二体の宇宙人に遭遇した。「始めやがった。「あれは俺の見るところ、遺恨慰問星人だ。「なんじゃそりゃ！「聞いてよ聞いて。あの夜《よる》俺は銀座で一杯ひっかけて、酔心地の逍遙千両、悪友連とはあえて別れて国木田独歩としゃれ込んだ。そしてあれは大手門のあたりだったよ前方より、奇妙きてれつ異形《いぎょう》異類の輩《ともがら》が、二人組でやって来る。なんと言おうか合羽《かっぱ》を脱いで裸になったてるてる坊主、頭ばかりやけにでかくて手足も胴も枯枝《かれえだ》の糸遊《かげろう》みたいに覚束《おぼつか》なくて背丈《せたけ》は百三十そこそこだが、よくぞあれで歩けるもんだと感心しながらはは ん待てよ変なもんが飛んでたって小耳にはさんだばかりだろ、宇宙人だとピンと来た。真赤《まっか》な坊主と真青《まっさお》な坊主だよ。驚くもんかこっちだって負けちゃいないぜ顔は真赤《まっか》で財布《ふところ》は真青《まっさお》と来たもんだ。いつものこった？　ほっといて。憚《はばか》りながら酒飲みは博愛主義者だ嬉しくなってこんばんは、お散歩ですかと声かけた。するとどうだ宇宙坊主は人なつっこい笑《えみ》を浮かべて二体一緒に声を合わせて——子供みたいなかわいい声で風呂場みたいに語尾がにじんで響きを曳《ひ》いて（お盆の入りィ、迎え火の夜《よる》ですからァ、この近くの将門様の首塚にィ、詣でるところでございますゥ。）なあんてな、更に続けて訴えるんだ躰《からだ》を下さい根を下さい、それなくして、どこに心がございましょう。生れた村あ荒れ放題、右を向いても左を見ても真っ暗闇じゃあござんせんか、なあんてな。「それどっかで聞いたことあるんだけど。」「気のせいさ。俺は思わず目頭《めがしら》おさえたね。宇宙坊主の悔いの深さよ躰《からだ》ぞ心と日本を慕《した》ういじらしさよ。これぞ俺達にゃあ鉄鎚《てっつい》だ。慚死《ざんし》すべし。日本人はどこにいる。日本は、どこいった。ところがどっこいそうではなかった宇宙坊主は変わり果てた日本そのものだったんだ！　あれ？　これ、なんとここは異星じゃなかった地球だったの『猿の惑星』か？「えーかげんにせーッ。」

定番《おさだまり》の天変地異前兆《まえぶれ》説も古豪健在ぶりを示したが、天地人の天が変で地異とあれば三位の人《じん》も虎視眈々《たんたん》、首位を狙って人工説が天翔《あまかけ》り、陰謀説が地を這《は》って、若年層に大受けすると濡衣《ぬれぎぬ》は黙《もだ》し難しと怪しげなる某宗教団体やらＣＩＡやらＰＴＡやらペンタゴンやらカネゴンやらが苦《にが》りきって異議《ものいい》の手を挙げる。騒ぎは見ものであったけれども筆者の贔屓《ひいき》は一部に遠い二部三部、いや独立系と言うべきか、例《たと》えば珍重すべき女神方《めがみがた》御《お》散歩《ひろい》説——おそらく民俗学でもかじった輩《やから》の説であろう富士浅間《せんげん》の縁《ゆかり》から、青星はナヨタケノカグヤヒメ、赤星はコノハナノサクヤヒメ、二柱《ふたはしら》の女神様が忠良なる臣下の絵師たる葛飾北斎の、辞世の句（人魂《ひとだま》でゆく気散じや夏の原）を思い出して面白がって今度《こたび》はこれでまいりましょうと人魂《ひとだま》火玉の洒落《しゃれ》装束《しょうぞく》でお盆に浮かれる御《お》散歩《ひろい》だったに違いない。渋谷あたりで女子高生に身をやつし、プリクラなんぞでお楽しみになっていたかも知れないよ。と出るやすかさず渋谷某所でそれとおぼしき御《お》二《ふた》方《かた》をぼくは私はお見かけしましたと、証言まで寄せられて——いっそ信じてやってもいい、心和《なご》む楽しい説。また和《なご》むといえばあくまでお盆にこだわって、危うく死語になりかけの、ご先祖様精霊様を押し立て盛り立て縄文以来の祈りと智慧の心で解く、これぞ真《まこと》の日本と思う優にやさしく楽しくかなしく厳《おごそ》かな、そんな説もかろうじて、探してみたらあるにはあった。だがしかし、御散歩含《おひろい》む筆者の贔屓《ひいき》の訪問《とぶらい》系諸説には、残念ながら泣き所があるのである。即《すなわ》ち——たわいもないが——訪問《とぶら》うばかりで帰りの姿が見られていない。その後はその夜《よる》も、十四日も、時しもあれ心憎しの玉音十五日も、送り火の十六日も更にその後も日夜大空には、なんのへんじもないままに、今に至っているのである。

第一部　生首

一

八《はっ》・一三夜《てんいちさん》空の変事、目撃者の一人たる、舟橋龍一《ふなはしりゅういち》は、これを女の生首の、返事と見た。

駄洒落《だじゃれ》の顔ではないのである。さりとて所謂《いわゆる》猟奇殺人事件の犯人《ホシ》がつとまるような顔でもない。どんな顔。こんな顔——

「生きるに首でナマクビ、生きるに一本でキイッポン。生きるに爪でナマヅメ、生きるに娘でキムスメ。……その他《ほか》いろいろありますけど、生きると書いてナマとキは面白いもんですね。意味の違いと語感の違いがぴったりで、そのくせ同じ生きるの文字がまたぴったり。よくぞ生きるをあてにける。

生首——っていうと言葉の響きが怨念です。ナマに眼がある息がある。斬られた首にナマが生きて黒髪ヒラヒラ今もどこかを飛んでるように感じません？　おどろおどろしいのがかえって縁日みたいな絵空事《えそらごと》の夢色にこだまして、ぼく好きです。かたや生一本——っていうと言ったただけで胸がすッとしますよね。言葉がまるで江戸っ子です。侠気《おとこぎ》の鯔背《いなせ》がすッと水を切って筋をとおして情があってほがらかで、きいた風な理屈をこねず洒落《しゃれ》や地口《じぐち》の立板に水遊び。これぞチャキチャキの江戸っ子です。絶滅しましたか？

生爪をはがす――なんて聞いただけで痛あいですね赤あいですねやったことはないですけど。生娘は――処女なんて、短刀《あいくち》みたいに脅しの利いた言葉ですが情がない。色がない。そこへいくと生娘ですすよ白無垢です。豆腐です。決して高価じゃありませんが貴《とうと》い重みがあるでしょ。脆《もろ》いんだ。脆《もろ》いからこそ貴《とうと》くて、美しい。こうやって、両の掌《たなごころ》を器《うつわ》にして大切にいとおしんでいただくべき、みずみずしくってういうい しくってかれんにわななく重さ軽さやわらかさ。もっとも豆腐といえば冷奴は（初め四角で末はグズグズ）なんて酒飲みの比喩《たとえ》にもされますが。あっはっは。

ところで岡田さん、近頃どうかすると生足《なまあし》なんて耳にすることありません？　嫌《いや》ですねえ。おぞましい。収集日は火曜日みたいな足ですよ。蠅《はえ》がたかって来そうです。生足《なまあし》はナマじゃなくってここはやはり素足でしょ！　素足でなくっちゃいけません。生足《なまあし》なんて夏の生ゴミ素足は高原清水です。ここは高原、湯上がり高原、さやさや吹き来る素足の風にほのかに聞こえる石鹸《せっけん》の、やさしい香《かおり》をなつかしむ。うっふっふ。生足《なまあし》なんて！　今風《いまよう》は無下にこそ卑しくなりゆくめれ。」

――とこんな顔の男である。とても犯人《ホシ》などつとまらないが星の王子様ならどうだろう。とそんな危険《おそれ》を常に孕《はら》んだ浮世離れの風情あり。さればこそ、生首だの、生首の、返事だの……。

「みどりなす黒髪ですがさほど長くはありません。」

長いのを、みずから片手に摑《つか》んでたばねて力を込め、残った片手に握った刃ものでばっさりと、横に引いた女の意気地《いきじ》が見えるような切り様と、龍一勇んで言うけれども、摑《つか》んだその手も握ったあの手もないのである。肩もない。が首の末の裾野《すその》はあってそのまま辿《たど》れば撫肩《なでがた》の、あるべき腕のつけ根には、撫《な》でる指がゆき過ぎがてになずみたゆたうまろやかなふくらみが、ありそうで、募《つの》る指の思いを知ってどんな音色《ねいろ》でささめき交《か》わしてくれるだろうか肌から肌へ沈丁花《じんちょうげ》の春の宵、それとも或《あ》いは湯浴《ゆあみ》の清香《さやか》の初夏の肩。とどうも龍一思い入れが過多の御様子あえてこれにさからわず、顔《おもて》に水を向けてみる。

「注文どおりの富士額《ふじびたい》？」

「富士が媚態《びたい》を示しますかいいな〜それ。」

「お前な。」

「すいません。もっと広めのおでこです。勝気です。だけど嫌味《いやみ》がないですね。例によってぼくですから、大袈裟《おおげさ》になるんですけど智慧の光が涼しいようなおでこです。いかにも賢そうな令嬢の。」

現代令嬢《いまどき》もまた恐れ入るが筆者もこの際《さい》腹をくくって大袈裟《おおげさ》の錦の袈裟《けさ》で智慧の光を綴《つづ》るなら——智慧の光の水際《みずぎわ》立った生際《はえぎわ》の濃《こま》やかな、高貴《あて》なる光艶《みどり》の黒髪に、櫛《くし》を

入れた美容師《しょくにん》は、

「高原清水の涼風《すずかぜ》かい。足の比喩《たとえ》と同じでは、ちょいと憚《はばか》られはしますけど。」

「いえそれ図星なんですよ。名人ならぬ名風が、謹《つつし》んで整える、名風謹整いいですねえ。ふっふっふ。」

生際《はえぎわ》をくっきり見せて名風謹整、上げながら、決してうるさく盛り上げないで凜々《りり》しく流して耳へとしなる枝垂《しだれ》を生むと波打たせ、耳の上端《うわは》を掠《かす》め隠してささめごとの安らう廂《ひさし》をさりげなくあつらえて、後盾《うしろだて》におろしてゆくとみずから切ったと龍一云わくの髪末《かみずえ》がちょっと反《そ》る。少女っぽさと色っぽさが一緒になってちょっと反《そ》る。すっきりした顔立ちで――後に龍一より、詳しくまた執拗なる口述がなされよう。ここはざっと粗書《あらがき》に――すっきりした顔立ちで、古風な朱色に濡れたような唇に、にっこり笑《えみ》さえ浮かべている、めもと涼しく鼻筋とおり肌しろく、ほんのり血の気もさしている、ほほのあたりが吸いつくようなもち肌と、見えるから、胸が――あればさぞや美しく……。丸顔とも瓜実《うりざね》ともどちらともいえなくて、丸み細みの絶妙なる平仮名風の味わいだから手足が――あればさぞや伸びやかに……。年齢《とし》の頃は十九《じゅうく》二十歳《はたち》の春の宵、或《あ》るいは初夏。

生首などと悦入り顔に龍一は言うけれど、言葉の贔屓《ひいき》が募《つの》った故《ゆえ》の子供じみた見立て、であろうたとえ両手があったとて、みずから髪など切れるものか意気地《いきじ》はおろか生《いき》血《ち》がない。読者諸氏も或《ある》いはとっくにお察しか。生首実は人形首。

人形と、言ってしまえば身もふたもないけれども、そこにいのちが影させば、そしてまして身も世もあらぬ恋ともなれば穏やかならず、面白く、どこか雅《みやび》の趣さえ、呼び覚まされはしないだろうか道端で見初《そ》めた時——と言うのである。人形相手に「見初《そ》めた」などと不吉《ゆゆ》しのもの言い捨て置けぬ、と筆者はちょいと咎《とが》めてみたが龍一は、いたって無邪気に照れながら、

「これは邂逅だって思ったんです。カイコウは音読みでつまらないからめぐりあいと読みましょう。前世も来世も現世です。早い話が自分を身籠《みごも》るその前の、母の女に出会うことが必ず一度はあるはずです。或《ある》いは何度でも。（いたるところに青山《せいざん》あり）の青山とは、墓でありまた子宮のことでもありましょう。赤い花咲く青山か、うっふっふ。生死の出入りに縁《えにし》あり。邂逅《めぐりあい》とはそういうこと。生れて初めて出会ったのに、かつて知らない深い（あはれ）のなつかしさが、あッと叫んで胸の底からかけのぼって来るように、自分であって自分でない、自分らしき誰かの声が思わず知らずに口をついて（どこかでお会いしましたか？）——」

「口説き文句の古典だね。」

「あっはっは。言わばその古典との、邂逅《めぐりあい》があったわけですが、お相手が、まさか人形とは我ながら……ええ勿論《もちろん》、人形だってすぐに気づきはしましたよ。最初《はな》はてっき

り首斬りの招人形《マネキン》かと。しゃれた遊び心の悪戯《いたずら》か、悪趣味か、やけのやんぱちかは知りませんがなにものかが、用済みの招人形《マネキン》の首だけはずして道端の、あんな所に――(どれでも一把百円)なんて紙を貼った代金箱に店番まかせてうるわしくも人を信じ切った露天八百屋になったりする、白茶けた縁台風の棚の上でした――そんな所に置き去りにしたんじゃないかって。でもこれは、持ち帰った後でわかったことですが、招人形《マネキン》の首じゃなくてどうやら美容師や理髪師つまり床屋さんが稽古台にするものらしいんです。モデルウィッグっていうそうですが……例によってのカタカナ語、なんとかしましょうよ。芸がない、なあんてなまやさしい話じゃありませんよ現代《いま》やもう、外来語がどうのこうのという言霊《ことだま》連衣装合わせの御神事なんてすたれちゃって遠い昔。現代《いま》やもう、れっきとした日本語までもが英語だか仏語《フラゴ》だか伊語《イタゴ》だか穴子《アナゴ》だかに訳してそれを目黒のさんまもびっくりの、魂《たま》抜け腑《ふ》抜けのカタカナ語にくたすという、なんとも罰《バチ》あたりな愚行が横行してますね。現代《いま》の世の中見渡せば、言霊《ことだま》さんの罰《バチ》があたっているのは明らかです。魂《たま》抜け腑《ふ》抜けのおきれいなカタカナ公園――ものの比喩《たとえ》ですよ――子供がちっとも遊んでない、いいえこの無菌地獄で子供達はみんな死んでしまったらしい――カタカナ公園を、列島中に作《こさ》えまくってしたり顔の連中が、同じ顔で(いのちの大切さ)とやらを説かねばならんというこの不様《ぶざま》な矛盾！　連中？　いいえ我々みんなのことですね。昔なら、その手の言葉を権威の印籠みたいに振りかざして人を煙《けむ》に巻く、学者やら役人やら限られた知識人《インテリ》どもを忘恩ならぬ忘根の、忘根心《カラゴコロ》の偽賢《なまさかしら》と嗤《わら》ってやればよかったわけですが、現代《いま》や忘根心《カラゴコロ》の偽賢《なまさかしら》は残念ながら下々まで広くはびこって、カタカナ住宅なんぞにこぞって引越《ひっこし》した人間様の花も実もないみすぼらしい心の景色といったら！」

「もしもしどこまで行くんです？」

「あっはっは。そろそろ止めてくれると思いましたよ岡田さん。えっへっへ。――髪は本物の人の毛が、植え込んであるんだそうです。」

二

「人形だと気づくまでのほんのつかのま――書物をめくる時のほんの一瞬《ひとそよぎ》の間《ま》のような、ものの文目《あやめ》の途切れ目が、ありました。例《たと》えば夜《よる》が去って日が来る間《はざま》の彼誰時《かはたれどき》、日が去って夜《よる》来る間《はざま》の誰彼時《たそがれどき》、逢魔時《おうまがとき》と呼ばれてる、この世の文目《あやめ》の切れ目を襲う朧《おぼろ》な時があるでしょう。それとよく似た朧《おぼろ》がほんの一瞬《ひとそよぎ》、ぼくを捉《とら》えて――いえ、似てはいますが彼誰《かはたれ》も誰彼《たそがれ》も我はしっかりしてますね。それではぴったり来ないんです。我かで新《あらた》に言葉を作らざるを得ないんですが古語に（我か）ってのがありましょ？　我か他人《ひと》かの（我か）です。源氏物語は冒頭の桐壺に、早くも出ますね（我かの気色《けしき》にて臥したれば）ってあれですよ。これを使って彼誰時《かはたれどき》や誰彼時《たそがれどき》に倣《なら》って言えば我か他人《ひと》かの（我かの時）――夢の入際覚際《いりぎわさめぎわ》にそっくりの、夢うつつの渚にいさよい玉藻をかいま見るような、我か他人《ひと》かの我かの時のたまゆらが、この世を掠《かす》めてぼくを捉《とら》えてゆらッ、と。

生きてましたよ生きている、女の人の魂来張《たまきは》る、いのちの顔がありました。もっとも棚の上――と気づいた途端《とたん》に文目《あやめ》の波がどっと戻って真澄《ますみ》の鏡の月影は、しらけきった昼月です。なんだ人形か、しっかりしろやい龍一よ、って自分を嗤《わら》いはしましたけども文目《あやめ》の切れ目の波の間《ま》に、たまゆらゆらッとかいま見た、双《ふた》つの月のまなざしを、忘れません。例《たと》えば盲目の女の人が躰《からだ》いっぱい心になった恋の力で奇蹟《きせき》を呼んで見開いたら、驚き輝くひとみの色はこんなかと。愛《いと》しい愛《かな》しいあはれの力で躰《からだ》いっぱい知ってはいたけどむごいことに眼《まなこ》だけが知らずにすごした男の顔、男の姿、それを今、初めて見た！　そんな色のまなざしが、ぱっちり開いてぱあっと明るく（ああ、あなたでしたの）と。

躰《からだ》はどこにあるんでしょう……。

時刻も時刻で草木も眠る丑三時《うしみつどき》、水の流れもふっと絶え、屋の棟も何寸か下がるなんて昔の人の言うところ。午前二時半頃のことでした。」

「例によって夜《よる》といわず日《ひる》といわずほっつき歩いているんだね。」

「ええ好きですから歩くのが。でもその時はバイトの帰り道。これもカタカナですね独語《ドイツ》ですか？　アルをなしにして、バイトと縮めたとこなんざ、昔の江戸っ子みたいで小気味いいと言えなくもないですけど、やっぱり魂《たま》抜け腑《ふ》抜けです。昔の江戸っ子か——時代劇に登場する傘貼り内職の浪人者、ぼくのは内職じゃありませんけどいっそ傘貼り浪人と、呼んで下さいぼくのこと。」

「おいおい。」

傘貼り浪人舟橋龍一は、江戸っ子ならぬ筆者と同郷で、当人云わく、雪女を母とする、雪恋人の北陸人。とことんなだから浮世の苦労も御尊顔に恐れをなして寄ってもつかず、年齢《とし》これ二十八とは筆者書くも憚《はばか》られ、それと知らぬ酒場の粋《いき》な姐《ねえ》さんなど、にっこりほほえみ学生さん？　と二十八を二十の底に突き落とす。見せてやりたい卒業証書の埃《ほこり》かな。東京の、さる大学の（あら生意気に、お猿さんの大学？　——よしましょう落語じゃない）さる大学の、国文科を卒業した、なにを隠そう恥ずかしながら筆者の後輩。上田秋成『雨月物語』巻の四「蛇性の淫」の主人公豊雄君といい勝負。即ち《すなわ》（常に文雅《みやび》たることをのみ好みて生活《わたらい》心なかりけり）と本文読んですぐさま浮かんだ顔が龍一、身過ぎ世過ぎの堅気《かたぎ》の職など無縁なり、と逃げを打って帰郷も拒《こば》んでひとり都の夕暮に、「とおきみやこ」の絵空事《えそらごと》。漢字で書いた都はこの世の帝都東京、平仮名のみやことは、この世ならぬ文学《ふみ》の女神の領く所《うしは》と勝手に決めて涙ぐみ、涙の濠《ほり》の濠端《ほりばた》に、文《ふみ》を綴《つづ》った柳を植えて中に栄える色里の、居残り佐平次決め込んだ。とうっかり涙をぬぐってしまってうつつにかえれば吉原でも品川でも新宿でもない郊外の、武蔵野に、長屋《アパート》住まいの侘《わび》住まいといった風。風狂酔狂一年を、自分流の年度にして、上半期は仮職《バイト》にいそしみ質素倹約貯《た》め込んで、下半期はそれでつないで花鳥風月賞味を旨《むね》に雅《みやび》たる文事《ふみごと》に、うつつ抜かしの腕磨き、いつの日にか文学《ふみ》の女神に仕官せんとあどけない、あてどない、夢の浮橋あわぬ鮑《あわび》が水に数かく志。故郷《ふるさと》の御両親の御心中察するに余りある、この親不孝、浪人者というよりも、隠遁《いんとん》者というべきか。

「遁の字は除《と》りましょう。遁走《とんそう》とか遁辞《とんじ》とか、逃げるって意味があるでしょう。こうして生きている限り、逃げられやしませんよ。頭で生きるか心で生きるか二通り。頭に住むか心に住むか二つの世。表と裏。頭が人間、心が人。頭でするのがレンアイで、心でするのが恋ですね。」

「なるほどな。恋は思案のほかとかや。」

「面白い。(心から)と人が言う時誰が頭を指さしますか胸をさす。胸に掌《たなごころ》をあてますね。つまり心とは、いのちの謂《いい》に他《ほか》ならない。全身全霊身心一如《しんじんいちによ》。何某《だれそれ》命と肌に刺《ほ》る。ところがしかし幸か不幸か頭が表、一如《いちによ》の身心《しんじん》裏になる。あえて言えば根の国の、母の国に隠れます。面白いもんですよ。頭にとって表にとって死とは結局他人《ひと》ごとです。謎《なぞ》ですね。だからそれをいいことに、いかようにも弄《もてあそ》ぶ。ところが一方いのちの謂《いい》の心にとって裏にとって死とはきわめて親しい身内。死こそいのちの母でしょう。死こそ心の主《ぬし》でしょう。和歌で言う（有心）とは、実は死への郷愁です。おもてにうら透《す》く花を見て、おもてをうらない生々流転万物無常が常と悟ってうらがなし。されば浮世は夢よ幻、好み信じ楽しむ所が赤き花咲く青山《せいざん》なり。恋せずば、人は心もなからまし、恋に生きよ恋に死ね、恋の花に狂えよ狂えとおもて舞台にこの世のほかの文《あや》を織って歌舞音曲伎芸を尽くし、おもてにうら透《す》くお祭を、勧進するのが隠遁者《いんとん》、いえ隠者の役目。かくありたし――ってとこなんです。

なにしろ隠者は忍者に通じて語呂がいい。実際遺伝的にそういう一族が、生きてるんじゃないですか？　忘根心《カラゴコロ》の偽賢《なまさかしら》に犯されて、近代社会に紛《まぎ》れてしまって本人達もそれと知らないそういう一族が。忍者一族。隠者一族。遊女一族。――その他《ほか》いろいろあるんじゃないですか？　それをなんとか揺り覚ませば、世の中随分面白くなりますよ。」

「お前を見てりゃ面白いよ困ったもんだ。」

面白いが困った隠者舟橋龍一は、顔も言葉も青臭いが生活《くらしむき》は赤貧なり。

「清貧って言って下さいよ。なにも困っちゃいませんから。」

「あれがそこに見えてるぜ？　三十路《みそじ》の入口《とばぐち》ってやつがさ。」

「そうですねえ。霞《かすみ》を食って生きていけたらなあ。」

浮世離れの二十八歳龍一問題《くだん》のあの夜《よる》は、軽容器製造工場の、時給のいい夜勤の仮職《バイト》の帰り道。折から傘の雨は降るふる梅雨《つゆ》の道。

ここが疼《うず》くのよ——繁る梅雨《つゆ》の腰のあたりをあゆみながらふっと見あげる胸はもう、繁る前のことなどとうに忘れたらしいついこの間のことなのに、花待ち時の春はまるで遠い昔のようだった。ここが疼《うず》くのよ、と声も伏目《ふしめ》に訴えかけたあの夜《よ》のことも。この道を、いつも今頃こうしてあゆむこの男の、浮世離れをそれと見込んでちょいとからかう人差指が背筋をつうっとなぞった声でもあっただろうか男は思わずふりかえる。と朧《おぼろ》月夜に大きな暈《かさ》が張っていた。まどかに漲《みなぎ》り疼《うず》くもの。沈丁花《じんちょうげ》のかおり歌。胸元を、そっとおさえて伏目《ふしめ》にはにかみ疼《うず》きを悩んでいるのだが、おさえたそこにめばえたものはずるく妖しく上目《うわめ》づかいに男を捉《とら》えているのである。さわってみる？さわれば怒る。怒るから、触れずにいるとそれをなじってまた荒れる。甘いかおりも眉間《みけん》に阿修羅《あしゅら》の立皺《たてじわ》で、小面《こづら》憎くて腹が立って狂おしいほどいとおしく、危うく何かしでかしそうでそれを避けて背を向けたのに男のそれをわかってくれるはずもない。背後《うしろ》でしくしく泣いている。底冷えに黙り込んだり残《のこ》んの雪をじくじく解かして艶《なまめか》しくぬかるんだり、どうしろって言うんだい、と顔《おもて》を戻せば春うらら。

「うららはさら湯のようですね。ピリッと来て、糸一本、ピインと張っていつもは聞こえるはずのない、遠くの川のせせらぎまでが耳のほとりに立つようです。花待ち時の（待ち）に満ちる咲きの気配がピインと張っているんでしょう。深更《よふけ》のテレビの音声なんかが急に細くなったりする。」

その糸を、爪弾《つまび》き奏《かな》でて桜かな。

心霊写真に騒ぐじゃないぜ夜《よる》の花見の顔顔顔、花の人見の顔顔顔。今年も咲いた見事に咲いた女の夢が亡き人々《ひと》恋うる日を宿し、月に濡れ、吹雪《ふぶき》と乱れて彌重《いやし》け吉事《よごと》、孕《はら》み、生み、いつくしみ、そして殺して胸に抱く、春はこんなに清らかに、桜《はな》にむんできわまった。モーツァルトピアノ協奏曲第23番イ長調K《ケッヘル》・488第二楽章は、夜桜が音符です、と龍一に、椿説《ちんせつ》あり。

「夜桜を思い浮かべて作ったとしか思えない曲ですよ。勿論《もちろん》あり得ないことですが。……だけど——、だけど例《たと》えばひょっとして、夢でそれを見たとしたらどうでしょう。日本と知らず桜と知らず実在の国とも花とも知らないままにモーツァルトは枕を涙で濡らしてた。魂の故郷だと。あり得ないとは言いきれないいんじゃないですか？　それほどの、そんな曲。」

この曲の、この楽章を舐めてみたら苺《いちご》の氷水の味がした、とわけのわからぬことも言う。

すみやかなかなしみの、花の宴《うたげ》に生死《しょうじ》一体すべてを備え、八重に落着《おちつ》きつつじと燃えて青い嵐の力も試してうちに秘め、かなしみは悲しみではなく愛《かな》しみだとあはれを知り、恐るべき一神教的傲慢の訳語なんぞそもそも無縁に愛《いと》し愛《かな》しと和語《やまとことば》で生きとし生けるもののあはれをうたっている、涼風《すずかぜ》の女は十九《じゅうく》の初夏であった。潤《うるお》うものを自分の指の匙《さじ》ですくって小鳥の差餌《さしえ》の児戯《こたわむれ》にからかうから、子供じゃないと気色ばむとあらあなた、私の子供じゃなかったの？　ふふふふふ。初夏の野に吹く女の風は熟しながらも真夏の濁りをまだ知らぬ、深山《みやま》の清水の肌ざわりをさらさら奏《かな》でて颯《サッ》と立ち、藤色染めの湯浴《ゆあみ》の清香《さやか》に愁いを含んでごめんなさい、あなたを慕《おも》うと私はいつも年上ね、と詮ないことを夕映えの、ぬくもりを味わうようにやがて瞼《まぶた》を閉じてゆく。ごめんなさい、とまた言って。

蒸して来た。むうんと来る。

身も世もあらぬ歓《よろこ》びの、真夏の恋の呼びかけに、火照《ほて》る螢《ほたる》をその身に鎮めて自分であって自分でない、女の海を女の山をながめながめて長雨の、梅雨《つゆ》という名の繭《まゆ》の中。十九《じゅうく》のままで濡れる地が、熱い血になり熱い血が、やさしい乳《ち》になるちの道この道待ち受け道に龍一が、姿をあらわす丑三時《うしみつどき》。

「蒸してはいませんでしたよあの夜《よる》は。品のいい、梅雨寒《つゆざむ》で。」

三

「工場出た時から傘の雨音が、つぶつぶつぶ、つぶつぶつぶ、って何かものでも言うようで、耳のほとりにそそめき立っていましたが、せっせせっせといつものように歩きに歩いているうちに、だんだんまるで周波数が合って来たという風に、（こちらです、こちらです、……）と女の声の言葉になって来ましてね、妙な胸騒ぎはあったんです。」

紺のズボンの腰の内に裾《すそ》をきちんとしまい込んだ木綿のシャツは梅雨《つゆ》晴れ色の水浅葱《みずあさぎ》、厚手の生地の襟元《えりもと》開《はだ》けて喉仏《のどぼとけ》を安らげながらも襟《えり》は毅然《きぜん》と脇に侍《じ》す。梅雨寒《つゆざむ》なれば久方ぶりの任にあたる長袖も、歩きに歩けばその身につゆ知る汗だく衣《ごろも》よ二の腕まくりにむしろ粋《いき》を賭けている。涼しげなり、と満足げに主《あるじ》を守る傘はこれぞ忠臣老骨黒紋付。置き忘れのうきめが常の同族の中にあって二君にまみえぬ傘冥利は清貧たらんの変人主《あるじ》の賜物なり。幾度めぐりし梅雨《つゆ》空ならんといよいよ励み勤めるが、いまって相合傘《あいあいがさ》の華やぎ不知《しらず》が主《あるじ》思いに頭痛の種。相合傘《あいあいがさ》なら新しい女傘に限るわい、と主《あるじ》の君のへらず口も例によって底が知れているのである。されど今夜《こよい》はいかがした。ついぞ知らぬ女声《おんなごえ》の訪《おとな》いは。（こちらです、こちらです、……）傘天原《かさまがはら》のときめきをよそにして、地に雨の黒光りを蹴散らすように軽快にあゆみゆく、長歩靴《スニーカー》は傘に比べて寿命は遙かに短いけれども役目柄、傘より遙かに主《あるじ》に親《ちか》く、形を主《あるじ》の足に合わせ歩《あゆみ》癖《ぐせ》を素早く知って我身《わがみ》に鑢《やすり》をかけるも厭《いと》わず人靴《じんか》一体、思いはやはり深いだろう。（こちらです、こちらです、……）雨は天《あめ》の使者《つかい》であろうか傘天原《かさまがはら》のうちにささめき柄《え》を伝い、龍一なる若き男の正調奏《かな》でるあゆみの身に龍巻の夢をゆだねて地《つち》とむすばん靴音の、かろやかな調《しらべ》と遂に和したと思う（こちらです）（さればよ）まさにその時、雨のれい気の吐息のような女の声が突如として、

「あッ、だめよはずかしい！」

と何かを追って手を伸ばし、胸も伸ばす鋭い気合いで叫んだと、そんな気が、した途端《とたん》、ぐうっと伸ばしたその手のように胸のように濡れた風が傘を押し、押され傾《かし》いで視界《まなかい》半ばにおりて来た、傘の端《はし》の乳首状《なり》の露先が、ゆらッと揺れて滴《しずく》が切れて玉と散ったと思うや否《いな》や乳首を掠《かす》めて唇に、なにかが飛んで吸いついた！

「それがなんと髪の毛です。ぼくのじゃありません。女の髪の毛一本です。」

　腰から下の品のいい、欅《けやき》並木の旧街道。主役を奪った本街道はこの近く、草木も眠るを死句と葬り並木を真似た外灯柱廊白銀光に皓々《こうこう》と、夜の首を貫いた、人間印《じるし》の著《しろ》き矢道は蟻《あり》の化けた韋駄天車《いだてんぐるま》の花道か、見得《みえ》を切ってる暇《いとま》はないが今ぞ我時《わがとき》心得たる長距離飛荷車《トラック》の轟音《ごうおん》が、見得《みえ》のかわりに波とうねって次々に、寄せてはかえすとこ

まで聞こえる嫌味《いやみ》かな。狭いからこそ旧とはなった旧街道のみじめな老後——わけもわからず徒《いたずら》に忙しがるのが持病となった現代《いまのよ》では、好都合の裏道発見《みっけ》と日中《ひるま》はもう旧に増してこき使われてかえって窮するクルマ来魔《クルマ》の修羅道で、歩くものはむせかえる。歩けるものはまだしもで、道端貴し往時《とうと》はさぞやのお地蔵様の身の上は。凶事《まがこと》さえぎる道祖神《さえのかみ》の男根が、子供を守る地蔵菩薩《ぼさつ》の名を冠し、垂乳根《たらちね》の母の笑《えみ》でやさしく静かにたたずむのに、泥を塗る、どころでない。龍一云わく、忘根心《カラゴコロ》にカタカナ化粧の母親並びに躾《しつけ》の悪い犬の如《ごと》きガキが乗った幅の広い高級車に、ゴツンとやられたこともある。いつもは寝ている村の鎮守の神様も、さすがに驚き助けにゆかんとやおら立って社《やしろ》を出たのはさていいが、鳥居の前で苛々《いらいら》湯気立つ車の壁に阻《はば》まれ邪魔され神にも似合わぬ立往生、剰《あまつさ》え、窓から礫《つぶて》と飛んで来たのはグシャリと潰《つぶ》した空缶一撃ポカリとあたってつむじを曲げたそうである。

まことになんとも罰《バチ》あたり。が日中《ひるま》の修羅は夢なれや、雨音葉叢《はむら》の葉ずれ幽《かそ》けき両側並木の細い空をたったひとつの靴音が、憚《はばか》りながら龍一名義の丑三御堂《うしみつみどう》に仕立てゆく。そこのその、葉ずれの気配のこもる衣《ころも》を下伝う、葉守神《はもりのかみ》の滴《しずく》はしたたり地《つち》に糸ひき絶えだえ間遠《まどお》の水琴《すいきん》めき、した、した、根にむすぶ。これも根、とお地蔵様の頭にも、した、黒くむすび、あれも根、と鎮守の股の鳥居にも、した、した、白くむすぶ。黒い白いとうつす光の源は——本街道の白銀光には及びもつかぬつましさの、夜衛《とのい》を勤める螢光灯が並木隠れにぽつりぽつりとまばらに立ち、頭上に末枝《しずえ》がはにかんで、足下に舗道が艶《つや》めく鏡。雨と光に所得顔《ところえがお》の紫陽花《あじさい》連が塀越しに覗《のぞ》き込んで化粧思案か鼻歌まじりのもの思いに耽《ふけ》っている。道沿いの、家並《やなみ》はどれも広い敷地に前庭をたっぷりとった農家造りのたたずまい。郊外とはいえ東京なればほお、と思う。もっともしかしと龍一云わく、カタカナ造りの新興忘根心《カラゴコロ》住宅軍に包囲されてもいるのである。となればまた、旧街道に成金虫も湧くとかや。いずれ龍一には寄ってもつかぬ虫であろうがこの道を、歩く深更《よふけ》は蜘蛛《ささがに》の、ふるまいしげき頃合なのかどこからともなく蜘蛛《くも》の糸が飛来して、腕に顔にとしきりに吸いつきうるさくて、なかなかねばってしつこくて、取れば指から離れない——ある古歌の——ささがにのいとかかりける身のほどを、

「思えば夢の心地こそすれ。」

と下の句を、口遊《くちずさ》んでいとあはれ——靴音と一緒になってくつくつ苦《にが》く笑うのが、習慣《ならい》となった丑三《うしみつ》街道そんな時刻の独歩《ひとりあるき》に蜘蛛《むこう》もあはれを催して、古歌の枕を投げ寄こす、と戯れ思えばこれもまた、楽しからずや蜘蛛《くも》のお蔭《かげ》でくもなく晴れる胸の内。

「あッ、だめよはずかしい！」

のその時も、頭は咄嗟《とっさ》に天《あめ》の雲と雲の雨と地《つち》の蜘蛛《くも》の洒落糸《しゃれいと》かと思ったが、そんな頭を役立たず！　と罵《ののし》ったのは胸騒ぎ。一気にはじけて躰《からだ》いっぱい鳴りとどろいて唇

に、稲妻の眼力《がんりき》を、あッと与えていたのである。女の髪の毛だ！

後手《ごて》の頭も驚いて、

「ふっと吹いたらかえってそれが仇《あだ》になって口の中に入り込んで来ましてね、舌に触れてこれが太くて強いんです。びっくりして、あわててつまんで出しますと、たらりと垂れて末がちょっと反《そ》りかえって風の名残《なごり》かゆらりゆらりと揺れますよ。長さといい太さといい強さといい、ぼくの髪じゃありません。」

一本！　と、張りのある声にも似た正しい強さに貫かれ、それでいて、やわらかく、〽くろかみいのお……と口遊《くちずさ》み、我身《わがみ》のうちを見つめる風情に雨をながめてしっとりと、うたい流し、しなだれかかって来るような、潤《うるお》う女の艶《つや》もあり、見つめれば、見つめかえしてほほえむよう。ぞッとして、思わずあたりを見まわしたが、勿論《もちろん》持主の気配など、それこそけほどもありはせぬ。

「ちょっと想像してみて下さいよ。」

そんな雨夜のそんな時刻に前庭あたりに佇《たたず》んで、こんもり繁る前栽《せんざい》に、腰から下をとっぷり隠して黒髪を梳《くしけず》る、女の姿があったなら、ただならぬことであろうこの世のものとも思われぬ。では一体、この世のこの髪いずこより……

それよりなにより指から離れぬ気味悪さ。つまんだ指の親指と人差指の腹と腹で揉《も》みにじって離せばたとえば親指に、たらりゆらり、たとえば人差指に、たらりゆらり、親指に、人差指に、執念《しゅうね》くついて何度やってもどちらかに。しつこいぜ、と縋《すが》る女を足で払うと頭は思ってみたがるが、胸の内の夢世鏡《ゆめよかがみ》にうつる指のその様《ザマ》は、女の露の海の底の黒髪山のイソギンチャクに捕えられてもがき苦しむ小さな男の姿である。じりじりあせって指と指で黒髪一本なすり合いを続けながらゆっくりと、十歩二十歩或《ある》いはもっとかあゆむうち、ようやくに、離れて消えてくれはした。が離れてみれば消えてみれば、

「恋しからずや恋しからんや――面白いもんですよ。喉元《のどもと》過ぎて名残《なごり》になって初めてものの味わいが、事の趣が、沁《し》みて来たという風に、唇や舌先が、指先が、触れ心地、にじり心地の記憶《おぼえ》をさぐっていましたよ。離れた消えたというよりも、胸の底に落ちていった感じです。例の夢世鏡《ゆめよかがみ》には、流れ星とうつったようです光跡がありました。触れ心地、にじり心地の名残《なごり》の調《しらべ》に青くなったり赤くなったりしてまして、消え入るようなはじらいと、捨身《すてみ》の生気地《いきじ》が一本サッと閃《ひらめ》いた、そんな気分が漂ってもいましたよ。とても他人とは――いえ、とても異物とは、思えないって群衆《ぐんじゅ》の中に身内の顔を見つけたようなせつないものが流れて胸を洗います。と夢世鏡《ゆめよかがみ》は深山《みやま》に鎮まる湖でした。月夜です。火口湖らしい。死んじゃあいません底の底にとろ火のような日影の気配がありまして、ほのかに湯浴《ゆあみ》の清香《さやか》です。月はそれをうつして白い。白いは青い。白いは赤い。触れ心地、にじり心地が水面《みなも》にさざ波立ちました。黒いは青い。黒いは

赤い。すべては黒髪一本の、絵筆の術だと気づきますとなんのことはありません。ぼくが見てたのは、あゆむ舗道の肌でした。胸騒ぎの道でした。」

黒く濡れ、しらら千々《ちぢ》らに砂子と輝く銀河をまぶした舗道の肌に水溜《にわたずみ》、せつないものが流れる胸、そのそこの、底の深山《みやま》の湖の、水面《みなも》がそちこちまるく浮かんで雨の紋があやおり乱れる触れ心地、にじり心地、胸騒ぎ。一息《ひといき》一生無数に息づく一度っきりの無数の胸が、ほ、ほ、ほ、ほ、はかないほの字の穂に出《い》でて、ほと言う無数の唇に、なったと思うと雨が黒髪黒髪が雨になり、雨に傾《かし》いだ傘天原《かさまがはら》の乳首状《なり》の露先に、あめの露は女の露ぞおどろに垂れて息せききってしたッ、したッ、ものを言う。

「眼があきます。幕をあげて。ここですよ！」

盲目の、傘の幕をはねあげて、前を見た、視界《まなかい》の——左、隅、誰かいる！

たまゆらゆらッ、と我かの時。

ああ、あなたでしたの……

四

あなたと言う、あなたはいったい誰ですか。ぼくの方が盲目だ。

「いのちって、なんでしょう。」

衒《てら》いも照れも脱いでご飯の子供の顔、箸《はし》を休めて母の胸に次から次へと言問橋《ことといばし》を架けたがる、そんな眼を、する男。ただし答を待ってはいないと筆者それは先刻承知之助だし、長い話も平気の平左《へいざ》よ腹を据《す》え、

「御高説、伺《うかが》いましょ。」

「師匠の前では試験のようで緊張します。」

「誰が師匠だよ。弟子にしたおぼえなんかないからな。」

「あっはっは、まあそう言わず。えっへっへ――

無常と言い、生々流転といいますね。むすんでひらいてくるくるまわる。くるくるしながらむすんでひらいてむすんでひらいてぐるうりまわる。回転循環膨張収縮するものですよいのちって。

日々是好日いのちです。生まれて生きて死にますね。日夜日夜日夜日夜生死生死生死生死。年神《としがみ》だっていのちです。生れて生きて死にますね。年々歳々春夏秋冬生死生死生死生死。膨張収縮膨張収縮ぼくのここに宇宙があって心臓宇宙宇宙心臓生死生死生死生死ぼくの一生また生死。花火たまゆらこれも生死鼓動一回人生一回宇宙そのの生死生死生死生死。生物も無生物もありません。ミクロもマクロもありません。日や月や星々いのち、生れて生きて死にますね。生死生死生死生死。海や山や野や川いのち、生れて生きて死にますね。生死生死生死生死そして勿論《もちろん》鳥や獣や虫や魚や樹木《きぎ》

や草花また人々、生死生死生死生死。

天地万物森羅万象すべてのものがいのちです。ものには傍点つけてますよものなんです。だってみんな全く同じものだから。物質の物《もの》だって賢者愚者の者《もの》だって、霊魂の霊《れい》も魂《こん》も訓読みはタマないしモノなんだそうですが、物《ぶつ》も者《しゃ》も霊《れい》も魂《こん》もものと読む。多義ではありません。すべては同じものなんです。いのちです。縄文以来、これを神と呼んで来た。自分という名の神々です。八百万《やおよろず》ってそういうこと。」

「すべてはお前なんだよな。あの山この川お前だよ。」

「すべては岡田さんでもある。あの山この川岡田さん。」

「世界宇宙は無限無数に存在する。ただし同じものなんだ。自分という。」

「そうですね。ひとつで無数なんですよ。無数でひとつなんですよ。ひとつで無数無数でひとつ。生れて生きて死んでゆく、あらゆるものに自分を見て、ああと思う、このああですよもののあはれの美しい嘆息《ためいき》は！

世界宇宙を知るとはつまり八百万《やおよろず》の神々即《すなわ》ち日や月や星々や、海や山や野や川や、鳥や獣や虫や魚や樹木《きぎ》や草花また人々、天地万物森羅万象ひとつで無数無数でひとつのもののあはれを知るってことに他《ほか》ならない。全身全霊身心一如《しんじんいちにょ》のもののあはれの嘆《ため》息《いき》です。恋にも通ずるこの嘆息《ためいき》はこの国の政治《まつりごと》を常に厳しく戒《いまし》めて――もののあはれの嘆息《ためいき》こそが（猛《たけ》きものも遂には滅びぬひとえに風の前の塵に同じ）のその風なんだとかつての為政者たちは骨身に沁《し》みてわかってたんじゃないでしょうか敗れしもの死せるものをおそれてた。怨念を、いずれはそれも我事《わがこと》ならんと決して忘れず畏《おそ》れ祭《まつ》って銘は御霊《ごりょう》あはれという活花《いけばな》に、活《い》けて崇《あが》めて味方にした。しかも代々ちゃんと花は式年遷宮みたいに取り替えて、活《い》かし続けて代々——いえ、実は立場が入れ替わってお互い様の違い花になってたってことだって……、ふっふっふ。ところが——、

ところがしかし近代は、花を捨てて剣山《けんざん》を、人殺しの道具にした。そうするためにもののあはれの嘆息《ためいき》は、恋と共に貶《おとし》められる。ああと漏らせばすかさずですよ表を牛耳《ぎゅうじ》る頭の紡《つむ》ぐこの世の文目《あやめ》がこれを封じて世界はあたかも人間至上帝国主義の支配被支配ピラミッド、ヒューマニズムの征服印に満たされて、つまるところ身心《しんじん》分断 頭《あたま》特化の人間至上帝国主義が苦しまぎれに捏造《ねつぞう》した、優越感その美名に過ぎない愛とやらいう臭《くさ》い芝居を蔓延《まんえん》させて麻痺《まひ》させて、頭《あたま》独裁政権いよいよ肥大化です。こいつどこまで行くんでしょう。」

「頭ってのは遺伝子魔女に唆《そその》かされたマクベスみたいなもんなんだ。進化の末路は頭即《すなわ》ち忘根心《カラゴコロ》の偽賢《なまさかしら》の癌細胞が増殖して廂《ひさし》に栄華を誇りながら結局母屋《おもや》を潰《つぶ》してしまって自分もドサッと崩れ落ちて遺伝子魔女に唆《そその》かされたマクベスだったと気づいて幕、なあんてことになるんじゃないか？」

「遺伝子魔女とはさすが師匠、面白い！」

「誰が師匠だよ。」

「あっはっは、まあそう言わず。えっへっへ――

かいま見に、邂逅《めぐりあい》のいとしい女《ひと》を見てしより……人形首はぼくのために誂《あつら》えられた檄文《げきぶん》ならぬ檄首《げきしゅ》なのかも知れません。目覚めよと。隠者の使命を自覚せよと裏の世即《すなわ》ち全身全霊身心一如《しんじんいちにょ》の母が国たる根の国の、女王のまなざし月光稲妻あッと閃《ひらめ》くかいま見の、さとしだったと思うんです。表を牛耳《ぎゅうじ》る頭の紡ぐこの世の文目《あやめ》の隙《すき》をついて女王は檄《げき》を飛ばすんです。気づかせようとしてるんです。八百万《やおよろず》の神々即《すなわ》ち自分という名の神々は、ひとつで無数無数でひとつのもののあはれを知る眼には、ちゃんと見えていますよと。だってなにしろ神々とは、日や月や星々や、海や山や野や川や、鳥や獣や虫や魚や樹木《きぎ》や草花また人々、天地万物森羅万象すべてのもののことですから、ほら、ちゃんと見えてましょ？　――ってしっとり優しく潤《うるお》った、ふくらみある、奥ゆきある、懐《なつか》しい声ですね。こちらに、いらっしゃい。

頭に住む人間どもの眼ってやつは見えてるようで見えてない。（自分の眼に見えるものしか信じない）の狭苦しい偉ぶりなんかこの世の文目《あやめ》の奴隷ですし（見えない世界があるのです）だの（大事なことは眼には見えないものですよ？）の脂下《やにさ》がった臆病なんか見えてるものさえ見ようとしない。うっとり虚空《こくう》を見つめてる。えてしてこういう眼なんですよ戦争勃《おこ》すのは。決してひと握りの権力者が人々をだまして勃《おこ》すもんじゃないです戦争は、（見えない世界があるのです）の説法聞いてありがたがってる善男善女のああいう眼が、危《ヤバ》いんです。怒鳴りつけてやるべきですね脚下照顧《きゃっかしょうこ》ッ、おのれの脚下《あしもと》を見よ！　ってね。ましてや眼を閉じて、イマジンしてる連中なんか例によってあっさり惰眠に陥《お》ちるがオチ。寒いオチです凍死する。頬《ほっぺ》をひっぱたいてやるべきですね眼を覚ませッ、眠ると死ぬぞ！

　すべてはちゃんと見えてます。気づいてない、だけなんだ。

　早い話が文字ですよ。同じ文字を何度も何度も繰り返し書いていたりじいっと見つめていたりするとそのうちに、かいま見とはあべこべの行為《おこない》ですけど同族ですねこの世の文目《あやめ》を剝《は》ぎ取って、誰もが知ってるあの時が、やって来る。その文字の意味の衣《ころも》が突然すっぺり剝《む》けてしまってその文字そこにまるで初めて見たかのような不気味なものになってしまってなまなましくなまめいて、筆にからんで書けなくなって困ってしまうあれですよ。もののあはれはここからです。恋の成就のそのたまゆらのあれにちょっと似てもいますか繰り返しのその果てに、意味の衣《ころも》をかなぐり捨てて文字そのものがぬッと出る。自分です。自分と出会っているんです。画家《えかき》なんかその辺の消息に、通じてるんじゃないでしょうかデッサンとは、見つめて描《か》いてみつめてかいてひたすらみつめてひたすらかいて頭を滅ぼし自己滅却してもののあはれのその眼が筆になるまでかく、なくてはならぬ稽古でしょう。絵とはなにか。少なくとも腕がよければ何を描《か》こうが自画像です。もののあはれの自画像です。ぼくが言う裏とはつまり画家《えかき》の描《えが》くそれなんですよひっくり返すわけじゃない。表がそのまま実はそれだと気づいていない、だけなんです。歩きに歩いてかいま見にそれを見るか（じっと見）やってかきまくってそれを見るか表の形がそのまま裏。心です。身心一如《しんじんいちにょ》。おもてにうら透《す》くお祭とは、そういうこと。

表に表と裏がある。形は形で心は扉の内にあると思い込んでるそういう人は表の表に住んでる人です人間です。形がそもそも心だと、見えてる人は表の裏に住んでる人ですこれぞ人です全身全霊身心一如《しんじんいちにょ》のもののあはれを知る人です。すべてはちゃんと見えている。」

「風はどうする。」

「雲や樹木《きぎ》や草花が、風を見せてくれますよ。さざ波あり、長い髪ありスカートあり、さりげなくおさえる手あり風を見つめる涼しい眼ありそのまなざし、それも風。」

「匂いはどうする。」

「同じ景色もかぐわしい香《かおり》がするのと悪臭ふんぷん鼻をつくのとそれって同じに見えますか？」

「肌ざわり。」

「恋する眼には、」

「わかったわかった愚問でした。」

「とんでもない。全身全霊これ眼《まなこ》、って言ったほうがいいですね。障害お持ちのかたなんて、ぼくらより凄かったりしますから。健常者ってありがたさがわかってない。見えてることに気づいてない。そこでです——

根の国女王は夢も使う。

（仏は常にいませども、うつつならぬぞあはれなる。人の音せぬ暁に、ほのかに夢に見えたまふ。）って仏の衣《ころも》を纏《まと》った神の出番です。神のままでは気づかないから勿体《もったい》ぶった仏の衣《ころも》でわざわざ夢に出るんです。抹香臭《くさ》いはうつつでは敬遠したいとこですけども夢と知りせば寝覚めの枕におつげでしょう。それでも気づいてくれないなら、まだまだありますす着替えますよ夜陰に紛《まぎ》れて妖怪変化魑《ち》魅魍魎《みもうりょう》の衣《ころも》です。バアーなんておどかします。八百万《やおよろず》の神々は、この手の仮装が大好きです。近頃仏も妖怪変化魑《ち》魅魍魎《みもうりょう》もはやらない、なあんてお嘆きの諸兄に告ぐ。昔の名前じゃ出てません。昔より、仮装もよほど垢《あか》抜けしましたほらそこに——ってとこですか。

なにしろ根の国女王です。自分がそれと知ってか知らずかそこらを闊歩《かっぽ》してますよ。

美人不美人いろいろですがあっはっは。」

「見えるどころの騒ぎじゃないぜ圧倒的だよ三人寄れば姦《かしま》い！」

「一神教などあり得ない。世界宇宙は誰かが作ったわけじゃない。誰かという発想自体がそもそも語るに陥《お》ちてましょ？　傲慢を、隠すために捏造《ねつぞう》されたわざとらしい造物主の仮面をかぶった誰かさんがいるわけです。頭隠して尻隠さず。見えみえです。」

「だからこそ、誰かさんはオナラをするのも平気なんだよ破壊力、支配力、侵略力が強いんだ。異人種とりわけ異教徒への残虐行為に良心の呵責《かしゃく》がない。マニフェストデスティニー？　神に与えられた使命と来た日にゃこりゃ強い。」

「諸悪の根源なんですよ。」

「おいおい……、ここだけの話だな？」

「ここだけの話です。ってそういえば、日本だけの話でしょうねイブだけのクリスマス。これだけ毎年盛り上がっておきながら、勧進元のキリスト教とはすり合う袖もないという無縁ぶりのすさまじさ。イブだけなのも宜《むべ》なるかなですクリスマスって我らにとって夜な夜《よ よ》な続いた忘年会の締めのラーメンですからね。どんちゃん騒ぎでその一年のケガレを祓《はら》ってラーメン食べて落着《おちつ》いて、大晦日《おおみそか》へ、新年へ。」

「しゃべる――じゃないチャペルとやらでの結婚式もそうだよな。これがとうとう一般的になるに及んでこの国のキリスト不能は完全試合を達成したって気がするね。それこそ衣《ころも》さなんでも器用に面白がって着こなすんだよ日本は。ところが中身ははからずも、失点どころか走者ひとり許してない。」

「和魂洋才って言い古されていますけど、和魂は身心一如《しんじんいちにょ》でしょうし洋才は頭でしょう。和魂は確かに健在です。ただし裏になってましょ？　問題は、洋才ですよ頭ですよのさばってる。」

「唯一絶対万能の造物主ってつまりは頭のことだよな。躰中《からだじゅう》むずがゆくなりそうだ。鼻が曲がる。」

「世界宇宙は誰かが作ったわけじゃない――、海は海に成ったんです。やがて野に成ることでしょう。やがて山にも成るでしょう。そしてまた、野に成り海に成るんです。回転循環膨張収縮生れて生きて死んでまた、生れて生きて死んでまた、生死生死生死生死無限無数の繰り返し。そこになんの意味も意志もありません。意味なんて、死という根から解き放たれたと思い込んでる忘根心《カラゴコロ》、頭が常に強《し》いられてる自転車操業的自己証明の産物に過ぎません。身心《しんじん》分断（精神・肉体）（理性・本能）（人間・自然）のたわいもない支配被支配二分法に君臨する頭のはかない性《さが》なんですよ支配するには常に意味が必要です。ところがしかし宇宙が存在することに、意味なんて、なんにもない。なぜなら意味とは時間の形をとらなければそれこそ意味をなしませんからね。そこなんです。そもそも時間とは、なんでしょう。そんなもの、ほんとはないんじゃないですか？

　死から生れ、死に帰る。生れる前に時間なく、死んだ後《あと》に時間なし。無時間の死から生れて時間を生きて無時間の死に帰る。夢幻《ゆめまぼろし》って言いたくなるのが時間です。死とはつまり母でしょう。生死生死生死生死無限無数の繰り返し。無限無数に繰り返すなら一回が、永遠です。一回に、すべてがある。永遠の一回です。時間とは、それなんです。たった一回その一回のことなんです。つまり時間もひとつで無数無数でひとつ。永遠の一回が、ひとつで無数無数でひとつ。生死生死生死無限無数に繰り返す、ひとつで無数無数でひとつの一回永遠だとしたら、生死《しょうじ》一体無時間こそが宇宙の本質なのではないでしょうか。絶対の無時間即《すなわ》ち絶対の無意味です。もののあはれはそこに立つ。

祭でみんな知ってるんじゃないですか？ 燃え上がった真《ま》ッ只中《ただなか》は生死《しょうじ》一体無時間だと。かいま見に、宇宙の本質閃《ひらめ》きます。教えてくれているんです。祭こそが真《まこと》だと、日常なんか仮の世だと。

反転図形ってありますね。」

「反転図形？ ああ、あの、影絵になった横顔双《ふた》つ向かい合ってる図に見えたり、その真中《まんなか》が白い光の杯《さかずき》に見えたりする、あれだな。」

「はいあれです。定まることがないでしょ？ 黒に見えたり白に見えたり黒に見えたり白に見えたり振子《ふりこ》のようです時間です。ところがしかし図形は時間じゃないですね。黒も白もそこにあって無時間です。なのに動く黒に白に黒に白に振子《ふりこ》が動く。だけど時間はないんです。宇宙反転図形説。うっふっふ。祭のあの真《ま》ッ只中《ただなか》は反転図形無時間成就のたまゆらです。恋の成就の燃え上がった歓《よろこ》びの真《ま》ッ只中《ただなか》も反転図形無時間成就のたまゆらです。生死《しょうじ》一体まさに宇宙の本質が、閃《ひらめ》きます。絶対の無時間です。絶対の無意味です。」

「そこだよな。そこに行き着くはずだよな。さて舟橋君、宇宙の本質（絶対の無意味）といえば異名がある。ひとつ、挙《あ》げなさい。」

「うっふっふ……、美ですね。」

「上出来だ！」

五

「幼い子供にとってはどんな母親も、絶世の美女に見えてるはずですよ。たとえどんなに傷《いた》ましい裏切りの幻滅歌に鞭《むち》打たれようともね。なにしろ根の国女王です。ここから生れてここに帰る。

（七歳までは神のうち）って言いますよ。この諺《ことわざ》、残念ながらあまり知られていないようですけど、美しい、慕《した》わしい、根の国系の香《かおり》がします。懐《なつか》しい、隠れ里。たゆたゆまるむお湯の海がゆったりうねって山になったり谷になったり野になったり、川の流れは涙の玉緒《たまお》かきらきらこぼれる日月星々《ひつきほしぼし》鳥や獣や虫や魚や樹木《きぎ》や草花また人々、天地万物森羅万象ひとつで無数無数でひとつのもののあはれの世界宇宙は絶世の美女たる母の胎内でした。一緒に生まれて来たんです。そうしてたとえば七歳頃まで世界宇宙は母の涙の珠玉《たま》のうち。死から生まれた明るさです。だから元気に息をする。生死生死生死生死と息をする。気づくはずもありませんが根の国女王が拍子をとってるわけですよ。やがて八歳、根の国女王が世界まるごと子供の背中をポンと押す。うしろの正面だあーれ。

世界を生み、世界を生かし、世界を殺して胸に抱く、抱きかえす、根の国女王絶世の美女たる母のまなざしの光源は……、ふり向いても、ふり向いても、うしろの正面だあーれ。そのくせ知らずに息をしてます生死生死生死生死母よ母よ母よ、どうやら世界は真澄《ますみ》の鏡のようですね。だから世界に恋をする。母恋いです。こんな声が聞こえます。(うしろの正面は、お前の正面だ。さあ、抱け!)だから男は猛《たけ》り狂って世界に挑みかかるんです。志《こころざ》す、夢のために死にたがる。母恋いです。どうかすると大義だなんてわけのわからん看板背負ってぽおっと熱に浮かされて、自分を超えた遙かに超えた大きなもののためとか言ってやたらめったら死にたがる、そんな男もいますでしょ。男の中の男なんですが、なんのことはありません。母恋いです。

謎の女があらわれます。こんなバカな男に惚《ほ》れる。賢いのに、勝気なのに、惚《ほ》れにくいのに何がどうしたいちずに惚《ほ》れて男ひとり死なせるものかと女身《おんなみ》うねる祈り波、ひとたび濡らせば神通力よ千里眼よたとえこの世の果てまでも、ついてゆく。恋狂いに冴える智慧ですす身をつくし、もの思《も》う姿もまた涼しい、かえってしっとりおちついた、いい～女なんですね。ところが――、ところがこいつ曲者《くせもの》でしてこれぞ真澄《ますみ》の鏡の女、この男を、身籠《みごも》る前の母なんですよ生娘《きむすめ》です。男が陥《お》ちないはずがない。ひとめぼれにもうメロメロの虜《とりこ》です。いい～女は絶世の美女ですから。うっふっふ。反転図形無時間成就。貪《むさぼ》りますね生死《しょうじ》一体永遠のたまゆらを。そしてやっぱり根の国女王は背中をポンと押すんです。うしろの正面だあーれ。いよいよ男は（お前の正面）へ、背中を押されて妻子《つまこ》のためにと大義に死す。悔いなしです。母恋いここに成就でしょう。母とはまさに（絶対の無意味）の権化ですからね。」

「死ぬのはいつも男だけ。女はみんな不死身だね。死の国根の国母が国。家《うち》に女がいるんじゃない。女がつまり家《うち》なんだ。そこから生れてそこに帰る。」

「男冥利に尽きますね。」

「同感だ。同感だが……、ここだけの話だな？　こんな話、女の耳に入った日にゃ――、くわばらくわばら。」

「ここだけの話です。ぼくは女嫌いじゃないですけど、女性は願い下げですね。女は人ですが、女性は人間です。女は全身全霊ですが女性は忘根心《カラゴコロ》の偽賢《なまさかしら》です思い上がった頭です。女性は女を知りません。無知の自覚もありません。

人間嫌いのぼくですが、人は好きです現代《いまのよ》だって探せばいるんじゃないでしょうか武士《もののふ》や、農民《つねびと》や、狩人《かりうど》や、漁師《すなどり》や、商人《あきんど》や、職人《たくみ》や、芸人《わざおぎ》や……、職業なんかじゃありません。全身全霊身心一如《しんじんいちにょ》のものの、あはれの生業人《なりわいびと》です生れついてのプロたちです。遺伝的に誰もが実はそうなんじゃないですか？　忘根心《カラゴコロ》の偽賢《なまさかしら》に犯されて、近代社会に紛《まぎ》れてしまってただの市民になり下がっていますけど、みんなのそれを人たるそれを揺り覚ませば、世の中随分面白くなりますよ——ってさっきちらっと言いました。分類すれば芸人連《わざおぎ》になりましょうか忍者一族、隠者一族、遊女一族、その他《ほか》いろいろあるはずです。」

「ここはやっぱり近代に、毒づくか。」

「そうですね。資本主義も共産主義もエコロジーもフェミニズムも、同じ穴のムジナです。躰《からだ》も目鼻もいらぬとばかり、皺《しわ》なら三十二本ぐらいあるんでしょうがのっぺらぼうの肥大脳めどいつもこいつも醜いやつら！　肥大化あくなき頭どもが虚空《こくう》に見てる阿鼻《あび》地獄ってとこですか。行方《ゆくえ》もなしと言うもはかなし。

冷戦終結を、資本主義の勝利だなんて世間の多数《おおかた》が思い込んでるらしいのは、いったいどうしたわけでしょう。専門家の中にさえそんなことを言うのがいるんで困るんですがたわいもない間違いです。共産主義の崩壊は、資本主義の必ずたどる肥大化脳突出破綻の道なんです。資本主義は資本主義のままではいられず必ず例の（計画経使えて自ら《みずか》の崩壊過程を示すんです。支配被支配二分法の用語をあえて使うなら、資本主義って本能由来の健《すこ》やかな欲望を原動力としているうちは大丈夫なものなんです。ところがしかし勧進元がキリスト教という不幸。主役を張るのが健《すこ》やかな欲望なんて本質的に許せない。（精神・肉体）（理性・本能）（人間・自然）の傲慢きわまりない支配被支配二分法が黙っていません。精神・理性・人間即《すなわ》ち頭が支配するんです。肉体・本能・自然を支配し制御する。優越視線《うえからめせん》で平等利益《りやく》を謳《うた》いますよ前頭葉の赤旗ふって（計画経済偉大なり。）裏で赤い舌を出して（寄らしむべし、知らしむべからず。）なあんてね。インテリどもにウケがいいわけですよ頭《あたま》独裁ですからね。神を否定？　とんでもない。神の仮面を剝《は》いだだけです誰かさんの顔が出た。人間でした。共産主義こそキリスト教の本音です。仲が悪いわけですよ。同じ穴の一神教。人間至上帝国主義。共産主義はマルクスを嘲《あざわら》笑って資本主義の隙《すき》といおうか谷間を見つけてまんまとそれこそ洗脳して君臨して、ソ連とやらになりました。子分もかなり作りましたが末路悲惨《あはれ》。崩壊です。

国家舞台の悲劇は共産主義でした。国家の境が朧《おぼろ》になった所謂《いわゆる》グローバル経済世界が舞台となればそれはそれでやっぱり出ました新手《あらて》の（計画経済）が。共産主義イデオロギーに取って代わって今度は金融工学なる数学の登場です。こちらも見事に崩壊した。崩壊直後に張本人の学者どもがやつれた顔でこんなことをうそぶいてた。（この方法を発明したわたしたちは有頂天になりました。奇蹟《きせき》としか思えませんでした。）って問題は、その後《あと》なんですこんなことを言いました。（これで貧しい人たちが救われる！　って思ったんです。）なあんてね。かつての共産主義者どもとそっくりの言い草です。思い上がった頭です。共産主義には赤い貴族と呼ばれる官僚どもが群がったわけですが、金融工学にはハゲタカなる投資家どもが群がった。強欲？　とんでもない。どこに本能由来の健《すこ》やかな欲望がありますか。バーチャルも甚《はなは》だしい。思い上がった頭です。

　こうして資本主義は二つの崩壊過程を示しましたよこれからも、新手《あらて》の（計画経済）が次々に性懲《しょうこ》りもなくあらわれて、様々な崩壊過程を示してくれるはずですよ。」

「そして結局どうなる？」

「決まってるじゃないですか。ねずみ講が限界に達します。」

「なるほどな。母屋《おもや》を潰《つぶ》してしまうわけだ。女こそ、最後の救いのはずだったのにいまやもう妖怪人間ならぬ頭のお化けの女性人間蔓《はびこ》って、女の砂漠化深刻だ。没落した共産主義者はいつのまにやらしたり顔のエコロジストに宗旨替えしてたりする。所詮エコロジーとは人間至上帝国主義を裏に隠した御都合主義的生態系計画経済だからな、当然のなりゆきか。くだらねえ。いっそこう美しく、潔《いさぎよ》く、華やかに、パアッと滅亡できないものか。」

「無理でしょう。頭という癌細胞は最後の最後に滅びます。つまり最も醜いものが最後まで生き残るってわけですから……

滅ぶなら、ひとり残らず滅ぶべし。さすれば善も悪もなし。ひとりでも、生き残ったら地獄なり。自分の自と書く自獄なり。男が男でなくなって、女が女でなくなれば、それで人は滅びますが頭だけが人間だけが生き残ったらどうでしょう。同《おんな》じこと。むごいむごい自獄です。もっともこれぞ一神教即《すなわ》ち人間至上帝国主義の理想郷かも知れませんけどね、うっふっふ。頭だけ人間だけの理想郷の自獄では、恋のできないことを知り、自殺もできないことを知り、それどころか、自分が自分と思っているのが実はもう滅びることなき乗っ取り犯の電脳だったと初めて知り、なあんてね。泣きの涙も既になく、ってとこですよ。」

「あっはっは、やりきれない話だねえ。」

「ぼくは檄文《げきぶん》ならぬ檄首《げきしゅ》に応《こた》えて蹶起《けっき》したいと思います。もののあはれの志《こころざし》、これを恋というのです。」

「なるほどな――ってお前なあ、お前が言うとついうっかり、（なるほど）なんて出るから怖《こわ》い。蹶起《けっき》して、頭《あたま》独裁体制打倒をめざすのかい。」

「人間殺して人を活《い》かす、活人剣を身につけたいと思ってます。隠者の剣ですおそらく伝家の宝刀なんです人間殺して人を活《い》かす、もののあはれの活人剣。たまゆらゆらッと閃《ひらめ》いた、人形首のまなざしです。生首です。（たまゆら）と、名づけましょうか女首《たまゆら》の、あのまなざしは活人剣の月光でした。裏に燃えてるひがありましょう月の光に濡れて艶《つや》めく雪の肌の桜影《さくらかげ》、どこかで誰かが躰《からだ》いっぱい心になってぼくのことを呼んでます。」

「なるほどな――ってお前なあ……、いるってかい、モデルが。実在する？　誰かって、誰なんだ。まさか……」

「マジですよ。うっふっふ。まなざしが、そうでした。そんな色のまなざしでした。眼は口ほどにものを――って、日本語は、謙虚で自信満々です。活人剣はもののあはれの文《ふみ》の道、母をたずねる道でしょう。まなざしの、道でしょう。

日本語は、言語の限界或《あ》るいはもっと激しく言えば言語の無能を知ってます。言葉じゃないって言うんです。禅なら不立文字《ふりゅうもんじ》とか。日本語は、宇宙の本質（絶対の無意味）をおそらく他《ほか》のどんな言語よりも知ってる言語ですからね、もののあはれの言語ですから恐ろしい逆説ですが言語なのに（意味）を否定してるんです。ものとものとの（あはれ）をうたっているんです。限界を、無能を知ればこその智慧です言葉で言えないことを言葉で描《えが》く奥義《おうぎ》を知ってます。」

「これはマジでなるほどな――そもそも言葉とは、自分がこうして生きているということそのものだからな。ひとつで無数無数でひとつのもののあはれをかなしくうたっていいるんだよ。言語だから（意味）を否定できるんだ。無能を知るから無能じゃないんだ八百万《やおよろず》のいのちなんだ魂《たま》も腑《ふ》もあるひとつで無数無数でひとつのもののあはれの宇宙なんだ美しい。いとおしい。楽しいぜ。」

「美しいですいとおしいです楽しいです。モーツァルトのようですね。宇宙の本質（絶対の無意味）をうたえばあれになる。モーツァルトの音符は日本語ですかね。あっはっは。

絵に比喩《たとえ》れば世界の他《ほか》の言語はほとんど例《たと》えば欧米語がそうですが、画面をすべて塗りつぶして完成する、油絵みたいなもんですね。（はじめに言葉ありき）とは、そういうことじゃないですか？　またぞろ例の誰かさん、唯一絶対万能の造物主の仮面をかぶった誰かさんがみえみえです。こんなに違うもんでしょうか日本語は、水墨画、隅におけない墨絵です。うっふっふ。右の下の隅っこに、小さく山を描《か》きますね。するとそこに描《か》かれたのは山だけではありませんねああと余白が生れます。広大無辺の余白です。ああ――とこれが宇宙です。描《か》いて描《か》かずに宇宙なんですこれぞ日本語十八番の得意技《わざ》。短歌や俳句を生んで洗練させて来たのも宜《むべ》なるかなと言うべきです。奥義《おうぎ》を知る謙虚な顔は自信満々なんですね。限界を、無能を知って初めて扇は開くんですよ美しいこの逆説奥義《おうぎ》。白紙ではなく余白です。山を描《か》く。するとああ――その気味合《きみあい》はどことなく、」

「そうだよな、どことなく、反転図形。」

「さすが師匠！」

「誰が師匠だよ。」

「あっはっは。まあそう言わず。えっへっへ――

俳句は一句二句ですが、短歌は一首二首ですね。首ですよ。言い初《そ》めたのは誰なのか、凄いですね首ですよ。なんでもかでも一個二個で済ます輩《やから》が蔓《はびこ》るこんな現代《いまのよ》に、しかしちゃんと一首二首の凄い世界が表の裏に健在です。そこにこそ、真《まこと》の日本人がいい、もののあはれのヒノモトビトが息をひそめて潜伏してる。女首《たまゆら》は、そちらから、ぼくを捉《とら》えてくれたんです。あの夜《よ》あの時あのたまゆらにぼくは誰かの夢の中に立っていたかも知れません。ぼくを身籠《みごも》るその前の、十九《じゅうく》の……」

「話そのものが、どこか反転図形だな。それでいい。続けろよ。」

「続けます。ここでしか、話せません。

反転図形無時間成就を恋《こ》い泣く思いは髪を伝《つた》う雨の滴《しずく》になりました。傘は飛んでいましたから。白茶けた棚の上、三方壁、屋根もあって祠《ほこら》かお堂のようですが、そんな所に人形首、自棄《やけ》か洒落《しゃれ》かの悪戯《いたずら》か、って頭の紡《つむ》ぐこの世の文目《あやめ》は女首《たまゆら》めがけて投網《とあみ》で責め苛《さいな》む。ところがしかし皮肉にも、頭髪ですよ頭の髪が濡れて滴《しずく》がぼくを祠《ほこら》へお堂へと、屈《かが》ませましたよ女首《たまゆら》へ。屈《かが》め屈《かが》めかごめかごめ――恥じらうのか、ふっと翳《かげ》ってぼくのまなざし避《さ》けてぼくの胸のあたりにその眼を伏せてはにかんだ、なあんて見えてぼくははッとしましたけど、なんのことはありません、ぼくの背後《うしろ》で慎《つつ》ましやかに夜衛《とのい》を勤める螢光灯をぼくの影がさえぎったってわけですが、はッとした、それを合図にしたかのように背後《うしろ》から、歌が聞こえて来ましたよ。童歌《わらべうた》——屈《かが》め屈《かが》めかごめかごめかあごめかあごめかあごめえ——」

かあごめかあごめえ
かあごのなあかのとおりいはあ
いいつういいつうでえやあるう
よおあああけえのばあんにい
つうるとかあめがすうべったあ
うしろの正面——

「雨音かも知れません。塀越しに、紫陽花《あじさい》連かも知れません。いいえおそらく根の国女王に違いない。かがんで影見る鏡です。ポンと背中を押された思いがしましたよ。」

うしろの正面は、お前の正面だ。

さあ、抱け、持ってゆけ！

六

「正直言って抱いたたまゆらぞおッと走った稲妻は、西洋人なら『嘔吐《おうと》』を催すところでしょうね生理的嫌悪を伴う不気味さでした。髪ごと直《じか》ですコツンと硬くてずっしり重くて鼻やら何やら突起物がまさに異物で胸にあッと背筋に氷、ぞおッと走る。ところがですよここからなんです面白いんです不気味さが、西洋人なら『嘔吐《おうと》』を催す不気味さこそが我らには、（あはれ）の種。もののあはれがじいんと身心一如《しんじんいちにょ》です。傍点が、活人剣かもしれません。」

「傍点つけて詠《うた》おうか。（恋せずば　人は心もなからまし　もののあはれもこれよりぞ知る）——作者俊成より、活人剣の傍点分だけお前の方が深いかな。おだてるわけじゃないけどさ。」

「自惚《うぬぼ》れさせて下さいよ。俊成定家は踏み台です。（たまゆらの　露も涙もとどまらず……）」

女首《たまゆら》の、つゆもなみだもとどまらず、

「あの夜《よ》その時どんな夢を御覧になっていたんでしょうかその女《ひと》は。ぼくを身籠《みご》るぞの前の、十九《じゅうく》の母は。業平とか、光源氏に攫《さら》われる、そんな雅《みやび》な夢だったら、って思うんです。（夢と知りせば覚《さ》めざらましを）って、枕を濡らして嘆息《ためいき》ついて夢の名残《なごり》の我身《わがみ》のぬくみを朱墨《しゅずみ》色のそこに抱いて耐えている。……自惚《うぬぼ》れさせて下さいよ。」

「自惚《うぬぼれ》じゃあないだろう。業平も光源氏も実在非在はともかくも、物語に、救われてる。物語は、頭《あたま》独裁体制打倒の絢爛《けんらん》豪華な爆弾かも知れないな。」

「ああいいなあ。ここからです。ぼくと女首《たまゆら》の、道行《みちゆき》が始まります。」

あのまなざしよ今度はここにさせとばかりに胸にそれを押しつける。果たせるかな、あ――と。

あめか、風か、それとも地《つち》の裏声か、左の腕に力を込めた男の胸から朱墨《しゅずみ》色の幻が、あ――と、ぬくもり伝《づた》いの肌伝《づた》いに耳のほとりを掠《かす》めていった。腕の中の胸のそれが声を漏らすはずもないが男の思いにこだまをかえして薫る枕のつゆの夜《よ》の夢、幻の、空耳仕立《じたて》の静かに燃える朱墨《しゅずみ》色の潤《うるお》いが、螢《ほたる》のしらべを奏《かな》でさまよい欅《けやき》の葉叢《はむら》をぽおっとさ青《お》に照らして消えた。

（傘を、下さいまし。）

かさこそと、折も折に傘がわずかに主《あるじ》の方《かた》へとにじり寄った衣《きぬ》ずれならぬ舗道に柄《え》ずれのその音は、これは風に違いないが忠臣老骨黒紋付の赤貧ながらの赤心が、（これに控えおりまする）の意気を粋に息となした咳《せき》払いの風であろう。いきましょう

——と早くも男にぬくもりがえしの頼母《たのも》しさをささめき始めたそのそれを、女首《たまゆら》を、まるで子供が人間《オトナ》にはとんとわからぬ宝物を頑《かたく》なに守るようにしっかと抱《いだ》いてちょっと猫背にすっくと立つ。重みの不気味が芯《しん》を得《え》るや思いが立って錨《いかり》を上げて（あはれ）は男の胸から背へ、ちょっと猫背の背中にまわってまさかポンと押しはしないがいきましょう——生きましょうの承諾《うべない》なのか行きましょうの促《うなが》しなのかふたつをひとつに龍一は、裏をかえして（帰ろうよ）——と猫背を深めて五六歩あゆんで舗道に控える忠臣老骨黒紋付をあいた右手に召し上げる。傘の内に天《あめ》の原、ふりさけ見ないでちょっと傾けまなじり決して前見据《みす》え、いざとあゆめば降る歌声のあめに濡れた舗道をたいて地《つち》よ目覚めよ長歩靴《スニーカー》の心意気、天《あめ》と雨と地《つち》を結んで主《あるじ》の重みを弾《はず》ませ刻《きざ》んでモーツァルトを口遊《くちずさ》んでゆくような。

（妬《や》ける欅《けやき》わねえ。）

欅であろう、傘の内を覗《のぞ》きたそうに螢光灯の光を継いで色めくまなざしかさこそと、忍び笑いのまるで上臈《じょうろう》けやき女房肱《ひじ》で互いに突つき合って次から次へと妬《や》ける欅《けやき》の襷《たすき》をつなぐ。下の心は紫陽花《あじさい》連か雨の滴《しずく》をはらはらこぼしてもしも切られて花の首が道の端《はた》に落ちていたらどうでしょう、馴染《なじみ》のお顔の青年よ、浮世離れの隠者の君よ、連れてゆけ、具してゆけ、と足摺《ず》りの足はないが男のあゆみが襷《たすき》であろう根を託《たく》し、男の胸に抱かれた首のその根の幸《さち》を我事《わがこと》と、した、した、した、した、あゆみに和してあゆみに生きてみんなあゆんで傘の内の天《あめ》の原にこだま華やぐつゆの夜《よる》。大願成就をお祈りしてます私達はいつもあなたの側にいる。あなた達の側にいる。

あゆみの調《しらべ》が乗ってきた。

それなのに、まかせておけのあの胸ポンが聞こえて来ない。深更《よふけ》とあればまっさきに、頼母《たのも》し胸ポン膝を乗り出すはずのあの、お地蔵様や鎮守の森の神様が、皮肉なことに誰より気弱《きよわ》になっていたとは紫陽花《あじさい》連の証言だが、（たのめても　はるけかるべき帰る山）とお地蔵様はあろうことか待つ身の辛《つら》さを愚痴り訴え柄《がら》にもなく、手弱女《たおやめ》ぶりにしなだれしめっていたというしそれに応《こた》えて鎮守の森の神様これも伏目《ふしめ》の端《はし》に下の句を、涙と浮かべて（幾重《いくえ》の雲の下に待つらん）と、古歌を綴《つづ》ってあやまたず、帰ってこないわ望み薄だと諦《あきら》めの結論《しめ》を張って鳥居にしっとりぶら下げて、長雨《ながめ》を詠嘆《ながめ》る風情にやはりしめっていたというのである。確かに皮肉は皮肉だが、思えばこれももっともで、頭の紡《つむ》ぐこの世の文目《あやめ》の寺社奉行的網目《あみめ》はずるく抜目《ぬけめ》なく、目の敵《かたき》の、ひとつで無数無数でひとつのもののあはれを封ずるに、分類整理をもってした。神は神道仏《ほとけ》は仏教分野は所謂《いわゆる》宗教ですと役所の窓口対応さながらそっけなく、気づけば網目《あみめ》は鉄の籠《かご》でお地蔵様も鎮守の森の神様も、押し込められし籠《かご》の鳥、うきめを見ること既に久しくひのめを見ない思いだろう。されど、しかし――

いいつういいつうでえやあるう

地震がある。火山は噴火するのである。滴《しずく》は龍にもなるのである。龍一たちに一縷《いちる》の望みはかけただろう。

うしろの正面だあーれ、と。

「歩き慣れて馴染《なじ》みきった道なのに、今夜はなんだかさら湯のようにあたらしい。現《い》代《ま》の心の（新しい）に古語の心の（哀惜《あたら》しい）がまばゆいばかりに蘇《よみがえ》って道の景色が艶《なまめか》しい。いとおしい。生きている、いのちの道を心があゆんでいましたよ。心の景色をいのちがあゆんでいましたよ。うしろの正面を、心の主《ぬし》を光源を、躰《からだ》いっぱい感じながらあゆんでましたよもののあはれの道でした。胸に抱《いだ》く宝の一首の力です。まなざしは、ぼくの胸に隠れてましたがあゆんでいるのはまなざしの道でした。あゆみのまにまに時折ふっと湯浴《ゆあみ》の清香《さやか》が聞こえてましたよ瞳の気配。その女《ひと》の、あるべきその身はさぞや……、って思うんです。ぼくを身籠《みごも》るその前の、十九《じゅうく》の母ならきっとまさに会心の……

あやしうこそもの狂おしけれ
――ってとこですか。酔い泣きしたい酔い痴《し》れたいってぼくにせつなく訴え募《つの》るぼくがいる。反転図形無時間成就は今とばかりに勘違いしてあゆみの調《しらべ》の邪魔をする。やっかいですねこっけいですねどうかこのこと内密に、って胸のそれにお願いしたいとこでした。するとそれはぼくのあゆみの微妙な乱れを鋭く突いて坐禅のあの警策《きょうさく》みたいに肩に一撃バチン――なわけないですね、むしろぼくの胸の内にほほを染めて男のその気を優しくそらしてくれるんですか何かのはずみにちょっとずれる。こそばゆいのがあえかな声になりました。

(あれはなんですか?) って。

指があればさしたでしょう。あれ、って。

「露と答えて消《け》なましものを。」

「まさか――、ふっふっふ。」

指があればと龍一の、思いの火を知り女首《たまゆら》いよいよほほを染めたことであろうただし (これ) でも (それ) でもなく、あれはなんですか? と言問《こと と》う先は月影ならぬ露ならぬ、白玉ならぬあの例の、人間印《じるし》の著《しろ》き矢道ぞ本街道、白銀光の外灯柱廊皓々《こうこう》スパッと旧街道の首を刎《は》ね、夜の首を貫いて、

「うなりをあげて我らの行手《ゆくて》に割り込んでいましたよ。草木も眠る丑三時《うしみつどき》って昔の名前の首もとうに刎《は》ねていた。西へ東へ長距離飛荷車《トラック》ぶっ飛ばして一般車輌もなかなか多い。人通りもないわけじゃないんです。コンビニあり、ファミレスあり、英語の首もたやすく刎《は》ねて片仮名短縮あられもない不夜城ぶりのまさに躰《たい》をあらわしてる、コンビニファミレス現代《いまのよ》にないて行手《ゆくて》に控えていましたよ。これぞ難関人目《ひとめ》ヶ関《がせき》の本街道ってとこですね。」

いずこより、とその本《もと》たずね東へ都心へ思いがゆけば人目を霞《かすみ》でさえぎるような役人どもの巣窟その名も霞ヶ関《かすみがせき》が関つながりで浮かんで消え、こっちが先だと九段番町永田町、忘れちゃ困ると日比谷公園有楽町丸の内、大手町に一ツ橋、どの道つまり行き着く先は同じ景色が垣間《かいま》見えてあれはなんですか？　垣戸はどこもあいている。あの景色、ぱあっと晴れて大空咲いてあめが下に出《い》ずる森島あれはなんですか？　皇居です——ちょっと待て、あれは武家の徳川の、江戸城ではなかったか——となんの故《ゆえ》かそんなことを考えた。傘の端《はし》の乳首状《なり》の露先に、白銀光をかれんに宿してふくらみ落ちる滴《しずく》をとらえて知らない誰か昔の人の夢でもたまゆら影さしたか、ちょっとぼおっとしたけれども、

（胸のそれはなんですか？）

と嗤《わら》って返した輩《やから》がいる。思わず腕に力をこめたが空耳のようだった。外灯柱廊勢い込んでゆきかう諸侯は雷公《らいこう》連が謡《うたい》をうなって走るような真黒《まっくろ》な轟音《ごうおん》に、水切る繁吹《しぶき》音《ね》しららに噴き上げ鋭くなびかせ波とうねって高まって、高まって、高まりきって青星またたく頂《いただき》を、自《みずか》ら切るとドッと崩れて打って変わった後姿は諭《さと》すような尾灯の赤星、そのまま双子《ふたご》の火星にでもなりたそうに末をながく、

（お宝は大切にするこったぁ……）

お宝か——とニヤリ笑って龍一は、たとえば自分を扇の要《かなめ》とするならば、開ききっ

た左の端《はし》をそれこそ旧江戸城たる皇居に向けて宝とさせば右の端《はし》はちょうど富士のお山だな、となんの故《ゆえ》かそんなことも考えた。秋は夕暮深情《ふかなさけ》に燃ゆる空のあの方角のその裾《すそ》に、ぞッとするほどくっきり見事な影絵富士が出ることあり。影絵なればこそであろう遠方《おちかた》なのに間近《まぢか》に迫ってそこと見えてほんとに富士かと疑うほどに形そのものむき出しの富士である。みんなが知ってるあの富士を、拒《こば》む富士がそこにいて、ぞッとひとりにさせられて、ふたりっきり、ひょっとしたら胸のここ——お宝は大切にするこったぁ……、扇の要《かなめ》と双《ふた》つの端《はし》があえて言うなら三宝か、ともう一度、ニヤリ笑った龍一の、ニヤリがあッと凍ってヒヤリ！

「前方より自転車です。」

花柄の傘の陰に化粧の茶髪が覗《のぞ》いているし顔もやはりどぎつい化粧で夏の思い出先取りか、どうやら真黒《まっくろ》無敵仮面のしかしやるなら黒で通せばいいものを、ミニスカ上等白い素肌がだらしなくも開き気味にこいで来るから太腿《ふともも》の内側までがちらり、ちらりとはしたなく、

「咄嗟《とっさ》に傘を盾にして隠しましたよ女首《たまゆら》を。或《ある》いはぼくの昂《たか》ぶりをも。先方の、顔についてる眼の方は幸い傘に隠れてますが怖《こわ》いのは、むしろそっちの下の眼ですよ白い素肌の心眼です。ちらり、ちらりがマジ、マジと光るようで咄嗟《とっさ》に傘を盾でした。」

外には盾の忠臣老骨黒紋付は内に伏目《ふしめ》の瞼《まぶた》となってまつ毛にはらはら雨の滴《しずく》、落ち

ゆく先は友待つ舗道の銀砂子、つぶつぶ光ってあゆみとともに流れきらめく銀河さながら長歩靴《スニーカー》が抜きつ抜かれつ二艘《そう》の舟のようである。先を急ぐ。が太腿《ふともも》は危険《けんのん》なり。斜傘《ななめがさ》の視界で車道寄りに道を譲ってなおもあゆみを早めると、なんと生憎《あいにく》先方も、不良に同じことを考えたか、突如として、キイッと化鳥《けちょう》の叫び声が傘をつんざき耳を刺してあッと思うと銀河に黒い車輪の鼻がぬッ――と、危機一髪、息を呑《の》んで互《かたみ》に凍る見知らぬ仲の織姫彦星、傘が生んだ出合い頭《がしら》に一衣帯水立往生！　お宝は……

「あ――と、言ったんです。」

女首《たまゆら》か、先方か、或《ある》いは銀河のうろたえ声か、

「（すいません）と続きましたよ先方の声でした。それがなんと朱墨《しゅずみ》色――はッとして、やっぱりあれは空耳じゃなかったなんて時間空間ごちゃごちゃの火花みたいな錯覚まで閃《ひらめ》きまして夢のよう。顔を見たいと思いましたが胸の重みに自重して、傘の内に（すいません）と会釈がえしの自分の声がばかにウブな鴉《からす》みたいで嫌《いや》でした。とにかく道をよけましたが、右によければ先方も、左にかわせば先方も、よくある図。譲り合いが通せんぼ。そこでほほほとその声で、貴《あて》やかに、艶《つや》やかに、笑ってくれたらぼくは傘を捨てたでしょう。ところがです。幸か不幸か夢を裏切る茶髪の声が、えーッ？　マジィ!?」

シャレだよ！　――と口には出さず、あゆみの一歩に勢い込めてひょっとしたら他

生の縁の袂《たもと》をわかつ。

「ひょっとしたら感づいたのかもしれないぞ。白い素肌の心眼はともかくも、女性人間なんかじゃない、女人の勘、女の勘で女首《たまゆら》に。」

「さあどうでしょう。うっふっふ。」

　女の勘ならずとも、しとしと降りの静かな夜にまるであたかも風伯雨師の暴れ踊る台風祭《のわきまつり》の真只中《まっただなか》を突っ切るようなその姿、誰が見たってこりゃ怪しい。コンビニでは、窓際ねばる立読《たちよみ》青年じっと見入るは生唾ごっくん春画写真雑誌なり。どこやらがおごそかになってしまってたまらないのでその気そらしに窓を見ると呆《ほう》けたような自分の顔、その裏を、（ごめんなすって）旅鴉《たびがらす》が横切るのをなんとなく見送って、いかんいかんと頭を振ったそうである。ファミレスでは、かなり飲酒《きこしめ》してらっしゃるらしい女《め》男《お》入り交じりのケバケバしい連中が、傍若無人のばかっ話の腹をグーと鳴らしていたがグーに勝つパーのような姐《ねえ》ちゃんが、なんの因果か窓越しの目撃者の栄に浴し、あ――と、言って一座を黙らせながらなんでもないと手を振って、その手を首にあてたとか。

　他《ほか》にもあるべし、煩《わずらわ》し。……

七

チャリーン！

と、落っことした鍵の鈴音《すずね》はやっとの思いでたどり着いた扉の前で時しもあれ、静寂《しじま》を憚《はばか》り息さえひそめた龍一の、耳をつんざき天地《あめつち》に鳴りとどろいてこれを合図に一気に梅雨《つゆ》も明けるかと、思わずのけぞりぎゅっとつぶった瞼《まぶた》の裏に、繭《まゆ》を蹴破り引き裂きちぎって胸を起こすや乳房《ちぶさ》もたわわに思いっきり背伸びする、眩《まぶ》しい夏女《なつめ》の天照《てら》す大美肌《おおみはだ》が、顕現《たちあら》われたほどである。まさに胸のつぶれる思いを味わったが、たかがチャリーンの針小棒大、つゆのよは事もなし。

「いえいえそんなもんでしょう。はりつめた心には、つまり玉の緒のピインと張った耳の世には線香の燃える音も家の焼ける音のよう。灰のすっと落ちる音も落雷と聞こえるなんて言いますよ。」

「ごもっとも。これもものあはれだね。よほど張りつめて……、だからヘマもするんだよ。」

真澄《ますみ》に戻った胸の水面《みなも》にさあっとかえる雨音が、くすっと笑って龍さん落着《おちつ》いて、とやさしくさざ波立つのである。落着《おちつ》いて、鍵穴に……

　一階東南角というのか南に硝子《ガラス》戸東に窓の六畳一間、続いてやはり東窓の台所は四畳半、北東風呂に北西厠《トイレ》、中を捌《さば》いてチャリーンに驚く玄関で。落着《おちつ》いて、中に入って扉を閉めると安堵《あんど》の胸に朱雀《すざく》が明るくはばたいたが、かえって重みは眠り込んだ玄武と沈んで龍一は、俄《にわか》にきつい痺《しび》れを感じてちょっとぼおっとしたけれども、傘を持つ手の指でさぐって電灯《あかり》を点《とも》し御苦労さんと任を解いた忠臣老骨黒紋付をそっと壁に立てかける。と伝い落ちる雨の滴《しずく》が狭苦しい混凝《コンクリ》土間《どま》にじわじわと描きゆく、墨汁色の自然絵《おのずえ》が、まろやかにしなやかそうな若い女の横坐《よこずわ》りの影絵になってコペンハーゲン、人魚の像――ふっと気持がほぐれたけれども人魚がぶくぶく肥満《ふと》ってしまうその前に、と長歩靴《スニーカー》の任も解き、さっさと上がる。上がるとすぐ、台所の面々が――

　いつもなら、いかにも深更《よふけ》の風情を湛《たた》えてしいんと白く瞠《みひら》きながら点《とも》った後にはワキに徹する螢光灯に促《うなが》され、欠伸《あくび》まじりにのどやかに、さあさあ龍様のお帰りだよと肌に馴染《なじ》む古湯のような憩《いこい》の色で迎えるはずの台所の面々が、今夜は違う。どこか違う。粒《つぶ》立って、じいんじいんと眼に沁《し》みて、夜が鋭く耳に冴え、肌の肌理《きめ》に星散《ほしづ》くような例のさら湯のあたらしさ。

「いっせいに振り向いた、って感じです。」

「なにしろ異例のことだもんな女連れ。首だけの！」

夫婦茶碗《めおとぢゃわん》がお似合いの、ひとりじゃ広いがせいぜいふたりが手一杯の若草色の食卓に、常駐せる三小壜《びん》――醤油式部《むらさき》は驚きながらも龍様らしいと坂本龍馬の姉のように面白がり、七味の金魚は火の出る思いで我を女人の姿にせよと魔法使いを待望し、胡椒《こしょう》の小姓はにがにがしげに我心《わがこころ》、砂漠の如《ごと》しとなんの故《ゆえ》か落胆す。一段高みの流し台では詰所《つめしょ》に控える丼《どんぶり》女房中華もどきが寄りかかる茶碗《ちゃわん》や小皿や杯《コップ》を従え布巾《ふきん》の蒲団《ふとん》の隙間から、女首《たまゆら》の、昬ばかりを見ようとする。傍《わき》から杓子《おたま》がゆらゆらと、どうやらわたくしたちのお仲間よ！　ということは、召し上がりはしないわね、と残り一膳保温中の電気釜、台になった冷蔵庫と打合せ。朝まで討論しましょうか、どうする日本、どうする舟橋龍一殿、とテレビは画面の白紙を幸い自分《おのれ》が宰領せんとする。

静寂《しじま》と騒ぎが反転図形《とうと》、女首《たまゆら》いだく龍一殿とお台所も反転図形、互《かたみ》に息を生み合うようにさりげなくも貴い時を刻んで生きて早い話が身内だから照れもせずに龍一は、とりあえず、こちらへと――両手で捧げて若草色の食卓に、ここを仮の御座所《おましどころ》と恭《うやうや》しくお据《す》え申す。まさか、やっぱり、そんなのあり？　と三小壜《びん》は思わず主《あるじ》を見上げたが、むしろはッと息を呑《の》む。主《あるじ》は一心不乱である。安酒場顔負けの粗末な椅子を手まさぐりにいつのまにやら腰かけて、ためつすがめつまるであたかも首実検の武将のようだと胡椒《こしょう》の小姓は言うけれども、七味の金魚はそれにこもる鬼気を斥《しりぞ》けむしろ鑑《め》定家《きき》の冷たく冴えた好色眼、とピリッといって小姓ともどもなんだかちょっと恥ずかしく、どこか寂しい思いもする。それを察しほほえんで、ゆとりありげに醤油式部《むらさき》の言うことには、玩具屋《おもちゃ》さんの飾窓《ウィンドー》に蛙《かえる》のようにくっついて、手には入らぬお気に入りの逸品見つめる子供の眼色《めいろ》にさも似たり。筆者はこれを推したいが、とにもかくにもその眼で見られた女首《たまゆら》の顔立ちは、

「すっきりした顔立ちで……云々と、冒頭《はな》にざっとお話ししましたね。ただし所謂《いわゆる》写実とは言いきれない趣で、この手のものにありがちな漫画っぽさがなきにしもあらずなんですが、見れば見るほど俗に言う（今にものでも言いそうな）の不気味さとなつかしさが胸にひしと迫って来て、それこそ反転図形の息づかいに時を生んで表に裏にとうつろいながらやがてのことに誰かのまなざしにきわまってゆくんです。うしろの正面の、まなざしです。妙な気持なんですね。見つめ合っているんじゃない。まなざしを、同じうする誰かがいる。合掌を、うしろから合掌でつつむような……、まさか背後霊とは言いませんがぼくのうしろの正面から、ぼくとまなざしを同じうして、だあーれ！　ってうたい締めてほほえむ誰かの依代《よりしろ》が、ぼくの正面に、確かにあるって感じです。まなざしが、おのずと女首《たまゆら》を象《かたど》った、ってそんな感じ。ああ、あなたでしたのと、花咲く声の（あなた）は果たしてぼくのことかそれともその誰かのことか、これまた反転図形一枚絵の身内ぶり。やっぱりこう、ぼく向けに、ぼくだけのために誂《あつら》えられた会心の逸品に、邂逅《めぐりあ》えた有難さ——って玩具屋《おもちゃ》さんの飾窓《ウィンドー》っていうならば、買ってもらって家《うち》に帰って包装紙を解く時の、あの気持ち、あの時のあれですよ。」

「その時のそれだろな。同じものが何体あろうとそのそれは、お前さん、だけのために誂《あつら》えられた会心の逸品なんだ。」

「恋とはそういうものでしょう。人間殺して人を活《い》かす活人剣が冴えますよ。」

「恋は反社会的、危険《けんのん》なんだ。社会の元、いのちの元が恋なのに、これは言わば美しい逆説だ。宇宙の本質（絶対の無意味）を思えば美を追えば、恋ほど反社会的なものはなし。ピアフの『愛の讃歌』は実は『恋の讃歌』だよ。反社会的な歌だろ？　社会はこれを許せないが否定できるはずもないから馴致《じゅんち》するんだぬけぬけと差別化するんだ愛ってやつだ。恋の身心《しんじん》分断して、愛っていう臭《くさ》い芝居を始めやがる。お前さんの言うとおり、愛なんて、人間至上帝国主義が苦しまぎれにでっち上げた優越感の安っぽいお飾りに過ぎないよ。恋は傍点双《ふた》つだな。もののあはれの活人剣さ天地万物森羅万象いずれか恋をうたわざる。解き放つ、歌の舞台が物語ってことだろさ。業平も光源氏も活人剣と言うべきだ。ただし悲しいかな、物語で《そこ》しか、生きられない。反社会的だからな。」

「文学の存在理由にかかわる話になりますね。ブンガクかあ――嫌《いや》な言葉の響きですねえぼくなんか、文《ふみ》を楽しむ文楽《ブンラク》って言いたいですけど人形浄瑠璃ひとりがまるで商標登録みたいでしょ？　心ない所業ですねえ恨めしい。って笑い事じゃないですよ。嗤《わら》われるかも知れませんが近代以前のこの国では、貴《とうと》ばれていたでしょ？　歌が物語が。反社会的って承知の上で或《あ》いはだからこそ、逆説を知ればこそです歌が物語が、たしなみだったわけですよ。根本に、もののあはれの恋を貴《とうと》ぶ母恋い祭《まつり》の活人剣が生きていた。そんな国があったとさ。」

「月やあらぬ、春や昔の春ならぬ。」

「裏にいのちの日神《ひかみ》が燃えて白い肌は雪月花。うっふっふ。なにか微妙に中間です。いえ顔立ちですよ女首《たまゆら》の。」

「存在理由にかかわるなあ。」

「あっはっは。なにか微妙に中間です。丸顔小町か細面《ほそおもて》の瓜実《うりざね》か、どちらとも言えそうで、どちらとも言えなくて、なにか微妙に中間の、ほら、あの、散り敷く桜の美肌《みはだ》道《みち》に、足をとめて（じっと見）に見つめていると顔、顔、顔、顔、踏んじゃってごめんなさい――その中に、丸いようで丸くなく、長いようで長くない、とびっきり形のいいのがひとつふたつと数えられる、あの顔です。わかりません？　とにかく微妙に中間です。」

もち肌の、雪の肌のほほのあたりに豊かないのちの灯影《ほかげ》をほのかにあたたかそうにうつしている、桜影《さくらかげ》、雪は光に遍《あまね》く潤《うるお》いつややかな月と冴えてあごへきりっと凛々《りり》しい顔。燃ゆる火の、今日《きょう》の日の、ひを裏に雪月花。瞼《まぶた》は一重《ひとえ》の切れ長に、末は上がりもせず垂れもせず、下瞼《したまぶた》を迎えてちょっと傾きにじむ。一重《ひとえ》といっても弥生にあらず縄文に親《ちか》いと思う濡れたような陰翳《かげ》を添える愁い涼しい深みの一重《ひとえ》、せつないのが涼しいような賢いのがぬくもるような陰翳《かげ》の湿《しめ》りのゆかしさは、おそらくは、伏目《ふしめ》になったら二重《ふたえ》にほぐれてほおっと湯浴《ゆあみ》の清香《さやか》であろうひそかな湯元の気配さえ、こっそり教えてくれそうな、そんな二重《ふたえ》を一重《ひとえ》にたたんでまつ毛ぼかしの薄墨づかいに小筆ですうっと曳《ひ》いたと見える陰翳《かげ》だから、やはり思うおそらくは、あらわにすれば醜くなってしまうであろうなまなましい豊かさを、慎《つつ》ましやかにひめ隠し、隠しながらにかのはずみにふっとはにかみほのめかす、心化粧の女の智慧が隅々までゆき届いた恵みの躰《からだ》であろうかと。

「瞼《まぶた》ひとつでそこまで行くか？」

「ほんとですよね自分でも、さすがに呆《あき》れてしまいますけどあの時は、誰に何を憚《はばか》りましょう深夜独坐の（じっと見）です。おのずとこう解き放たれて（あやしうこそもの狂おしけれ）ってとこでした。道行《みちゆき》から、そうでした。たまゆらさしたあのまなざしにあてられて……、うっふっふ。硝子《ガラス》か何か象嵌《ぞうがん》されているんでしょう、奥ゆきがありまして、なつかしさと不気味さの反転図形が時を生んでまなざしにきわまって、（あなたが今、見てるのは、あなたのうしろの正面です）ってゆかしい陰翳《かげ》の廂《ひさし》に光がやわらげられてまなざしは、刺さず傷《あや》めず訴えず——」

刺さず傷《あや》めず訴えず、つつみ込み、受け入れて、宥《なだ》めてポンと背中を叩《たた》く、十九《じゅうく》二十《はたち》の母とも姉とも言いたいところ見ようによっては思いのほかに少女っぽいとも言えようか、黒目勝ちの大きいのが、まるで双《ふた》つの夜空のようで邂逅《めぐりあい》の（我かの時）のあの夜《よ》あの時あのかいま見には真冬の満月天頂《なかぞら》に、高く小さく皓々《こうこう》と、裏の日ざしの恋の火を訴えかけていたけれども、台所の（じっと見）には、刺さず傷《あや》めず訴えず、初夏の夜風が若葉涼《すず》を鳴らして湯浴《ゆあみ》の清香《さやか》を奏《かな》でる涼しい愁いに潤《うるお》う夜空が大きな瞳。どこか遠くで胡弓《こきゅう》の音色《ねいろ》が女波《めなみ》を描《えが》くと思ったら、すぐ上の、

「眉でした。心憎いさりげなさ。それとしもなき趣なんですが――」

それとしもなき趣ながらそれと気づいて（じっと見）すればまなざしの広さと深みに後見《うしろみ》の頼母《たのも》しさを与えている、さりげないがなくてはならぬ気品の一筆《ひとふで》これを憎いと言うのである。かざした小手の指先思う眉末《まゆずえ》は雪の肌に消え入って、深い眠りに沈んでいても隅々が夜聴《よざと》いような智慧の笑《えみ》の流れと見え、広めのお額《でこ》の明るみが嫌味《いやみ》のない海かとぞ。合掌すれば指先を、ここに迎えて光を集めて念ずる力になるであろう眉間《みけん》に泊《とまり》のゆとりあり、（じっと見）に玉の鏡が浮かんで来ると双《ふた》つの眉根《まゆね》に鏡を支える蛇《くちなわ》の鎌首めいたハの字の幼い皺《しわ》の丘が兆《きざ》して何とも悩ましい。涼しい愁いに潤《うるお》う夜空の瞳の清香《さやか》と相俟《あいまっ》て、この女《ひと》は、

「嬉しい時もかなしげに、苦しい時もかなしげに、怒りにわななく時でさえ、かなしそうに見えるでしょうねいつもいつも自分のことは後回《あとまわ》しに、あはれを催すものたち

の身の上ばかり心配して暮らしていて、そんじょそこらのしたり顔の人間どもの（自分のための人生よ？）なあんて忘根心《カラゴコロ》の偽賢《なまさかしら》の説教節にびっくりして、（一輪の花美しくあらば我もまた生きてあらん）邂逅《めぐりあい》の人生よ？　ってかなしく気高く美しく、もののあはれの歌をうたって人間どもをびっくりさせる女《ひと》ですよ。」

「そりゃびっくり仰天するだろう。今日《きょうび》この国に、そんな女がいるとはね。」

「首から下を隠しているかも知れません。帯にさした懐剣です。その気配、品がよくって目立たないけど鼻筋がそうなんです。毅然《きぜん》とした覚悟を示して邪《よこしま》を拒《こば》んでる。」

「今日《きょうび》この国の邪《よこしま》は――って、いつだったかお前さん、力説したことあったよな。自覚なき不具だって。毒でもあればカワイゲがあるのにってあっはっは。」

「そうなんです。ひたぶるに荒ぶる真《まこと》の邪《よこしま》ならばむしろ可畏《かしこ》き無垢《むく》のものと輝きます。高貴《あて》なる光に輝いて、邪《よこしま》を超越して、或《ある》いは真《まこと》のもの特有の激しさとすみやかさに邪《よこしま》が邪《よこしま》たるに耐えきれず、（絶対の無意味）の宇宙と顕現《みあれ》して母恋い泣きのスサノオさながら美しかったりするものなんですが、今日《きょうび》この国の邪《よこしま》は、歪《ゆがみ》でもなく荒廃《すさみ》でもなく病とすら言えない態《てい》の自覚なき不具の謂《いい》に他《ほか》ならない、忘根心《カラゴコロ》の偽賢《なまさかしら》のことですから、こんなみすぼらしい臭《くさ》い卑しい世の中に、こういう女の人は息をするさえ潔《いさぎよ》しとしないで神隠れ遊ばして……、そんな気もしますけど、ここに確かに口があって今にものでも言いそうな。さわってみれば硬くて冷たいけど、（じっと見）にぬめぬめと唇が――」

　春の日の夕映えを、練りに練って練り上げたら、こんなにやわらかく、こんなになめらかな、伸縮自在の慰めとめぐみに満ちて活《い》かすも殺すも思いのままの神通力をひめている、明るい蛭子《ひるこ》の輪になって――面白い？　と輪を細長に閉じたと思うと両端《りょうはし》をちょっと上げて笑《えみ》の光沢《つや》を滑らせながらそのまま朱色の煮凝《にこごり》になったような唇で、

「指でさわっただけだな？」

「――ドキッとすること言わないで下さいよ。」

「やっぱりか！」

「いいえいいえ指でさわっただけですよ。」

　ひを裏に雪月花の肌の光沢《つや》がここに遊んで上の眉が胡弓《こきゅう》ならばここ唇は横笛か、見ているだけで歌が聞こえてその音《ね》はさながら鈴虫或《ある》いは閻魔蟋蟀《えんまこおろぎ》エンマは名こそすさまじけれ、音色《ねいろ》はむしろ鈴虫をしのぐほどにせつなくわななき紅《べに》さし濡れて美しく、この女身《おんなみ》の湯元の気配が聞こえませんかあなたの胸にその裸身《はだかみ》をうつし出してあげたいのにともどかしがっているようで、

「ぼくだってもどかしいったらないですけど、なんとなく、見えるようでもありまして、――遠目に姿はほそやかにすらりとして、だけどこう、人影の影は深い――って言いますか、」

遠目に姿はほそやかにすらりとして、さりながら人影の影は深い。寄り添えば、遠目ほどの背丈《せたけ》ではなく安らかで、豊かさが近まさりにほおと和《なご》む風情である。寄り添った、肌から肌へ、ああ、あなたでしたの、待っていましたこんなにも……こまやかにひきしまり、しなやかにみなぎって、やわらかく、まるみふくらみ、なやましく、くびれしのび、のびやかに、うたいながれ、せつなげに、たわんでつぐむ。

「着痩《や》せするいい女――なんて言うと俗ですが。」

「とんでもない。いい〜女って伸ばすんだ。真心こめて思いっきり、いい〜い女！　――不思議なもんだいい〜い女！　って唸《うな》ったら、お前さんの憧憬《あこがれ》の、そんな女が確かにどこかに生きてるに違いないってときめく思いがして来たよ。それにしてもただならぬ人形首。よほどの思いをこめただろう、作者は一体どんなヤツ、そいつが手ずから運んだか、運び屋が別にいるのか知る由もないけどな。」

「すべてはあそこに絞《しぼ》られるんじゃないですか？　冒頭《はな》にざっとお話ししましたね、問題《くだん》のあそこにあの――黒髪に。」

八

祠《ほこら》かお堂か雨こそしのげ梅雨《つゆ》の夜《よ》の湿気《しっけ》はあまねし黒髪山に艶《つや》めく夢、真夏のどこか高原あたりの日盛りの清水の凪の櫛《くし》入れを、湿気《しっけ》の指でしっとり撫《な》でて整えて、邂逅《めぐりあい》の腕を胸を待っていた。巫女《みこ》のくろかみつゆのよの湿気《しっけ》は女の露であったか腕に胸にひいろ燃ゆ。道行《みちゆき》の、細身ながらひたむきな男の力に髪形は押しつぶされてさいなまれていのちがけで守られて、うっとり黙って男の部屋で色っぽくしなだれて、「我家《わがや》の凪《なぎ》の洗い髪のようでした。身内ぶりって言いますか、不気味さとなつかしさの反転図形がまなざしにきわまる前に既にもう、ここはまるで主《ぬし》のようなしどけなさ、しっとりしっくり家戸主《いえとじ》の落着《おちつき》みたいでなんだかちょっとくすぐったい。さら湯光りの螢光灯にますますこうおごそかに冴え静まっていましたが、おそるおそる指を入れると吸いついて――」

こまやかにひきしまり、しなやかにみなぎって、指の先で起こしてみるとやわらかく、指があっと息呑《の》むほどに豊かにまるみふくらんで、ふくらみながらそんな自分に驚き恥じらい指先に戻ろうとあせるがしかし果たせずに、なやましく、くびれしのんで思い入れの形のよう。それをそっとはじいてみればのびやかに、しなりをあげて歌声が波打って、末にはちょっと反《そ》りかえってつぐみながら余韻を我身《わがみ》に絞《しぼ》り味わうせつないたわみと見えもした。

「朝《あした》には、何事もなかったように――って言いますか、一夜《ひとよ》のうちに高原あたりの清水の凪の髪形に、戻ってましたよこれがまたたまんない。賢《さと》そうで聴い身応《みごた》えありそうで。あんまり言いたくないんですけどやっぱり何度も言いますよ。この女《ひと》の、御身《おんみ》はどんなに美しかろう。」

「（かきやりしその黒髪のすじごとに　うちふすほどは面影ぞ立つ）定家だな。本歌はあの言わずと知れた和泉式部（黒髪の乱れも知らずうちふせば　まずかきやりしひとぞ恋しき）――女の歌は赤いけど、時空《ときょ》を超えてこれを抱いた男の歌の黒いこと。（すじごとに）が凄いよな。（ぞ）（立つ）でぞッとする。不気味だな。なつかしい。人形首の髪だけ本物いよいよもって不気味だけれどもだからこそ、いのちだな。心だな。いのちが心、心いのち。お前さんの指に立った面影は、会心の――、根の国女王絶世の美女たる母は誰にとってもそれぞれまさに会心の御身《おんみ》だろ。ひとりで無数無数でひとりの根の国女王の命《めい》を受けたたったひとりの黒髪が、お前さんを身籠《みご》る前の十《じゅう》九《く》の母の黒髪自身が女王の命《めい》をしたたらせてひらひら飛んで来たんだきっと。お前さんの夜な夜《よ》な夜《よ》なあゆむ道をみつけて祠《ほこら》かお堂かその棚に。――作者に運び屋勿論《もちろん》いるに違いないが黒子《くろこ》みたいなもんだろうさ。うっふっふ。

それにしてもお前さん、いつもながら楽しそうに見えるなあ。いっそ羨《うらやま》しいって言ってやる。」

「楽しくって仕様がないですね。絶望するのも鬱《うつ》になるのもなまじっか意味なんか求めるからじゃないですか？　頭の紡《つむ》ぐこの世の文目《あやめ》の惑わしです。（絶対の無意味）

と知れば文目《あやめ》は散ってモーツァルトの青空です。せつなくかなしく美しく、楽しくって仕様がない。好み信じ楽しむ言わば生来の好信楽の磁針がわななき奮《ふる》い勃《た》ってその先に、天職が輝きます。そこが男の死場所《しにばしょ》です。母恋いの極《きわみ》です。楽しくって仕様がない。その道を、あゆむうちに好信楽の磁針はやがて活人剣になりましょう。人間殺して人を活《い》かす。天職の特攻機が（いたるところに青山《せいざん》あり）の墓であり子宮である青山に、喜び勇んで突入する。もののあはれの火柱が立ち上がる。飛んで（絶対の無意味）の美に入《い》る零戦《ゼロ》一機母恋虫《ははこいむし》が男でしょうか身を焼きながら礼を言う。火柱が叫ぶんです。お母さん！」

「どうも比喩《たとえ》が不穏当だがよおくわかると言ってやる。うっふっふ。やっぱり女は死なないね。死ぬのはいつも男だけ。」

「それが女の天職です。根の国女王の家《うち》となって死の国根の国母が国の我身《わがみ》を生きる。墓であり子宮である青山を生きるんです。（絶対の無意味）の権化美の権化。」

「おいおい――、ここだけの話だな？　こんな話、女の耳に入った日にゃ――」

「くわばらくわばら、あっはっは。女性の耳に入った日にゃ――って言うべきです。女性は女を知りません。無知の自覚もありません。」

「ああ～あ、嘆息《ためいき》もんの話だなあ。」

「嘆息《ためいき》もんの話といえば好信楽の信ですよ。好と楽はおおらかですが信は曲者《くせもの》惑わしに満ちています。騙《だま》し騙《だま》され憂世《うきよ》の諸悪の根源に、こいつがいる。頭の紡《つむ》ぐこの世の文目《あやめ》の文《あや》はこいつで出来てます。（信ずる者は救われる）って二者択一を迫って来る。こいつが諸悪の根源なんですね権力の発生源。上から我らを縛るのは、権力の最終段階に過ぎませんよ発生源はこちら側にあるんです。（信じますか信じませんか）の二者択一、イエスで仲間だノーで排除。権力の発生源は幼稚園にだってある。

ものの、あはれは虚心坦懐です。相手に信を押しつけない。二者択一も迫りません。自分に信を向けるわけでもありません。同じものとものですから。相手でもなく自分でもなく自分が相手を好きになったということを、信じます。それしかない。生きているということです。（絶対の無意味）の世界宇宙の中で（絶対の無意味）といえる生来の好みこそ、世界宇宙の本質輝く恋の火の火種なんです母恋いです。好み信じ楽しむの、（好み）は動詞なんですが、名詞にすればすっきりする。好みを信じ楽しむと。」

「なるほどな。世の中には、信といえば勝手に相手に押しつけてるのがあまりに多い。相手のあずかり知らぬ所であの人わたしの味方なんだと勝手に信じてやがて勝手に裏切られて勝手にひどく傷ついて、果ては勝手に恨み骨髄へたすりゃ虎と馬を勝手に合体させて苦しんだり、あっはっは、恨めしや、って言われて相手はキョトンなんてことになる。そうかと思えば自分に打って自信という鎮痛剤にしてみたり。そんなだから逆に相手に騙《だま》してやろうの下心あろうものならイチコロなんだくわばらくわばらあっはっは、お前さんの言うとおり、真の信は潔癖でなくっちゃな。自分を含めた誰かに向けるもんじゃない。恋は思案のほかって言うし（文目《あやめ》も知らぬ恋をするかも）なあんて言うぜ好きになったということを、信ずる以外に信の用法ないんだな。これぞまさにもののあはれの流儀だな。」

「そうですそうすりゃ楽しくって仕様がない。騙《だま》しも騙《だま》されも無縁です。これぞ真《まこと》の好信楽。なんかすっきりしましたね。」

「お前さんらしいよなあ。しかしながら――

しかしながら現代《いまのよ》は、いよいよ多勢に無勢じゃないか？　頭の紡《つむ》ぐこの世の文目《あやめ》は綻《ほころ》びようが大穴あこうが復原力が現代《いま》やもう半端《はんぱ》じゃない。あっという間《ま》にすべて世は事もなしだぜ支配力は日進月歩の技術革新さながらに、分厚《ぶあつ》く分厚《ぶあつ》く強化されて頭《あたま》独裁体制いよいよ度し難し！　忘根心《カラゴコロ》の偽賢《なまさかしら》の野暮天どもの天下だよ。日本人よどこ行った――ってお前さんの言うとおり、もののあはれのヒノモトビトの日本人は近代以降激減したと言っていい。殊《こと》にも戦後は危機的な状況だ。」

「表の裏に隠れてるんじゃないですか？　檄《げき》に応《こた》えてぼくは蹶起《けっき》したいと思う。表の裏を呼び覚ますんですそれが隠者の使命じゃないかって思うんです。表の裏に隠れてるんです武士《もののふ》も、農民《つねびと》も、狩人《かりうど》も、漁師《すなどり》も、商人《あきんど》も、職人《たくみ》も、芸人《わざおぎ》も……、隠者はつまり芸人《わざおぎ》の一類だと思われますが我ら隠者一族が、蹶起《けっき》して、進撃して、やがてのことに文《ふみ》を楽しむ伝家の宝刀活人剣の軍勢になったなら！」

「源氏の加勢は望めるか。」

「盟主です。母恋い系元祖古事記と共に睨《にら》みを利《き》かせてくれますよ。日本紀などはだかたそばぞかし、なんつって。」

「そうなりゃ万葉集も黙っちゃいない。没落していささ群竹《むらたけ》吹く風の、家を持った男《あいつ》はまず出て来るぜ。古今だって仮名《かな》という女装好みで顔《つら》が雪の男《あいつ》ぐらい寄こすだろ。」

「とそうなれば、新古今は凄いですよ百人力を寄こします。その名も小倉百人一首を定めた家に怨念の孤島の御霊《みたま》が勇躍行幸《みゆき》遊ばして、来ぬ人を、待ってる場合か今こそあのうらの苫屋《とまや》を花と紅葉《もみじ》で噴火せしめよ国難じゃ、と実を言えば芸となると身分も忘れて上皇を平気で謗《そし》って歩いた恐るべき炎の奇臣変臣を、むしろこの際頼もしと。のみならず、花の下にて春死んで西へ行った富士の煙もぐるりとまわって東雲《しののめ》に、心の在所《ありか》を訴え立つんじゃないですか？　いのちなりけり！　なんつって。」

「まだまだ出るぞ。耳はいいのにナンチョー贔屓《びいき》でイエス嫌いのノー父子《おやこ》も橋がかりをしずしずと、雪月花、洗練のきわみというべき美人《きれいどころ》を代々生み出す芸能民《わざおぎたち》を引き連れて。ばさらと開いた舞台には、金箔銀箔かくかくしかじかあやおり乱れる夢のような海の上に雪の舟が浮かんでる、ソーギだって華やぐだろう襖絵《ふすまえ》を背中にしょってなんにもせんで休むがよいと茶筅《ちゃせん》をいじくるあの男が、合わぬあわびの片恋を、さびた声でうたいながら腹を割って話《はな》したそうに待っている。どうやら舞台は根の国の、お国の色里。天孫コーリン地祇《ちぎ》と契る俵屋根の梅の湯に、風神は背中を洗《なが》し雷神はふやけてしまって鳴りませんの幇間《たいこもち》、いよッ、色男！　とそいつに呼ばれて振り向くどころか造化に帰る蛙男《かえるおとこ》は銭のサイカクまるでなく、八百屋お七と心中したいと近くの松で冥土の飛脚を待っていたが遊女も寝たりで信用されず、ひとりで飛び込む水の音、聞こえた途端《とたん》にサンバの手に取り上げられ、春の水の産湯を浴びて夢から覚めるとやっぱりここは梅兒誉美《うめごよみ》の梅の湯で、外に馬を三頭つないだ馬子《まご》まで一緒につかっているからお前さん、生れはどこ？　大坂でんねん、いつ来たの？　京伝ねん！　馬子といっても侮《あなど》るなかれ琴をひいて里を見る眼はハッケンに満ちている。見よ湯殿の空に絵筆を揮《ふる》うトラさんが、人魂《ひとだま》でゆく気散じや夏の原、と一句を十回《じっぺん》のぼせて赤富士、やがて秋に成りにけり。」

「拍手拍手秋には成っても終生《シュウセイ》飽きません。あっはっは。多士済々《たしせいせい》ってとこでしょうか八百万《やおよろず》のもののあはれの国とあれば当然ですが目覚めるべき日本は、豊かですねもったいないですみんな目覚めてもらいましょう。表の裏ですたやすいことですこの際やっぱり御大《おんたい》富士山に、ひとつ爆発していただいて……」

　そこまで大きく出ることないが筆者ちょいと調子に乗ってやってしまった右の多士《たし》

済々《せいせい》の一席は、何を隠そう龍一殿の部屋の書棚が種《ネタ》である。台所を楽屋とするなら舞台にあたる六畳間の、背景画《かきわり》めいた書棚にぎっしり肩寄せ合った龍一印《じるし》の悲しき玩具《がんぐ》団《だん》のおもだった面々《かたがた》よ、幕の上がらぬ主《あるじ》の不遇をかこちつつも遊芸文華のほこり高く小口にうっすらほこりをいただきいつになるやら今度の元禄十五年、十二月《しわす》十四日のそれをひたすら待っている、と筆者の気ままな記憶《おぼえ》の糸に友釣《ともづり》の数珠《じゅず》つなぎにひっぱり出されてまことにもってお気の毒な次第だが、せめて戯れにても檄《げき》に応《こた》えてまさに蹶起《けっき》壮大典麗絢爛《けんらん》豪華、軽妙幽玄妖艶洒脱《しゃだつ》の晴《ハレ》舞台は宴会一揆の夢ぐらい、ひとつ見させてあげましょうと筆者のつたない暇津節《ひまっぷし》。されど見よしらじら明けにも台所《がくや》を動かぬ富士山ならぬ御大《おんたい》龍一は、画龍点睛《がりょうてんせい》の、爆発ならぬ山鹿流の陣太鼓もあらばこそ、檄首《げきしゅ》たる女首の御前《おんまえ》にて、臥龍《がりょう》のつもりか頬杖《ほおづえ》の杖もついえて両手を枕に若草色の居眠りで、日《ひる》と夜《よる》がひっくりかえったこの生活《おきふし》にはいつもならまだ冴え眼《まなこ》の頃なのに、例ならぬ睡魔だったと言うのである。

「うたた寝に、恋しきひとを見てしより……じゃありませんが気になる夢を見ましたよ。」

九

平成七年、そちこちで小さな火山が息を合わせて噴火した、炎と黒煙《くろけむり》の龍巻柱廊阪神大震災の酸鼻をきわめる惨状を、同じ画面がたくさん居並ぶ電器屋さんの店先で見ていると、今度のゴジラはちはやぶる神戸ですかと声がして、誰もがみんな雪女の声だとすぐにわかったので振りかえらずに息を合わせてうなずいた。

昭和二十九年、米国の水爆実験を口実に蘇《よみがえ》った神獣ゴジラは南の海からどうして北上したのだろう。どうしてわざわざ東京湾に入り込んで帝都に上陸し、恐怖と浄化の美しい劫火《ごうか》惨劇一夜絵巻を繰り広げるやこれにて御役御免とばかりにどうしてまた、海に戻って無理心中のセリザワ博士を待ったのか。たとえば国会議事堂なんざムキになって跡形《あとかた》なく破壊したのに皇居は避けてとおったと、そんなうがった好事家《こうずか》の説がある。おそらくゴジラには、故郷がふたつあるのだろう。なにより恐ろしいのはゴジラのあの、あどけなく瞠《みひら》かれた眼《まなこ》である。故《ゆえ》知らぬ、それが故《ゆえ》にひたぶるに募《つの》って荒ぶるかなしみの、忘我的怨念ってもんですよ、と隣の席のセリザワ博士がおっしゃった。黒の眼帯ゴジラ系。

「潰《つぶ》れてしまった私のこの片眼が疼《うず》くもんでね……。なにはさて、きみ――、東京に、こんな静かな朝があったかね？」

焼跡の廃墟である。夜だと思う。しかし映画館でもあるのである。朝かも知れぬ。やっと映写が始まるや、いきなり博士がおいおいきみ、ゴジラは松竹かね、と皮肉っぽくお笑いになるものだから首を横に振ったのだが、博士が顎《あご》でしゃくって示す銀幕は、確かにあのやけに厚化粧の富士山そして麓《ふもと》に大きく四文字の横雲が、松竹映画……

だが、しかし、

「博士！　御覧下さいお山の上空を。小さいですが後光のさす円《まる》に東宝の、ほら馴染《なじみ》の紋所《もんどころ》が……、なんか、ちょっと、変ですね。これは例のフシとフチの問題になりましょうか。やはりアイヌ語が、鍵ですか。」

火か水か或《ある》いは両方か、並ぶのか重なるのかひとつでふたつなのかふたつでひとつなのかいずれにせよ、富士のお山は女神ですねと専門外の質問に、博士はオホホホホ、と公家のようにほほえまれ、しかし武家のように朴訥《ぼくとつ》に、きみ、お故郷《くに》はいずこなりやと藪《やぶ》から棒の反問なのに待ってましたの気持になって故郷《くに》の名は、不死身の雪女！　と言って自分に驚いた。が博士は少しも驚かず、きみ、雪女はね、やはり源氏ですよ、では、さよなら――と、お立ちになる。では博士、博士は古事記も同然ですねと背中に言葉で追い縋《すが》れば、ゴジラは白鳥になりたかったに違いないのですと背中でおっしやりもう一度、顎《あご》でしゃくって銀幕を。すると一羽端然たる白鳥の湖に、見事うつった逆富士《さかさ》――と思いきや、よく見れば、濃紫《こいむらさき》の朝顔の花ではないか花に浮かぶ白鳥か！　眼を奪われ、耳に名残《なごり》の博士の声が振り向いた。

「ああその濃紫《こいむらさき》は恋の紫って書くのが心ってもんですよ。では、ホントにさよなら。」

と、促《うなが》されたか気高くかなしく羽ばたき立った白鳥は、千々《ちぢ》に崩れて大空散って恋紫《こいむらさき》の朝顔にふりかかる、非時《ときじく》の桜吹雪《はなふぶき》になっていた。なるほど『源氏』は紫の縁《ゆかり》の花の紫上《あのかた》を、（春の曙の霞《かすみ》の間《ま》よりおもしろき樺桜《かばざくら》の咲き乱れたる）なあんて比喩《たとえ》ていたっけ合点して、消えゆく博士は慕《した》わしいが姿は見ないで画面に御礼《おんれい》申し上げる気持でいよいよ眼を凝らす。と画面にかぶさる語り手の、声が言葉が快く流れ始めてさすがに巨大な映画館、なんとも響きがいいのである。その声が、

「紛《まご》う方なき岡田さん。」

「俺が出るのかよ！」

「低音のいい声だからちゃっかり借りて来たんでしょう。なにぶん夢のことですから悪《あ》しからず。」

「仕方ねえな。で、どんな文句を語ったんだ俺の声は。」

――我々は、世界宇宙を生れながらに絶対的に知っている。未来も含めた歴史のす

べてを生れながらに絶対的に知っている。内面とは外界《げかい》であり外界《げかい》とは内面だと生れながらに絶対的に知っている。夢とは現実であり現実とは夢だと生れながらに絶対的に知っている。この絶対的胎内記憶を忘れてゆくのが人間《オトナ》になるということだ。しかし世の中には、ひそかに「教育」の毒牙を逃れたもの狂わしい先天的思い出上手のもののあはれ少年がいるものだ。根の国女王に守護されたこういう少年の魂が、何故《なぜ》あらゆる意見や理論や解釈や批評のもとに理想と幻滅とが乱れ合う人間《オトナ》の複雑に加工された世界に、抗議して立ち上がってはいけないか！

「そりゃさる高名なる評論家の文学本質論の一節……だよ、な？　――でも、ちょっと、なんだか変だぞ？」

「お気に召しません？　確かにぼくが諳《そら》んじてる現実《うつつ》の文句が生かされてはいますけど、いかにも夢らしい改竄《かいざん》創作ほしいままの味でして、初めて触れる文《ふみ》と言っていいですね。ところがこれが常日頃のぼくの愛唱文だということになっていて――なにぶん夢のことですから……。」

声が言葉がなつかしく、昔を今と奏《かな》でる香《かおり》がいつしか背文字になっていた。

書店の棚の一冊に、何気なく動いた指は好信楽の磁針の指であったらしい。めくるなり、言葉綴《ことのはつづり》のしだれ柳がめくるめく指の風に眩《くら》んであッと意味を失い玉の緒の、いのちなりけりうしろの池を前に出す。文ヶ美池《ふみがみいけ》は文神池《ふみがみいけ》の水の面《も》に、たまゆらゆらッと顕現《みあれ》したのは遙かなる昔と呼ばれる鏡のまなざし瞬《またた》くものあり自分の顔、のみならず、傍《かたわら》に、息を呑《の》んで思いがけずも覗《のぞ》いてしまった女の顔あり忍ぶれど、涼しい愁いをめもとに含んでせつなく紅《べに》さす雪月花、悩ましい、絶世の美女だった！　ゆらッと消えたが閃《ひらめ》きが、瞼《まぶた》の裏に長く残る眩影《くらみかげ》の趣《おもむき》借りて忘れ得ぬ面影むすびいたずらっぽくほほえんで、見たわね？　と表の裏を気づかせた。あの日あの時あのたまゆらに人知れず、うしろの正面恋《しの》び初《そ》め、佐藤義清《のりきよ》出家して西行ではないけれども、表の裏の隠者の道を志《こころざ》して表街道勇躍はずれた十代のあの頃を、今と感じる香《かおり》を奏《かな》でるなつかしい香《かおり》なのでびっくりして、これはどうものっぴきならない映画になりそうだ、と背筋がおのずと伸びていた、ひとりっきりの映画館。画面溶暗……

　へんじが来る。返事の映画になるのだな。ああ憎いねどうも流れ出した音楽が、モーツァルトピアノ協奏曲第23番イ長調Ｋ《ケッヘル》・４８８第二楽章『夜桜』とは！　あらためて、つくづく思う。モーツァルトが一神教など信じていたはずがない。この音楽の快童《ワルガキ》は、もののあはれ少年だったに違いないのである。俺はこの天才を、日本人と認定する。遙かなる昔には、日本人しかいなかった。現代《いま》はどこにもいないのか。最後の砦《とりで》のはずだった、いみじくも日本人の国を名告《なの》るこの国まで、なんてザマだの百うん十年。

「一気に来たな？」

「いえいえマジにとらないで——なにぶん夢のことですから。」

画面今度はたそがれの、東京神田神保町——長の年月《としつき》恋いわたり、夢には見ながら手にはとられぬ水面《みなも》の月の美人であった絶版本、知る人ぞ知る名作長編小説火野むらさき著『たまゆら』を、ひやかしで入った古書店けやき堂の棚にふっと見つけた時のことといったらむしろなんだかぼおっとして、これは確かにあれだけど、果たして本当に、あのあれか、と誰でも知ってるあの感じに襲われて、ほとんど（我かの時）だった。しかし今その『たまゆら』は、あのあれのこれとして、我身《わがみ》のここにしっかといだかれぬくもりがえしにあたたかく、重みが思いと胸は満ち足り虹色の外灯並木が灯《とも》ったばかりのあじさい通りを心躍《おど》りに歩いて来て、白山通りに抜けた所で右に折れて靖国通りと交わる四辻《よつつじ》信号待ち。モーツァルトが鳴ってる空を見上げれば、ういういしい少女のほほの夕映えで、どうやら曲を奏《かな》でているのはしず心なく花の散るらん千鳥ヶ淵の満開桜であるらしい。そちらに見遣《や》ったまなざしを、さえぎり取って彼岸《むかい》には、名作なのに興行主にそっぽを向かれた作品ばかりをすくって上映《かけ》る天晴《あっぱ》れなる映画館白鳥座、玄関傍《わき》の大きな看板絵は例によって毒々しくってなつかしくって好ましく、絶賛上映中——朧《おぼろ》月夜の火事の……

火事の絵だ。上に静かな朧《おぼろ》月。

咄嗟《とっさ》に金閣かと思ったけれどもさにあらず、板塀の両手を伸ばして胸にゆかしい格子戸門を誂《あつら》えた、屋敷というよりお家《うち》と呼びたい古風な木造《きづくり》の二階家が、すさまじい炎につつまれ炎を噴き上げそれ故《ゆえ》かえって二階側斜《ななめ》の双《ふた》つの窓が濃紫《こいむらさき》のひとみのように不気味である。美しい図柄だからこそでもあろう炎が太い幹を成し、朧《おぼろ》の月が暈《かさ》を描いて乳房《ちぶさ》めいた気配にぬるむ空をまるで憚《はばか》るようにその下に、大きく枝葉の雲を広げさかんに散らす火の粉《こ》の風情が桜吹雪《はなふぶき》。しかも見よ、炎の幹の芯《しん》のあたりにあれは透絵《すかしえ》ほんのりと、白装束の女人の気高い立ち姿。どんな映画だその題名はちょっと奇矯の風体なり。云わく『先天閣炎上』——

白鳥座らしいよな、と面白く、いよいよ楽しくかつてついぞ覚えぬことだが道ゆく人の誰彼《だれかれ》に、声をかけたい気分である。戯れに、道でも尋《き》こうかまず眼に入《い》りし誰彼《たそがれ》に、と思ったその時鼻の先を掠《かす》めた父娘《おやこ》一組あり。これぞとばかりに眼で捉《とら》えると女の子が、お父さんに連れられながらまなざしに気づいた風についッ、と、振り返る。あッ……、この子の十九《じゅうく》のおもざしを、何故《なぜ》か俺は知ってるぞ。こちらはどっきり女の子はにっこりして、父の手をちょんちょん引く。背広姿が娘を見て、こちらを見る。

セリザワ博士！

だがしかし、片眼に黒の眼帯なし。他人の空似であろうと思うし先方も、きょとんとして、いぶかしげ。となればとにかく一歩詰め、

「ちょいとお尋ねしますけど。」

「ハイなんですか？」

「この辺でフジミといったらどちらになりましょう。」

フジミですかと博士似が、思い出そうと仰《あお》いだ空のほほの色の夕映え少女はこちらを仰《あお》いでにこにこと、父をさしおき賢げに、驚くべき返事をした。

「サダはね、大きくなったら雪女、もうすぐよ？　そしたら龍さん一緒に燃えましょう。」

あまりのことに『たまゆら』が、胸の書物が燃え出すかと思われた。この界隈の逢《おう》魔時《まがとき》に出没すると噂《うわさ》に聞く、あやかし嬢の通称《とおりな》が、サダというのである。だが待てよ、俺は客席ではなかったか——座席にかけているのである。

映画だったたほっとした。

念のためでもないけれど、我にかえったはずみの力で振り向くと、ここは馴染《なじみ》の旧式つまりフィルムだから種も仕掛けもこちらですと光源小窓の映写室、映画は不満《もんく》を言いたかろうがこんな時には興覚めではなく悪夢祓《ばら》いに頼母《たのも》しい、光源まさにうしろの正面映写室が、しかしどうも変である。光の細霧《さぎり》の霧吹扇《きりふきおうぎ》を宙《そら》に広げる光源小窓がふたつあり、紫だちたる青霧扇と朱色に近い赤霧扇がちょうどこちらの頭上で交わりそこを要《かなめ》にもう一本《ひともと》、扇が生れた形になってこれがほのほのほの白い。不審《おか》しいな、とこちらの首はその白追って向日葵《ひまわり》もどきにひとめぐり、画面に戻るとなんと白紙。

モーツァルトもはたとやんで雑音が、つぶつぶつぶ、つぶつぶつぶ、……白い画面に音を掻《か》くのは触手のような黒い影でわななきながらも右に左に大きく揺れたり飛んだりして、触手或《ある》いは黒髪一本籠《かご》の鳥の暴《あば》れよう。ひょっとして、これぞこの、返事映画の正体か。指先に、面影の立つような。

あれだあやしの映写室、あの深窓に――ともう一度、今度《こたび》は正体究明《あきら》めんと眥《まなじり》決して振り向いた。

がびっくり仰天迎撃《むかえうち》、そこにいたのは夜より黒いのっそり黒いなんと富士山映写室はその上空！　だったのだ。

空に小窓か空に富士の隠し部屋かなんのことやらうつけてしまって口《くち》半開きの仰天を、合図のようにしめたとばかりに光の扇は雑音ともどもパチッ、と消え、火種と見える燠火《おきび》の玉が双眼なして空に象嵌《ぞうがん》とろとろと、紫だちたる青いの並びに朱色に近い赤いのが、うつけたこちらの魂《たま》の台座《うてな》に居すわろうとしたけれども、たちまち戻った我魂《わがたま》これを睨《にら》みつけると吠えやむ犬かきゅんとしぼんでただの星に遠ざかる。そうだよな、星だよな、とまなざしそらすと視界《まなかい》の、隅の方に光はぼおっとふくらみににじんで双子《ふたご》星雲捨ておけず、小憎らしく、また睨《にら》む。と星だから、そらすとまた星雲だからこれはたとえばうしろの正面お前の正面おもてのうらの謎かけめいた暗示かと、隠しながらほのめかす、戯れながらいたぶりながらそこへ誘《いざな》う絶世の見返り美人のまな

見式のかいま見た、（達磨《だるま》さんがころんだ）衣剝《ころもはが》しにならばこちらも腹を決めてざしかと、

確と双《ふた》つ、人魂《ひとだま》そっくり淡い炎の涙形《なみだがた》がぽぽっと綴《つづ》りで追いつめる。と絵で見るあの人魂そっくり淡い炎の涙形がぽぽっと双つ、確かに閃《ひらめ》いた。

見たぞ見たと何度もやるのに嘘《うそ》よ嘘《うそ》、と意地を張って象嵌《ぞうがん》火玉は尚もあのつれないそぶりの遠い星を気取ってみたり思わせぶりの星雲やってくすくす笑ってみたりするから埒《らち》あかず、ならばと奥の手（じっと見）に見つめ見つめてきわめてやるとさすがに逃げ場を失って、隠しきれなくなったというよりどうやら最初《はな》からここが目論《もくろ》む落所《おとしどころ》であったらしい、飛びつく仔犬仔猫さながら（じっと見）の双《ふた》つの眼《まなこ》に双《ふた》つそれぞれ身を投げて、双眼鏡の視界《まなかい》を、ひそやかに打ち明けた。朝顔の、花が一輪咲いている。幼い頃の思い出の——

朝日に輝《にお》う高貴《あて》やかな、恋紫《こいむらさき》の朝顔が、待ち設けていたのである。八歳《やっつ》だったか九歳《ここのつ》だったか一夜《ひとよ》ならぬ一朝《ひとあさ》の、たまゆらの恋だった。忘れられないその花は、気高く賢く慎《つつ》しみながらもせつなくて、あたらしくてかなしくて、心《ま》いの《す》ちの露をむすんできらめく涙《なみだ》のようだった。なにかもの問いたげに、涙の玉の真澄《ますみ》の空にうつり浮かんでわななくものあり景色のようで花の巫女《みこ》の玉占影《たまうらかげ》かよく見れば、紫色の朧《おぼろ》月夜に彌重《いやし》け吉事《よごと》の桜吹雪《はなふぶき》。たった一度の朝日にかけた心づくしの涙であった。あれはぼくがあげた水。花の返歌になった水。たまゆらの、花のいのちが邂逅《めぐりあい》の歓《よろこ》びに、恋紫《こいむらさき》の歌声を——

ああ　あなたでしたの
毎朝お水をくださって
大きくなあれ大きくなあれって
お歌も聞こえていましたよ？
ああ　あなたでしたのぉ……

根の国に、指を入れて種をひそめて祈りをこめ、生れて初めて自分で育てた水橋を、渡ってくれて彼岸側《むこうがわ》から此岸側《こちらがわ》に花咲き来たった最初《はな》の一輪あの朝は、ほとんど奇蹟《きせき》の朝だった。幼心《おさなごころ》に確かに聞いたいとしい花の返歌《かえしうた》。あれはおそらくうしろの正面の、花の鏡のおもざしだったに違いない。大学時代、深夜独坐の『源氏』通読音読味読のまにまに聞こえたあの歌は、既視感ならぬ既読感をもたらして、白い花咲く紫草はその根が染料千両の紫と、知るやたちまち根の国御用達の色となって幼きあの日の恋《こい》紫《むらさき》の朝顔が、ものがたりを生み出し続けてやむことなき永遠の母なる不妊女《うまずめ》紫の上になっていた。従って五十四帖中『朝顔』は削除され、樺桜《かばざくら》に比喩《たとえ》られる紫の上は恋《こい》紫《むらさき》の朝顔の謂《いい》ともなり、涙の玉の玉占影《たまうらかげ》も重なって、気がねなく自分だけの相生《あいおい》の枕詞《まくらことば》が定まった。（朝顔の）は桜を呼び、（桜の）は朝顔を。八百万《やおよろず》、すべてを呼ぶのは（たまゆらの）……

ゆらゆらと、双眼鏡は溶けて双《ふた》つのもの思いの炎になって胸を焦《こ》がしているのかと、思いきや、いつのまにやらその胸元にかわいい双《ふた》つの人魂《ひとだま》が——さっきのあなたのかいま見は、ほんとはあたっていたんですと穏やかに安らいで、岸辺にいさよう鯉《こい》のように胸を寄る辺となつきたゆたい涙形《なみだがた》の双《ふた》つの炎が胸内《むねうち》を、窺《うかが》っているのである。紫だちたる青いのと、朱色に近い赤いのが。よせ、燃える。雪月花は一語である。雪と月と花ではない。根の国の、紫の縁《ゆかり》の夜《よる》に雪は月で月は桜《はな》で桜《はな》は雪、雪は桜《はな》で桜《はな》は月で月は雪。裏をひとつに燃ゆるものはむすびのひ。ひを裏に雪月花。惚《ほ》れてこがれた女の肌を吸うがよい。すべてはそこに明かされる。ひのまるも、きみがよも。よせ、燃える。燃え出した。いちはやく、胸の書物が燃え出した。宜《むべ》なるかな。たちまちに、ひとつで無数無数でひとつの視界《まなかい》が、躰《からだ》いっぱい純白《しろたえ》燃えに輝き眩《くら》んで白鳥座の先天闇。

龍さん一緒に燃えましょう。

…………………

「目覚めた時、ほのかに湯浴《ゆあみ》の清香《さやか》が聞こえていましたよ。何故《なぜ》か涙に眩《くら》んでました。拭《ぬぐ》うとそこに女首《たまゆら》です。ちかすぎて、どきッ、と……」

「気になるな。あれは一月《ひとつき》ほど前の……そう、お盆の入りの十三日の夜だっけ。正体不明の飛行物体とかなんとか火の玉みたいな星みたいな妙なもんが双《ふた》つ並んで前後して――そんな騒ぎがあったよな。お前のは、それよりまた一月《ひとつき》ばかり前の……」

「気になるでしょ？」

十

八・一三夜空《はってんいちさん》の変事――目撃者のひとりたる、隠者舟橋龍一は、これを返事と見たのである。女首《たまゆら》の、というよりも、夢の鏡と現実《うつつ》の鏡の合わせ鏡の視界《まなかい》に、

「女首《たまゆら》が取次いだ、ってそんな形になりましょうか大空に、根の国女王の檄首《げきしゅ》飛ぶ。ピンと来まして驚くもんかわかっているぞとニヤリ不敵に笑ったつもりが驚き過ぎていたんでしょうねうわの空。

大空は、恋しきひとのかたみかは――なあんて古歌を口遊《くちずさ》んで澄ました気分でいたんですが茶碗《ちゃわん》は割る、湯沸《ゆわかし》は声を枯らす、何をしたくて戸棚を開《あ》けたか立ちつくす、挙句《あげく》の果てに敷居なんかにけつまずいてつんのめって足を空の騒ぎです。（落着《おちつ》いて！）って誰かさんに叱られ笑われなんだかもうふわふわと酔漢《よっぱらい》のようでした。サダさんあなたのせいでしょ⁉　って腹立ち紛《まぎ》れの戯れに、サダと呼んで睨《にら》みつけると初夏の夜風が若葉涼《すず》を鳴らして湯浴《ゆあみ》の清香《さやか》を奏《かな》でる涼しい愁いに潤《うるお》う夜空の大きな瞳が

つつみ込み、受け入れて、宥《なだ》めてポンと背中を叩《たた》く——面白いもんですよ、大人男《ますらお》と思える我もこうしてなんともあっけなくベソをかきたい子供になってしまいますがむしろその、隙《すき》を捉《とら》えて表に吹き出す幼心《おさなごころ》の母恋いこそが昔を今とあたらしい、涼やかな落着《おちつき》をもたらしてくれるんです。上京以来初めて墓参りの帰省をなまけてうしろめたくもあったんですがお盆の方から来てくれた、なあんて変てこな思いがひとつポンと出て、しかし静かな慰めです。どこか遠くで打上げ花火をやってるらしい、ポン、ポポン、と芯《しん》の抜けた打診みたいなたわいのない空音《からおと》が、網戸をくぐってほとめくと、ほとめくまにまに夜の浜辺の縁日風のさんざめきが寄せてはかえす波の調《しらべ》でかいま見えるようでして、お湯が恋しくなりました。

ひと風呂あびて汗を流して湯上がりにはなんてったって冷えた麦酒《ビール》これ千両！　ぐいっとあおって心おきなくああーってやればいいのちなりけり夏の夜《よ》の湯上がり麦酒《ビール》。ちょっと前の驚くべき出来事なんか遠い昔のようでして、果たしてほんとうに、あれはあったことなのか、夢じゃないのか自分ひとりのかくあれかしの幻見たんじゃないかって、そっちに傾きかけた時ですテレビの最終ニュース番組が、厳しく待ったをかけたんです。映像付き。麦酒《ビール》を片手に釘《くぎ》づけになりました。そしてあやしい胸騒ぎが高鳴り始めて腰がちょっと浮きましたが、決してもうあんな不様《ぶざま》なうわの空にはなりません。武者ぶるいじゃありませんが血が騒ぐ胸騒ぎ。闘争心に似てました。ぼくのっとしたら女首《たまゆら》は、無数にあるんじゃないのか？　少なくとも、目撃者の数ほどは。」
「究極ってとこだな。ひとつで無数無数でひとつのものののあはれがリアリズム。ひょ
なんです。」
ますね。写実主義でも現実主義でもないんですよリアリズムは、もののあはれのこと
自己主張やら自己表現やらそんな妄想は許しません。リアリズムってみんな誤解して
絵空事《えそらごと》は原典に忠実なりとこれを認めて庇護《ひご》しますが、忘根心《カラゴコロ》の偽賢《なまさかしら》の人間どもの
数無数でひとつのもののあはれの玄妙なるはからいは、もののあはれ少年描く美しい
立ちます。ぼくはこれを原典と呼んでみる。神話と呼んでもいいですね。ひとつで無
ているわけです。されればこそ、万人共通ひとつの天地《あめつち》と見えもするしそこに祭も成り
る自分、自分であって自分でないひとつで無数無数でひとつの宇宙たる自分をながめ
をながめているわけです。いのちの居候《いそうろう》たる人間ではない心いのちの人というものた
人の数ほどあるわけですよ大空は。内面とは外界《げかい》であり外界《げかい》とは内面ですから自分
「そこなんです。それこそあれです大空は、恋しきひとのかたみかは……
「目撃者はたくさんいる。そこだよな。」
て疼《うず》くような胸騒ぎ。」
っと走ってそのあとに、悩ましくも血のにじんだ蚯蚓腫《みみずばれ》が縁《えにし》の糸の狂おしい恋を奏《かな》で
胸の夢の夜空とまさに現実《うつつ》の誰もが眼にするあの夜空と、同じ変事が爪を立ててつう

「間違いないですよ。いろんな女首《たまゆら》が、あったはずですあるはずです。たまたまぼくのは人形首。女の首に振仮名ふって女首《たまゆら》なんて呼んでますけど他《ほか》の人のそれは一体なんだったか、知れたもんじゃないですよ。根の国女王の檄首《げきしゅ》だって知ってか知らずかですけども、誰にとってもなんであってもその人だけに誂《あつら》えられたあなただけよの何かなんですそれでいて、堂々万人の眼に触れる公《おおやけ》の出来事にするんですから心憎いばかりですよ玄妙です。心いのちの主《ぬし》である、死の国根の国もののあはれの根の国女王はひとりで無数無数でひとり。女にとってはその身の内、男にとってはうしろの正面。大空は、誰にとっても絶世の美女のはずです気づくかどうかそれだけのことですよ。」

「同感だ。同感だが——、前言撤回いたしまする。お前のほどの女首《たまゆら》は、おそらくどこにもないだろさ。誉《ほ》めてるんじゃないからな！」

「あっはっは。さてどうでしょう。それにしても八・一三夜空《はってんいちさん》の変事に返事を見た、あの夜《よる》までの一月《ひとつき》ほどの間《あいだ》といったら暢気《のんき》なママゴトみたいなもんでした。」

と暢気《のんき》に笑う龍一は、しかしながら御覧のとおり忘根心《カラゴコロ》の偽賢《なまさかしら》の人間《オトナ》を憎み蔑《さげす》んで、あらゆる意見や理論や解釈や批評のもとに理想と幻滅とが乱れ合う人間《オトナ》の複雑に加工された世界に、抗議して立ち上がったもののあはれ少年即《すなわ》ち大人《おとな》にはなりたい男、いくらなんでも人形相手に飯事《ママゴト》遊びをするような、人間《オトナ》でもない大人《おとな》でもない少年くずれのつれづれ嫌《わぶ》る半虚人ではないのである。とそうなれば、つれづれなるままに……

紛《まぎ》るるかたなくただひとりあるのみこそよけれ――と飯事《ママゴト》ならぬ文事《ふみごと》に、そこはかとなくいそしむうちにあやしうこそもの狂おしけれ、になることぐらいあやしむに足りないが、龍一云わく、

「かいま見や（じっと見）と、同じ効能があるわけですよ文事《ふみごと》には。思いつきの引用も、噂《うわさ》と同じで影がさしてそいつそこらに来てませんかね兼好です。駄洒落《だじゃれ》じゃないけど健康ですよこの男。あの高名なる冒頭の一節は、もののあはれ開眼《かいげん》の驚きを語ってるんじゃないですか？　ぼくはそう睨《にら》んでる。宇宙とは、絶対の無意味を本質とする即《すなわ》ち美を本質とするひとつで無数無数でひとつのものと知る、自分と知る、もののあはれの心いのち開眼《かいげん》の驚きです。天地万物森羅万象すべてがこれ自分である。驚きますよね幸福並びに不幸ですよね歓《よろこ》びの唸《うな》り声です（あやしうこそもの狂おしけれ）――元気ですよ健康ですよ立ってますよこの男。うしろの正面に、恋してる。同志よ聞け、うしろの正面は、お前の正面だ。さあ、抱け、活人剣で書きまくれ！　あっはっは。打ち込めば、文事《ふみごと》ってほとんど色事ですよね。幸福並びに不幸です。うっふっふ。」

とこうである。

飯事《ママゴト》だってばかにはならぬ。忘根心《カラゴコロ》の偽賢《なまさかしら》の人間《オトナ》どもに抗議して、敢然立ったもののあはれ少年即《すなわ》ち大人《おとな》がこれに心血そそいで洗練させればやがて茶道と名を変える。

と言い出しかねないこの男、女首《たまゆら》を尊ぶことあたかも振仮名だらけを少しも厭《いと》わず言《こと》霊綴《だまつづり》の文事《ふみごと》領《うしは》く玉緒神《たまおのかみ》でも斎《いつ》き祭るが如しである。例《たと》えば某《なにがし》神社縁起ではないけれども、あの夢は女首縁起《たまゆらえんぎ》夢絵巻《ゆめのえまき》であったかとも思われて、あだやおろそかに扱えないのは若草色の食卓だが、あくまで仮の御座《おまし》であるしまさかそこでそのままでは、食事《ごはん》がそれこそままならぬ。で遷《うつ》し所の思案をと、梅雨寒《つゆざむ》が蒸し始めた正午頃《おひる》には六畳間の寝床を蹴って蛙《かえる》のひと飛び台所――

　あらお目覚めね。どうしたの？　おかしな人。ここに鬼はいませんよ？　露と消えもしませんよ？

　――いてくれた。いることに、なんの不思議もなけれども、日中《ひるま》の色のあたりまえがなんだか夢より有難く、安堵《あんど》の胸に和《なご》みのお湯が広がり渡る。邂逅《めぐりあい》から道行《みちゆき》へ、（じっと見）の首世見《くびよみ》からあの夢へ、その夢のみか昨夜《ゆうべ》のすべてが夢のようだと思える日中《ひるま》のこの色に、いてくれた、と広がり渡るお湯の確かさそれこそが、いてくれる、どこかで生きてる十九《じゅうく》の肌の傍《そば》にぬくもる確かさで、きっとおそらく忍びの黒子《くろこ》が謹《つつし》んで献上せる絵巻一巻乳房《ちぶさ》の谷間にひたと抱き、一重《ひとえ》の瞼《まぶた》を二重《ふたえ》に伏してせつなげに、湯元に祈ったことであろうそんな姿がこれも現実《うつつ》のあたりまえの色で見え、胸元に、移り香《が》めいた湯浴《ゆあみ》の清香《さやか》ぞ颯《さッ》と立つ。サダというのかサダコというのかすこやかなれと願うのみ。さて仕事。遷《うつ》し所の思案である。

残念ながら富士山招致は無理だから、例の書棚の上こそ最もふさわしいとも思えるが、高過ぎて天井近くで興覚めで、さりとて文机《ふみづくえ》の上と来ては間近に過ぎ——文机《ふみづくえ》、と気取ってみたが実のところは炬燵櫓《こたつやぐら》に炬燵板《こたついた》、ただし座椅子は本物で——思案はここ。

座椅子にすわって思案はここでまさか常に御対面の少女趣味的見つめ合いはそれこそ興覚め甚《はなはだ》しいしさりとてまさかうしろの正面これ悪趣味、で座椅子から左斜後《ひだりななめうしろ》つまり壁側窓下そちらを見やって遠からず近からずの間《ま》を置いて、背丈《せたけ》百五十七八ぐらいの豊かにしなる若い女が横ずわりにくつろげば、首はおそらくこの辺か、と定めをつけて人選ならぬ物選やがて白羽の矢が立ったのは、本館文机《ふみづくえ》の別館風にかしこまった粗末な座卓を持場《もちば》とする、木目《もくめ》調の書類箱。龍一好みの鐶《かん》の把手《とって》がかろやかに柝《き》の音《ね》を打って句読点を刻んでくれる、抽斗《ひきだし》が四段ある、古い箪笥《たんす》の雛形《ひながた》めいた慎《つつ》ましやかなものである。龍一勇んでこれを召す。と途端《とたん》にむっと裏の埃《ほこり》が積もる月日の陰口葎《むぐら》、眉をひそめたひそひそ虫でも出て来そうで閉口したが怖《お》めず臆《おく》せず南面《みなみおもて》の濡縁に据《す》えて思いっきり吹き払い、丹念に拭《ぬぐ》い清めて大役なるぞと覚悟を促《うなが》し件《くだん》の場所に据えてみる。座椅子の左斜後《ひだりななめうしろ》壁側窓下そのあたり、朝日がさせば落着《おちつ》いた花柄のカーテン透《すか》しに裏漉《うらごし》の明るみが、ほおっと降ってまろやかに横たわり、日がのぼれば南面《みなみおもて》の硝子《ガラス》戸づきの青葉色の同役に、後《あと》を託してかえって澄んだ水になる、朝の寝入り真昼の寝起きの枕元にあたると気づいた龍一の、会心の笑《えみ》を見よ。趣向をこらす茶会の主《あるじ》はかくもあろうかほくほくもので女首《たまゆら》を、恭々《うやうや》しくまたいとおしげにお遷《うつ》し申してあとひとつ息をつき、立って見つ、すわって見つの蜜の味。あやしうこそもの狂おしけれ。

とこうするうちに空模様もいつしか一緒にもの狂おしくなって来て、やがてのことに卑猥《ひわい》とさえ言いたいほどに悩ましい艶雷《えんらい》が、豪雨《はやさめ》まじりにうなりくねりうめきもだえて天地《あめつち》を響動《とよ》もす日が、今年もまたやって来た。梅雨《つゆ》という繭《まゆ》を蹴破り引き裂きちぎって胸を起こすや乳房《ちぶさ》もたわわに思いっきり背伸びする、眩《まぶ》しい夏女《なつめ》の天照《あまてら》す大美《おおみ》肌顕現《はだあれまし》のお祭を、今年の龍一は座椅子の左斜後《ひだりななめうしろ》の女首《たまゆら》と、一緒に見物したのである。女首《たまゆら》が、根の国女王うしろの正面が、うつし世にうつし出した反転図形のこの夏を。まなざしを同じうして、どこかに生きてる誰かとも。

「サダというのかサダコというのか夢の中のあの少女、（大きくなったら雪女、もうすぐよ?）なんて言ってましたっけ。春の少女が夏の盛りに雪女、そして一緒に燃えるとは、さもありなん！　なあんて自分でも、わけのわからぬ思いが湧いて夏雲です。ママゴトじみた暢気《のんき》さが、夏と共にそれこそ狂おしくなって来まして夏雲入道恋夕立《なつぐもにゅうどうこいのゆうだち》、むやみに見得《みえ》きる立役者。」

「おやおや――」

「あっはっは、なんてったって夏ですから。もっとも思えば我らが雪国の、冬は雪女の夏ですね。春は桜《はな》、秋は月、ひを裏に雪月花。つまり年中立ってます。あっはっは。

それはともかく今程《いまほど》お話ししましたとおり、もののあはれの玄妙なるはからいに沿った返事が来るはずだ、ってそんな思いが募《つの》りにつのってとうとう上京以来欠かさなかったお盆の帰省もとりやめのやむなきに。十三日、迎え火の夜《よる》になってさすがに気分あらたまって台所劇場画面のプロ野球に後髪は引かれましたが消しまして、女首坐《たまゆらいま》す六畳間に涼を呼びたい夏の習慣《ならい》で灯《あかり》も点《つ》けず、畳の上にこれも夏の習慣《ならい》の風情は寝蓙《ねござ》を敷いて半裸の身を横たえて、ぼんやりしてますと、日中《ひるま》の暑さのほとぼりが、ゆき淀んで棚曳《たなび》いて、夕涼みの人の気配がこもるようなお盆の夜空は低くてちかくて憧憬心《あこがれごころ》を誘《いざな》います。おのずと故郷《くに》の精霊迎《しょうりょうむか》えのお祭が偲《しの》ばれて、網戸から天井あたりにそれを見てそれを聞いてうっとりして、いつしか夢の入際《いりぎわ》の、我か他人《ひと》かの（我かの時）――その時です。

あの夜《よる》の、傘に雨の女の声がこちらです、こちらです、……って耳のほとりに立ったと思うとただならぬ激しい調《しらべ》で走り出してこっちよこっち！　ぐいと腕を摑《つか》まれて、頭の上に引かれてあッと寝返り起きると女首《たまゆら》です。それが薄暗がりにどうしたわけか双《ふた》つのひとみが埴輪《はにわ》めいた双《ふた》つの穴に見えるんです。いつもと違うぞ変だぞって吸い寄せられて鼻と鼻がぶつかるほどにくっつくと、はからずも、焦点が、ピタッと決まって双《ふた》つのひとみが双眼鏡の視界《まなかい》に、つながりまして何が見えたと思います？　実になんと南天の、星座です。絵ではなくて網戸の外の夜空なんです間違いなく。なにしろ星がまたたいてる。まさか――って訝《いぶか》る間《ま》もなく右手即《すなわ》ち西からあの、人魂《ひとだま》めいた火の玉めいた双《ふた》つの星がつうっと東へ東へ動く。おわかりとは思いますが座椅子の左《ひだり》斜後《ななめうしろ》は北東でして女首《たまゆら》は南西に顔《おもて》を向けているわけで、いみじくも、富士山坐《いま》す方向です。ピンと来て、南面《みなみおもて》に飛びました。網戸をバーンと引き放って濡縁に立ちました。同じ空に同じへんじ出来《しゅったい》の、真ッ只中！　まぬけにうつけて口も半開きの仰天だったことでしょう。

　こうしてあれの目撃者になったというわけです。」

十一

「それからの一月《ひとつき》ほどは居ても立ってもいられぬ思いの日々でして、仮職《バイト》の休みの日には神保町の夢覚えの界隈歩きが習慣《ならい》のようになりましたが、けやき堂もあじさい通りも白鳥座も、それに相当する現実《うつつ》のものがあるにはありますけども名前も違ってあくまで夢世《ゆめよ》の神保町、改竄《かいざん》創作ほしいままの一夢《ひとゆめ》限りの町でして、サダというのかサダコというのかそれに相当する少女か雪女に邂逅《めぐりあ》えるはずもなし。世間では、来る日も来る日もいろんなことがごちゃごちゃ飽きずに起きてますがものの、あはれも世迷言《よまいごと》の素通りみたいで心弱くなりまして、そんな時には大酒です。もっとも酔えばすぐに気分も治ってしまって早く明日《あした》になればいい、なあんて遠足前夜の子供じゃあるまいし、たわいのない男ですよ我ながら、幸か不幸かやけ酒の飲めない性《たち》といいますか、たちまち楽しくなっちゃって――あっはっは。」

「そろそろ仮職《バイト》の上半期は終わりだろ？」

「そうなんです。質素倹約清貧暮らしで貯金《たくわえ》も予定額に達しましてそろそろ完全《まっとう》なる隠者暮らしの下半期に入るべき頃合です。何をするにも汗の夏はむしろせっせと稼ぐべし。されど今や風立ちぬ。日中《ひるま》はまだ残暑の君がしつこかったりしますけど、仰《あお》ぐ空は高くなって澄んで来て、日向日蔭《ひなたひかげ》の境がくっきり際立って、熱のとろみのすっきり抜けた秋風が、肌にさらさら細かな真砂《まさご》の小流れのようですし、夜ともなれば待ってましたの虫の音《ね》が、昏わななく紅《べに》の艶《つや》に濡れ初《そ》めて……、開眼《めあき》の秋がかごめかごめ屈《かが》め屈《かが》めと言ってます。屈《かが》んで影見る鏡かな。まさに頃合です。

そしてひょんなことで屈《かが》んだ時、確かに影を見たんです。ちょいとこれを御覧あれ。」

とおもむろに、取出《とりいだ》したる一冊の、雑誌はなんの怪しもないそんじょそこらの求人誌。

「最寄《もより》の駅前商店街をぶらっと歩けば足は勝手に本屋さん、立読《たちよみ》も散歩の景物——笑ってるけど岡田さんも御同様じゃないですか？　中に入れば入ったで、習慣《ならい》といおうか自分流のしきたりってあるでしょ。ぼくはまずはとにもかくにも求人誌、それから総合誌、そして新刊書、文庫へと。ひとつ仮職《バイト》を決めたなら、半期それでとおすのが、それこそぼくのしきたりですがなにしろ立場が弱いから、いつなんどき首切りのうきめを見ても慌てず騒がず跡《あと》を濁《にご》さずさらりとアバヨが出来るように常に二の矢三の矢の、あたりをつけておくのが仮職人《バイトにん》の心がけってもんでさね。うっふっふ。でまずは求人誌にざっと眼をとおすのが、上半期限定の習慣《ならい》になってるわけですが、習慣《ならい》とは恐ろしい。つい先日も、いつもの本屋さんに——ここは嬉しくも求人誌が勘定場《レジ》からちょいと離れてまして——入ったところが忠良なる犬の如くに足が勝手に求人誌、勝手の手はどうぞとばかりに馴染《なじみ》のこれを取ってましてまぬけな主《あるじ》はきょとんとしましたよ。下半期に入るのに、と我にかえって苦笑して、ひとりで勝手に照れ臭くってあせってしまって戻す手元が狂ったってとこでしょうか落っことしてしまいましてバサラ！　とまた変てこな派手な音を立てまして、剰《あまつさ》え、落ちた形がよりによって凄くって、秋の虫と本の虫が床《ゆか》に天幕《テント》を張ったよう。失態！　なあんて大袈裟《おおげさ》ですが夢の『先天閣炎上』ならぬ現実《うつつ》のほっぺた炎上です。魂消《たまげ》てしまって慌てて屈《かが》んでこれのこの、天幕《テント》の尾根をつまみ上げてそのまま戻すは無躾《ぶしつけ》なりと咄嗟《とっさ》の心が塵《ちり》を払う所作《しょさ》に移ってこうやって、ひっくりかえして左手《ゆんで》に受けて右手《めて》がはたきになろうとした、まさにその時その手を制して（待って！）とばかりに眼に飛び込んだ窮鳥あり——ここ、これ、これなんです。」

と開いた頁《ページ》の指さす所は左上の隅の欄。これが一体どうしたと——（有）日野企画

事業内容▼宣伝広告編集一般　職種▼雑文執筆方《コピーライター》

「ザツブンシッピツガタ！　でコピーライターか。」

「面白いでしょ？　でも、それではありません。絵ですよ絵。窮鳥は、魂消《たまげ》たぼくの隙《すき》をとらえてかいま見に飛び込みましたよ女首《たまゆら》が見えたんです。」

「見えた？　——人形首が生首と閃《ひらめ》いた、あの時と同《おんな》じかい。」

「それより凄い。ほら、その、余白に絵が——」

「見てるけど……え？　まさか、これが？　——少女漫画じゃないかよッ。」

それである。人種国籍不明ながら本朝以外のどこにも咲かぬ絵顔花《えがおばな》。されば根ざすは本朝伝統土壌の絵心。巨大《おおい》なる双眼池《そうがんいけ》に戯れる、ドングリどじょうの星輝夜《ほしづくよ》が……喋々《ちょうちょう》は要すまい。典型的少女漫画のお嬢様。

「たわいもない絵ですよね。似ても似つかぬ顔ですよ。ところがしかしさればこそ、どうしてこれがあろうことか女首《たまゆら》に、って訝《いぶか》しくってぼくとしてはきわめて異例のことですがあたり人目も憚《はばか》らず、屈《かが》んだまま、ロダンがはたきを持ってきそうな立読《たちよみ》な

らぬ屈読《かがみよみ》ってとこですよ。」

「よくぞまあこんなに不似合いな漫画を添えたもんだな。趣味がいいとは言えないね。それにこの台詞《セリフ》には吹き出すよ。（ふるって来たれ）だってさ。少女漫画のカワイコちゃんがふるって来たれ雑文執筆方《ザツブンシッピツガタ》、と来た日にゃもう不似合いたるやいとすさまじ。」

「ところがです。ぼくにはいとあやしなんです（ふるって来たれ）を見つめたら、視《まな》界《かい》の芯《しん》をずれた少女漫画のその顔が――ほら、つれづれなるままに星空を眺めていると暗い暗い星雲だの星団だのを見つけることがありますね。オリオンの帯下《おびした》のなんかははっきり見えますけど、もっと暗い、幽《かす》かな光の染《しみ》みたいなあるかなきかの明るみが、見つめると見えないのに芯《しん》をずれると芯《しん》の傍《わき》にうすぼんやりとあらわれて、隠れんぼの戯れみたいに芯《しん》を向けると芯《しん》に隠れて芯《しん》をはずすと芯《しん》の傍《わき》にひょいっと顔をのぞかせる、あの感じ。似ても似つかぬ少女漫画のその顔が、うすぼんやりと女首《たまゆら》の、あの顔に見えるんです。はッとして、見つめると、少女漫画の黙阿弥《もくあみ》で、（ふるって来たれ）を見つめると、芯《しん》の傍《わき》にうすぼんやりと女首《たまゆら》が。

　果てしもなき戯れみたいで隔靴掻痒《かっかそうよう》いとあやし。時計を見て驚きましたよ屈《かが》んだままの半時間。買わずにいられず買って帰って妙なことを言うようですが女首《たまゆら》に、供《そな》えましたよ謹《つつし》んで。そしてこうして持参に及んで今ここで……、ほら、やっぱり見えますよ。」

「俺にそれが見えるわけもないではないか。」

「ああそうか。この眼をお貸し出来ないのが恨めしい。」

「住所は——千代田区神田神保町……！」

「応募しようと思うんです。」

第二部　神田神保町

姉さん――、

おみえになったわよ、あの人が。

姉さんの、いい匂いがするんだもの、すぐにわかったわ。その日は今日だったのね。お父さんったら珍しくはしゃいでた。勿論《もちろん》採用よ。姉さんしばらく許してね。私が姉さんの代わりをする。この世の恋の真似事を、やってみる。そしていずれ姉さんの、羨《うらやま》しいその胸に……

昨日《きのう》の台風凄かったけどおかげで世の中湯上がりみたいにさっぱりして、今日は輝かしい玉の肌。夏は夜も昼だけど、秋は昼もどこか夜。秋桜《コスモス》が言ってたわ。秋桜《コスモス》って夜をかくまう口紅なんだって。だから風は昼でも夢見る夜想曲。肌がしいんとしまるけど、かえって胸はじんわり熱い。お日様ね。なんだかしきりに眠くなってお月様が見えたわよ。窓の外の賑《にぎ》わいだっていつもなら、とりとめない天霧《あまぎり》みたいな騒がしさって感じるのに、今日はひとつひとつ細かに立って銀色にさわさわきらめく薄《すすき》の穂、命短し恋せよ乙女なんて耳元をくすぐるの。うっとりうとうとしてたのね。そしたらあの人が、夢みたいにきれいな日向《ひなた》を歩いて来て、お水みたいに澄んだ日蔭《ひかげ》の扉を開けて鰯雲《いわしぐも》、人に告ぐべきことならず、ってそんなお顔でひょっこり――
思ったより甘くない。なかなか凛々《りり》しい男の人。凛々《りり》しいけどほがらかで、ほがらかだけど媚《こ》びない眼。まなざしが深くって、見つめられると空が高い。姉さんが、見えてる人。姉さんが、見てる人。ぞわぞわって来ちゃったわ。でも眼と眼を合わす裸の無礼を御存知ね。私がはッとするより早く、まなざしを会釈の間合《まあい》にやわらげて、言葉を添えて同じものを見つめる方にやさしく誘ってくださった。あれはなんの花ですか、って。よくとおる、いい声ね。振り向いて、びっくりしたわ富士山なの。例の写真。額に入れて高い所の壁にかけて守護神《まもりがみ》ってお父さんはお気に入りなんだけど、真上からの航空写真、見てはいけないものって感じ。なんだかいやらしくってはずかしくって私は好きになれないけど、あの人は、お花と御覧になったのね。笑ってらした。照れ臭そうに。変だなあ、雪なのに、向日葵《ひまわり》に見えました、っておっしゃった。確かに変。でも好きよ。面白い。面白いことといっぱいあった。ゆっくりみんなお話しする。張り合いが出来たわね。これから毎晩お話が長くなる。
姉さん――、
姉さんの、声が聞けなくなってもう随分になるわねえ……

「死後の世界に天国極楽・地獄があるって言ってる宗教は、偽物《にせもの》です。——って、あの時龍さん一刀両断。細身だけど凄腕の剣豪みたいでカッコよかったわぁ。」

「おだてたってなんにも出ませんよ？　自慢じゃないけど痩《やせ》浪人。」

「くふふふふ。ホントだよ？　気持よかったすっきりした。」

「だしぬけにあんなこと聞くからさぁ。宗教の、本物と偽物《にせもの》を見分ける方法ありますか、なんてさ。初見参のあの時は、たまたま日野さんに依《より》ちゃんの二人だけだったよね。で白髪《はくはつ》紳士の日野さんずっと電話中。どうもこの長電話が曲者《くせもの》だ。うなずくばかりで日野さんあんまり喋らない。むむッ、さては策略か。油断させて実はこの、姫君こそが面接官。白髪《はくはつ》紳士は電話のふりで聞き耳を立てている——なんてこともあるんじゃないかって。そもそも平日の昼日中《ひるひなか》、この手の事務所に美少女とは、はて面妖《めんよう》——なあんてね、緊張《かた》くなって意気込んで、あんな風に言っちゃった。」

「姫君？　面接官？　……くふふふふ。」

姫君？　面接官？　と来たならば、美少女？　と続くはずだがそれは伏せて伏目《ふしめ》になってほほを染め、くふふふふ、と小さな胸よふくらみなさいと言いたそうに胸で笑う美少女は、日野依子《ひのよりこ》、十七歳。人見知りが持病というのにこんなこともあるんだね、と父親たる白髪《はくはつ》紳士の日野さんが、長電話の明けがらすにそんなことを楽しげに言うものだから美少女猫は三千世界のからすを殺してやりたそうに睨《にら》みつけ、それが実は代弁者へのありがとうの裏がえし、と知ってか知らずかたちまち染まるほほに負けてくふふふふ、と胸で笑って伏目《ふしめ》になってちらと上目《うわめ》に龍一を、窺《うかが》った。うしろの正面だあーれ。あの日は、

「台風一過の日本晴れだったよね。」

「タイフーイッカって、台風家族の台風一家のことだって、ずっとそう思ってて、ホントの意味知った時にはがっかりした。」

「あっはっは。ぼくもそうだった。みんなそうなんじゃないかなあ。」

訪れ去るものうつろうものはいのちなりけり天地万物森羅万象生死明滅回転循環雪見月見花見好き、燕《つばめ》好きは白鳥好き、声をひそめて台風好き、は被害を思えば口にするのも憚《はばか》るべきだがはしゃぐ子供が正直者。殊《こと》にも秋台風は台風一家の切り札にて、いいものの あはれの日本人を悩殺する。秋は決して人畜無害に稔《みの》りはせぬ。妊婦《はらみめ》かたどり残された、焼けた肌の夏女《なつめ》の土偶を叩《たた》き割る、もの狂わしい祭がなければならないと、なにがなんやらはしゃいでいるのは子供ならぬ二十八の龍一で、あれは午後の三時頃、日の子海の子風伯雨師が暴れ踊る台風祭《のわきまつり》の真只中《まっただなか》、まるであたかも群行《ぐんぎょう》せる龍神が、

誰かをさがしているようだ、と部屋の中をそわそわして、風雨礫《かざあまつぶて》が朧鱗《おぼろうろこ》の模様になって流れ落ちる硝子《ガラス》戸にへばりついては眼を凝らし、耳を澄ます。龍宮城が見えますか？　騒ぎのままに琴の音《ね》が、聞こえますか？　それともここは壇ノ浦、芳一ーっ、芳一ーっ、と呼ばわる声が聞こえますかと自分に言って嗤《わら》ってみるがなんとなく、ふりかえらずにいられない。

硝子《ガラス》一枚へだてた外の時化《しけ》に内の凪《なぎ》である。さわり心地に反転図形を感じたものか指がときめき胸が騒いでなんとなく、首だけまわしてそれを見れば内の凪《なぎ》は例のさら湯のあたらしさ。いつにもまして黒髪が、艶《なまめか》しく顔《おもて》を生かして台座《うてな》役の書類箱がまるでむしろ嘘《うそ》のよう。今にも……こまやかにひきしまり、しなやかにみなぎって、やわらかく、まるみふくらみ、なやましく、くびれしのび、のびやかに、うたいながれ、せつなげに、たわんでつぐむ、ひを裏に雪月花の柔肌波《やわはだなみ》が横ずわりにくねりそう。龍宮城が見えますか？　騒ぎのままに琴の音《ね》が、聞こえますか？　それともここは壇ノ浦、芳一ーっ、芳一ーっ、と呼ばわる声が聞こえますかと鸚鵡《おうむ》返しに女首《たまゆら》の、朱墨色に漏れた声は硝子《ガラス》の外からやって来た。やって来て、硝子《ガラス》の中にこもるようにちょっと笑い、笑うやそれがいたずらっぽく誘《いざな》う指。私はもう雪女、月みちて、花咲いて——龍さん一緒に燃えましょう。搔《か》き立てられ、たまらず一気に燃え立つものが酔い泣きしたいと憤り、反転図形の無時間成就に備えて今かと待つもあはれに張りつめた、まさに、その時、うしろの正面は、お前の正面だ！　――さあ抱けと、熱く熟《う》れた硝子《ガラス》の女が隠者に身投げの台風夢《たいふうむ》。

　お経はどこにも書かなかったがどこも奪《と》られはしなかった。玉手箱も手元にない。が台風去った西の空は血まみれの、名残情《なごりなさけ》に燃えていた。それがポンと背中を叩《たた》き、明日《あす》がいい。明日《あす》の午後、行きなさい。

　帝都東京千代田区神田神保町。

「武家のお城の江戸城に、天皇《みかど》をお遷《うつ》ししたのが悲劇の始まりだったのかも知れないね。よしあしはともかくも。」

「天守閣がほしいわね。」

「あれはあれでいいんだよ。想像力を掻《か》き立てる。」

「どんな想像？」

「そうだな……、富士山なんてどうだろう。」

「くふふふふ、あの日龍さん向日葵《ひまわり》って言ったわね。」

としなやかに指さした、写真よりもその指を、龍一はじっと見た。

「くふふふふ、噴火したらどうするの？」

　あの日の午後は待っていた。

　地下をゆく、土龍《もぐら》の電車に運ばれて、停《と》まる毎《ごと》に駅名地名がなにやらゆかしくいとしくなってじいんと沁《し》みて寄ってかない？　と色っぽく、客の袖を引くかのように迫って来るのを楽しんで、これに決めたと勇んで下車は九段下、どことなく、悩める女の品がある——は冗談だが、土龍《もぐら》の穴の穴口ならば神保町にもあるところ、なにしろ問題《くだん》の神保町、と洒落《しゃれ》るわけでもないけれども、九段坂を背中にしょって神保町に入ってゆくのが龍一好みの道選び。

勇んで下車は九段下——でござんした。といつものように陰にこもらぬ韻をふんで見上げれば、いつも同じ、たった一度の空がある。上がりきった階段口に空の使者《つかい》の秋風が、いらっしゃいませこちらです。腋《わき》の下が颯《サッ》と目覚めて遙かな思いにひきしまる。ひとつで無数無数でひとつ——と呪文を奏《かな》でてさざ波に、しず心なく日の散るらん——ここから水面《みなも》は見えないが、お濠《ほり》をはさんで皇居は北の丸を守護《まも》るが如き坂下の長老は、額《ひたい》があれば傷痕《きずあと》めいた深い皺《しわ》を幾条《いくすじ》も、刻み込んでいるであろう九段会館旧《もと》の名を、軍人会館いかめしや。昭和十一年、二・二六事件当時は確かここに戒厳司令部が。けむるような雪景色の朧《おぼろ》を纏《まと》う背丈《せたけ》高き洋館に、紛《まご》う方なき和風屋根、これを奥にすっぽりおさめて画面手前は警備にあたる武装兵士の黒子《くろこ》の如《ごと》き姿が一団、そんな写真に見覚えあり。人間どもが寝静まったら昔話を聞きたいが、長老今は秋の日ざしの日裏となって黙して語らぬ風情である。それもよし。が少なくとも、眼下に行き交《か》うクルマ来魔《クルマ》の修羅道を、ながめてこれぞ平和の証《あかし》とうそぶくほどのボケたバカではあるまいて。坂の上にはそれこそ問題《くだん》の靖国神社、近代日本分裂症をここにまつる。宜《むべ》なるかなや賛否共に決して癒えぬ同じ病の忘根心《カラゴコロ》。いっそのこと、刺し違えよ、共に果てよと嗤《わら》っているか九段坂、なさけないと嘆いているか九段坂。しかしながらみんなまとめて背中にしょって楽しからずや首都高速を鳥居代わりにくぐってゆけばそこが神田神保町。

神田の中の神保とは、重なる文字が眼に立つ故にかえってなにか伏字《ふせじ》の趣、異なる読みのカンとジンが唇に人差指で神の御名《おんな》は口にするなの印《いん》をむすぶ、となにがなんやら椿説《ちんせつ》こさえてわけ知り顔にあゆみゆく、ここは名だたる古書の街。

街といっても偏《かたよ》りありて商うものがものだけに、老尊紙《つくものかみ》が日神《ひかみ》を憚《はばか》り古書店《おたな》はずらりと靖国通りの南側、北に面して軒をつらねているのである。クルマ来魔《クルマ》の目抜《めぬき》通りは生馬《いきうま》の目も抜くが、沿道こちらは七五三縄《しめなわ》代わりに意地を張ったかそ知らぬふりで半眠りの風情を湛《たた》え、爪を隠した昼行燈《ひるあんどん》、夢うつつの間《はざま》に賭けた刺客が息をひそめつつ、邂逅《めぐりあい》を待っている。肝《きも》を据《す》えよ猟書人、心いのちで切りむすぶ、労を厭《いと》えば書物はたちまち忘根心《カラゴコロ》の偽賢《なまさかしら》と君臨し、そなたを不様《ぶざま》な奴隷《しもべ》としよう。即《すなわ》ち負け。そなたが勝てば書物は喜び人間殺して人を活《い》かす活人剣を与えよう――とまたぞろ椿説《ちんせつ》なにがなんやら屈《かが》め屈《かが》めと促《うなが》すような古書に屈《かが》めた眼を上げて、店舗口《おたなぐち》の硝子《ガラス》戸越しに仰《あお》ぐ彼岸は輝く日向《ひなた》、鮮やか過ぎて夢のよう。日蔭《ひかげ》よく日神《ひかみ》の真姿を知るのである。うしろの正面は、お前の正面だ。いたるところの反転図形。いたるところに真摯な淑女。されば男子は紳士たれ。好信楽の活人剣の恋に殉じて反転図形の無時間成就、根の国女王の命《めい》に従う天職知ればいたるところで堂々男子は死んでもよい。——とニヤリ笑った龍一の、ニヤリがあッと凍ってヒヤリ！

今の今まで気づかなかったが隣に客ありなんと淑女！　龍一無礼、頭越し、横顔すかしに日向《ひなた》を仰《あお》いでいたのである。気の毒にもうら若き淑女の君の横顔は、気づいてる。まつ毛がかたい。あわてて書物に眼を戻し、胸の内にあなたじゃない、日向《ひなた》です、と強がりを言ってはみたがヒヤリ転じてほほ燃えて、活字が溶けて目鼻もつかぬ黒い顔がくふふふふ、わからない？　あなたのその、思いも恋も生身《なまみ》の女のわたしのうちに時を生んでる反転図形のさしがねよ？　言わず語らず肌の気配、あなたはそれを読んでたの。——しばらくして、出ていった、後姿も見なかったが、日蔭《ひかげ》の灯下に日向《ひなた》のような肩から裸の腕が手が、戻していった書物の背文字を見るや再びヒヤリとした。将門記。

約束の時間がある。

二

目鼻もつかぬ黒い顔の女の声は電話で聞いた声だった。

ケータイなんぞ持つ気もないが仮職《バイト》探しの都合上また故郷《くにもと》の親との音信そしてまた、飲友達、なきにしもあらずなれば隠者の部屋にも電話あり。ただし閑職。埋木《うもれぎ》が、珍しくも今日はまるで側近顔にさら湯光りのあたらしさ、つやつや迫って今日でしょ？と言いたげで、うなずきながらもためらうほどにいよいよつくづくながめらる。受話器を見るのは初めてか、そんな気もする恋せずば、人は心もなからまし——受話器もうなずく下の句を、もののあはれと傍点つきで思い浮かべてふんぎりつけていざ電話。指の心とうらはらに、ピとかポとか軽い音。やがて——ルルルルル、急《せ》くなルルルよ秋の空。三度鳴って日向日蔭《ひなたひかげ》の境がくっきり際立って、風が颯《サッ》とたったと思うと女声《おんなごえ》、ハイと言い、

「日野企画でございます。」

はッとした。あ——と、既視感ならぬ既聴感と言うべきか、秋の空に春の声。

花曇りの宵の口に雨催《あまもよ》いの潤《うる》んだ風が雪洞《ぼんぼり》に、こもってぬくもるようである。若い女に違いないが落着《おちつ》いた、ちょっと鼻にかかったようなふくらみある、奥ゆきある、

朱墨色の甘味《あまみ》が決してうるさく尖《とが》らず刺さず傷《あや》めず訴えず、つつみ込み、受け入れて、宥《なだ》めてポンと背中を叩《たた》く、十九二十《じゅうくはたち》の母とも姉とも言いたいような懐《ふところ》を感じる声、と電話を通したわずかの間《あいだ》のやり取りに、これは龍一すさまじいが女首を、おのずと見つめていたせいで。一重《ひとえ》の瞼《まぶた》が伏目《ふしめ》になってほおっと二重《ふたえ》にほぐれる時の瞼《まぶた》に声があったなら、これだろうと思ったとも。しかしその、声の主《ぬし》の目鼻もつかぬ黒い顔に目鼻がついて色白の、十七歳の美少女とは、声と顔《おもて》、声と姿にかなり大きなズレがあって夢は夢と胸の内に自分を嗤《わら》うことになる。が独相撲《ひとりずもう》に罰《バチ》をあてる幻滅の鬼婆《オニババア》の手先ではなかったぞ。まなざしの、芯《しん》をずらせばひょっとして……と思われる、何かありげな気配を見つけることにもなる。吉凶今は知らないが、ときめきの、異花姫《ことはなひめ》。

目鼻のつくのはまだであった約束の時間がある。ようやくに、近づいて、時計を見い見い裏通りへ入ってゆく。

夢の中ではあじさい通りと名告《なの》っていたがうつつはそれこそ異花《ことはな》名前の裏通り。古書の街の表通りは七五三縄《しめなわ》代わりに意地を張ったか半眠りの風情を通しているけれども、裏にまわれば刺客はいないよ御神域に子供心を呼び覚ます、いい～匂いが招くよ招く。日の丸洋食日の丸中華なつかしく、気取らぬ江戸前和食と共に粋な着流し風の匂い。が龍一の、気分はすっかり裃《かみしも》で——気分だけ——さてもその日の服装《いでたち》は、二十八が泣くであろう親が知ったら恥じるであろうわかっているが慣れないものはしないに限るとネクタイなし、歩けばまだまだ汗を呼ぶから半袖の、水浅葱《みずあさぎ》の前留《まえどめ》シャツ、紺のズボン。半袖が二の腕まくりの長袖ならばあの夜と、同じである。もっとも傘はお呼びでないし靴もさすがに長歩靴《スニーカー》ではないけれども。

気分はすっかり裃《かみしも》で、裏通りを横に折れてすぐに見つけたマツウラビルなる目的《めあて》の建物《ビル》にそんな気分を笑われた。四階建の古書と言おうかしかしながらたかねの花の稀《き》覯本《こうぼん》では決してなく、「どれでも一冊百円」或《あ》るいはX《うん》冊まとめて百円並の文庫本、は言い過ぎではないと思うマツウラビルはボロビルの御老体。糊《のり》が一気に落ちた思いがしたけれども、女首《たまゆら》と、邂逅《めぐりあ》った棚を思え小屋を思え更にまた、傘を思え忠臣老骨黒紋付、彼《あれ》傘が建物《ビル》ならこれだろう、と見上げてむしろ楽しくなって御免よッ、と気分は無頼に客人通る。

出迎えの、入居表も無頼めき、無名なれど腕にだけはおぼえ有りと言いたげに、㈲の眼につく出版印刷関係らしき会社名が各階に、二つ三つと肩寄せ合って見栄《みえ》は張っても棟割《むねわり》長屋を思わせる。最上階の四階に、確かにあるぞ日野企画。

この手の鉄筋混凝土造《コンクリづくり》の御老体には避け難い、いい〜、とはとても言えない灰色くすんだ例の匂いが階段への誘《いざな》いで、上がってゆくと匂いが絵筆を揮《ふる》ったように壁がなかなか見ものである。ひび割れ走った蠍《さそり》が見上げて憧憬《あこが》れる、天女の舞は何が漏れたか染《しみ》の奇蹟《きせき》、風神雷神まがいもあれば兎《うさぎ》か蛙《かえる》か鳥獣戯画、やったなこいつおねしょの跡の世界地図、となにがなんやら古いは古いが床は光沢《つや》を失わず、塵《ちり》も埃《ほこり》も眼につかぬ。壁塗りはけちるくせに清潔《きれい》好きの家主さん、と後《のち》に知ったが変人らしい。踊場の曇《くもり》硝子《ガラス》の小窓の傍《わき》に家主さんの直筆なる、貼紙ありてこれが壁画を圧倒す。第一場――「地球は一個の生命体。人類は、地球にはびこる皮膚癌と知るがよい」ニーチェかな？　第二場――「およそあらゆる人間意識は病気である」ドストエフスキーかな？　どちらもちょっと違うよう。それはともかく壁画を圧倒するというよりこれぞ壁画の心かな。と面白がって眺めて読んで読んで眺めて更に上がって四階手前の第三場――恋せ……、恋せずば⁉

「恋せずば
　人は心もなからまし
ものあはれもこれよりぞ知る」
我と我眼《わがめ》を疑った。
これは確かにあれだけど、果たして本当に、あのあれか。
あまりのことに女首《たまゆら》と、邂逅《めぐりあ》ったあの時の、（我かの時）のたまゆらが、ゆらゆらッ、とそこまで来たが踏みとどまって貼紙を、睨《にら》みつけ、履歴書入りの書類袋をやおらあけると万年筆を取り出して、例にもあらぬ振舞《ふるまい》は――落書《らくがき》を、したのである。
黒々と、傍点双《ふた》つ。ものあはれ。そしてニヤリと笑った顔はまるで恋するテロリスト。

傍点双《ふた》つの活人剣をすぱッと抜いて隠者一族舟橋龍一参上と、子供じみたそんな思いに戯れながら気分も涼しく無頼にあゆむ廊下の奥のつきあたり、右に左に扉はあったが名札も見ずに通り過ぎ、勝手知ったるわけでもないのにまっすぐあゆんでつきあたり、肌色塗った鉄の扉の名札を読んで目的《めあて》のそれと知った途端《とたん》に初めてぼおっとしたのである。無頼は芝居でうわの空《そら》のあゆみであったと知らされた。傍点双《ふた》つのうわの空の功名か、階段上がって廊下に立つや正面奥に人待顔《ひとまちがお》、双《ふた》つのひとみが待人《まちびと》来たりでぱッと色めき華やいで、嬉しいのに、遠目にちょっとかなしそうに見えたのを、お前は覚えていないのか。お前がひとみで相槌《あいづち》打つとにっこりほほえみひとみの器にお前を掬《すく》ってこそばゆそうに我身《わがみ》へと、引き寄せた、鉄の扉に名札の女を見つめあゆんでお前もなんだか照れていた。覚えていないか覚《さ》めたばかりの今の夢、うわの空の功名を、と夢世鏡《ゆめよかがみ》の裏見節《うらみぶし》、㈲日野企画、なる黒い文字を面《おもて》に貼った白い名札の宇宙こそ、まさにその、夢世鏡《ゆめよかがみ》と気付いた時、合わせ鏡のからくりに、背中をポンと叩《たた》かれた。またも聞こえるあの声が、

（扉を打つの、双《ふた》つ打つ。傍点双《ふた》つ、扉に打つ。そしたらね、美《うま》し国の乳房《ちぶさ》が返事のはあーい。）

「はあーい。」

と返事の声は電話の縛《いまし》め解いてはだけた生《なま》にふくらむ確かなうつつ。龍一好みの会心の、美《うま》し乳房《ちぶさ》が閃《ひらめ》いた。がちょっと待て。果たして打診《ノック》はしただろうか。

「どーぞおーッ。」

待ったなし。で把手《とって》を握って日蔭《ひかげ》を感じてひんやりまわしてどぎまぎ押せば見かけによらぬ拍子抜けの軽さかな、むしろ扉が手を引くよ、引き入れて、客の背中に従《つ》きたそうに名札がきらりきらめいて、御覧あれ、中は日の国。

「失礼します。」

凜々《りり》しい声が出たと思う。が凜々《りり》しく立った太刀声《たちごえ》の、姿はたちまち日の香《か》かおる美《うま》し光の美《うま》し風につつまれて、ああ——と、元の姿の息にほぐれていろんな言葉になりたいと、楽しそうに戻って来た。日向《ひなた》千両きよらの小部屋。白髪《はくはつ》紳士に美少女あり。

三

右に開いた扉の名札が部屋を見渡す形である。が勢い余って更に押せば壁の前の複写機《コピー》が、音をたててそんな客を刺客と呪う死角の悲哀を舐めるであろう、恨むな複写機《コピー》ここにては、冷蔵庫や茶簞笥《ちゃだんす》こそ、尊重《おもき》をなすぞ右壁界隈お茶や麦酒《ビール》の出番待ち。片やおかたい左の壁は事務所としては小部屋ながら奥の構えに観音開きの書類簞《だん》笥《す》を立てて見かけに奥ゆかし。たまたまその日その時は、人の出入りの絶え間であったが扉側の長い壁は工房風、机をならべて書類筆記具定規の類《たぐい》が所狭しと雑魚寝《ざこね》模様、頭上に廂《ひさし》の棚も設けてこちらは書籍雑誌綴帳《とじちょう》その他諸々《もろもろ》ひしめきあって大鯰《おおなまず》の安寧ひたすらこいねがう。されど見よ、うらはらなる心も背文字に『鯰《なまず》絵考――破壊と世直し』そしてまた、一糸まとわぬ艶姿を誇る美女の名前と並んでいるのが面白いが異彩を放って嬉しくも、劫火《ごうか》惨劇写真集は『大怪獣ゴジラ』である。そんなこんなの三方壁が心を染めてうっとり見つめる舞台が本日日向静窓辺思寝《ひなたしずかまどべのおもいね》そこに今、御入来の義経ならぬ隠者の君もああ――に染め、窓側清浄絢爛《けんらん》たり！

　仕事するにはまぶしいが、日覆《ひおい》はあえておろさずに、机上に日技《ひわざ》の金箔床《きんぱくどこ》を賞《め》でる心で窓もあけ、流れをはずれた裏秋風を引いて涼しく日の香《か》かおる金箔床《きんぱくどこ》の風小池、そよりそよりと夢のかよう思寝《おもいね》の、舞台に静《しずか》を奏《かな》でる池の風流に、なびいてふさふさ白髪《はくはつ》紳士は電話保留、椅子をまわして龍一を、ちゃんと迎える姿勢《かたち》をとって日裏の顔が薄暗い、と見えたけれども声は明るく、

「いらっしゃい。」

　失礼しますの初音《はつね》とともにああ――と、たたずむ隠者の真正面《まんまえ》で。見上げて客のそれに気づいて自分も和してああ――と、それとしもなく気持だけ、振り向く素振《そぶり》でほほえむと、

「ここはねえ、幸か不幸か日あたりだけはよくってさ。あっはっは。」

気さくに笑う高い声が金色《こんじき》輝く縁取《ふちど》りに、すうんと細く澄みあがる。まずは名告《なの》りをあげんとしたが舟橋です、の舟出も待たず、

「ごめんなさいよちょぃと今、電話中なもんでね。」

そして橋はこちらから、架けましょうの勢いこめてヨリコッ、と呼びかけた。それより早く、ずっと早く、はじめから、立ってこちらを見ていたと、思われてならないが、白髪《はくはつ》紳士と机ひとつ隔《へだ》てた奥の席である。美少女あり。ひを裏に、すらりと立った雪月花。ただしなにかこの世ならぬ深い思いがひとみに凝《こご》った猫とも見えて妖しく気高くもの凄く、龍一は、ぞッとした。鋭く冴えて怖《こわ》いような美少女が、

「舟橋さん……、舟橋龍一さん、ですよね？」

とあの声で――花曇りの宵の口に雨催《あまもよ》いの潤《うる》んだ風が雪洞《ぼんぼり》の、ちょっと鼻にかかったようなふくらみある、奥ゆきある、十九二十《じゅうくはたち》の母とも姉とも言いたいような懐《ふところ》の、あの声で。たゆたゆまるむ会心の、あの声で。咄嗟《とっさ》にこれは吹替《ふきかえ》か、と思ったほど、大きなズレが夢は夢、うつつはこれぞと北叟笑《ほくそえ》んでいつものことだ驚くな、事実とあればすべては必然ゆるぎなし、と額《ひたい》をコツンと打つのである。が自分を嗤《わら》う胸の内にコツンはまた、むしろうつつに跳《は》ねかえってズレを叩《たた》き、鬼婆《オニババア》のつもりかい、とんでもないぜ礼を言う。会釈して、

「舟橋です。舟橋龍一です。」

と早口に、揺れる舟橋あやういけれども名告《なの》って乗って扉を閉める。夢世鏡《ゆめよかがみ》の名札の退場見届けて、退路を絶った思いがして、怖《こわ》いながらも振りかえる。ともうそこに、

「お待ちしておりました。」

背中を向けたわずかの隙《すき》に身も敏《さと》く、雪月花の猫が飛んだに違いない。名前負けの龍一鼠《ねずみ》は窮鼠《きゅうそ》ならねど怖気《おじけ》も飛んで眼を瞠《みは》る。あの声の、優しい言葉に美しい、深いお辞儀が待っていた。この齢頃《としごろ》に今時なんとも珍しい、とは言いたくないが日本人の証《あかし》と思う、もののあはれの心いのちは所作《しょさ》に日の出の奥ゆかしい、雪月花の気品の礼。もののあはれを知るもののあらば天地万物森羅万象いずれか礼を交《か》わさざる。礼は歌の調《しらべ》の姿と見えざらんや聞こえざらんや触れ得ざらんや、ひとつで無数無数でひとつの心いのちの歌の敷島《しきしま》これぞ真《まこと》の日本なり。とこんな時にもなにがなんやら椿説《ちんせつ》閃《ひらめ》きすっかり度胸がすわったようで龍一は、雪月花の高貴《あて》なる猫のお辞儀の君に対し奉《たてまつ》り、改めて、会釈ながら礼をして、初めて間近《まぢか》に相見《あいまみ》ゆ。

背丈《せたけ》は思ったほどでなく、むしろ小柄で百五十四五の見当《みたて》、お辞儀につれて麻のズボンの膝のあたりにきちんと重ねた両手の先がそのまま崩れず撫《にじ》りあがって腿《もも》の谷からあの窪《くぼ》越えて下腹《したはら》ヶ丘に安らぐと、上の形をぼかすためにあえて表に出しているのかシャツの裾《すそ》のしどけなさ、それがかえってお辞儀の折に女らしさの透影《すきかげ》を、かいま

見せて色気の急所をついたことなど知らぬげに、薄地の半袖紅白横縞模様のシャツはラグビー風で可笑《おか》しいが、月の光に濡れたような雪の肌によく映《は》えて、桜《はな》とほのめく襲《かさね》の色相《いろめ》。華奢《きゃしゃ》だがすらりと姿よく、薄い胸も腰のあたりに明日《あした》を頼む備えを見る。ほほえましい、すこやかな、この世らしさにしかしながら人間どもを蔑《なみ》するような眼が凄い。

黒髪を、うしろできつく束ねた顔《おもて》はくっきりまどかに凜《りん》として、少女と女の間《はざま》を射抜いて忍ぶ姿の横笛が、似合うと思う、下唇がいかにも受けの心を示して小さく可憐にそれを求め、目立たないがちょっと傲《おご》った鼻の頭に釣られたように上唇は気高く整う芭富士《あかね》、口元を、きゅっとひきしめそれでいよいよ大きくひきたつ眼が凄く、似てはいないが猫顔とも。二重瞼《ふたえまぶた》の黒目勝ち。さら湯がピリッと鋭く冴える双《ふた》つの夜空のひとみのまなざし、氷が熱いと感じる光、誰しもおそらく見つめられれば肌の肌理《きめ》に星散《ほしづ》くようでうしろめたさが疼《うず》くであろう、ただならぬ気配漲《みなぎ》るこれが街を歩くのか、学校なんぞに行ったりするのか思いみるだに気遠《けどお》くなる、不吉《ゆゆ》しいばかりの美少女ぶり。

性《さが》は巫女《みこ》ではあるまいか。人間殺して人に戻す。人を見せて人に戻す。ひとみの器にうつすものは宿すものはひょっとしたらうしろの正面、ならば問おう女首《たまゆら》を——と、これらのことが語れば長いが相見初《あいまみぞめ》のほんのかいま見ふたつみっつの時の間《ま》で、背丈《せたけ》は――顔《おもて》は――性《さが》は――女首《たまゆら》を――はッとすると巫女《みこ》のひとみにそれがうつって一緒にはッとしかけたらしいまさにその時、向日葵《ひまわり》を、見たのである。花ではない、昇《のぼり》龍《りゅう》の鱗《うろこ》のように連らなり昇る文字を見た。日に向かって葵《あふひ》は会う日の向日葵《ひまわり》と。昇り着いてすっと納まる窓の上の額入り写真。白い向日葵《ひまわり》あるものか、なんとも知れず、

「あれはなんの花ですか。」

相見《あいまみ》の、無礼にならぬ頃合《ころあい》示す向日葵《ひまわり》か。相見《あいまみ》ではなく日に向かって会う日の今を言問《ことと》う遊びに誘《いざな》えかしと救いの手を、子供じみた智慧が見つけて向日葵《ひまわり》か。がどうしたことか巫女《みこ》のひとみにその手を拒《こば》むたまゆらの、それこそ子供のいやいやめいた気色ばみの間《ま》があって、それから我にかえったようにえ？　――と、ひとみが解けてちょっとあわてて腰から上を楽々ねじらせ胸を伸ばして仰《あお》ぎ見る、と黒髪を、束ねたものが初めて見えて白地に紅《あか》い斑《しぼり》の蝶《ちょう》。見惚《みと》れる間《ま》もなく飛んで消え、戻った顔《おもて》は俄《にわか》にほほが紅《べに》さして、ひとみの凄味もやわらぎ和《なご》んで龍一を、面白そうにながめて笑声近《えみごえちか》親《ぢか》と、

「富士山ですよぉ？」

双星《ふたぼし》、飛ぶ。

「あ……、ああ――噴火口！」

思いもかけぬ惨《むご》いものを見たと言えば女首《たまゆら》が、笑うだろうか自分で笑い、

「変だなあ、雪なのに、向日葵《ひまわり》に見えました。」

と言わざるを得なかった。日向《ひなた》舞台の静御前《しずかごぜん》は心得顔《こころえがお》に黙っていたがこちらの巫女《みこ》は楽しそうにびっくりして、蝶《ちょう》がひらひらまた飛んで、顔《おもて》を戻すと更にひとしおお人なつっこさが増穂の薄《すすき》、きらめいて、ふっと静かに、

「いい匂いがしますね。」

「富士山ですか。」

「舟橋さん。」

「……何もつけちゃいませんが。」

「そうでしょ？」

なんだかちぐはぐとんちんかん。で気まずくなるかと思いきや、互いに思わず声を殺して笑い合う、相見《あいまみ》笑いのかみしめ笑い。今日のこの日が初めてなのにふたりだけのひめた記憶《おぼえ》がありそうな、あるはずないがそんな風情のたたずみほとめく傍《かたわら》で、椅子にかけた白髪《はくはつ》紳士は噴き出した。勿論《もちろん》電話の別件笑い。それを見て、いよいよぐっと声を殺して相見《あいまみ》戻しのかみしめ笑い。人間どもを蔑《なみ》するような美少女巫女《みこ》の扉をどぎまぎ言問《こと》い押せば見かけによらぬ拍子抜けの和《なご》みかな、むしろ扉が手を引くよ、引き入れて、かみしめ笑いの把手《とって》は傘の柄《え》になった。握らせて、託した上で指に指を添えるように、

「お待ちしておりました。」

とあらためて、さっきの言葉の裏をかえして傘の下の内輪声《うちわごえ》。

「時間ピッタリでしたね。」

「ちょいと古本屋さんをひやかして、時計を見い見い来ましたから。」

「面白いのありました？」

面白い——電話で知ったあなたの声が聞こえたとは、まさか言えはしないから、

「本よりも、本屋さんの中から見る、日向《ひなた》の景色が鮮やかでした。」

「空が高いのねえ。」

「日向《ひなた》日蔭《ひかげ》の境がくっきりしてますね。」

「ホント……、気持いい。」

相合傘《あいあいがさ》はそれのため？　——と、

「かけてもらいなさい。」

送話口を握りふさいで白髪《はくはつ》紳士が穏やかに、諭言《さとしごと》。

受けた方は穏やかならず、

「あ——、あらごおめんなさい私、なにやってんの？」

と言うなりそれこそなにかものに憑《つ》かれたように動き出す。若草あゆむ野遊びに、うってつけの白の可憐な長歩靴《スニーカー》。

「もおう――、片づけとこうと思ったのに。」

と工房風の並机《ならびづくえ》の宙《そら》に蝶《ちょう》を遊ばせながら、

「お客様をお迎えして、立話《たちばなし》？　バカみたい。ここってどこかの街角《まちかど》？　バッタリ出会ってドッキリして、お久しぶりねえお元気でした？　まだ……独身《おひとり》なの？　あら、ちょっと、痩《や》せたんじゃない？　ご飯ちゃんと食べてるの？　ってこの二人、ワケあり？　シャンソンみたい。くふふふふ。でもよおく考えたら初対面でしたって？♫チャンチャンッ。あ――そうかさっきこの机、ちゃんと片づけといたんだぁ――忘れてた。バカみたい。」

まさに一気呵成《かせい》かな。しかもちゃんと片づけ済《ずみ》の机がひとつ、あるというのに眼にも入らず別の机をてきぱきと、一人芝居か鼻歌まじりに片づけあげてバカみたい、とオチがついてため息ついてくふふくふふと胸で笑って振り向いた。

「こちらで、よろしいかしら。」

火照《ほて》りのさめない色であったがよろしいも、よろしくないも呆気《あっけ》にとられてただただ見守る龍一に、はッとして、私、今、何かした？　何か言った？　わかっているがあえて相手に投げかけて、返る波を試すようにみるみる妖しく輝き出した大きな眼が、どんな波を味わったのか濃《こま》かに長いまつ毛でそれをにっこりぼかして細まった。そしてなんともういういしく、女っぽく、双《ふた》つの胸を双《ふた》つの肱《ひじ》で隠す形に腕を絞《しぼ》って雪の肌の茎《くき》を立て、あごを支える萼《がく》を開き、真紅《まっか》に染まったほほをつつんでひたひたと、雪の指で宥《なだ》める仕草。ほおっと出《い》ずる薄紅《うすくれない》の息が息に耐えきれず、言葉の霊《たま》に月満ちて、

「ああ――、はずかしい。」

とせつなげに、たわんでつぐむ。伏目《ふしめ》になる。

なまじ言葉をかけるより、間《ま》を置きたいと龍一は、困った時のあれとばかりに額入り写真の富士の火口を見上げたが、どうしたわけかこっちまで、はずかしくなって来た。龍宮城が見えますか？　それともここは壇ノ浦？

「こちらです。」

火口ではなく勿論《もちろん》美少女巫女《みこ》だった。え？　――と今度は龍一が、ちょっとあわてて振り向くと、真紅《まっか》な巫女《みこ》は伏目《ふしめ》のまま、雪の肌の両手を椅子の背にかけて、自分の前にずっと引いてあえかな声でつぶやいた。

「こちらです。こちらです。……」

あの夜《よる》の、傘の雨音忍言《しのびごと》。

四

チャリーン！

と、聞こえてビクッとこれはあの、あの夜《よる》の、やっとの思いでたどり着いた扉の前でうっかり落とした鍵の音、鳴りとどろいた鍵の鈴音《すずね》が椅子に腰をおろしたまさにその時に、確かに聞こえて雨夜《あまよ》のこだまのようだった。ビクッと驚き幻聴影《そらみみかげ》を咄嗟《とっさ》に追えば身敏《みざと》そうな足の運びに腰や背筋の美しさ、そして黒髪、そして蝶《ちょう》。美少女巫女《みこ》の後姿があゆみおとした音かと思う。鈴音《すずね》はたちまち夜を束ねて日向《ひなた》の蝶《ちょう》、邂逅《めぐりあい》の雨夜《あまよ》と今日をむすんで飛ぶか反転図形をほのめかす、鍵の蝶《ちょう》よいざ言問《ことと》わん無時間成就の扉はいずこ。

「そこに仕事があるでしょ。」

と聞こえてびっくりしたけれども、白髪《はくはつ》紳士の電話である。美少女巫女《みこ》はお茶の仕度《したく》。

どうしてここにいるのだろう。面接だ。そうだった。と自分を鎮め確かめて、ぼおっとするのを防いだが、どうしてここにいるのだろう、と同じ言葉が美少女巫女《みこ》の身に及ぶ。平日の、古びた建物《ビル》のこの手の事務所の昼日中《ひるひなか》。

身敏《みざと》そうな足の運びは器用な手先の所作《しょさ》に移ってお茶の仕度《したく》も美しい。茶筒や急須や湯呑茶碗《ゆのみぢゃわん》が所作《しょさ》の心にうなずき従い一首の歌を詠《よ》み整えてゆくような、静かに充《み》ちる玉の気配。感じつつ、ながめる男のまなざしを、蝶《ちょう》がちらちらわななくように窺《うかが》って、ここにいるから来たんでしょ？　ここのわたしのこの上に――蝶《ちょう》ではなくて椅子だった。お尻の恐縮、思うべし。勧められた向きのまま、しゃちこばって身動きならず、右に机が脇息《きょうそく》代わりになりはするが肱《ひじ》を乗せてくつろぐほどの気持のゆとりもあらばこそ、両手を膝に身を支え、おのずとながめる形になった正面が、例の右壁界隈で、正面左に茶簞笥《ちゃだんす》前の巫女《みこ》である。そんな風に見られては、とわななく蝶《ちょう》に自分の今を教えられ、かしこまってかたい自分の下の心が椅子の声。はずかしく、まなざしそらしに今度は富士の火口は避けて右上の、棚をふっと見上げれば、万屋《よろずや》風にひしめきあったその中に、待ってましたと鯰《なまず》、ゴジラ、裸自慢の美女名前、三題噺《さんだいばなし》を促《うなが》すような面白い取合わせ。お蔭《かげ》で気持がほぐれたが、ほぐれついでにひょっこり答がわかったように閃《ひらめ》いたのは例のあの、ここに来る、きっかけ作った求人誌、まなざしの、芯《しん》をずらせばうすぼんやりと女首《たまゆら》の、場違いな、典型的少女漫画の絵顔花《えがおばな》、今、あそこでお茶の仕度《したく》にいそしむ巫女《みこ》のあの手こそ、作者の手ではあるまいか。

「ああ舟橋さん、そこらのもの、お好きに御覧になってて下さい。ごめんなさいねえお待たせして。」

と白髪《はくはつ》紳士、電話再び保留である。

「お時間、よろしいですか。」

「一日ずっとあいてます。」

「ああそうですか。ごめんなさいねえ長電話が悪癖の相手でね。無駄話なら切るんスが、のっぴきならねえ商売の話でさ、生きるの死ぬのと大変《テーヘン》だ。なに聞き役でいいんスがね。今お茶が来ます。——あれ、ウチの娘でね、ヨリコって言いますが、玉依姫《たまよりひめ》の依《より》ですよ。玉の輿《こし》でもよらねえかって。あっはっは。」

「もおう、お父さん電話電話。早く片づけて。……ううん死ぬまで電話しててもいいわよ？」

「これですよ。……じゃあ失礼して——」

声がほっそり澄みあがる、金箔床《きんぱくどこ》の風小池。窓外《とのも》より、流れ込んでそよりそよりと小池に遊ぶ街の気配は底に幽《かす》かに瀧の瀬音がありそうで、きらめきながらも遙かに青むようだから、近くの声はこもらず響かず文《あや》なき静《しずか》の文《あや》をなして金色《こんじき》輝く縁取《ふちどり》に、すうんとほっそり澄みあがる。空高し、と銘を打ってやがて富士の火口かな。

仕度《したく》もすんでお茶があがって依子嬢のお盆に三つ、富士の火口の茶托《ちゃたく》に蓮《はす》の花咲くとは、いくらなんでも気恥ずかしいが粗茶でございますがと依子嬢のあらたまった声の調《しらべ》もどこかママゴトじみていた。身近に迫ったその身を見上げず膝を引いて再び俄《にわか》にかしこまった龍一の、机の上に非時《ときじく》めいた雪洞声《ぼんぼりごえ》がぽっと灯《とも》ると茶のかおり、白い手が、柄杓《ひしゃく》の形を末に作ってしっかりかためてさりげなくも指先力《ゆびさきぢから》を揃《そろ》え絞《しぼ》り四本指で受けた上に親指おさえのしなやかさ、たゆたゆしがちなまるい重みを戴《いただ》く茶托《ちゃたく》の釣《つり》合《あい》こそが玉とばかりに息をつめた所作《しょさ》である。かたくなった少女のなんともうぶな気配につつまれて、仕度《したく》は大人《おとな》び運びは初心の趣違いがいぶかしいがそれ故かえって龍一は、ちょっと胸が熱くなる。たかがお茶と嗤《わら》いもしたいがされどお茶、コットリと、玉ぞ着く。

「恐縮です。」

「舟橋さん、優しいですね。」

「は？　……」

解き放たれて藪《やぶ》から棒。ちらと見れば優しい眼、龍一ではなくお茶を見て、

「ほら、浮舟が、入水《じゅすい》してる。」

「宇治ですか。」

「はい玉露です。」

「道理でとろとろおいしそうだ。ちゃんと湯ざましされてましたね失礼ながら見てました。」

とこうなれば、義理でもちゃんと眼の前で、ひと口飲んでほめねばならぬ。

「ああ……、極上です。浮舟が、救われましたよ舟橋に。」

「くふっ、ほら、やっぱり優しい。」

「とんでもない。優しいなんて初耳です。」

「くふふふふ。誰もわかっちゃいないのよ。」

突然変わった口調に驚き見上げれば、人間どもを蔑《なみ》するような例の凄い眼があった。が龍一を、見おろしながらもどうしたわけかまるであたかも何かが近づく気配を悟って耳を澄まして構えたようなうつろに漲《みなぎ》る眼の凄味、龍一咄嗟《とっさ》に地震かと、外を見やったほどである。

「ここなら大丈夫。」

母の声が降って来た。

「は？　……」

「ごめんなさい。生意気なこと言いました。」

はじらいあわてる少女がいた。地震はその身を襲ったらしい。されどここなら大丈夫、とお盆はお茶を波立てず、ゆらめくものは胸の内よ濃《こま》かに長いまつ毛がそれとしばたたく。ちらッ、ちらちら男を見て、ほほえみかけてほほえみきれずにはにかんで、呑《の》み込むように、

「バカみたい。」

自分を励ます呪言葉《まじない》の口癖か、はずみがついてほほえみきってやはりお盆はゆらさぬように小首をかしげる横会釈、来客好きの子供のような眼色《めいろ》を残して父と自分の机の方へ。

お茶がそれぞれ所を得る。そしてなにかためらうようにゆっくりと、お盆を戻しに依子嬢が離れてゆくや向《む》かいの二つのお茶がさッとこちらを見たと思われた。姫の言葉を吟味せよ！　優しいとは？　誰もわかっちゃいないとは？　――ううん、駄目、気にしない、と手元のお茶はひと口飲まれた茶碗《ちゃわん》の性《さが》と言うべきか、一期《いちご》なりとも心あつき龍一贔屓《びいき》が喧嘩《けんか》はよしてといった風に袖を引く。引かれて嬉しくまたひと口、味わうと――いろんな口に啜《すす》られ飲まれて来ましたけど、お客さん、本望です、ここで割って下さいな――戯れにもほどがある。のみならず、なにがなんやら椿説《ちんせつ》までが閃《ひらめ》いて、

「日本は、優しいですね。」

「いゝものゝあはれの国なんです。」

「誰もわかっちゃいないのよ。」

未来《ゆくすえ》を、かなしく憂うる不吉な影がよぎっていったがひいやりと、胸に涼しい風だった。

お客さん、ここで割って下さいな。

「舟橋さん?」

「あ……、はい?」

「……くふふふ。」

横から呼ばれてはッと見れば知り合いだったといった風情。椅子にかけた依子嬢。さっきああしてあわてて片づけ真紅《まっか》になって勧めてくれた龍一席の真向《まむか》いで、椅子を引き、腰かけて、いったんは、背中を向けたが腰は入れずにそのまま膝をくるっとまわして龍一と、例《たと》えば列車か劇場ならば通路を隔《へだ》てて隣合わせになった形、背筋を伸ばして両手の先を膝に揃《そろ》えて龍一の、見つめる所を探していた、とそこまで見えてはいたのである。が呼ばれてはッとするほどに……。誰かと思えば依子嬢。あらごあいさつ、誰だったらよかったの? くふふふ。——まさかね。だがしかし、くふふふ、のその後《あと》に、

「ねえ舟橋さん、宗教の、本物と偽物《にせもの》を見分ける方法ありますか?」

と来たのである。

藪《やぶ》から棒の二本目は、ぼおっとしていた龍一に、一本活《カツ》を入れてくれて面接官の質問風、しゃきっとなってこの棒は、勝手知ったるものではないかござんなれ! 得たりや応と意気込んで、

「死後の世界に天国極楽・地獄があるって言ってる宗教は、偽物《にせもの》です。」

「ああ……、そうなんだあ。」

拍子抜け。面接官の藪《やぶ》は一気に他愛《たわい》なくも草薙《くさなぎ》に薙《な》ぎ払われ、ああと燃え、そうなんだあと金箔床《きんぱくどこ》、やがて今度は棒のかわりに表紙の美女をきらめかせ、一冊の、そんじょそこらの週刊誌が、わたしなの、と身を翻《ひるがえ》してあらわれた。

「あのさっき、こんなの読んでたものですから。」

どんなのかと、窺《うかが》い見れば近頃話題の新手《あらて》悪徳宗教団体の、罪状暴《あば》く記事である。それだけのことだった。

「こんなの滅多に見ないんですけど凄いですねチャンコ鍋。」

「チャンコ鍋？　あっはっは、世界に冠たるものですよ、この国の週刊誌。」

「そうですか。」

と気のないそぶりで指ではじいてバラバラバラバラと扇風誌。がこんなものでも待ったをかけるか五分《ごぶ》の魂に、悪戯気《いたずらっけ》があるようで、たまたま指にひっかかって止まってしまって占いめいたその見開きはよりによって男子専科の色刷写真、天晴《あっぱ》れ！　と、読者席も色めき立つらん見事に熟れた美女ひとり、乳房《むなち》を暴出《かきい》で下緒《もひも》を女陰《ほと》に忍《お》し垂れき！

「あッ、やだッ、」

凄いわね、と言うが早いか少女の手は、バタンとこれを閉殺し、のみならず、腿《もも》の

中に埋めたそうにおさえつけ、あえて虚空《こくう》を睨《にら》んだが、ややあって、伏目《ふしめ》になり、

「死んだらどこに行くんでしょう。」

見事な裸のその後《あと》で、この台詞《セリフ》は凄かった。

「ここにいます。」

「ここですか?」

勿論《もちろん》美女のそこではない。がひょっとしたらそこだろう。それはともかく、

「溶けるんです。ゆき渡る。どこでも遍《あまね》くゆき渡る。そしてまた、ぽっこり形《かたち》になりますね。生れます。元気に遊んでまた死んで、溶けて遍《あまね》くゆき渡る。どうしても、死後の世界に天国極楽・地獄なんて言いたい向きにはこんな風に言ってやればいいのです。――この世が天国極楽なら、その時あの世も天国極楽。この世が地獄なら、その時あの世も地獄だと。死んだら――ではないのです。その時その時この世がどうかということです。この世に生きてる間《あいだ》の使命は自《おのず》から、明らかですね。」

おもねりが、なきにしもあらずになってしまったが、依子嬢は首だけこちらに真《まっ》正面《しょうめん》に向けて真剣。

「ああ――、そうよねッ。そうですね。なくなった人達につつまれて、生きてるってことでしょ? なんの気なしに息をして、生きているけどなくなった人達を、吸って息して生きてるってわけでしょ? 悪い事、出来ませんね。」

「あっはっは。いいことおっしゃる。あなたのようなそういう心をぼくは日本人と呼んでます。」

「人種じゃなくて、心ですか。」

「はあ、まあ、ぼく流のお伽話《とぎばなし》に過ぎませんけどね。」

大きな眼が、輝くので、

「太古の昔の人類は、おそらくみんなヒノモトの、日本人だったのです。生と死が互いに身内の宇宙明滅ひとつで無数無数でひとつ、即《すなわ》ちそれ天地万物森羅万象いずれか歌を詠《よ》まざりける、の世界でした。生死に輝くいのちが心、心いのち。ところがしかし悪貨は良貨を駆逐するって言いますが、悪貨は自分を進化と名づけたようですよ。一神教質傲慢性頭部肥大症の謂《いい》に他《ほか》ならないこの悪貨は自分を人間とも、名づけたようです。つまり癌ですね。頭が心を駆逐する。人間が、日本人を駆逐する。世界史が、始まったのです。世界史悪貨の人間どもは一神教質傲慢性の性質上容赦がなく、駆逐が駆逐にとどまるものか良貨の存在これを許さず、日本人は抹殺されるか悪貨に同化の人間化の毒牙にかかるか姿を消してゆきました。たまさか埒外《らちがい》隔絶された人々も、幸か不幸か太古のままでは自覚なく、後世嫌味《いやみ》な人類学者の飯の種――そんな中、奇《き》蹟《せき》の島がありました。この国です。ここにのみ、ヒノモトビトたる本性自覚の日本人が生き延びた。その奇蹟《きせき》の幸運集合体の幸運達のはからいたるや心憎いばかりでして例《たと》えば地の利の一端は、隔絶ではなく世界史を、常に間近《まぢか》に見据《す》えさせてしかもそれは対岸でした。絶妙です。対岸の、他山の石——汚辱にまみれた世界史を、外《よそ》に見ながらしっかり見ながら表面《うわべ》だけは知識人《インテリ》どもを総動員の猿真似策さえ厭《いと》わずに、厭《いと》うどころか競い楽しみそれ故かえって犯されず、鍛えられ、ヒノモトビトたる自覚の深まる逆説こそを得意技《わざ》に自分を守って来ましたね。人間への堕落を免《まぬが》れヒノモトビトの文明文化洗練です。天地万物森羅万象ひとつで無数無数でひとつのもののあはれ、即《すなわ》ちひとつで無数無数でひとつの宇宙のあはれの美しい文明文化を洗練させて来ましたね。時に戦《いくさ》も神代《かみよ》の歌垣、災《わざわい》だってそれぞれ畏《かしこ》い恵《めぐみ》の国。言わば奇蹟《きせき》の隠れ里。長く長く続きましたが悲しいかな、とうとう世界史の、表舞台にひっぱり出されて人間どもに化かされて、血みどろです。現代《いま》もそうですこれからも、そうでしょう。世界史の、流れです。近代に、ひっぱり出されて押し流されて行方《ゆくえ》も知らぬ死にもの狂いの孤軍奮闘、大健闘と言ってやりたいいとおしさがこみ上げても来ますけど、血みどろの、この百年余りで日本人の人口は、激減しましたよ。それも加速度的に。このままでは絶滅の危機ですね。無理でしょうが隠者の国に戻れないものでしょうか。地球は一個の生命体、その生命力が方々に噴出する、若くて美《きれ》いなこの島国の胎《はら》内に、同胞《から》たる老若男女を隠すことが出来ないか。そしてじっくりと、思い出す。ヒノモトビトの文明文化洗練の極《きわみ》を知るべき我らが本性思い出して再生し、再熟成。それが自《おの》と人間どもへの抗議になる。根の国女王の命《めい》に従うヒノモトビトの大人《おとな》の国が復活する。そんな時代を設けないといよいよ不様《ぶざま》になりますよ。百年余り続けて来たこの戦争どころの騒ぎじゃない！

なあんて――そんな日本どこにもないって嗤《わら》われますけどね。そりゃそうです。隠者のうそぶくお伽話《とぎばなし》なんですから。」

「くふっ、ここなら大丈夫。くふふふふ。」

「はあ……」

「私もね、あの、階段の貼紙ね、けっこう好きなんです。舟橋さん、もののあはれを知る人ですね。」

（ものや思う）の心である。が（色に出《い》でにけり）の龍一は、とんちんかんに、

「しまった！　語るに落ちて犯行声明。」

「犯行声明？」

「ぼくさっき、その貼紙に、落書《らくがき》してしまいました。悪いこと、出来ませんね。」

五

まさか大岡裁きのしらばっくれではあるまいが、

「傍点双《ふた》つって、元からついてましたでしょ？」

「はあ？　――」

　不条理劇のはずもなく、

「とんでもない！　ぼくですぼくが書きました。」

　くっきりまどかに凛《りん》とした、顔《おもて》だけに凄い眼だけに吹替《ふきかえ》めいたあの声だけにぼおっとされると儚《はかな》くて、夢かうつつか幻か。

「夢だったぁ。」

「え？　――」

「やっぱり夢だったんだぁごめんなさい。舟橋さんがおみえになる、ちょっと前、うとうとたた寝しちゃってね、そうかやっぱり夢だった――階段上がっているんです。踊場で、あれ？　傍点ついてるわ？　来るたびいつも見てるのに、ぼんやりねえ、初めて気がついた。でも今ならいい絵が描《か》けそうだ――って、それだけでしたけど、思い出すと変な夢え。」

「背筋が凍るようですよ。」

「私は背筋が伸びました。お墨つきってとこかしら。」

「誰のです。」

「くふふふふ、きっとそう、電話で聞いた舟橋さんの声が残っていたんだわ。」

「電話の声ですか！」

「お墨つきの恋ですね。」

「だれのです。」

「私、悪戯《いたずら》されちゃった。罪作りよ舟橋さん。」

「よして下さいよ！」

「くすぐったい。背筋が伸びる。あははははは。」

とこの時初めて口をあけて笑ったように思われる。途端《とたん》に夢が怪しくなる。電話の声はかえって艶《なまめ》く。言わば虚実皮膜の間《かん》を弄《もてあそ》んだ美少女裁きが思わず知らずに拾い上げた玉とも思えて龍一は、急所をつかれて驚きながらもそれこそなんだかくすぐったく、悪戯《いたずら》は、お互い様よ電話の声、と胸の内にひそやかな、甘苦しい、幼い頃の遊び相手の年上少女の思い出ゆらッ。だがしかし、どこかたくみに芯《しん》をずらした玉のズレがないだろうか依子嬢の言葉のゆれ。たまゆらゆらッ、と——あの女《ひと》に、悪くない？

「いたずら電話で背筋が伸びるって？」

と白髪《はくはつ》紳士はズレたかボケたか送話口を握りふさいでこっちを見たがこっちのことよと娘に言われてハイさよか、邪魔したね。客の方にも目配《めくば》せして、そっちの仲間に入りたいと言いたげに、受話器を指さしこれこれと、顔をちょっとしかめて見せる。まだ続く。

あはははは——と笑った風情は妖しい巫女《みこ》であったけれどもさて——と、美少女奉行はちと戯れが過ぎたとばかりにこの間《ま》を幸い涼しく澄まして顔《おもて》を戻し、傍点双《ふた》つのものものあはれの心や如何《いかに》と問い質《ただ》す。お奉行様もお人が悪い。今ならいい絵が描《か》けそうだ、とはまさにもののあはれの催し。その今なら、何を描《か》いてもおそらく真《まこと》の自画像なり。自分《おのれ》であって自分《おのれ》でない、ひとつで無数無数でひとつの心いのちの自画像なり。もののあはれが絵筆の力。——さてそこじゃ。奉行には、心得難き言葉あり。ひとつで無数無数でひとつ、心いのち、奇ッ矯なる申し様。注釈あってしかるべし！——でまんまとはまって龍一は、「お伽話《とぎばなし》」の中に見えたる不審の龍一用語につき、あれこれと、御下問賜わり御前講義と相成った。

かいつまんで要領よく、世話に砕けたもの言いで、と心がけたがむずかしい。未熟、痛感。だがしかし、依子嬢は来客好きの子供のように面白がり、舟橋さん、インジャなの？　何か術を使えます？　とどこまでわかってくれたのやら、人間《オトナ》と大人《おとな》の峻別《しゅんべつ》には、こちらがびっくりするほどに、大いに喜び輝いて、

「私ぜったい女性人間なんかに堕落しない。根の国女王の命《めい》に従う大きい人の大人《おとな》の女をめざします。」

火をつけた、龍一思わずたじろいで、電話中だが親の耳もあることとなれば分別顔の人間《オトナ》のように火消しにまわり、

「志は天晴《あっぱ》れですがどうでしょう、現代《いまのよ》は、人間どもの天下ですから四面楚歌《しめんそか》、なにかにつけて辛《つら》いことになりますよ？　居場所はなくなる一方です。」

「それを作るのが、隠者の仕事じゃないかしら。」

「あ――はあ、なるほどね。そうですね。」

「ごめんなさい。違うわね。」

「違いますか。」

「居場所は根の国女王だわ？　根の国女王がお家《うち》だわ？　隠者は女王を呼び覚ます。それが仕事じゃないかしら。舟橋さん、おっしゃった――ひとりで無数無数でひとり、からだいっぱい心になった女は誰でも根の国女王――舟橋さんは人間どもの人間《オトナ》の世界に抗議して、立ち上がって隠者の剣《つるぎ》で大地を打つ。双《ふた》つ打つ。もののあはれ。海を打つ。双《ふた》つ打つ。もののあはれ。女王よ目覚めよ日よ月よ――って夢に打たれて世界中の女がはッと目を覚ます。人間どもの呪縛を解かれて目を覚ます。からだいっぱい心になった心いのちのお家《うち》があって起き上がる。世界を生み、世界を生かし、世界を遊ばせ世界に遊んで世界を食べちゃう女の力を思い出す。」

「凄いなそれ！」

どこまでわかってくれたのやら――どころでない、どこまで行くのか美少女よ。

「お家《うち》に女がいるんじゃなくって女がお家《うち》そのものね。女の居場所は女だわ？　動くお家《うち》、くふふふふ。からだいっぱい心になって根の国女王になれたなら、の話だけど。——男の人ってつらいわね。世界もろとも女の餌食《えじき》になっちゃって、それだけじゃないかしら。」

「男冥利に尽きますよ。女が生んだ世界の中に生かされて、世界に恋して虹を追って世界のために自分《おのれ》を捨てる。そうしないと虹の門をくぐれない。お家《うち》に入れてもらえない。」

　堂々男子が死んでもよい、男冥利の死場所《しにばしょ》のことだとは、さすがに言えはしなかった。話が女陰《ほと》をついてしまう。絶対の無意味のことを美のことを。

「お家《うち》に入れてもらいたい？　動くお家《うち》。くふふふふ。お家《うち》が座《すわ》る。お家《うち》がくつろぐ。お家《うち》がきりっとあらたまる。立ち上がる。そそと歩く。歌が好き。踊るのも。笑うお家《うち》、祈るお家《うち》、泣くお家《うち》、泣きながら、抱きしめる。守り抜く。大川ぐらい、泳いで渡る。走るのも、大好きよ？」

「速そうですね。」

「速いわね。でも速いのが、似合わないって思うほど、からだつきは待つ身の夢を描《えが》いてて、いとしいものを抱いてやるのが天職だって歌が聞こえて来そうでね、着痩《きや》せするっていうのかしら、何を着ても姿がよくってすらっとして見えるのに、裸になったらため息もの、女が見てもほれぼれしちゃう胸やお尻が走る時には邪魔しそうなものだけど、手足が長くてしなやかだから走り出せば重みが風になっちゃうの。とても私、追いつけない。女の中の女だわ？　からだいっぱい賢いの。私には、それこそ虹のようなもの。」

「速そうですねって、あなたのことですよ？」

「あら……、いやだ私すっかり夢中になっちゃって。ハイ得意です。泳ぐのも、走るのも。くふふふふ。あはははは。女の中の女なんて女過ぎて激しくて、燃え上がったら自分も相手も焼き尽くす。濡れ出したら大水よ。燃えながら、舟橋さんを抱いて泳ぐ？　バカみたい！　美し過ぎてそんなの駄目。お伽話《とぎばなし》。舟橋さん、駄目ですよ？　虹なんて。失礼ですけど似合ってらっしゃる舟橋さん。虹を追ってどこまでも、行っちゃうの。カッコよ過ぎてそんなの駄目。お伽話《とぎばなし》はお伽話《とぎばなし》にしときましょ？　ね？　ふなはしさん。」

「そんなにムキにならなくても、あっはっは。そうですね。虹なんて――眼には見えても手には取れないものですから。」

誰かいる。少なくとも、なにかいわくありげな気配をしかと感じて龍一は、胸の内がしいんとなる。しいんとなってそこにまた、ふっ、と、風立ちぬ。お客さん、ここで割って下さいな。

「おかわり、いかがですか？」

依子嬢の気敏《けざと》いことよ。同じくふっと我にかえった趣で、花曇り、雨催《あまもよ》いの宵の口の雪洞声《ぼんぼりごえ》がふくらんで、よいしょッ、と、小柄な重みを貴《とうと》ぶようにやわらかく、立ち上がる。横縞模様の紅白が、金箔床《きんぱくどこ》の光を纏《まと》って波をなして昇り立つ。依子嬢にも女の胸。女の背中の反《そ》りも示して枝垂《しだれ》に隠す布瀧《ぬのだき》を、受けて麻が漲《みなぎ》りなぞるは依子嬢にも女の腰、とそれに沿って共になぞって我にもあらずと言い訳《わけ》がましい男の眼が、魔よけの麻に叱られ飛んで憚《はばか》りながらと逃げたところがもっときわどい富士の火口。たちまちに、そんなの駄目、と蝶《ちょう》が割り込みさえぎって、あわてたように勢い込んでお客さん、ここでほどいて下さいな――幼きあの日あの朝に、ああ、あなたでしたのと、うたってくれた恋紫《こいむらさき》の朝顔の、次の朝に咲いたのは、白地に紅《あか》い斑《しぼり》のものではなかったか――とあらぬことが閃《ひらめ》いた、途端《とたん》に蝶《ちょう》はひるがえり、裏にパッと消えたと思うと雨夜《あまよ》の傘を覗《のぞ》く顔、生首いだく男の恋を知った上で男の傘の指に指を添えたそうにきまり悪げにほほえんだ。なんのことはないのである。電話が、終わった。

おかわりと、言って立ってこれだから、きまりの悪さに照れてしまっただけのこと。閉じてゆく、受話器の方へと龍一を、促《うなが》す指か伏目《ふしめ》になって依子嬢は腰を戻し、椅子はまわさず腰から上だけちょっとねじって左の肱《ひじ》を机に置いてわざと遠くの右の手で、気もなさそうにしかし写真は避けたであろう例のあれをめくり放つ。金箔床《きんぱくどこ》の風の小池がゆらめいて、裏に憩《いこ》う蝶《ちょう》が横目に指図かな。お父さんの出番よッ。だがしかし、お父さんは両手を頭のうしろにまわして背もたれに、背伸びして、ふうっとひとつ、息をつくとそれから娘をそれこそわざと遠くから、めくり放ってからかうような顔色《かおいろ》で、

「人見知りが持病というのにこんなこともあるんだね。」

と長電話の明けがらす、玉依姫《たまよりひめ》の玉を攫《さら》って龍一に、投げてよこす。御覧あれ、傍点双《ふた》つ、確かに打たれていますよと。はッとして、左の胸にさら湯光りの雨夜《あまよ》の重みを感じたが、蝶《ちょう》ぞ飛ぶ、日の香《か》かおる秋風清水の玉にきらめくかなしみは、ひを裏に、すらりと立った雪月花、ただしなにかこの世ならぬ深い思いがひとみに凝《こご》った猫とも見えた依子嬢の初見《はつみ》の影に他《ほか》ならず。傍点双《ふた》つって、元からついてましたでしょ？ぼくですぼくが書きました。ああ、あなたでしたの――

ああ、あなたでしたの
毎朝お水をくださって
大きくなあれ大きくなあれって
お歌も聞こえていましたよ？
ああ、あなたでしたのぉ……

一夜《ひとよ》ならぬ一朝《ひとあさ》の、たまゆらの恋だった。気高く賢く慎《つつ》しみながらもせつなくかなしくあたらしい、心いのちの恋の肌はたまゆらの、露をむすんできらめく涙、涙の玉の真澄《ますみ》の空にうつり浮かぶ玉占影《たまうらかげ》は紫色の朧《おぼろ》月夜に彌重《いやし》け吉事《よごと》の桜吹雪《はなふぶき》。たった一度の朝日にかけた心づくしの涙であった。あれはぼくがあげた水。花の返歌になった水。根の国に、指を入れて種をひそめて祈りをこめ、生れて初めて自分で育てた水橋を、渡ってくれて彼岸側《むこうがわ》から此岸側《こちらがわ》に花咲き来たった最初《はな》の一輪あの朝は、ほとんど奇蹟《きせき》の朝だった。八歳《やっつ》か九歳《ここのつ》か、幼心《おさなごころ》に確かに聞いた愛《いと》しい花の返歌《かえしうた》。あれはおそらくうしろの正面の、花の鏡であったのだ。時は流れてしかし時は玉とむすんであらたまの、十九二十《じゅうくはたち》の女首《たまゆら》か。

「サダはね、大きくなったら雪女、もうすぐよ？　そしたら龍さん一緒に燃えましょう。」

「燃えながら、舟橋さんを抱いて泳ぐ？　バカみたい！　美し過ぎてそんなの駄目。」

人見知りが持病というのにこんなこともあるんだね。

今や猫は血相変えてからすを睨《にら》んでいるけれども、玉の行方《ゆくえ》はひそかな望みに叶《かな》っていたのかたちまち染まるほほに負けてくふふふふ、と胸で笑って伏目《ふしめ》になってちらと上目《うわめ》に龍一を、窺《うかが》った。うしろの正面だあーれ。女の中の女だと、言っているのか美少女巫女《みこ》、玉依姫《たまよりひめ》の依子嬢。——罪作りよ舟橋さん。

「ああ口惜《くや》しい！　自分で言おうと思ったのに。」

「こいつぁ失礼、出過ぎたマネをいたしまして。まことに慶賀の至りでござんす。」

「親ってどうしてこうなのかしらクソオヤジ！」

「おおっと地金、地金が出た。せっかくここまで猫をかぶって来たのにな。」

「違うでしょ？　人見知りが持病というのにこんなこと、って誰が言ったのよ。」

「ああそうか。かぶった猫がお嬢様に化けたってのはどうでしょうねお客人。」

「え？　あ——はあ……、そういう化け方は、狐《きつね》ではないでしょうか。」

「くふっ、もおうお父さん！　さんざんお待たせしといた挙句《あげく》になにバカなこと言ってんの。ごめんなさいね舟橋さん。これがなんと社長なの。こう見えても元はバリバリのエリート商社マンだったたって。血みどろね。くふふふふ。落ちぶれ果ててこのザマよ。もっともね、疲れた時なんか、うわごとみたいに（落ちぶれ果てても日野は武士）ってワケのわかんないこと言うのよね。」

「おおっと仕返しかい。お客人、いや舟橋さん、女の仕返しってえのはおっかねえもんだね。」

「なに言ってんの。応募の人にはいつも気むずかしい顔見せるくせにこんなこともあるんだね。」

「また来たよ！　もういいよ。クソオヤジのお茶も空《あ》いた。おかわりだ。」

「ハイハイ少々お待ち下さいませ。」

父娘仲《おやこ》は悪くない。

「あッ、そうだ依子依子ちょっと待った。舟橋さん、麦酒《ビール》の方がいいかな。」

「はあ？　……、あの、私、本日は、面接に参上した次第でして。」

「くふっ、おとおさん！」

「わかったわかった後《あと》にしよう。」

後《あと》にも何も麦酒《ビール》とは、驚くまいぞ隠者龍一、たとえ富士の火口が泡を吹こうとも。

六

見事に年ふる雪髪頭《ゆきがみつむり》の風格は、かつて世界に猛威をふるった大日本経済帝国軍の花形戦士がなれの果てとは見えなくて、むしろそんな時勢をよそに学術芸能斯道《そのみち》きわめた老学者、老名人、老達人の類《たぐい》ならん白嶺《しらみね》よ、と仰《あお》ぐ思いでいたのだが、これがなんと一見《ひとめ》の人目をまんまと欺《あざむ》く若白髪《わかじらが》、あらたまってこうして顔を合わせてみれば肌の色つや瞼《まぶた》の張りもまだまだ働き盛りと見える。それでも五十《いそじ》は越えていようが依怙地《いこじ》な皺《しわ》も染《しみ》もなく、松竹ならぬ東宝の、故人ながらゴジラゆかりのあの方《かた》に、似てないこともないと思うお公家顔、鶴の如《ごと》き痩身《そうしん》に、地味な鼠《ねずみ》の背広をひっかけネクタイなしの雪髪頭《ゆきがみつむり》にこんな顔があろうとは、冴える障子に渋味の艶《つや》めく一輪挿《いちりんざし》が北叟笑《ほくそえ》んでいるようで、たとえばここが事務所でなく、床の間でもなく教室なら、源氏あたりを洒脱《しゃだつ》な口調で講義しそうで恐ろしい。

　がそれでいて、ちょいとピリリとまぶしたようなベランメーが面白く、お公家顔は戦《いくさ》知らずのお武家顔と見えもして、用なき剣の達人が、戯れに、ザンギリ頭をたたいてみれば文明開化の音がして、果ては悲しき焦土かな、得体の知れぬ不吉しき憂《ゆゆ》いを淵に秘め、水面《みなも》はさざ波しゃれのめす、富士をうつした旧幕臣がはまり役。役者ではないけれども、思えば近頃こんな役がはまる役者がいなくなったそんな顔が龍一に、ぐっと寄って茶篳笥《ちゃだんす》前の猫を顎《あご》でしゃくってみせ、さやかに澄んだ三味線声をいよいよ細く、

「あれの子守《おもり》が出来るったら、舟橋さん、あーたたいしたもんですな。」

　おのずとつられて龍一も、会釈ぐらいに身を屈《かが》め、眉をひそめて小さく首と手を振って、子守《おもり》なんてとんでもない。

「なかなか鋭い娘さんだと思います。」

「はしゃいでるんだよ珍しく。あーたのおみえが嬉しくってならねえらしい。ことによるってえと、あーたが前世に飼ってた猫かも知れねえな。まあさまあお聞きなさいよ。くっふっふ。あーたいい顔なさってる。滅多にお目にかかれやしねえ浮世離

れのいい顔だ――ほめてるんですよッ――いいですかい舟橋さん、浮世離れは天稟《てんぴん》です。世間知らずと違うんだ。面白《おもしれ》えことにね、世間知らずの代表格の学校教師にゃ浮世離れは稀《まれ》ですよ。あすこはね、言ってみりゃあ浮世の中に世間が作えた浮世塀の塀の中、何をどうあがこうが、所詮教師は鼻持ちならねえマヌケ顔《づら》の看守《こさ》さね。感化されざる浮世離れのいい顔が、教師になんぞなるもんか。くっふっふ。そもそもね、教師はね、職業なんかじゃねえんだよ。師匠と呼ぶべき人物が、懇願されて仕方なく、弟子をとって片手間に、やるもんさ。教えねえよ盗めって。瞠《みひら》け、盗め、考えよ。そのくせ師匠は諸事万般、躾《しつけ》についちゃあうるさかったりするんだな。素晴らしいじゃねえかよッ。時代錯誤は承知の上の暴論ですけどね。最も教師にふさわしいのは広い意味での芸能民ってヤツですよ。舟橋さん、私《アタシ》がね、少なくとも組織立った企業の人事担当なら、あーたの採否は迷うね。冒険するか安全策か。こっちの度量が問われんだ。もっともあーたは組織なんぞお嫌《いや》でしょ？　あの猫は、人を見るぜ。面魂《つらだましい》の貴《き》賤《せん》を見抜く。どういうわけだかそんな力が備わっちまって人間なんぞに懐《なつ》かねえ。美少女だかなんだかで、世間はチヤホヤするけどね、浮かれもしねえ、孤遊《ひとりあそび》の猫なんだ。それがどうだいはしゃいでやがる。のっけから、あーたにゃ懐《なつ》きましたねえ。雪がふる。」

「炬燵《こたつ》でまるくなっちゃうわ！」

「おや聞こえてましたかお嬢様。地獄の耳たあ似合わねえ。」

「お広いお部屋ですからね。」

「やられたよ。」

雪髪頭《ゆきがみつむり》の庭かけまわる父娘《おやこ》かな。泉水めく、黒い水面《みなも》は瞳《ひとみ》ケ浦の海原で、父を描《えが》く依子嬢の戯言《ざれごと》めかした一筆描《ひとふでがき》は風に乗って雪とよぎった幽霊舟《ゆうれいぶね》かと思われる。富士をうつした水底《みなぞこ》に、人知れず、破れ沈んで藻に泣く戦《いくさ》の舟魂《ふなたま》が、面魂《つらだましい》をむしろ清めているのなら、浮世の苦労の染《しみ》に汚れた顔様《かおざま》誇るお門《かど》違いの経験主義など及びもつかぬ、これぞまさに浮世離れの師匠と呼ぶべき御仁《ごじん》かも。弟子入りする気はないけれども、炬燵《こたつ》も出て来た嬉しさに、龍一は、炬燵《こたつ》の中の足を足でつついてみたい戯心《ざれごころ》、ちょっと動き、

「失礼ですが社長さんのお顔こそ――え？　はあ、そうですか、では遠慮なく、日野さんと――日野さんこそ、浮世離れのいいお顔、なさっていると思います。私など――え？　はあ、そうですか、では遠慮なく――ぼくなんか、言ってみれば証明されざる命題ばかりの若輩者に過ぎません。日野さんには、世間通が世間に汚れず流されず、と言いますか、証明済みの風格を、つまり本物の、人物たる大人《おとな》の香気を感じます。」

江戸弁で、おだてるねぇ――ぐらいの台詞《セリフ》が飛んで来るかと思いきや、深く迎える

色になり、
「私《アタシ》はね、ぶってるだけです。天稟《てんぴん》なんかじゃありません。あーたのような青年が、好きなんだ。自分がそうじゃないからね。私《アタシ》はね、あーたが最も軽蔑する、卑しい戦《いくさ》の軍人でした。」

そんなこと、言っただろうか。

「卑しい戦《いくさ》は戦《いくさ》に非《あら》ずと聞こえましょ？　非戦と聞こえる卑戦です。平和に見える戦争です。だから性《たち》が悪いんだ。殺し合いは生死即決。いっそ聖なるものですよ。理屈抜きで悲しめる。慟哭《どうこく》できる。悲惨に決まってますからね。ところがね、卑戦は言わば潜伏期間が戦場です。平和もどきの世の中に、どこから来たのか戦利品が満ち溢《あふ》れ、繁栄謳歌《おうか》の国となる。ところがね、ある時ぞッとするんだよ。平和もどきの世の中に、どこから来たのか畸形児《きけいじ》が、魂の畸形児《きけいじ》が、その辺ゾロゾロ歩いてる。卑戦は性《たち》が悪いんだ。戦場くぐってやられちまった魂が、惨状訴え醜いザマを表沙汰にするのはね、因果なことに子の世代、何も知らない子の世代が畸形《きけい》のザマを晒《さら》すんだ！　あどけない顔をして、わけもわからず時として、無為の間《はざま》に凶行愚行が突発する。あさましい、淫行邪恋もそれと知らずに拙劣浮薄に横行する。半分ごっそり抜けちまってる魂が、やがてのことに悪いシャレで瘤付《こぶつき》にもなったりする。見るがいい、ガキは成しても親とは呼べねえおぞましい何かだよ。生み落とされた畸形児《きけいじ》孤児は更に劣化のうきめを見る。こんなはずではなかったと、孫子《まごこ》の世代の思いがけない有様に、張本人の世間は戸惑うばかりだね。インテリどもは際物顔《きわものづら》で諸説紛々《ふんぷん》。しかしあーたにゃはっきり見えてる。そのとおり。戦争やって来たんだよ。

私《アタシ》はね、ちょうどあーたの年頃には、人も羨《うらや》む名門企業の幹部候補生、高級将校でしたがね、まさに官民一体の、国家総動員的戦時体制を、忠実に引き継いだ、卑戦大政翼賛会的永田町や大本営的霞ヶ関《かすみがせき》、丸の内やその辺より、最前線が好きでね――政治家役人医者に坊主に学校教師が根っから嫌いなんですな。うっふっふ――世界各地を飛びまわって大奮戦ってとこでした。自分のため、家族のため、お国のためにに戦争して、へーワ国家ブンカ国家の欺瞞《ぎまん》をさんざん肥《ふと》らせた。気がつけば、日本という、母は摂食障害だ。そして私《アタシ》は総白髪《そうじらが》。言わば壮年退職の、言わば傷痍《しょうい》軍人です。」

「久しぶりに聞きました。」

「死語だね。あっはっは。しかし希望が見えて来た。日本という、母はちゃんとあーたのような健全な、浮世離れを生んでいた。え？　ヨイショ？　とんでもねえ。ヨイショしたって何も出ねえは見てわかる。失礼失礼あっはっは。世界相手の卑戦の日々に確信ひとつ、得ましたよ。突飛なことを言うようですが世界最終戦争は、避け得ないがずっと先ってことでした。そしてね、日本は、決して主役になれないし、誰がなんと唆《そその》かそうが断固として、かかわってはならんということです。国際化だかなんだかを、無邪気に唱える連中は、気づいてない。へたすりゃ戦犯予備軍です。かかわらざるを得ないのなら、あーたのおっしゃるヒノモトビトたる日本人の使命として……（無理でしょうが）と悲観的におっしゃったが、隠者の道を探《さぐ》るべきです日本は。」

　やはり曲者《くせもの》長電話。お広いお部屋でお茶の仕度《したく》も長びいて、

「人間の、恐ろしさ。それはあーたがおっしゃるとおり、とりもなおさず一神教の恐ろしさ。かつて日本は、白人キリスト教帝国主義列強諸国に対抗するためやむにやまれぬことではあったが一神教まがいをやって――天皇《みかど》には、大変御迷惑をおかけした――世界最終戦争まがいに狂奔奮闘し、ズタボロに、負けて初めて骨身に沁《し》みて知ったはず。一神教の恐ろしさ。ところが不問に付しました。はからずも、見事な戦略。見ざる言わざる聞かざるです。みんなオイラが悪かった、面倒臭《メンドクセー》やそういうことにしときましょッ、なんてんで、休む間《ま》もなく非戦と聞こえる卑戦の道に衣更《ころもが》え。ひたむき過ぎるぜ日本人。平和国家だ文句あるかとみんな自分に言い聞かせた。巧妙なる戦意昂揚《こうよう》みんなでやった卑戦遂行民主主義的全体主義。繁栄謳歌《おうか》、畸形児《きけいじ》国家。一神教の恐ろしさを、不問に付して卑戦をひたすら平和と信じた所謂《いわゆる》戦中派の、戦争体験絶対主義こそ歴史を黙殺し、思考停止を善とした、卑戦の言わば戦犯です。あんなもの、風化にまかせておけばいい。思考停止が風化すれば即《すなわ》ち歴史が露出する。我々は、末代までも肝《きも》に銘じておくべきなんです一神教の恐ろしさ――米国は勿論《もちろん》ですが同じほ

どに或《ある》いはいっそう中国だってそうですよ。とにもかくにも対一神教戦争は、ヒノモトビトの日本国が絶対やってはならんこと。これが私《アタシ》という、ひとりの傷痍《しょうい》軍人の、実感です。」

いったい何があったんです、と傷痍《しょうい》の故をたずねたいとも思ったが、人間世界は戦争世界に他《ほか》ならず、人間捨てずんば平和なし、平和もどきがあるだけだ、と冴える障子に渋味の艶《つや》めく一輪挿《いちりんざし》があえて花は戴《いただ》かず、銘は傷痍《しょうい》軍人と、北叟笑《ほくそえ》んでいるのである。あるべき花は客の心に活《い》けてある。会心の、女の中の女だわ？　からだいっぱい賢いの。心いのちの恋の肌、恋紫《こいむらさき》の朝顔の、涙の玉の真澄《ますみ》の空にうつり浮かぶ玉《たま》占影《うらかげ》は紫色の朧《おぼろ》月夜に彌重《いやし》け吉事《よごと》の桜吹雪《はなふぶき》。たった一度の朝日にかけた心づくしの涙であった。それは屈《かが》んで影見る鏡、うしろの正面の、根の国女王の鏡の間《ま》、そんな茶室があったなら。聖戦でもなく卑戦でもなくひとつで無数無数でひとつの一期一会の茶室に競う好信楽、もののあはれの合戦こそ、絶対の無意味たる、美を賭けた勝負こそ、人間殺して人を活《い》かす活人剣の研場《とぎば》である。と龍一らしい隠者の椿説《ちんせつ》、思わず知らずに夢の役を入れ違え、

「日野さんやっぱり日本は、源氏ですよ。」

では、さよなら――と、続きそうで龍一は、ふっ、と、笑ったが、日野さんも、ふっと笑い、

「傍点双《ふた》つのもののあはれは面白かった。私《アタシ》はね、源氏より、古事記のことを思ったよ。はずかしいが源氏はちょいと苦手でね。」

案の定と意外とが、一緒に出た。割り込むようにお茶が来て、花曇り、雨催《あまもよ》いの雪洞《ぼん》声《ぼりごえ》がふくらんで、

「紫式部は憎いわね。紫の上に生ませなかった。」

秋に春の恨言《かごと》かな。紫式部に尋《き》いてみたい。あの紫上《おかた》、きっとこんな声でしょ？

「多分ね、生れた時から源氏の君の母だった。永遠の、無限の母。だから生んじゃいけないの。」

御託宣のようだった。紫式部の声だった。それは私じゃ！　と。雪女に、そんな台詞《セリフ》がなかったか。

七

源氏も古事記もせっかく出たのにやがて悲しき業務内容説明に、うしろ姿のしぐれてゆくか、魂《たま》抜け腑《ふ》抜けのカタカナだらけの会社案内入社案内冊子の制作や、国語教育惨敗せり、見よ辻褄《つじつま》あわぬ作文添削《なおし》に忙殺される各種団体機関紙誌の編集に、時折舞い込む自費出版のお世話等。

「恩給つきの傷痍《しょうい》軍人が、趣味で物乞いやってるような仕事です。」

ところまで来ると嫌味《いやみ》だが、日野さんは、流れをはずれた裏秋風に吹かれてなんとも涼しげで、どうやらその、ここの仕事は生活《くらし》の拠所《たつき》でないらしく、夏の日技《ひわざ》の刃《やいば》の傷は同じ日技《ひわざ》の秋が癒して薬師《くすし》の床は金箔床《きんぱくどこ》、坐して静《しずか》の稔《みの》りがあるのか富士の火口に口座ありか伏流水の泉わく、隠し湯めいた常世《とこよ》の風の小池であろうか金箔床《きんぱくどこ》の輝きが、糧生顔《かてうみがお》に見えて来た。通うようになってから、やがて察しがついたのだが、それは確かなことらしく、ここの仕事はかつて築いた人脈流れにおのずと運ばれ日野さんの、好みと義理に合ったものだけ掬《すく》ってこれを仮職人《バイトにん》の料理にまかせて御自身は、のどかな昔の商主《ダンナ》の如くに留守がちで、好誼《よしみ》ある中小企業の経営相談や、言ってみれば卑戦傷痍《しょうい》軍人並《ならびに》家族会の世話役を、手弁当で引き受けて、身を粉《こ》にしているらしかった。

「仕事はざっとこんなもんです。未経験とおっしゃったが、あーたなら大丈夫。さっそく明日からどうですか。」

「それはもう――いえ、あの、履歴書も、まだですが。」

「リレキショ？　なんだいそれ。あっはっは、そうだよね。ちゃんと手順は踏みましょう。」

　とあらたまって受け取って、背筋を伸ばしてちょっと遠目に眼を細め、ほお――、

ほお――、お義理であろうがもったいらしくうなずきながらひとわたり、ながめ終わるとまるであたかも表彰状か卒業証書の授与の如《ごと》くに捧《ささ》げ持って娘へと、

「人事部長も御覧あれ。」

「ジンジブチョー？　なんだいそれ。くふふふふ。」

庭かけまわる父娘《おやこ》かな。十九二十《じゅうくはたち》の母とも姉とも思われる、あの声が、裏をかえした（なんだいそれ）はヒヤッとするほど子供《ねんね》っぽく、呪文ならぬ自問の響きで小さな胸にこもったが、机ひとつ、離れているから中腰立ちにかえってお尻を突き出す形にくの字になって受け取った、その姿、掌《てのひら》かえせば泳ぎ出すか絞《しぼ》った肩でぐっと伸ばした両腕や、水の上にあごも濡らさず前を見て、蝶《ちょう》を水面《みなも》に末髪《すえがみ》流しのその首や、お尻を立て、腰を錐《おもり》に反《そ》りあがった背中や胸がはッとするほどしなやかに、女っぽく、浜茶屋売りの浮具《うきぐ》の如《ごと》くに弄《もてあそ》ばれる履歴書の、甘い歓《よろこ》びいかばかり。されど主《あるじ》の龍一は、出来の悪い子を持つ親の気分である。されどまた、さッとすばやく腰をおろした依子《しょ》嬢は見るみるほほを染めてゆく。まぎらすように息を整えしゃんとして、拝見と、強いて澄まして言ったけれどもたちまちほぐれ華やいで、

「あら雪国。お生れは、雪国ね。」

違う胸の声かと思う。たゆたゆまるむ会心の。

「二十八でいらっしゃる。十年前は十八ね。」

湯舟が寝ごとを言ったのか。ゆらめきたわむ灯《ともしび》か。

「よく出来た！　むずかしい計算を。」

と日野さんは、ことさらおどけて叫んだが、庭かけまわるというよりも、同じ湯舟を先に上がった声である。芯《しん》がなく、裏秋風の金箔床《きんぱくどこ》に立ち迷い、やがて富士の火口に一気に吸われてゆく。その下で、娘は紙から眼を離さず、文字などおそらく朧《おぼろ》であろう華やぐ自分にあたたまってゆくように、濃《こま》かに長いまつ毛が湯気と睦《むつ》むようになにか遠くうっとりと、

「私は九歳《ここのつ》だったわね。」

「七歳《ななつ》だろ？」

芯《しん》がある。底強い、父の念押し声である。一度ならずと言っている。

「そお？　……そうね七歳《ななつ》。ななつだった。」

「冬だったが――あっはっは。いえね、舟橋さん、実は娘《これ》は十年前に母親を、」

と自分の妻のことを言い、客への礼儀かあっけらかんと、

「交通事故でなくしてます。はねられた。」

(死んだらどこに行くんでしょう。)

「ああ――そうですか。そんな御不幸が……。」

(私は九歳《ここのつ》だったわね。)

（七歳《ななつ》だろ？）

（なんだか不思議。私は子供だったのに、あなたは十八だったのね。）

「では――、それ以来――、お二人で？」

と日野さんに、問いかけながらお二人で？　は横顔深い十七歳の美少女に。ふいを突いてはッとさせて芯《しん》をずらしてみたかった。が気敏《けざと》く悟って飛んで湯上《あが》ってあっという間《ま》の心化粧、待ち設けていたかのように普段着しっくり落着《おちつ》き払って出迎えの、玄関顔でふり向いて、

「二人です。」

隙《すき》はない。がほのめく色気は履歴書の、指に力がこもっていた。

「二人だよ。」

と日野さんも、ちらと娘に促《うなが》され、含むようにほほえんで、そう言った。さりげなく、力のこもった玄関の、踵《かかと》を上げて両膝ついて片三指《かたみつゆび》の娘のうしろに立たされて、蝶《ちょう》とまつ毛に横腹突かれて相槌《あいづち》打った風情である。それを見越しにものほしそうに首を伸ばす卑しいまねなど出来ようものか龍一は、謹《つつし》んで、いずれへともなく会釈して、そのまま右手のお茶に自分を逃がしたが、冷めてもおいしい玉露のまるみに秋を感じて胸元に、高い空が広がり渡るや（ここにいます）と自分のさっきの言葉が富士の火口である。斜後《ななめうしろ》の書類簞笥《だんす》が気になった。開《あ》ければそこに首のない、十九歳の（裸に

なったらため息もの）の人形が、いや剝製《はくせい》が——と月並な、空想籠《そらごとこもり》はよそうと思う。履歴書の、指を見る。月並ならざる声ぞ立つ——龍宮城が見えますか？　それともここは壇ノ浦？

「故人はね、絵筆を執るのが好きだった。人物、動物、植物、風景なんでも描《か》いたがどれにも決まって富士山を、隠絵《かくしえ》風に描《か》き込む癖があってさ、例《たと》えば人物の、人差指の折り曲げ方が変だと思ってよく見ると、富士山だ。」

「落款みたいなものなのね。」

「ああ——、そうですか。」

「嫌味《いやみ》だよ。（私を探して下さい）ってね。

もっともね、当人も、言われてびっくり面白がっていたっけな。描《か》いてる時は無我の夢中で覚えてないって言うんだよ。きついぜこりゃ、舟橋さん。私《アタシ》は背筋に冷たいものが走ったね。こんな小説あったな——妻君《かみさん》普段の手料理に、詰物《つめもの》類が多くなる。ピーマンに挽肉《ひきにく》とか、竹輪《ちくわ》にぎっちり梅肉とか。妻君《かみさん》自身は気づいてない。言われて平然（あらそおを？）夫は毎度ぞッとする。」

「またそんな。オヤジの自虐趣味なのよ？　早い話が照れてやがる。あれは母の真心からの祈りです。（無事に私に帰って来い）って白い布を振るのと同じ。どの絵も富士を振ってるの。真心は、意識なんかあてにしない。からだいっぱい心だわ？　父は富士が好きでした。」

「生きてるよ！　あっはっは。――嫌味《いやみ》さね。帰ってみればいいねえんだ。不死身と思う二人といねえ不二の富士が不帰の客、シャレにもならねえや。無事を祈って代わりに自分が人身御供《ひとみごくう》。私《アタシ》はね、おそらく死ぬまで責められる。（私を探して下さい）ってね。」

「青い鳥って死者のこと？　そうよね、舟橋さん。いたるところの富士山よ。こうすれば、ほらここに。」

と左手を、はばたくようにふわりと浮かすと人差指をぎゅっと引く。あろうことか足か何かがかいま見えたと思うほど、賢く身敏《みざと》く悩ましく、見事に女の指ヶ富士。

「ほらここに、母の富士。」

息をのんで龍一は、こちらにちょっと傾《かし》げて富士見の依子嬢の首にも誘《さそ》われ蝶《ちょう》にもそそられかごめかごめとかがんで覗《のぞ》く。

「見えますか？」

見てはいけないものかも知れぬ。金箔床《きんぱくどこ》に影絵富士、中が抜けて秋の日よ、指を通せば火を吹くか、青い鳥が燃え立つか、燃えながら、抱いて泳ぐか雪月花、上を見てはいないのに、見えて来たのは上の写真の火口である。見えないはずの火口である。

「誰か――いますね。」

「見えますか？」

「うしろの正面の、誰かです。」

「だあーれ。くふふふ。」

「おそらく死ぬまで責められます。」

「おいおい舟橋さん。あっはっは――カイチュウモノには気をつけな。」

天の声ではないけれども、はッとして、恐縮しながら龍一は、雨夜《あまよ》の左の胸を感じて懐中物と気がついた。

「あら……、これって掏摸《すり》？　いやあーだ。バカみたい。」

で久しぶりに父娘《おやこ》が顔を見合わせる。娘は指を弾《はじ》いたが、受けて父は同じ指を作って見せ、

「娘《これ》はね、これ、で、学校を、やめました。」

「なによそれ！」

「あっはっは、弾《はじ》きましたよ学校を、こうやって。人も羨《うらや》む名門私立高校を、一年で。もっともね、いつまで保《も》つかと入学式の夜にね、ここの大家の娘さんと一杯やりながら、よせばいいのに賭《かけ》をした。娘さんと言ったたって、いい齢《とし》のオバハンだが、松浦さん――編集やってもらってます。腕はいい。厳しいぜ。その点ひとつ、覚悟しといてもらいてえが賭《かけ》はね、オバハン云わく、一年保《も》つ。私《アタシ》はとても保《も》つまいと、半年だ。

負けました。酒豪にさんざん飲まれてさ、酔って許してくれるようなタマじゃねえやビタ一文、まからねえって有金《ありがね》残らず持ってった。厳しんだ。ところがこれが舟橋さん、ひでえ話でさ。」

「半年で、うんざりよ。退学しようと思ってね、松浦さんに相談したの。」

「私《アタシ》じゃなくてオバハンに。それが第一《でえいち》気に入らねえがオバハンも、オバハンだ。賭《かけ》のことをバラしてさ、もう半年、我慢すれば好きなものを買ってあげる――と来たもんだ。娘《これ》も娘《これ》だぜそれでもってもう半年、我慢したって言やあがる！」

「ううんホントは違うのよ？　一年たって約束どおり退学するって言ったらね、松浦さん、反対した。自分の謎が解けるまで、通いなさい。いったい何が起きるのか、見るべきものはすべて見て、今はこれまでと、悟った時にやめなさいって諭《さと》された。それでかえって怖《こわ》くなってやっぱり退学したんです。自分の謎が解けるのが、怖《こわ》くって。」

「謎……、といいますと。」

「傑作なんだよ舟橋さん。名門校で最優秀の成績だ。勉強してるとこなんざ、ついぞ見かけたこともねえのにそうなんだ。娘《これ》が言うにはどういうわけだか答だけはわかるんだと。それが証拠に数学なんざ過程は白紙で解は正解。教師仰天。他《ほか》の教科も記述問題支離滅裂、選択問題全問正解。小学校からその気《け》はあったがだんだん凄くなって来て、高校で、ほとんど異常。なにしろそこの恒例の、新入生歓迎試験は天狗《てんぐ》の鼻折り試験のさ、マークシートの大学入試問題なんだが三教科、全部満点取って来た。史上初の快挙だそうだ。そうだろう。奇蹟《きせき》だよ。学校は、慌《あわ》てたらしい。」

「嫌《いや》でした。だって頭はよくないの。理解なんか出来ないの。試験は鉛筆ころがしよ？　私って、天才バクチ打ち？　バカみたい！　バクチって、当たったり、はずれたり、わからないから面白い。人生ね。そうでしょ？　努力もしないでドキドキしないで百発百中そんな人生つまらない。不幸だわ？　悲しいわ？　でもやっぱり、周囲《まわり》の見る眼は凄いんです。ほとんど異常。生徒もセンセーも。」

「と来た日にゃね、退学云々《うんぬん》本人抜きの面談も、異常《おか》しかったぜ舟橋さん。学年主任の初老の男は熱心に、慰留の言葉を列《つら》ねるんだが大根役者の芝居だよ。それもね、学校の、色に匂いに染まりきった教師によくある無自覚的な臭《くせ》え顔《つら》つき臭《くせ》え台詞《セリフ》の言い回し、というならね、なにも驚きゃしませんや。学校教師はそういうもの。ところがね、それとは違う、言わば内心忸怩《じくじ》の匂いがプンプンさ。現場を知らねえ上からの命令に、反発しながら一喝《いっかつ》されてどうにもならず、保身もあって仕様がねえやと自分を殺して懸命に、芝居を打ってるあの匂い。ひとしきり、喋りまくってまるで台本どおりのようにお電話です、で中座した。

お楽しみはこれからさ。そいつの隣でかしこまって黙ってた、担任の、二十五六の女教師が——やけに胸がでかくって、ムチムチで、O脚で、え？　あ、すまんすまん——扉の閉まる音を聞いて顔を上げたと思いねえ。口を開く。（あの、お父様、どうか御内聞《ごないぶん》に願いたいのですけれど）と来やがった。（経験不足の私《ワタクシ》ではございますが本年度の一年生には学年全体に、入学当初より、異常なまでの緊張が、感じられてなりません。）鍵語《キーワード》、異常が出た。（授業態度も成績も、きわめて良好です。不気味なまでに静かです。何かを待ってるようなんです。あの、その、なにかその、淫《みだら》なまでの歓喜と恐怖の予感に学年全体が、毎日毎日ピリピリふるえているような、Xデーのその日を待って息を殺しているような、生徒それぞれが、地震を予知した小動物を内に隠しているような、静かですのに一皮《ひとかわ》めくればカルト教団の、熱狂が、渦を巻いているような——私《ワタクシ》　近頃眠れません。まどろむだけでたちまちに、悲惨な悪夢に襲われます。生徒達が教祖様の号令一下、集団自殺を遂げますの。）（ほお、それはオモシロ——あの、ただならぬことですな。しかしそれとウチの娘と何か……）（お父様、お気を悪くなさらないで。私《ワタクシ》の、悪夢に出て来る教祖様は依子さん、お宅様の大切な、お嬢様。）他《ほか》ならぬ、自分も信者だと、告白してる。（お嬢様の尋常ならざる美少女ぶりと神憑《かみがかり》的能力が、元凶かと。あら、いえ、元凶なんて私《ワタクシ》、なんてことを。）とそれこそが、言いたいことさ。（これはあくまで私《ワタクシ》の、個人的な意見なのでございますがお父様、どうかお嬢様の御意向に、沿った形の結論を。）と言われるまでもねえこった。そこに野郎が戻って来た。立ったまま、何も言わずに深々と、頭を下げた。そういうこった。」

制服を、脱いだ少女の片頬笑《かたほえみ》。

「私って、教祖様？　バッカみたい。死んでも嫌《いや》。いっそ狂女がいいわね。ザンバラ髪に着物はゾロッと着崩して、なんの木だか枝一本、肩にかついでぽおっとして、どこからともなくふらっと街にあらわれて、人に出会えば口遊《くちずさ》む。〽うしろの正面だあーれ。」

うたった！　あの声が、制服一変狂女の絵柄《えがら》を思い描いた龍一の、ふいを突いて指に指を添えるように指で作った富士で指にからむように賢く身敏《みざと》く美しく、しかもかなしく潤《うるお》って、うたった！　空高く、澄みきって、しかし日の香《か》の湯殿は朧《おぼろ》に我かの時、火照《ほて》るいのちの灯《ひ》の透影《すきかげ》にしっとり匂う雪月花の歌声が、まるみたゆたゆこだまする、うしろの正面だあーれ。号令とは、これかも知れぬ。人間殺して人を活《い》かす。女の中の女はしかし（女過ぎて激しくて、）狂女でなければならないか。（歌が好き。踊るのも。）違う胸の誰か――いますね。

「ごめんなさい、舟橋さん。やりすぎね。」

「とんでもない。うたって踊れる教祖様。足も速いし泳ぎもうまい。」

「あらいやだ。」

「絵を描《か》くのも、得意でしょ。」

とわななくものを隠してつとめてさりげなく、言ったのに、美少女巫女《みこ》ははッとして、はずかしそうにうなずいた。

「救いと言えば救いだね。学校やめて何をするってわけでもねえからさ、カット絵ぐらいのもんだがね、楽なところをやらせてます。あーたが御覧になったウチの求人に、あったでしょ、酒場の姐《ねえ》ちゃん募集みてえな不似合いなのが堂々と。娘の作《これ》。オバハンが、松浦さんがマジな顔して推しやがる。（日野さんみたいな変人が、ひっかかるかも知れないわ。）頭に来たから載《の》せたんだ。それがどうだい海老《えび》で鯛《たい》、明石の変人源氏を得る。ほめ過ぎか？　あっはっは。」

「ううんホントはもっと写実の絵が得意。ぼんやり漫画を描《か》いてたら、父《これ》が勝手に採用したの。」

（真心は、意識なんかあてにしない。）

（見たわね？　隠絵《かくしえ》を。私はもう雪女、月みちて、花さいて……）

「おいおい依子、さっきから、隙《すき》を盗んで何をちょこちょこ描《か》いてんだ。ありゃ、それゃあ舟橋さんの履歴——」

書——が、ショッ、と、矢声《やごえ》を放って父の手は、鷹《たか》になって飛んでそれを奪うやさッと雪髪頭《ゆきがみつむり》の空高く、翻《ひるがえ》る。驚いて、少女の胸の夜が追う。濡れた夜の声が飛ぶ。

「あッ、だめよはずかしい！」

　傘の端《はし》の乳首状《なり》の露先が、見えてゆらッと揺れたと思う。あの夜《よ》から、この日《ひる》に、黒髪一本飛んだのか。声と共に蝶《ちょう》が羽ばたき狼狽力《うろたえぢから》も少女に女の稲妻で、まるであたかも詠《よ》まれた一首の札《ふだ》を狙って果たせずむなしく畳を叩《たた》いて宙《そら》を切って恨むように手が伸びて、肩も胸も伸びきって、腰から背中の反《そ》りに更に首まで戴《いただ》く片側富士を見せつけながらお尻は椅子を離れない。本音はお尻に落着《おちつ》いて、腰から上に漲《みなぎ》り反《そ》った我かの時の片側富士もあっさり我にかえる波、依子嬢は見るなら見よと投げやり顔のほほを染め、窓外《とのも》を見遣《みや》って知らんぷり。

「落書《らくがき》ですか？　いいですよ。ぼくのより、遙かに罪は軽いでしょ。」

「とんでもねえ。傍点双《ふた》つは壮挙だよ。松浦の、ジジイも泣いて喜ぶぜ。長生きは、するもんだってあっはっは。しかしお人の履歴書に……うっふっふ、鉛筆描《がき》だすぐ消せる。それになかなか面白《おもしれ》え趣向だよ。親バカですが舟橋さん、ちょいとこれ、御覧あれ。」

　黒鉛筆もこいむらさきと見たまわずや——ああ、あなたでしたのと、雨夜《あまよ》の棚に湯《ゆ》浴《あみ》の清香《さやか》を奏《かな》で誘《いざな》う生きた女の首の絵など、或《ある》いはそれをいだいて逃げる源氏か業平そんな絵など、さすがに望みもしなかったが、写実の指か富士の写実かそれともゆらりと狂女が富士見の鏡かな、いやむしろ、今日のこの日この時に、美少女巫女《みこ》の茶人が趣向を凝らすなら、傍点双《ふた》つの心をうつす掛軸は、あれしかなかろう白い光の杯《さかずき》と、影絵になって向き合う横顔一対が、生死生死と時を生みつつ無時間成就を恋い泣く女《こ》の反転図形。——と語れば長いが履歴書を、差し出す指と受け取る指の指の間《ま》の、たまゆらで。だがしかし、

「おッ、これは二天一流。」

拍子抜け。

「宮本武蔵の流れをくむ、剣豪ですか。」

独白《ひとりご》ちた龍一の、例によって証明写真はしかつめらしくて照れ臭いがその右の、広めにあいた欄外地、わざとちょっと猫背になった後姿に双刀《そうとう》抜いて下段八《はち》の字ほれぼれするほど隙《すき》のない、浪人者が写真の裏から吹き来る風をちらと見遣《みや》って右足一歩踏み出した。あゆむのか、構えたのか、孤高無頼の気品と愁いがたくみに描《えが》かれおのずと風は引き立て役に着流しの、左の袖が背をはたき、右の袖は涯《はて》になびいてどうやら富士、裾《すそ》もまた、足にからんでなびく波の富士とめくれてあらわになった腓《こむら》鋭く殺気も涼しい色気とばかり、末は省筆、草に隠れているらしい。漫画にあらず、写実にあらず、挿絵《さしえ》風に粗《あら》く自在のなかなか達者な筆づかい。が写真の裏をちらと見遣《みや》った斜《なな》め

後《うしろ》の横顔に、まつ毛一本これのみまるで漫画のように大きく描《えが》かれ気品と愁いの磁針のよう。着物は薄く塗られていて、色はきっと恋紫《こいむらさき》、柄《がら》もあって点点点……と雨のようだが流れる様子は桜吹雪《はなふぶき》、背中の紋は小さすぎて中は描《えが》けずそれがかえって満月紋。見入ってしまった龍一に、あの声が、降って来て、

「狂女が雇った用心棒。」

といつのまにやら膝をこちらに向けていた。きちんと揃《そろ》えた膝小僧を摑《つか》んで隠して腕を絞《しぼ》って自作の批評を待つ姿。かしこまってはいるけれども、その眼はしかし凄かった。気《け》押《お》されて、そらすように龍一は、

「狂女にお金がありますか。」

「傍点双《ふた》つで雇ったの。」

「これはしたり。」

「対等です。からだいっぱい心になってとうとう見つけた凄腕の、浪人者。」

「それはまた――！　確かに凄腕は、対等ですね。女は狂女、男は浪人。女は巫女《みこ》、男は剣豪。」

「きっと一族なんだわね。」

「過去に悲劇の匂いがします。花橘《はなたちばな》の香《かおり》高い、悲劇です。人々の、心の奥の奥の間《ま》に、いつまでも、うしろめたさと懐《なつか》しさの仄《ほの》明るみを声として、誰かがうたう、もの

語る、消されて表に香《かおり》を残して裏に隠れて噴火を夢見る一族が、生きてます。」

「もののあはれの傍点一族なんてどうかしら。」

「二天一流傍点双《ふた》つ、人間殺して人を活《い》かす、伝家の宝刀スパッと抜いて落書《らくがき》——冴えないなあ。」

「くふふふふ。世界中に落書《らくがき》しちゃえばいいんだわ？　あははははは。」

「壮挙だ壮挙。画家の先生たまにはいいこと言やあがる。傍点双《ふた》つが世界を救う。舟橋さん、私《アタシ》はね、これでも案外マジですよ。」

「オヤジ！　そろそろ麦酒《ビール》？」

「持つべきものは娘だね。」

「舟橋さん、父《こいつ》ね、飲むといよいよくどいのよ？」

「ぼくもです。」

「そう来なくっちゃ！　依子、頼む。麦酒《ビール》だ麦酒《ビール》。あっはっは。」

後略。

八

聞くと見るとは大違い。

深まる秋は龍一の、母とかわらぬ齢頃《としごろ》なれど松浦さんは妻も母も老いもそぐわずそれ故《ゆえ》かえって鑑絵《かがみえ》の、かりそめ衣《ごろも》は見事に着こなす女優めいた美人である。夫を手放し息子を死なせた女だと、依子嬢の言葉は辛《から》いが馴《な》れにし衣《ころも》に成れぬたちのかりそめ衣《ごろも》はさもありなん。美しき、万年娘《まんねんむすめ》の本性を、悟り泣いてカーンと冴え、すらりと気高くしなやかな、細身をくねらせなんでもかでも蹴飛ばし嗤《わら》ってそのくせ後《あと》の拾い癖、気に入ると、自分流に添削したがるうるさ型。拾って飼って世話焼いて、やがてあっさり放生の、徒労に入れ込む粋《いき》な光にひとみはいつも潤《うる》んできらめき婀娜《あだ》っぽく、これやこの、昔の涙の夢追月《ゆめおいづき》か万年娘《まんねんむすめ》の性《さが》有月《ありづき》かと見入ろうものなら横雲隠しの笑《えみ》隠し、化粧のように長く色濃いまつ毛の御簾《みす》とも御几帳《みきちょう》とも。高貴《あて》なる笑《えみ》の風情だが、悲しいかな、そのたびに、透影月《すきかげづき》の気品の陰で水鳥の、足に暇《ひま》なき思いありと肌が跡《あと》を打ち明ける。本性に、添えぬ辛《つら》さの浮彫《うきぼり》よ——と龍一が、むしろそこに安らぎを、見出《みいだ》したのはちょっと後《あと》のことである。なにしろ初会《はな》は背筋が伸びた。いったいどこがオバハンか。日野さんずるいぞ電話ならぬ例によっての外出中。

御入来に何気なく、ふり向いた、ふり向きざまの一見《ひとめ》に驚き龍一は、思わず伏目《ふしめ》が逃会釈《にげえしゃく》の頭《こうべ》となって紛《まぎ》れ込んだは原稿用紙の自分の文字の人混《ひとごみ》で、息をひそめたつもりであったが拍手が起こってあッと思うとはずみになぜか子供に戻ってこの人混《ひとごみ》は昼なお暗い、縁日境内人垣森《ひとがきもり》にゆらめきひしめく女株《めかぶ》男株《おかぶ》の足腰お尻、ゆかしや垣内《かきうち》ひたぶるに、前へ出んと押し分け掻《か》き分け小突かれ挟《はさ》まれぎゅうぎゅう揉《も》まれて溺れそうに喘《あえ》ぎながらもひたゆけば、やがてのことにスポッと抜けて空の下、人目垣、ぐるりと囲んで俄《にわか》に生れた空地舞台に出くわし驚き立ちすくむ、子供が見たのは確かに間《ま》近《ぢか》に生きている、芸人《わざおぎ》の、静《しずか》御前が舞姿《まいすがた》、背筋にぞッと凄いような海か山かの異人めいた美《き》い《れ》過ぎる姐《ねえ》さんが、追手《おって》を引き受け男を逃がし、必死の恋のせつない見得《みえ》を今しもぴたりと決めて眉間《みけん》が悩ましい。見世物小屋の看板だの、観光地のちょっと卑猥《ひわい》な蠟《ろう》人形だの言うなかれ。子供はかッと惚れていた。そして見よ、わけのわからぬはずかしさに、真紅《まっか》になった子供の顔に眼をとめて、姐《ねえ》さんは、形《かた》も眉間《みけん》もそのままに、まなざしだけが媚《こび》を忘れて（どうしたの？　母さんは？）……

御入来は歌手か女優か踊り手か、有名無名はともかくも、酔った日野さん時折ひょっこりそんな人種を連れ来たる、と教えられてもいたせいで。ああこれが、とそれこそまるで子供のようにどっきりはらはらかえって装う知らんふり。が男の背筋は伸びていた。その背筋、かたくなった背中にとまった靴音が、踵《かかと》の高い、深更《よふけ》が似合う、コツンコツンと冴えかえる、間々《はざまはざま》に不敵な女の忍び笑いが見えるような靴音が、背中にとまって声になり、

「あら？　……依ちゃんこちらがお噂《うわさ》の、ボーテンの龍さんね？」

となんのことやらサビの効《き》いた痺《しび》れる声。低いが決して太く濁らずコツンコツンと

女靴、というよりも、薄墨色のストッキングの踝《くるぶし》に、声があったらこれかと思う小玉《こだま》のまるみにサビが効《き》いて薄墨色の頂《いただき》あたりに幽《かす》かな甘味が明るんで、金木犀《きんもくせい》の香《かおり》のような秋の夜の艶《つや》に濡れ、人なつっこく、色っぽく、沈丁《じんちょう》花《げ》の春と紛《まご》う茶目っ気さえ、またたくよう。有名な、歌手か女優にこんな声がなかったか。

舟橋舟橋お前だお前と原稿用紙の教室の、生徒達が声を殺して呼んでいる。あてられた、男子生徒は薄墨色の夢うつつ。いたずらに、背筋だけが伸びている。と見るに見かねた隣の席の選択問題満点少女が右手の指を忍び伸ばして指先を、学生服の肩のあたりに散花《ちるか》の風情でとまらせて、揺すぶるともなく指の腹で気づかせて、ひそやかに、

「松浦さんよッ。」

指を見て、顔《おもて》を見ると依子嬢は会心の、笑《えみ》を浮かべているのである。思えばこれが触れ初《そ》めの、何気なく、指を離してくふふと伏目《ふしめ》になったと思うと教師ならぬ松浦さんをふり仰《あお》ぎ、毅然《きぜん》として、その眼にそぐわぬ花曇り、雨催《あまもよ》いの宵の口の雪洞《ぼんぼり》声《ごえ》で秋夜の艶《つや》の踝声《くるぶしごえ》にさからって、ボーテンの――が気に入らず、

「二本差《にほんざし》よ龍様は。そんな綽名《あだな》は似合わないって無視してる。」

「あ――いや、そういうわけじゃなくってさ、ちょっとその、ぼおっとして、」

「入墨《いれずみ》なんかないんだもの。」

「知ってるような口ぶりね。すみずみまで。」

「知ってるよ?」

「な、なんだいそれ。ちょっと待てよ。」

「おい、ボーテンの!　こっち向けッ。」

背中に小玉《こだま》、コツンコツンとこれがなんとも快く、

「あ——はいッ。」

と、きっかけを、与えてくれた声の色に慌《あわ》てたふりで嬉しくふり向き椅子ごとまわってかしこまって見つめると、潤《うる》んだひとみが(どうしたの?　母さんは?)——のはずはないがもの問いたげな相見《あいまみ》の、間《ま》を置いて、やがてまつ毛の笑《えみ》隠し。

「ホントね。赤銅が、似合いそう。」

「ちょっと待って下さいよ。いきなりですね。こう見えても、二十八です。初めまして舟橋です。どうぞよろしくお手やわらかに。」

「これは失礼、松浦です。こほほほほ——依ちゃんごめんなさい。」

でにっこりと、依子嬢も椅子ごとまわって龍一様とお雛様。右左《みぎひだり》、仕事中は江戸前で、こうしてぐるりとまわってみれば京風の、

「なんのこと?」

「いい人ね。」

「いい人よ？」

「そういう意味ではありませんッ。」

「どんな意味だかわかりませんッ。くふふふ。」

「あら依ちゃん、珍しい。どうしたの？　そんな短いスカートはいて。」

あ――と、声にならぬ声が聞こえたように思う。指先が、あえかに叫んで谷間を塞《ふさ》いだらしかった。あの夜の、雨に濡れてはいないだろうか。女首《たまゆら》を、いだいてあゆむ龍一が、いないだろうか。一本目、けりがついたという風に、松浦さんは二人の向《むか》いの壁側の、椅子をまわしてゆっくり腰かけ足を組む。そしてちょっと意地悪な、苦《にが》い嘆息《ためいき》つくように、

「いい足してるッ。」

「そうでもない。」

「脚線美。こほほほほ――。美少女って案外揃《そろ》ってないものだけど……。」

さりげなく、両手で塞《ふさ》いだ谷間から、左手が、あ――と、離れて上がって胸元を、隠しそうになってまた、さッと谷間に戻るのが、気配で見えた。今日の蝶《ちょう》は薄紫、あ――と、富士の火口へ飛び立ちそうになってまた、さッと項《うなじ》に戻るのも。

「あら――、ごめんなさい？　気にしない気にしない。」

「気にしてない。」

「今にね、大丈夫。血筋だもの。龍さんもう、聞いてるの？」

血筋とは。もう、とは。ふい打ちに、鍵の鈴音《すずね》が湯舟にたゆたいお伽話《とぎばなし》がゆらめいた。

「（女が見てもほれぼれしちゃう）って、あれですか。」

「なんだもう、」

「禁句なの。虹だから。」

思わず龍一隣を見たが凄い眼が、こちらを見向きもしなかった。かえって気押《けお》されその時は、気づかなかったが後《あと》で思えば禁句の在所《ありか》は藪《やぶ》の中。そしてどうした松浦さんも藪《やぶ》から出そうな棒か蛇を嫌って踵《きびす》を返すように、

「それにしてもどうしたの？　今日の依ちゃんあなたが嫌いな格好ね。スカートも、ブラウスも、かわいいけど、世間をなめてるオバカさんの女子高生が渋谷あたりをぶらつく感じ。依ちゃん行ったら目立って目立って大変ね。坊やは色めきお嬢ちゃんはしょげてお家に帰っちゃう。坊やも坊やでナンパするけど依ちゃんその眼で睨《にら》みつけるとあら不思議、不良もたちまち改心して、立派な男にならねばならぬとお家に帰って猛勉よ。教科書なんか燃やしちゃって本物の、書物を読み出す。」

「渋谷の街が改心します。本物だけが生き残って人口密度は低くなるけど人物密度は高くなる。」

「そうねそう、渋谷から、日本《おくに》が洗濯されてゆく。こほほほほ。」

「なによ二人してッ。私は断然神保町。くふふふ。

　それにしても松浦さんこそどうしたの？　珍しい。おばさん臭いワンピース。足を組んでもちゃんと膝が隠れてさ。改心したの？　いつもはね、たるみのない、細身を鼻にかけちゃって、これ見よがしにファッションモデルも顔負けみたいな悩殺服、お召しになってお出ましなの。似合ってるから怖《こわ》いのよ。年齢の、異常気象。」

「言ってくれるでしょ？　いやらしい。この娘《こ》人を選ぶのよ。いつもはね、言葉少なでしかもこういう凄い眼だから男どもが縛られちゃって息が抜けないの。図案音痴デザイナーの白井君も百円ライター原田君もピンボケカメラマンの小林君もそれにあれはええっと、」

　ここに出入りの仮職人《バイトにん》や一匹職人《フリー》の――どなたも腕はいいのである――若い男の名を挙げて、

「無駄口きけない雰囲気よ。そこで私が菩薩《ぼさつ》になって悩殺して、呪縛をほどいてやってるわけ。」

「なによそれ！」

「それが龍さんあなたが来てから変わったって言うじゃないの雰囲気が。色々聞いたわよ？　で初顔合わせはどんな服を着ようかなって言ったらね、あの男、日野さんね、

（いつもながら小娘みてえなオバハンだ）って例の調子、別に腹も立たないけど、癪《しゃく》にさわるったら宿題出すの。次の二首の歌の心を深く味わうべし――なあんてね。そこでちょいと節でもつけてうたってくれれば風流なのにあの男、企業戦士の臭味《くさみ》がやっぱり抜けきらない――割箸の袋紙《ふくろがみ》！　あんなものにせっせと書くのよ乱れた文字で。だいぶ酔ってはいたけどね。一首目は、傍点双《ふた》つのあの歌で、消す気はないわよ安心なさい。

恋せずば　人は心もなからまし　もののあはれもこれよりぞ知る

でもうひとつ

見渡せば　花も紅葉《もみじ》もなかりけり　浦の苫屋《とまや》の秋の夕暮

龍さんあなた逆説ね。好きでしょ、世阿弥とか、利休とか。そこで私も一計案じて勝負服、じゃなくってね、逆説服にしたわけよ。齢《とし》相応の母親風。」

「なんだかワケがわかりません。」

「そおを？　……こほほほほ。」

「頭隠してなんとかね。膝を隠してサンダルだッ。変に踵《かかと》が高くって、齢《とし》の割に変に素足がかわいくて、水商売の姐御《あねご》だわ？」

「やってるもの。」

「そうだった。」

松浦さんはそういうお店の主《あるじ》だそうな。口ぶりが、誰かさんと似かよって、

「道楽です。世間様には悪いけど、ここの賃貸料《あがり》で父は心配いらないし、私は私でこちらとお店を気儘《きまま》に行き来の使い分けの暮らしでね、けっこうやっていけてます。龍さんそのうち気が向いたら、いらっしゃい。悪ズレしてないいい店よ？　みんな依ちゃん大好きで。」

「久しぶりに行きたいな。松浦さん、たまには呼んで？」

「そうねいずれ――、おめかしして、龍さんと、いらっしゃい。きっとみんな喜ぶわ？」

「オヤジ抜き！　くどいもの。」

「こほほほほ。多分くしゃみ連発ね。今日はどこに行ってるの？」

「御近所だと、ぼくは聞いていますけど。」

「このまえ小火《ボヤ》を出したとこ。これからあそこは繁昌する。」

うしろの正面だあーれ。くしゃみなど、ピタリ止まったはずである。

「御託宣。本物よ？　この娘《こ》のは。そこに虹が立ったのね？」

「選択問題みたいなもの。あてずっぽう。」

「あやまたず。凄いわねえ。」

と松浦さんは足を組みかえその膝を、両手で包んでまるくなってかえって顎《あご》をしゃくり上げ、

「あの男、あれで案外耽美派《たんび》で……。あの写真、悪趣味よッ。」

後《のち》に知ったが松浦さんはかつて富士と張り合って、負けた女であるそうな。しかしその時龍一は、思わずえッと振り向き仰《あお》いだうしろの頭上のたまゆらに、依子嬢の影を掠《かす》めて閃《ひらめ》く火口のそのたまゆらに一首の女をかいま見た。——来ぬ人を、待つほの浦の夕凪《ゆうなぎ》に……

火事を言祝《ことほ》ぐ美少女巫女《みこ》がすかさず気敏《けざと》く立ち上がり、

「お茶にしよ？」

焼くや藻塩《もしお》の身もこがれつつ——

九

冴える障子に渋味の艶《つや》めく一輪挿《いちりんざし》が浦の苫屋《とまや》に北叟笑《ほくそえ》む。花も紅葉《もみじ》もなかりけり。

歌を叩《たた》いて客人は、

「からかわないで下さいよ。反転図形の歌でしょ？」

「そうですか。私《アタシ》にはわからないが隠者のあーたが好きそうな、浮世離れの恋の歌だと思ってね。」

「笑えないなああっはっは。来ぬ人を、待つほの浦はどこですか。この浦に、鍵の鈴《すず》音《ね》は聞こえるのに。」

「この浦の、裏かも知れねえ反転図形。あっはっは。」

「からかわないで下さいよ。」

「私《アタシ》じゃない。玉依姫《たまよりひめ》の指先だ。」

と原稿用紙のうたた寝に、たまゆらゆらッと夢は左の肩から覚め。玉依姫《たまよりひめ》はその指を、男の肩に泊《と》めたまま、

「お舟を漕《こ》いでどこ行くの？」

編集の、鬼とも言うべき松浦さんにあなたの匂いを消しなさいと突っ返された原稿で、島に帰った鬼の残《のこり》香《が》ほのかに聞こえる金木犀《きんもくせい》も九月《ながつき》の、末のある日の夕暮時にいつのまにやら凪《なぎ》のような二人っきり。

「どこ行くの？」

「いい匂いのする所。」

はッと指を離したが、ほほをちょっと染めながら、自分の絵筆に眼を落とし、

「龍さんお部屋は大丈夫？」

女首《たまゆら》が、来てから掃除《そうじ》は欠かさない。ところが男はこんなことを言うのである。

「痛いなあ。」

絵筆がせっせと動き出す。

「私ね、昔が好き。押しかけ女房世話女房。姉様被《あねさんかぶり》、襷《たすき》がけ、帚《ほうき》に叩《はたき》、両手をついて廊下を走る雑巾がけの一直線、トントントントンちょっと湿《しめ》るの気持いい。」

女は知るやうたた寝の、後《あと》の男のいざなきを。孤立無援。かろうじて、

「似合わないよ。」

「そうかしら。でも好きよ？　押しかけて、泣いて帰るの似合うかな。」

「なんだいそれ。」

「たとえばさ、龍さんの、心配なんかしちゃってさ、お掃除《そうじ》しようってはりきって、お部屋を訪ねてバカみるの。女の影。隅々に、心のこもった女の手。どんな女《ひと》？　いい匂いがするのね。私は悲しい嘘《うそ》をつく。男の世話？　自立できないバカな女のすることよ——ってこれなあに？　シャンソンみたい。くふっ、ちょっと病気よね。」

「あっはっは、買いかぶり。ぼくは依ちゃん命名の、バカな虹追い男だよ。」

絵筆がとまる。粗《あら》いが雲間《くもま》の龍である。

「あら？　――こんなの描《か》けちゃった。……くふふふ。傑作ね。あははは。」

絵筆が寝る。そして黙ってそのくせニヤと笑《えみ》を妖しくふり向いて、「上意」の書状か印籠でも、突き出すようにギュッと女の指ヶ富士。うしろの正面は、お前の正面だ！　さあ……

「からかうなよ。」

間《ま》を置いて、気色ばんだ男の声の遠雷に、ヒヤリとしたのは龍一で、姫はむしろぽおっと和《なご》んでうなずくと、そのまま伏目《ふしめ》に富士の名残《なごり》の女波《めなみ》をそっと胸にあて、灯《とも》る灯影《ほかげ》の吐息《といき》のように、

「ごめんなさい。」

一本取られた思いがした。

グツグツ煮える鍋のように賑《にぎ》わう仕事の騒ぎの時には舟橋さんと呼びかけて、敬語で綴《つづ》る涼しい間合《まあい》の心化粧が二人っきりの凪《なぎ》の時には指先が、左の肩と馴染《なじみ》になって十月《かんなづき》。なじんで初めて知ったこと、玉依姫《たまよりひめ》は頭痛持ち。指先を、顳顬《こめかみ》に、あてておそらく我知らず、富士を生んで小首をかしげる悩ましさ、双《ふた》つの眉根《まゆね》になんともせつないハの字の幼い皺《しわ》の丘が兆《きざ》すのを、見つけてあッと龍一は、女首ゆらッと面影を。

（血筋だもの。）

「おふくろが、時々そんな顔をする。」

「あらそおを？　女だもの。」

ひを裏に、雪月花。

日暮れ前に町名《まちな》も富士見の自宅《すまい》にひとりで帰るのが、習慣《ならい》であった依子嬢のお尻が重くなったのは、いったい誰のせいかしら、と松浦さんは日に日にうるさくなって来た。深情《ふかなさけ》の火柱が、九段坂を影絵にする。編集の、鬼は望むところだが、依ちゃん贔屓《ぴいき》で悪ズレしてないいい店の、その名もうっとり『小夜姫《さよひめ》』なる、飲屋の主《あるじ》は鬱陶しい。日野の仕事の大事な或《あ》るいは難客相手の取材となると喜び勇んで龍一に、同行するのはふり向く人目の煩しさやら派手な賢母とお坊っちゃんの漫才《かけあい》めいた取材現場が噂《うわさ》になるほど好評だというきまりの悪さはともかくも、帰途《かえるさ》に、茶店《さてん》なんぞに引きずり込まれてあけすけ口に責め立てられる鬱陶しさがたまらない。あの娘《こ》を抱け。女にせよ。あの娘《こ》を救えるあなたがいる。あなたを救えるあの娘《こ》がいる。抱け、犯せ、女にせよ。浮世離れの似たもの同士がひとつになってしめ縄張った島になる。まず犯せ。そして誰にも決して犯せぬ島となれ。

犯しが救いとおかしなことを、言われて笑ってそのくせそれを思い描いてうっとりしている自分がそれこそ鬱陶しい。何度目か、ぐらつく自分を試すようにふり切って、本当に、日野家は父娘《おやこ》二人ですかとわざと声をぐっと低めてカマをかけると松浦さんはなんだかひどく優しげに、

「あの娘《こ》はね、今や戦《いくさ》の真只中《まっただなか》。敵《かたき》は誰だと思うのよ。」

「誰ですか。」

「求人の、あの娘《こ》のあの絵で龍さんあなた見たんでしょ？　見えちゃった。そうでしょ？　日野家には、死んで生きてる女がいる。それがあなたに取り憑《つ》いた。あの娘《こ》には、あなたの背後《うしろ》にそれがはっきり見えてるの。」

「なくなった、お母さんのことでしょ？」

「あの娘《こ》が生れるずっと前、日野に出会った十九《じゅうく》の娘に若返って生きている。死ぬって凄い。日野家を抱いているんだわ？　血のかよう、あの娘《こ》の絵筆、からだいっぱい心になって偲《しの》び慕う強い力があの娘《こ》の絵筆に滴《したた》って、十九《じゅうく》の娘の隠絵《かくしえ》が、出来上がってしまったの。その時あの娘《こ》は気づかなかった。ところがあなたはそれを見た。夢中でしょ？　それもあなたに惚れたのよ。あなたを日野だと思ってる。日野は実はあなたなの。あなたを殺して生きて来た。あなたはあなたを殺さずに、二十八になっている。私はね、二十二で、二十八の日野と一緒になったのよ？　でも駄目ね。日野にあなたを見抜けなかった。所詮ただのパートナー。そんな夫婦は嘘《うそ》っぱち。子はかすがいで続いたけど、冷えきって、やがて日野が三十半ばを過ぎた頃、日野にあなたを見抜いた女があらわれた。十九《じゅうく》だった。三十路《みそじ》はじめの女が必死に張り合って、初めてあなたを見つけた時、そもそも勝負になってないって思い知って泣いたわよ。屈辱を、味わった。なにしろ不倫になってない、浮世離れの恋だった。嘘《うそ》でしょ？　十九《じゅうく》の娘に邪心がない。日野は日野で頭をもたげるあなたを叩《たた》いていたんだもの。誰に向かって道を説くのかバカ君よ。さびしからずやお二人さん——二人の仲を取り持ったのは私なの。私よ？　それで私は富士と堂々張り合って、負けた女になれたのよ。」

「松浦さんこそ浮世離れもいいとこです。」

「とんでもない。私は富士を浮世好みのペンキ画風情にしてやった。日野はいよいよ狂ったように企業戦士。私は離婚のシングルマザー。お定まりにはめこんだ。でも駄目ね。十年前、奇蹟《きせき》の逆転サヨナラ満塁ホームラン。私は惨《みじ》めな敗戦投手。息子まで、黒星よ。今度こそ、ホントに負けた。こほほほほ——それよりなにより依ちゃんを、見なさいよ。恐ろしい。そしてあなたがやって来た。死んで生きてる十九《じゅうく》の娘を母よ姉よ真《まこと》の妻よと慕うあなたがやって来た。あの娘《こ》ああいう性《たち》だから、あなたに出会ってすぐに悟ったらしいのよ。あなたがこうしてやって来た、経緯《いきさつ》を。そしてね、それはね、ああいう性《たち》のあの娘《こ》には、生涯たった一度だけ、あるかないかもわからなかった恋が来たってことなのよ。日野も当然わかってる。どっちにつくかは知らないけど。龍さんあなたはそういう男。私はあの娘《こ》に勝たせてやりたい。こんな悲劇の片思いってあるかしら。誰よりも、偲《しの》び慕う母が奇蹟《きせき》の恩人で、母が憎い恋敵《こいがたき》。女が見てもほれぼれしちゃう、女の中の女がなんとあなたのために生娘《きむすめ》だって？　憎らしい！　龍さんあなたヤバイわよ。あの娘《こ》きっと相討《あいうち》覚悟であなたのために戦ってる。それが恋ってものかしら。素敵よね。こほほほほ。浮世離れに私もすっかりかぶれたわ？　フアンですよ？　あっはっは。」

死んで生きてるつれなさよ。誘い水とはあべこべに、火で火を制す、お伽話《とぎばなし》はお伽《とぎ》話《ばなし》で追い払う、そんな匂いがしないだろうか。親心、のようでもあり、底知れぬ、嫉妬に狂う万年娘《まんねんむすめ》のおためごかしのようでもある。何を恋《こ》い、何に嫉妬するのだろう。ところがし松浦さん、あなたの知らぬ女首《たまゆら》を、思えば話は他人の空似のズレがある。ところがしかし、依子嬢の絵筆は確かに女首《たまゆら》を。

（私は九歳《ここのつ》だったわね。）

（七歳《ななつ》だろ？）

「そう言うと思ったわ？　龍さんお店にいらっしゃい。ひとりでよ？　いいこと？

「逆転サヨナラ満塁ホームランの実況を、聞きたいですね。」

ふらっとひとりでいらっしゃい。」

翻《ひるがえ》る、勘定書《かんじょうがき》の裾《すそ》がしとどに濡れていた。いいこと？　ふらっとひとりでいらっしゃい。言葉の末を紅《あか》く濡らして立って待って潤《うる》んだひとみの水月を、隠しもせずに近いものを遠く見つめる女のあの眼が龍一の、背後《うしろ》に凝《こご》って奥歯に力の片頰笑《かたほえみ》。寒けがした。

灯《ひ》ともし頃の雑踏が、松浦小夜子に道をあけ、万年娘《まんねんむすめ》は返見《かえりみ》ひとつしてくれず、やがて知らぬ顔だらけ。顎《あご》を上げた顔がある。ふり向けば、高楼《ビル》の谷間にボーンと満月。（どうしたの？　母さんは？）流れに呑《の》まれて地下鉄に、引っ攫《さら》われて九段下、重いが坂を背中にしょって首都高速の鳥居をくぐれば神保町、ぽおっと満月。（血筋だもの。）（女だもの。）幽《かす》かに棚曳《たなび》く虫の音《ね》かと、風に秋の紅《べに》を紛《まが》えて雑踏が、ここは少しのんびりと、遠く近く遠く近く祭囃子《まつりばやし》のようでもあり、古書は早くも寝仕度《ねじたく》か、裏にまるで海か山があるような。

「地球は一個の生命体。人類は、地球にはびこる皮膚癌と知るがよい」

「およそあらゆる人間意識は病気である」

「恋せずば……」

傍点双《ふた》つが眼に沁《し》みた。（いいこと？　いつもうしろについている。）扉をあける。把手《とって》に秋が冷えていた。しーんと。

美少女あり。しーんと、火口の写真の真下《ました》に寂しくひとりである。頭痛が占《し》める。扉を閉める。さら湯光りの蛍光灯に椅子と机がせつないような腰かけ姿は右肱《みぎひじ》立ての小首かしげに顔《おもて》を隠して指ヶ富士、ただいまと、かけた声はむなしくさら湯に冴えかえり、静寂《しじま》が姿に深まさる。なにかきまりが悪いような俄《にわか》黙りの心になって見渡せば、今のいままで愁い顔でひそひそやってもいたのであろう茶箪笥《ちゃだんす》複写機《コピー》冷蔵庫、ゴジラに鯰《なまず》に裸自慢の美女名前、観音開きの書類箪笥《だんす》に壁の黒子《ほくろ》や日覆《ひおい》の光沢《つや》。冴えざえと、白いブラウス可憐な背中の十七歳。龍に気づかぬ頭痛の巫女《みこ》の両腋《わき》を、抱いて腋《わき》に締められながらゆっくり降ろせば崩れそうで崩れぬくねりに鎮《しず》まって、なおも後《うしろ》が龍と気づかぬ玉依姫《たまよりひめ》の横坐《よこずわ》り、とあらぬことをしーんと見つめる無礼な龍を濃紫《こいむらさき》の蝶《ちょう》がじーんとねめつける。知るや私は恋紫《こいむらさき》。知るや後《うしろ》の正面は、お前の……苦笑して、ふっとほぐれて龍一は、あたりまえに近づいて、思えばこれが触れ初《そ》めの、指で肩を診《み》るように、

「よおりちゃんッ。」

二拍、まさか稲妻とは。あたりまえだと思う指があたりまえではない肩だったビクッと腋《わき》が締まって富士が弾《はじ》け反《そ》って真上《まうえ》をさして端《はし》の端《はし》まで女身《おんなみ》あッとたわんですべては肩だった。稲妻よ、消えて互いにことさら赤子の眠り指、男は宙《そら》に、女は胸にかじかんだ。

「あッ、ごめん。」

「お帰んなさい。」

早口で――少女は自分の肩を見つめる濃《こま》かに長いまつ毛である。

「隙《すき》だらけ。依ちゃんらしくもなかったぞ。」

「策略じゃ。」

「ん？　さてはこの首は……よかったちゃんとつながってる。」

「役違い。日が短くなったわねえ。」

「頭、痛い？」

「ううんもう、大丈夫。」

　足と腰で椅子を押して膝を出して半《なか》ばまわしてふり仰《あお》ぐ。押した時、蝶《ちょう》がわななき背もたれが、裏で男を小突いたことを知ってか知らずかふっと伏目《ふしめ》になってから、男に間合《まあい》をとらせてから、半《なか》ばまわしてふり仰《あお》ぐ。

「お茶にしよ？　お疲れ様。麦酒《ビール》がいい？」

　黒目勝ちの大きいのが、たとえば欠伸《あくび》の誘われ涙にぬるんだような幼い潤《うる》みにいつもの凄みが宥《なだ》められ、（お茶にしよ？）が姐《あね》さん気取り、（お疲れ様。）が気まじめで、（麦酒《ビール》がいい？）がいかにも子供のからかいだったがその三色《みついろ》の間々《はざまはざま》に龍一は、颯《サッ》、颯《サッ》、と閃《ひらめ》く他人の空似を見た。初夏の夜風が若葉涼《すず》を鳴らして湯浴《ゆあみ》の清香《さやか》を奏《かな》でる涼しい愁いに潤《うるお》う夜空。（血筋だもの。）はッとしたが（女だもの。）ひとりで無数無数でひとりの（どうしたの？　母さんは？）うつっているのは螢光灯ではないと思う。

「お茶下さい。日本《ヒノモト》の、お茶ですよ。」

「あらそおを？　ホントはさ、そこらのさ、赤提灯《あかちょうちん》に指をくわえて来たんでしょ？」

「図星です。」

「くふふふ。お茶入れる。」

お茶ですか。それでいい。頭痛の少女に仕事が入って元気が出た。日は短く、スカートは、ちょっと長めに膝を撫《な》で、なよやか衣《ごろも》の紺地にまるで朝顔めいた白稲妻を柳状《なり》の裾模様に図案化して、古風なのかどうなのか、腰の最も細まる所をぎゅっと締めてお尻を豊かに白のブラウス狭く見せ、背中が可憐でだから胸は小さいながらも凛々《りり》しくて、気品高く、どういうわけか隣の椅子の背もたれに、龍一席の椅子の背に、甘いお乳《ちち》を練った色の編んだ上着が残された。膝の後《うしろ》の膕《ひかがみ》を、見え隠れに弾《はず》んでゆく、骨細《ほねぼそ》千両ふくらはぎ、棒でなく、貧相でなく、やわらかそうな女のまるみをすらりと絞《しぼ》って伸びやかに、ほそやかに、しなる流れが涼しくおのずと嗣《つ》んでゆく、足首を、ぴっちりなぞって白い靴下賢げに、踵《かかと》の低い淡い茶色の靴がなんだか足の裏や足の指などなさそうな。しかし廊下を両手をついて素足で走ってゆくのである。ちょっと湿《しめ》る。そして朝から気づいていたが今日の蝶《ちょう》は濃《こい》……恋紫《こいむらさき》。

茶箪笥《ちゃだんす》の、仕事が始まり男の眼は、秋に春を惜しむようなかいま見綴《つづ》りのじっと見を、憚《はばか》って、取材帰りの背広を脱いで椅子の背に、

「依ちゃん、あの、ちょっと……、これだけど。」

「え？　――あら？　ごおめんなさあい。ちょっとお借りしてました。背中でさ、押しつけるの、嫌だったの。」

「なあるほど。」

丁重に、御本人の椅子の背に。指にふわっとほほえむようで母の香《かおり》が仄《ほの》めいた。

「龍さんね、さっきね、御近所で、小火《ボヤ》があったのよ。」

「え、また？」

「先月も、今月も、満月ね。くふふふふ。」

「先月のは、放火じゃないって聞いたけど。」

「松浦さん、ちっとも呼んでくれないね。」

「『小夜姫』か。どうでもいいよ。」

「行くんなら、私、必ずついてくよ？」

「保護者だね。あっはっは。」

「守護者です。」

雪洞声《ぼんぼりごえ》がかッと燃え。びっくりして、ふり向くと、人間どもを蔑《なみ》するような凄い眼が、手をとめて、龍一を、睨《にら》みつけていたのである。寒けがした。

十

十一月《しもつき》の、西日落ちに小さく疼《うず》く指の傷が夜の裾《すそ》を一気に引く。影絵になった九段坂のその上に、炎の赤みがたちまち青むと褪《あ》せた光がかえって奥にまぶしいような遙《はるか》を追って冷えびえ覆《おお》う黒羽織。灯《ともしび》が、ピイーンと冴え。そんな頃——

　見馴《みな》れ身馴《そな》れて面白くもなんともない、地元稼場《かせぎば》神保町に行きかう人を高楼《ビル》の二階の硝子《ガラス》張りの茶店《さてん》から、見おろしながら古書店主、東雅堂は幼馴染《おさななじみ》の芳雲堂の話に耳を傾ける、ふりをして、例によって面白くもなんともないので聞き流す。いい齢《とし》をしやがって、

「誰か言っていないかな。モーツァルトは西洋人より日本人に聞く耳あり。有名な、（疾走するかなしみ）は、桜の花にとどめをさす。知らぬ国の知らぬ花がモーツァルトに憑依《ひょうい》した。そして彼はそれを秘《ひそか》に故郷と信じていたのである。あり得ることだ。（しず心なく花の散るらん）彼には静心《しずごころ》も賤心《しずごころ》もないのである。（世の中に、たえて桜のなかりせば、春の心はのどけからまし）彼は春を駆け抜けた。桜の春を駆け抜けた。なあんてさ、誰か言っていないかな。」

　十一月《しもつき》に、桜だ春だとこの男、子供《ガキ》の頃からそうだった。夏炉冬扇《かろとうせん》。入道雲の炎天下に黒焦顔《くろこげがお》で凧《たこ》揚げの話をする。雷に、打たれて焦《こ》げたかその顔《つら》は。からっ風に頬《ほっぺ》を林檎《リンゴ》に海水浴の西瓜《スイカ》割りの話をする。目隠《めかくし》して、自分《テメー》の頭を割ってみろ。やがて共に家業を嫌い、雷に、打たれたくて自分《テメー》の頭を割ってみたくて咆哮彷徨《ほうこうほうこう》方向音痴の青春双六《すごろく》さんざんに、あばれたつもりがなぜか必ず「ふりだしに戻る」となって苦悩とや

らと時代とやらと年齢が、おのずと悟りをもたらした。「ふりだし」は、実は「あがり」のことだった。家業を継ぐ。遠い昔のお話よ。されどやはり今朝方《けさがた》の、夢にも似たり何十年、「あがり」が見え過ぎ見えないような人生双六《すごろく》お前はいったい何をして来た嘲《あざけ》り罵《ののし》る還暦《ちゃんちゃんこ》もだらしなく笑って羽織《はお》って今いずこ。なんだって？　家族が一番？　そうですね。私、反論いたしません。そんな気力があるものか。へっへっへ

――

「桜の後《あと》は春の腰が落着《おちつ》いて、ぼくはなんだか気が抜ける。八重桜はボッテリ重くてそこらのオバサンみたいだし、春から初夏へ躑躅《つつじ》や皐月《さつき》は愛好家が多いけど、ぼくの眼にはクレヨンのお絵かきで、やっぱり桜の後《あと》を継ぐのは藤の花。暮れなずむ、薄紫のあのたそがれ。（疾走するかなしみ）は、思いがけない伏流水の泉のように藤棚に、房をなしてしっとりと、滴《したた》るね。そう見える。ところがさ、あれは瀧に面影さ。（疾走するかなしみ）の、瀧に浮かんで暮れなずむ、問えども名告《なの》らぬたそがれの、薄紫の面影さ。そしてね、」

いつまで続く芳雲堂の泥濘《ぬかるみ》ぞ。東雅堂は下ゆく群衆《ぐんじゅ》の流れの中にあの女《ひと》を、「おや美人。たまに見かけるお顔だな。勤め先はこの辺か、いやいやあれは人を使っている顔だ。女社長。娘時代は宝塚。或《あ》いはモデル出身《あがり》かな。なにしろ眼に立つ美人だぜ。華奢《きゃしゃ》だが削《そ》がれた痩《やせ》ではない。薄い黒のストッキングの足なんざ、いきいきと、

艶《なまめか》しい。」

「次はぼくには朝顔なんだ。それもね、藤紫をうんと濃く、」

「黒の外套《コート》が似合ってる。腰をベルトでぴっちり締めて細いなあ。髪型が、また嬉しい。昭和三十年代か、日本映画全盛期、耳を隠してくるっとカール。」

「夜明け前に咲くそうだ。早い朝よりもっと早く、秘《ひそ》かに咲いて身を整えて夏の朝の光の中で高貴の露、一朝《ひとあさ》限りで死ぬなんて。美しいとは（疾走するかなしみ）のことなんだ。思えばぼくは子供の頃、朝顔で、初めてそれを知ったような気がするね。慎《つつ》しみ深い導師だよ。すべては春の桜の花にとどめをさすと教えてくれた。」

「隣のあの、青年は、なんだろう。甘っちょろい顔《つら》あしやがって。部下かな。息子かな。いや待てよ、あんな美人だ若い愛人の一羽《つばめ》ぐらい。あり得ることだ。へっへっへ。行っちまう。何を喋っているんだか、楽しそうに。」

「楽しいね。今年の秋冬は、ファッション雑誌を裏切って、神保町では火が流行《はや》る。」

「やっぱりモデル出身《あがり》かな、女社長、余裕の火遊び。青年よ、ボヤボヤするな小火《ボヤ》続き。」

「艶《なまめか》しい、秋冬さ。九月十月そして今月、昨日《きのう》、満月、宵の口。」

「三度目も、放火の線はないと来た。」

「いよいよこれは何かの暗示か予兆だね。」

子供《ガキ》の頃からこうだった。岩に堰《せ》かるる瀧川の、割れても末に逢《あ》わんとぞ思う。思わないがつまるところは馬が合う。

「ぼくはね、四度目ありとここに予言したいんだ。四度目で、完成する。」

「完成だ？　お前さんのことだから、根拠はさぞや奇想天外。」

「まあ聞けよ。三度いずれも不注意の、失火だったが九月は飯屋の市原さん、十月は、法律事務所で財津さん、そして昨日《きのう》が文具屋の、成田さん。頭の一音、並べてみろ。」

「ええっと――、イ・ザ・ナ……、おいまさか、」

「そのまさか。」

「奇想天外！」

「来月は、キかミが来る。完成する。調べて来た。過去《まえ》三度に鑑《かんが》みて、仮にね、神保町で漢字二字で最初の一字が二音と限定するとね、キの候補、北川さん、桐山さん。ミの候補、水野さん、道島さん、宮本さん。」

「ミの方の、三人衆は知ってるぜ。どうせなら、ミがいいね。楽しみだ。」

「野次馬が、やがて羨《うらや》む白羽の矢。お前さんには悪いけど、市原の、爺《じい》さん見ろよ繁昌してる。泣いた婆《ばあ》さんほくほくさ。青息吐息だったのに。」

「確かにな。消防車の騒ぎの割には厨房《ちゅうぼう》ちょっと焼いただけ。改装ったってほとんど変わっちゃいないのに、バカに繁昌してやがる。財津の野郎も落着《おちつ》いた、途端《とたん》に大きな仕事が来たって話だぜ。子供《ガキ》の頃から損と得があったら好んで損を取って来たヤツだ。バカなヤツだがいいヤツだ。成田さん――弱ったな、ただでさえ、なにかというとお不動様を口にする。あれが繁昌し出したら――思いやられるぜ！」

「はっはっは。華やぐよ。楽しいよ。ぼくはね、更に予言を限定したい。ミが来るね。」

「ミラクルか？　ミが来るミラクル気が狂う。なるほどね、ミが来るで、キが狂う。あり得ることだ。へっへっへ。」

「なかなかいいとこ突いてるよ。」

「マジかよおいッ。」

「思いの火、恋の火だ。実は気になる女のお客があってね。あれは恋をしているよ。それも並の恋ではない。我ら風情の及びもつかぬ高貴の恋。女は耳を澄ましてる。千《ち》引《びき》の岩の向こうにいる、恋しい男の声に耳を澄ましてる。耳を澄まして我身《わがみ》を見つめているんだね。昔ならお赤飯さ無邪気が破れたあの日から、聞こえ始めたまだ見ぬ誰か男の声に戸惑いながらも我知らず、いつしかこんなに美しい、女に熟した我身《わがみ》を見ればその声の、せつない慕情の影ぞ立つ。ぴったりに、出来ている。あの世はこの世にあるらしい。あの世は我身《わがみ》にあるらしい。岩を砕く噴火の日を、女はひたすら待っている。我身《わがみ》のあの世がこの世に生かすその声の、影を結んだ抜身《ぬきみ》の男を待っている。

恋しさ余って濡れることもあるだろう。自《おのず》とそれは火を呼ぶね。」

「奇想天外！　心中物が大好きだったオヤジさんも凄かったが、芳雲堂のお家芸か妄想は。乗りてえな。四度目は、ただじゃすまねえ世直し噴火。はっはっは。八百屋お七どころじゃねえなロクでなしの恋でゴ神火サン然と。シが抜けた。ヨ直しだから死なねえか。二人といねえ不ジ身の女のイチ押しかい。」

「レー嬢さ。」

「零ありかッ。気迫だね。四の五の言わせぬ令嬢かい。死語だよ。少なくとも、本物なんざ現代《いま》やどこにも見あたらねえやこの国には。」

「確かにね。山崩し、海埋める、それが学校教育さ。崩した上で、埋めた上で、個性だ夢だとわめき散らして砂利砂利《じゃりじゃり》言ってる浅墓地獄の自分地獄。世界に冠たるいい国さ。某山《なにがしやま》と某海《なにがしうみ》の相撲なんざすたれたね。山より高く海より深い恩なんざ、行方《ゆきがた》知れずなりにけり。しかしね、躾《しつけ》という、国字はきっと追手《おって》を逃れて生きてるよ。神話を宿した秘《ひそか》な家の芸として、海は珠《たま》を育《はぐく》んで、山は玉を磨いてる、珠玉の躾《しつけ》が生きてるさ。この国は、一つじゃないぜ。」

「乗ったよッ。少なくとも、日本《ニホン》は二本、二本で一本日本《ニッポン》さ。ということは、どこをどんな風に切っても二本で一本無数かな。あの世はこの世にあるんだろ？　有難や、随喜の涙の女の国さ本来は。本来だけに本の中からおみえになったか本物の、令嬢が。」

「東雅堂のお家芸、シャレが呼ぶよ妄想を。」

「代々仲がいいわけだ。血筋だね。」

「血筋だよ。金には縁がないらしい。美人令嬢いい女、これにも縁がないらしい。なにしろシャレと妄想さ。はっはっは。古本屋は、どうかすると色里めくよ洗練されて誇り高い美人の宝庫と言いたいね。生かすも殺すも店主と客の心意気、志の高さだろ。つまりシャレと妄想さ。どこまで本気で打ち込むか。バカを好むが古本さ。女の客が少ないわけだむしろ御遠慮願いたい。美人客がおみえになると古本達が嫌な顔をするからね。おしゃれな新刊書店へどうぞ。古本太夫の心意気。はっはっは。ところがどうだこんなことは初めてさ。古本達がなにか意表を突かれたように驚きながらも背筋を伸ばして眼を伏せた。お客というよりまるで主君のおみえであった。高貴の恋、これぞまさに古本達の主君だろ。

　月一度、昨日《きのう》のおみえが三度目で。つまり――そうなんだ。

　頃は同じで時刻はずれる。たそがれ前のふっと和《なご》んだひと時の、お日様が、一日中でたった一度日向《ひなた》に普段着きせるようなあの頃さ。お立ち寄りは段々短くなって来た。たそがれの、逢魔時《おうまがとき》に乞われてそれをあやすようにやがて静かなお帰りで。お名残惜《なごり》しさといったらないよ古本達も勘定場も。かなしく見つめる硝子《ガラス》戸が、自分を見つめめるようになる。ところが甘いぜまどろみかけた瞼《まぶた》を叩《たた》いて（疾走するかなしみ）が、空の高きに先を争う子供達の泣き声だ。消防車のサイレンさ。ふっふっふ。」

「なるほど火を呼ぶ令嬢か。」

○

「憧憬《あこがれ》も、呼ぶようだ。初のおみえの九月はあの、台風一過のサラサラ風が肌に空の高きを知らせる秋だった。それでも動けば習慣《ならい》残りの汗を噴く。だからこそ、風に驚く肌の秋。ぼくはね――嗤《わら》うなよ？　――桜を思う。やっぱりあれがすべてを含んでいるんだよ。すべてを含んでいるからそれは（疾走するかなしみ）に、ならざるを得ないんだ。勘定場の左斜《ななめ》前だった。すらっとお立ちになっていた。御入店のその時は、愁いを含んだ御《おん》まなざしの涼しい深さに驚いて、空の高きを見上げたようでぼくも思わず眼を伏せた。背筋も伸びた。ふっふっふ。とそうは言ってもこちとらなにしろ人間の、男児たる、浅ましさ。ちらりちらりとこれが見ずにいらりょうか。斜後《ななめうしろ》のお姿を。女の背丈《せたけ》はむずかしいね高いと見えてチラホラ入りの男の客と比べてみればどうやらそうでもないらしく、百六十、あるかないかの頃合で、すらっとしながら漲《みなぎ》る気配はそれこそ桜の花かと思う。どういうわけかぞんざいに、一気にザッと切ったような黒髪に、月の光が滴《したた》るか、うなじを隠して首の根濡らして紅《くれない》匂うか雪の肌。きっと日焼けもなさらない。夏に強い。涼風《すずかぜ》呼んでこともなげ。冬はやさしく人を気づかう寒がりで。お血筋の根の国は、雪国ではあるまいか。福の火を呼ぶ令嬢の。」

「装束《いでたち》は？　つまり、その、お召し物！」

「殺気立っちゃいけません。ふっふっふ。お召し物とは御期待を裏切るようで恐縮だが、初のおみえは学生風の普段着さ。二十歳《はたち》ぐらいじゃないかな。或《ある》いはまだ、十代か。着る人が、着ると違う。紛《まご》う方なき本物の、証《あかし》だよ。なにしろぼくの大嫌いなTシャツにジーンズ風のズボンと来た。ハンバーガーにコーラでも、持たせるか？　はっはっは。とんでもない。茶室が似合う。純白のスニーカーを躾《しつけ》ゆかしく静かな所作《しょさ》で蹲《つくば》いながらお脱ぎになれば靴下も、おそらく純白、シャツにズボンの米国《アメリカ》風もかえって米国《アメリカ》殺しと見える本朝珠玉の令嬢が、茶室に端坐に及んだ日にゃあ利休も織部も抱き合って、随喜の涙の茶を立てる。紅白横縞模様のシャツに木綿の純白ズボンだね。芳雲堂にはゆくりなくもハレの日か。ふっふっふ。すらっとしながら漲《みなぎ》る気配の頼母《たのも》しさ、背中に厚みと広さがあると見えるんだ。美しい、反《そ》りとまるみと腰のくびれのせいだと思う。くびれる所でシャツが御身《おんみ》をちょっと離《と》れて裾《すそ》はズボンの中だから、境目《さかいめ》に、はにかむような溜《たまり》が出来て花もそこに散り泊まる。え？　季節を考えろ？　名月も、母屋《おもや》ゆかしくそこに軒《のき》の嘆息《ためいき》さ。名月や、豊かにまるいお尻は言うも憚《はばか》られるが上向き気味にピッチリそれこそ漲《みなぎ》って、摑《つか》みもできないそれを摑《つか》み摑《つか》みしながら連いて行きたい子供心が蘇《よみがえ》る。なぜだろう、古風に雅《みやび》な反橋《そりはし》を、渡ってゆく。」

「満点だ。満点の、お尻だよ。満天の、星の恐怖を隠してくれる名月だ。」

「思うかい。それなんだ。満天の、星を仰《あお》いで覚える恐怖が懐《なつか》しい。オトナになるとは恐怖を紛《まぎ》らすことだった。妻を得た。子宝にも恵まれた。したり顔で生きては来たが顧《かえり》みればオトナ盛りの諸般の事情に忙殺されて来ただけだ。世の中は、よく出来てる。平時だろうが戦時だろうが同じこと。オトナ盛りに忙殺される。それはそれでいいんだが、寄る齢波《としなみ》の箕《み》を漉《こ》せば、残る砂金は満天の、星を仰《あお》いだ恐怖だよ。美しい、恐怖だよ。摑《つか》みも出来ない母を摑《つか》み摑《つか》みしながら連いて行きたい子供心のかなしみが、蘇《よみがえ》る。来迎《おむかえ》とは、実はそれかも知れないね。それのうんとせつないのが。老《ふ》けたねぼくも。はっはっは。」

「いいじゃねえか老いぼれろ。子供心のかなしみとは、故《ゆえ》知らぬ、胸元掠《かす》める諸行無常の風だよ。諸般の事情をなんにも知らねえ子供の方が知ってるさ、胸元で、（疾走するかなしみ）を。はっはっは。すべてを含んでいるんだろ？ つまり美だ。永遠だ。人生に、なんの意味があるものか。シャレと妄想心意気。花の下にて春死なん。望月の、お尻の下にて腿《もも》は豊かをひきついで、力をも入れずして、内にピッチリ閉じ合わさって外はまるみを湛《たた》えながら膝に向かって賢げに、細まるか？ そうだろ。とそうなれば、ふくらはぎも足首も、美しいこと請け合いだが、お尻や腿《もも》と違ってズボンに浮き出ねえのが残念だ。お尻の下は足元まで、全体《ぜんてえ》つまりYの字か？」

「御名察。ただしYの字いただけない。比喩《たとえ》がガサツ。ガサツを飲んでYと言うなら確かにYだが白人娘によくあるあれとは違うんだ。骨格が、もっと優にやさしくて、」

「皆まで言うな我らがお国の令嬢だ。わかります。あえて言うなら優にやさしく犯すに難く、しなりをあげる女力《おんなぢから》を芯《しん》に一本きりっと通して静かに佇《たたず》む三十一《みそひと》文字《もじ》の名歌だろ。」

「むずかしい比喩《たとえ》だね。御丁寧に枕にシャレまで振ってさ。」

「掛詞《かけことば》と言わねえか。はっはっは。白人娘と違ってさ、三十一《みそひと》文字《もじ》の名歌が走れば忍者のように走るかな。豊かなお胸を揺らしもせず、さささささッ。まさかね。ふっふっふ。豊かだろ？　――勿論《もちろん》下着はお召しだろうが。近頃の、女の下着は女の見栄《みえ》に媚《こ》びて後《あと》は知らぬとばかりに無責任なフェミニストのようだがね。斜後《ななめうしろ》のお姿に、Tシャツなればお前さん、見立ては如何《いかに》。」

「豊かだね。大き過ぎず品を保っておそらくは、千引《ちびき》の岩の向こうの男の慕情がいかにせつないか、御自身ああこんなにと、見惚れていとしくほほを染める美しさ。初めて委《ゆだ》ねる成就の日を、夢見て待つ身のふくらみよ。下着は勿論《もちろん》お召しだが、どこにも無理はないようだ。あくまで主《あるじ》は御身《おんみ》であって下着はそれに従ってる。忠義の侍女、苦衷のほどが察せらる。虫除《よ》けの役目があるがそうかといって一途《いちず》に隠して御身《おんみ》に忍従強《し》いるのは、なんとしても憚《はばか》られる。せめてもと、揺らさぬように虫の邪心をそそらぬように身嗜《みだしなみ》の危うい境をさりげなく、守って絶妙。盗見《ぬすみみ》の、こちらはちょいと気が咎《とが》めるがお前さんの言うとおり、位置はそれこそ絶妙と、言えば言える。背中に厚みと広さがあると見えてさ、美しい、反《そ》りとまるみと腰のくびれのせいだと思うと言っただろ？　貴《とうと》いものをお胸に戴《いただ》くお姿さ。双《ふた》つのそれはお胸の坂をこぼれそうでこぼれぬ露の形かなあ。露といえばはかないが、そんな大きな露もないが露のいのちを露の形で海のように抱く力、氷嚢《ひょうのう》ならぬ海嚢《かいのう》か、お前さんの言葉を借りればしなりをあげる女力《おんなぢから》の美肌《みはだ》が包んだ双《ふた》つのお湯の海かなあ。化粧っ気なしの唇の、紅《くれない》うつしの乳暈《ちちかさ》まどかに品よく漲《みなぎ》る海の頂《いただき》坂状《なり》に上向いて、御眼《おんめ》は伏せてもそこが男と眼を合わす。やがて最中《さなか》の歓《よろこ》びに、照るか乳首よ慰め色に語るか艶《つや》めく日の宮よ。きっとそうに違いない。」

「きっとそうに違いない。雪の肌、月明り、紅《くれない》にじむ桜《はな》の気配、そして艶《つや》めく日の宮か。海の底の本宮は、下の森の奥深く、望月山《もちづきやま》が地中の芯《しん》に身厚《みあつ》く守る秘中のあの世とつながって、福の火を呼ぶ高貴の恋。一杯やりたくなって来た。茶店《さてん》にしたのは俺だがね、謝るよ。一杯おごる。それにしてもおめあては、なんなんだ。お買い求めになるのかい。」

「福の火を呼ぶひやかしさ。ふっふっふ。お立ちの所は『源氏』関係『百人一首』関係で、お似合いではあるんだが、古本達の息つめ顔は見ものだし、お召しにあずかる果報の太夫の誉顔《ほまれがお》、恍惚顔《うっとりがお》も見ものだが、それよりなによりお立ち読みのお姿の、様子のよさといったらね……、ところがさ、どうも書物はダシなんだ。時折ね、ふっと御眼《おんめ》をお離しになるんだよ。最初《はじめ》はさ、ぼくから抜け出た小さなぼくがお尻を摑《つか》み摑《つか》みしたかと思ったね。お姿は、そよぎもしないがふっとね、左のお胸の頂《いただき》あたりに御《おん》眼《め》をふっとお引きになってしかしお心そこにはあらず御《おん》まつ毛、引かれた筆の筆先めくよちょっと反《そ》って宙にすッと際立って。盗見《ぬすみみ》の、気配を敏《さと》くお察しかと、最初《はじめ》はどきりとしたんだが、そうではない。或《ある》いはそれもあるのかな。とにかくね、やがて筆の庇《ひさし》が上がって愁いを含んだ黒目勝ちの御《おん》まなざしがさッと涼しくきらめいて、ピタリと定まるその先は、なんだと思う？　幸か不幸かぼくではない。勘定場の、隣の壁。一枚の、色紙なんだよ朝顔の。」

「色紙の、朝顔⁉」

○

「梅雨《つゆ》時のことだった。探し物があってね、倉庫をごそごそやってたら――探し物には味がある。当のそれは見つからないのに奇遇があったりするだろ。後《あと》から思えば当のそれはお導き、奇遇のそれこそ実は隠れた本命だったという気がして、埋木《うもれぎ》が、めでたくひのめの床間《とこのま》へ。そんなことがあるだろ。探し物の醍醐《だいご》味《み》さ。大袈裟《おおげさ》なようだがね——梅雨《つゆ》時に、奇遇の盛夏は色紙の朝顔紫色。」

「セーカはシャレか？　気のせいか？」

「掛詞《かけことば》と言わねえか。はっはっは。そこだけ梅雨《つゆ》が明けたように涼しい朝風輝く朝日。描《か》いてないのに感じさせるは名画だよ。素人《しろうと》画家の安物だが、ぼくは名画と信じたね。買ったのは、十年ほど前だった。ただしちょっと思い出すのに間《ま》があって——螢光灯に余白がまぶしく輝いて、紫色はいよいよ深く眼に沁《し》みて、そのせいか、花の芯《しん》の白い所は余白の白とは違う白でまぶしいよりも月の光に浮かんだ雪、八手《やつで》か人手《ヒトデ》を象《かたど》る残《のこ》んの雪形《ゆきがた》が、漏斗《ろうと》状の無限の谷へと誘《いざな》うよ。ほんとの雪なら蟻《あり》のような登山者が、はぼくだけど、滑落したかも知れないね。うっとりして。ふっふっふ、それもあり、はっはっは、ちっとも古びていないから、しばらくぼおっとしたんだが、やがてあッと昨日《きのう》のよう——十年ほど前だった。

酔漢《よっぱらい》が驚いた。おい見ろよ、教会でもクリスマスやってらあ——なんて小咄《こばなし》があるけどさ、猫も杓子《しゃくし》も神主坊主も一杯機嫌の国民的忘年会には間《ま》があった。それでも若き男女はもう血眼《ちまなこ》になってたし、『第九』という壮大なる忘年会交響曲もそろそろ遠《おち》近《こち》例によって浮世の風にお歳暮の、熨斗《のし》をつけてる頃だった。気ぜわしい時そぞろ神、かえって忙中閑ありで、一般向けの古本市にひょいっと足が向いてね、客に紛《まぎ》れて客の顔と客の手にする書物の書名を盗見《ぬすみみ》したりしてたんだが、気楽な水戸の黄門様が（スケさんカクさんあそこが面白そうですよ）——隅っこに、おまけみたいな仕切りがあって素人《しろうと》衆の色紙や何かの展示即売やってんだ。仕切りってのはいいよな。そのとき限りの世界があって例《たと》えば我らが日本間は、屏風《びょうぶ》に衝立《ついたて》そういう智慧に満ちてるよ。祭《まつり》仕立《じたて》が得意だね。縁日の、境内なんぞを思い出して黄門気取りの俄《にわか》子供が仕切りの中に遊んでさ、思いがけずも見つけたわけだよ盛夏をね。気品の朝顔紫色。」

「お前さんらしいよな。買っちまったわけだな。」

「勇んで買ったよ値段がまた、夜店並。はっはっは。しかしね、どれもこれも玄人《くろうと》裸足《はだし》の見事な作品ばかりでさ、この国は、なにによらず素人《しろうと》衆の腕がいい。眼力《がんりき》が、あるんだよ。視力じゃないぜ眼力《がんりき》さ。神も仏も八《や》百《お》万《よろず》。仕切りを置けば七五三《しめ》縄《なわ》張ればたちまちそこに神仏《かみほとけ》。と言うよりも、本来つまりどこでもなんでも神仏《かみほとけ》。眼を閉じて、想像するのもいいけどね、我らは例《たと》えば浅間《せんげん》神社に小山を築いてこれを富士と称して拝んで登るんだ。シャレと妄想心意気。妄想は、ここにおいて見立てと正すべきだね。眼力《がんりき》さ。」

「はっはっは。シャレと見立てかこいつぁいよいよ心意気。意気に感じて小山も粋な富士山だ。一事が万事の八百万《やおよろず》。小説なんざ小の一字は確信犯か見事な誤訳さ小山の富士を極意と知ってるお蔭《かげ》だね。なにしろそもそも短歌俳句がお家芸の我らだよ。ところがどうでえ現代《いま》のザマあ意気も粋もどこへやら、小説なんざ虫の息ってとこじゃねえか。比喩《たとえ》が悪い。虫が怒る。虫の息にも粋な富士があるだろさ。どうしてそれを書かねんだ。庶民の心の機微とやらをこねくりまわして小山の富士も出ねえようじゃ心じゃねえ。高き嶺を仰《あお》げよかし。そうして初めて足の裏は地面《じべた》をしっかと摑《つか》んで睦《むつ》んで小山も富士になるんだよ。それを心と言うんだよ。高嶺《たかね》の花の令嬢は、ひょっとして、その絵の作者じゃないのかい。ちょっと待て、十年前はお何歳《いくつ》だ？　はっはっは。そうだよな。ふっふっふ。しかし何か縁故《ゆかり》があるんじゃないのかい。」

「そうかもな。邂逅《めぐりあ》って下すった、と思いたいが手がかりなし。どれもこれも落款ありの品だったのになぜかそれにはないんだよ。もっともそれも気に入った。言わば画《かき》人不知《びとしらず》でさ——富士なんだ。盛夏の朝顔紫色、買った動機は月の光の雪の富士。つまり滑落してたんだ。家《うち》に帰って初めて気づいてぞッとした。」

「それで倉庫送りかい。」

「妻君《かみさん》だ。これ、店に飾ろうか、と口にしたのが間違いだったお前アホかと叱られた。」

「あっはっは。お妻君《かみさん》が正しいよ。誰が十二月《しわす》に朝顔を。」

「確かにそうだがそれだけか？　なんだか血相変えてたよ。横っ手から、子供の玩具《おもちゃ》を取り上げるって勢いで、持ってった。我知らず、何かをはッと感じたんじゃないのかな。この世ならぬ何かをね。」

「それを御覧になるんだな、令嬢は。お耳を澄ましてそれを御覧になるんだな。御身《おんみ》を見つめていらっしゃる。そんな風情があるんだな。先月も、昨日《きのう》もか。」

「そうなんだ。お初の九月は台風一過の秋空で、季語は秋だが盛夏の花だよ仕舞い時かと思った矢先のことだった。天からか、地の底からか待てとばかりに矢が立った。令嬢の、御《おん》まなざしの恋の矢が。それでも九月のその後《あと》は、一期一会の静かな気持でお名残《なごり》惜しさに仕舞いそびれただけなんだ。ぼくらしく、月を跨《また》いでずっとね。ふっふっふ。ところがその、先月二度目で一変した。手出し無用の絵になった。しかもだよ、あらたに漂うお名残《なごり》惜しさにぼおっとしている折も折、例の泣き声合唱団、消防車のサイレンだ。確か前にも同じことがとしばしは夢の覚め際だったがたちまちに、あッ——と口が開《あ》いたね。それまで全く別々だった歯車が、突然ガチッと噛《か》み合って、ジリジリ回り出したようでこっちの口はあッと開《あ》く。ジリジリジリジリ回る音は胸騒ぎってやつだね。からくり人形さながらに、口を開《あ》けた首がゆっくり動き出す。絵を見たよ。あたらしい。胸騒ぎに、不吉な影がよぎらないではないんだが、（疾走するかなしみ）さ。むしろ背筋が伸びるんだ。口も閉じて真一文字《まいちもんじ》になったと思う。ぼくはあの、仕切りの中で託されたんじゃないだろうかその絵をさ。知らずにずっとお匿《かくま》い申し上げていたんじゃないか。令嬢には、女に熟すお仕度《したく》の年月《としつき》だったに違いない。お整いになったんだ。きっとぼくは命じられてその絵をお出ししたんだね。守るべき、死守すべき、高貴はあると思うんだ。胸騒ぎが、この身に満ちる意気に変わって腰がぐっと据《す》わるような快さを味わった。おごそかな、快さ。案の定、三度目あり。昨日《きのう》ですべては確信さ。来月も、必ずおみえになるはずだ。完成する。成就する。」

○

「そうだな、客のふりして俺もこの眼でお姿を……、いや、よそう。後《あと》が怖《こわ》い。話をとっくり聞いてるだけに果たして正気でいられるか。ミが来るで、キが狂う——なんて言ってしまったが、イザナキか、スサノオか、光源氏かなんだか知らんが声の君、慕情の君は今頃どこで何してる。どんな顔《つら》ぁしてんだか。ひょっとして、火男《ひょっとこ》かも知れねえぞ？　はっはっは。

火男《ひょっとこ》か——ふっふっふ。あるべからざる顔《つら》だね。ひっくり返せば光源氏の顔《つら》にもなる。同じことさ祭の中。祭となりゃあ奇想天外不審しかねえよミが来るミラクル気が狂う。禁忌《タブー》侵犯これ必須。必死が必須の恋なんだ。桐壺も、藤壺も、紫の上も同一人物間違いない。ひょっとしたら作者もね。ミが来るミラクル磨かれる。源氏はどうして光るんだ？　慕情が光っているんだよ。闇にひそんで泣いてるはずの慕情がここでは堂々と、光り輝く男の姿であらわれる。光に打たれて美という禁忌《タブー》がその身を開く。いけません、と言いながら。誰もがうっとりする話。オトナ盛りの諸般の事情は粉砕されてむき出しの、慕情が宇宙の正体を、暴露する。（疾走するかなしみ）を、訴える。知ってんだ。諸行無常生々流転が宇宙の常だと知ってんだ。無常が常。だから過ぎ去る一瞬に、すべてがあって永遠だと。美なんだと。つまり時間は本当は、ねえんだと。宇宙が存在することに、なんの意味もねえんだと。されど生きる我身《わがみ》の胸にそいつは颯《サッ》と（疾走するかなしみ）だ。美しい。摑《つか》みたいがいけませんと言うんだね。摑《つか》んでやる。それがたとえ死であっても。必死が必須の恋なんだ。満天の、星の恐怖を隠してくれる母こそ実は恐怖の元だと知ってんだ。なぜなら母は美しい！　無時間即《すなわ》ち無意味が宇宙。慕情がなければ美もねえよ。まさに宇宙の正体だ。実に反社会的。社会にとっちゃあ宇宙の正体なんてもんは（それを言っちゃあお仕舞いよ）てなもんだから。はっはっは。

しかし我らは祭が好きだ。知ってのとおり、日常生活続けてうんざり枯れちまった気ってやつを即《すなわ》ち気枯《けが》れを元気に戻す活性剤。社会にとっちゃあむしろ良薬。しかし我らはその効能が好きなのか？　とんでもねえ。心の奥では知ってんだ。実は祭がすべてだと。前世も来世も信じねえが浮世は夢よ仮の世と、そんな言葉が大好きだ。知っててんだ。日常なんざ仮の世だと。祭こそが真《まこと》だと。本元《ほんもと》だと。祭の仮面の逆説を、思ってみろ。宇宙が正体暴露する。我らは祭が大好きだ。大掛かりでなくてもいい。仕切りを置けば七五三縄《しめなわ》張ればたちまちそこが祭だよ。八百万《やおよろず》。どこでもなんでも宇宙だから眼力《がんりき》注げばたちまち正体暴露する。小山の富士の心意気ってやつだね。日本人の祭好き。しかも悲哀がまた好きだ。そこに心の奥がある。もののあはれを知るとはそれを知ることか。慕情がなければ美もねえよ。ひょっとしたらこの国は、凄《すげ》え国かも知れねえな。本物の、母がいる。少なくとも、本来は！　はっはっは。」

「御宅《おすまい》は、遠くない。乗物いらずの近さかも。下におそらく弟君か妹君がいらっしゃる、姉上だ。先月の、二度目のおみえの御服装《おんよそおい》だよブラウスに、毛糸の上着、下はこれがスカートだ。硝子《ガラス》戸を、お開《あ》けになったその時すでにぼくはあッと胸が飛んで思わず眼を、伏せてはいた。しかし見た。こちらにあゆんでおいでになる、美《きれ》いなあゆみの調《しらべ》を見た。前に蹴出《けだ》すというよりも、後《うしろ》にまっすぐ伸びたものを引き戻すんだよ撓《しな》やかに。つまり腿《もも》であゆむんだ。スカートの、紺地に裾《すそ》が白い模様の波打ち際に膝はくっきり隠れもなく、決して外に開かずに、豊かな腿《もも》の賢く細まる形のままに小気味のいい要《かなめ》でさ、水辺の遊びが似合いそうな脛《すね》が後《うしろ》にちょっとねばって静かに従う美《きれ》いなあゆみの調《しらべ》を見た。店主顔をことさら作ってお胸のあたりもぱッと見た。そしてそれから斜後《ななめうしろ》の盗見《ぬすみみ》に、まずはあの、膕《ひかがみ》を。伸ばしきっていらっしゃる。桜の花の萼《がく》の色をぼくは思った横に走る淡い筋が双《ふた》つ一本つながって、縦《たて》にはそれぞれあるかなきかに浮かぶ瀬の、幽《かす》かな影が柱立って縦横《たてよこ》ともどもすこやかな、おのずとほのめく色気だね。色気だが、たとえばぼくが弟君なら素直に見入って落着《おちつ》くような我家の色。公《おもて》に晒《さら》すな私《ひそか》な色、と盗見《ぬすみみ》の、オヤジの一言《ひとこと》ばかかげてる。ふっふっふ。オヤジの眼は、たちまち男の嘆息《ためいき》洩らしてふくらはぎ。誰かさんが美しいと請け合った、そのとおり、見入り込めばやわらかそうなふくらみが、眺めれば、すらっと撓《しな》るよ滑《なめ》らかに、ほそやかに、足首これは白い靴下ほどよい丈《たけ》にぴっちりだし、薄茶の靴の踵《かかと》は低くて見栄《みえ》がないから掛け値なしと言っていい、見ても見ても決して見飽きぬ御御足《おみあし》だ。この眼がたとえば指か何かになったとしても……

　ぱッと見た、お胸のあたりも焼きついてる。白のブラウス襟元《えりもと》きちんと正しくて、襟《えり》の裾《すそ》にはまるみがあって優しくて、胸へと続く広坂《ひろさか》結んで守る釦《ボタン》のいじらしさ、下に漲《みなぎ》る頂《いただき》さぞやと思う頃、肩から腋《わき》から心憎き雲がこれをふうわり包む。毛糸の前留《まえどめ》上着をね——御手製《おんてずから》の編物か、灯色《ともしびいろ》を含んでぬくもる煉乳《れんにゅう》色——あたたかそうにお召しでさ、既にぼくの贔屓《ひいきめ》見か、チラチラ盗んだ斜後《ななめうしろ》と相俟《あいまっ》て、美人によくあるチヤホヤ慣れのお高くとまった傲《おご》りがちっともないと見える。本物の、気品だね。犯し難いが縁ある慕情の声にはまるで野性のように敏《さと》く応《こた》える御身《おんみ》だよ。甘えるより、甘えさせて安心顔を御覧になるのがなによりお好きなお人柄。御幼少の砌《みぎり》より、いつも決まって弟君か妹君の手を引いて、元気に遊んで楽しく学んで大きくおなりのお姉さんではないかとね、そんなことまで思ったよ。そしてこれはちょっと解《げ》せんが学校の、匂いがない。現役もちろん社会人もなかなか抜けない匂いだろ。不登校なら不登校でかえってきつい学校臭があるもんだ。ちっともないのはどうしたわけだ。現代《いまどき》そんなのあり得るか？　それよりも……

御入店のその時に、スカートが、紺色なのにぱッとまるで稲妻みたいに紫色に閃《ひらめ》いた。朝顔だ。つながってる。何か深くつながってる。」

「紫式部は『幻』で、長い長いあの物語を終わらせた、はずだった。源氏はあそこで死んでるよ。だってなにしろ紫の上が亡くなった。ならば源氏も消えるはず。巻名だけの『雲隠《くもがくれ》』があったって？　冗談言っちゃあいけねえよ。そんな野暮をやるもんかい。長い長い幻でしたよ幻と、作者は笑って言ってんだ。ところが周囲《まわり》が許さねえ。その幻は幻術師のことでしょ？　だったらさ、と逆手《さかて》に取られて続編続編ぞくぞくするわよお書きなさい、と言われ言われて岩の腰を上げたんだ。ところがようやく筆を執ったらこれがなんとヘタクソだ。驚くにはあたらねえ。スポーツ選手を思えよかし。休めば一気に落ちるんだ。しかしやがて勘が戻れば休んだ分、かえって前より深くなったりするもんさ。宇治十帖。あれはなんとも不気味だね。

あの十帖に総題つければそれこそあれだ『雲隠《くもがくれ》』——読めば読むほど胸に沁《し》みるは源氏と母の不在だよ。つまり作者は知らずになんと近代文学やってんだ。作者としては終わらぬ末世と思うほかはなかったろうがおそらくぞッとしたはずだ。深まる筆致に導かれ、悦に入ってはいたけれど、私は気枯《けが》れを書いていた。私は死ぬ。しかしね——と作者は北叟笑《ほくそえ》むんだよ。精魂込めて不在を書いてこれをまるで終わらぬ世界であるかのように終わらせれば、かえって際立つものがある。思い出さ。祭のね。思い出が、万世《よろずよ》に、宇宙の正体暴露する。無時間即《すなわ》ち無意味が宇宙。慕情がなければ美もねえと。我らがお国の文学に、いや我らがお国の万世《よろずよ》に、睨《にら》みをきかせて私は生きる。源氏と共に。源氏と母。源氏と私。

なんてったって『幻』前の『御法《みのり》』だろ。五十四帖中、あれこそ稔《みの》りだ最高至極のあの場面。源氏と夕霧、父と子が、紫の上の死顔《しにがお》に、見入るという——たまんねえな美しい！　祭がすべて。祭が真《まこと》。祭が本元《ほんもと》。日常なんざ仮の世だ。作者はおどけて出家にこだわるふりをするが知ってんだ。出家も在家もあるものか。文学こそ——浮舟を、憂《う》しの宇治に派遣する。あれは特殊工作員。密命は、この物語をぶった切れ！　しかも余韻縹渺《ひょうびょう》と。後《のち》に歌人が次のような歌を詠《うた》う余韻であれ。

　春の夜の　夢の浮橋とだえして　嶺に別るる横雲の空

誰か言っていねえかな、この一首の眼目《がんもく》は、最終巻名『夢の浮橋』なんかじゃねえし別るるでも横雲でもねえんだと。嶺なんだと。歌人は『源氏』五十四帖読後におおっと嶺を見た。睨《にら》みをきかす嶺を見た。これぞこの、と随喜の涙を流したはずだ。もちろん未来を歌人は知らんがこの嶺は、源氏と母、源氏と私の世界を守って平安王朝滅ぼして、北条足利徳川幕府を滅ぼして、帝国日本滅ぼして、そして……」

「そして昨日《きのう》三度目は、外套《コート》だったよ紺色の。今度は夜が閃《ひらめ》いた。濡れたように光沢《つや》ある冬の夜だった。暦《こよみ》だよ。ジリジリジリジリ歯車が、満《まど》かな月と火事を呼ぶ。――お待ち申しておりました――外はうっとり赤みのさした日向《ひなた》でさ、夕映え前の一時《いっとき》なごんだ赤みでさ、それを背後《うしろ》に引き連れて、ベルトをぴちッとお決めになった粋な外套《コート》の男装めいた女らしさにああ冬だ、と思ったね。我身《わがみ》の中に燃ゆる火あるのを人が知るのは冬ではないか。我身《わがみ》を我身《わがみ》と知る前の、幼い頃は母だった。ぼくははッとしたんだよ。令嬢は、おそらく疾《とう》に母上を、失《な》くされてる。弟君か妹君は姉上に、救われた。幼い母に救われた。冬の夜――お姉ちゃんと一緒に寝ると湯舟のようだ。雪の肌はあたたかい。お姉ちゃん、もう寝たの？　月の光がほほえんでる。どこかにきっとお母さんのお日様が、隠れてる。だからこんなにあたたかい。お姉ちゃん？　やがていつしか眠り込めば久方《ひさかた》の、光のどけき春の日に、桜《はな》の下にて姉と一緒に遊ぶ夢。

散るのもまた、楽しからずや未来《このさき》の、祝い歌。怖《こわ》いものは何もない。

やっぱり思うよお血筋の根の国は、雪国ではあるまいか、福の火を呼ぶ令嬢の。雪の富士を描《えが》き込んだ紫色の朝顔を、御覧になってお耳を澄ましていらっしゃる。御身《おんみ》を見つめていらっしゃる。

慕情の君よ教えてやる。昨日《きのう》はな、薄い黒のストッキングをお召しであった。ひょっとして、お前がそれをねだったのか。ただでさえ、見ても見ても決して見飽きぬ御《お》御足《みあし》に、それはもう……、しかもな、黒い靴の踵《かかと》はさほど高くはないが鋭い切れがあるものだからよりいっそう……、慕情の君よぼくはやめたよ盗見《ぬすみみ》を。眼を閉じた。腕を組んで居眠りのふりをした。背筋が伸びていたんだよ。だから自然《おのず》とそんな形になったんだ。安心しろ。お前にしか犯せない。お前には、いのちを賭ける義務がある。果報者か犠牲者か、わからんが、どっちにしても男冥利に尽きるよな。ぼくは礼を言いたいよ。この齢《とし》で、ようやくに、信じることが出来たんだ。守るべき、死守すべき、高貴は確かにあるんだと。ぼくにはもう、悔恨だが、慕情の君よぼくは心底《しんそこ》祈ってる。成就せよ。いのちを賭けて犯すことが守ることだよ高貴の恋。」

「何千年、いや縄文だけでも万年か、長い歴史のうちにはさ、悲惨な時代もそりゃあったに違《ちげ》えねえがこんなに慕情が裏で泣いてる時代があるか？　民の竈《かまど》がこんなに栄えて慕情がこんなに裏で凍《こご》えて泣いてる時代があったかよ。紫式部は見てられねえ。

まるで優しい姑《しゅうとめ》みてえにやむにやまれず嶺を降りて道行く女に声かける。ねえあなた？　――しかし誰も振り向かねえ。男は知らぬふりしてる。なにしろ保身に汲々だ。『源氏』がこんなにもてはやされて『源氏』読みの『源氏』知らずがこんなに蔓《はびこ》る世もねえよ。空前の、裏切りだ。今に見ていろ滅ぼすぜ。睨《にら》みをきかすあの嶺が。世直し噴火は必ずある。八百万《やおよろず》。くっふっふ。」

「眼を閉じて、ぼくはつくづく思ったよ。お声を、聞いてみたい。なろうことなら子守歌。それも意味があるような、ないような、呪文のような歌詞がいい。慕情に応《こた》えて熟した御身《おんみ》の肌が奏《かな》でる呪文《じゅもん》のような歌詞がいい。柔肌《やわはだ》の、湯舟が奏《かな》でる子守歌。そもそも慕情が呪文だよ。子守歌は、返歌だよ。あなたの声、ちゃんと聞こえていましたと。

無時間即《すなわ》ち無意味が宇宙かそのとおり。つまり宇宙の本質は、美なんだが、慕情がなければ美もないか、確かにそうだ。そうなのに、正体暴露をこんなに恐れた時代があるか。生死がひとつになることを、こんなに疎《うと》んだ時代があるか。祭から、信管抜いて人畜無害の親睦会にしちゃったよ。日常即《すなわ》ち仮の世なのに不朽の持ち家みたいなふりをしちゃったよ。若さにまかせてわめき散らした記憶《おぼえ》もあるしそういう力が時代をどんどん繁栄させもしたんだろう。しかしね、顧《かえり》みれば我らは男女共謀して、正体暴露を徹底的に弾圧したんじゃないのかい。若い頃は気づかなかったが我らの時代の核にあるのは口裏合わせの保身主義ではなかったか。なんだって？　民主主義？　平和主義？　保身の不様《ぶざま》な言い逃れ。みんなでわめいて紛《まぎ》らした。今やもう、余裕ありげにわめきもしないがなんだって？　国際貢献だ？　この手の保身の口裏合わせが習慣《ならい》となって我らはすっかり性根《しょうね》が鈍《なま》ってしまったよ。若いやつらの発音なんざ訛《なま》ってる。はっはっは。当然だ。我らは受け継ぎ伝えることを放棄した。なぜならば、我らの時代、母国語こそが敵だった。なぜなら母は美しい！　我らは慕情に無視《しかと》のいじめを喰《くら》わせて、子守歌を、酒場ならぬ懐《なつ》メロ墓場に葬《ほうむ》った。保身のためだ。美こそ我らの敵だった。そして誰もいなくなった。生きることも死ぬことも、さっぱりわからん醜い時代になっていた。どうか許していただきたい。そしてどうかお聞かせ下さい美しい、御身《おんみ》が奏《かな》でる母国語の、子守歌を。」

「いずれ嫌《いや》でも聞こえるさ。一杯やろう。さあ行くぜ！　すぐそこだ。」

「そうだよな。遠くない。」

瀬を早み、岩に堰《せ》かるる瀧川の……

〇

酒は仕切りか七五三《しめ》縄《なわ》か、その酔い限りの口癖めいた鼻歌あり。

今夜《こよい》の酒はぬるめの燗《かん》で雨あめ降れ降れふれ演歌の節が口をついて鼻にかかってもっと降れ、と詠《なが》めるはずがなぜか決まって割り込むように母さんが、と続いてしまって東雅堂は苦笑した。これが今夜《こよい》何度目かの、蛇目傘《じゃのめ》でお迎えうれしいな——お迎えか、と酒もちょっと苦《にが》くなる。深くなる。果たしてこれは本当に、童謡なのか動揺するぜ御同様か芳雲堂、と幼馴染《おさななじみ》の顔を見れば虚空《こくう》を見つめて薄笑い。あれあれあの子はずぶ濡れだ。

濡れてはいないが芳雲堂は昨日《きのう》のことを思い出して一人であった。話さなかったことがある。

三度目の、後姿を見送った、しいんと静かな火事待心《かじまちごころ》に来たぞ今ぞ子供達。天使だと？　大神さ。あはれ絶滅その名もむなしき日本狼《おおかみ》の、遠吠え姿が思い浮かんでなき声が——一人の子供が泣き出して、ポロポロ噴き出す熱くてかわいい涙の粒も見えそうに、吠えるか天に泣き出して、つられて一人、また一人、次々伝染出所《でどころ》同じと勿論《もちろん》知るも各地に潜《ひそ》む隠れ狼《おおかみ》いっせい蜂起の錦声《にしきごえ》かと自分も勝手に子供に戻って聞き耳ときめく輪唱が、時に乱れ時に重なりやがて大山やがて大波どッと崩れて息を継いでまた輪唱、山波うねってまた大波がやがて赤富士やがて波裏雪子《ゆきんこ》富士がちらと見え、芳雲堂は腰が浮く。火事も見たいが消防車——と誰かの声が眼の前を、掠《かす》めていって初冬の夜気《やき》が風とそよいで鼻の奥にすッと通って初めて自分が店先に、立っていると気がついた。満月か。歩き出す。もどかしく、野次馬走りに小走りゆけば頭灯《ヘッドライト》が鼻の奥にすッ、すッ、ときらめき透《とお》って鼻の先には尾灯《テールランプ》がどいつもこいつも眼をひん剝《む》いて唖然《あぜん》と輝き滞《とどこお》る。行手《ゆくて》に仰《あお》ぐ高楼《ビル》の谷間にゴジラがぬっと顔を出せば絵になるな、と思ったはずみに足がちょいとよろけたが、一気に夜空を煮染《にし》めたような湯殿響きの泣き声に、騒音小音《ざわおとこおと》は冴え返り、よろけて舗道を躙《にじ》った音まで高楼《ビル》の壁の染《しみ》が聞きつけニヤリとした。あそこに染《しみ》があったとは。あの窓あの部屋あの天井の螢光灯、ただただ明るく知らぬが仏、消された窓こそ眼のない眼鏡の面《おもて》を思わせ今にも火影《ほかげ》を映しそう。

見馴《みな》れ身馴《そな》れの四辻《よつつじ》が、ぬっと出た。靖国通りも白山通りもこの四辻《よつつじ》の今を認めているのだろうかヤバイ気配が覗《のぞ》いている。四辻《よつつじ》が、生《なま》である。ぬっと出た。見馴《みな》れが飛んで身馴《そな》れがそいつをしっかと見た。靖国系とも白山系とも何ともつかぬ別物が、御輿渡御《みこしとぎょ》でも待つかのように車の流れを顎《あご》で捌《さば》いているのである。満月の、息のかかった薄影《うすかげ》よ。火事に青む四辻《よつつじ》よ。主《あるじ》気取りの人間どもは気づいていないが人間どもを乗せた車は人間どもを忘れてそいつに従って、おかしいほどにかわいらしく、前ゆくお尻にくっつき列《つら》なり急いだり、止められ淀んで騒ぎたいのに畏《こわ》くて黙ってまじめな顔してそいつをじっと見つめたり。信号の、立場がない。すっかり浮き足立ってしまって我を失いそいつに合わせて汗か涙か色あたらし。浮き足立った信号は、美しい。

やがてバカになるのである。そしたらもっと美しい。その時は、あっという間《ま》にやって来た。そいつがおおっとふり向いた。芳雲堂もふり向いた。壁の染《しみ》も消された窓も群衆《ぐんじゅ》の影もみんな一緒にふり向いた。灯《あかり》の窓の瞳も動いて信号だけが取り残されてバカになって車の数珠《じゅず》もキャーキャー言って岸辺に寄って雨宿り、いや火事宿り。消防車が、やって来た。

高楼《ビル》の谷間に湯殿響きの夜空が落ちて錦《にしき》のこだまが瀬を早み、滲《にじ》む光の輝きまたたく冠星《かんむりぼし》もけたたましく、キヤキヤキヤキヤどおっと鯉《こい》が躍り出た。横腹見せて翻《ひるがえ》る。冠星《かんむりぼし》は回転灯、キヤキヤが、高楼《ビル》の壁には走馬灯の馬となって次々走ってペロリペロリと舌のようで馬ではないぞあの影は――人間どもに抗《あらが》うには、素直過ぎて美し過ぎて絶滅せざるを得なかった、狼《おおかみ》さ！　害獣だ？　大神さ！　――ここではない。この四辻《よつじ》の弟分か妹分かちょいと南の小通りへ。東はすずらん通りといい、西はさくら通りといい、だったらやはり妹分かそんなことはどうでもいいが今回は、桜であったよ紅葉錦《もみじにしき》の鯉《こい》の車体の窓に閃《ひらめ》く銀色男は火消し男の火事場装束《しょうぞく》まるで深更《よふけ》の満月装《しょう》束凛々《ぞくりり》しき龍か恋男《こいおとこ》、花よ花よ炎の花よと勇んで入ってゆくのである。見惚れた群衆《ぐんじゅ》も芳雲堂もはッと色めき緋鯉《ひごい》を追って緋鯉《ひごい》に乗った龍を追って龍に隠れた狼《おおかみ》追って野次馬たちまち小魚《こうお》の群《むれ》。くすぐったいほどみんな同じ足どりなのが芳雲堂は気に入らぬ。誰《たれ》ぞ知る、福の火を呼ぶ令嬢を。

意地を張ったわけではないが芳雲堂は小魚《こうお》走りに流れながらも外見《よそみ》をした。白山通りを隔《へだ》てて彼岸《むこう》の高楼《ビル》の一階傍《わき》にある、昔ながらの看板絵、十階岩波ホールで只今上映中の映画絵で、文字は遠いが絵は近く、それがなんと龍ではないか。墨絵もどきか渦巻く雲間《くもま》に見よ皓々《こうこう》たる鏡の眼《まなこ》、牙は剣《つるぎ》ぞ三本指が握るは玉。相変わらず、狷介《けんかい》孤高の名作映画をやってるな、天晴《あっぱ》れと、思ったその時どおんと人にぶつかった。眼から火花、鼻の奥に塩辛で、不様《ぶざま》に尻餅《しりもち》ついていた。相手《むこう》もそうならまだしもなのに青年は、細身のくせにびくともせず、あッと自分の右肩越しに尻餅《しりもち》男を見おろすや、肩と腰をサッと開いて所は変えずに向きだけ変える靴の躙《にじ》りの音をきかせて背筋はまっすぐ伸ばしたまま、慎《つつ》しみ湛《たた》えてすうっと腰で降りて来た。紺の外套《コート》の裾《すそ》がおのずと片膝捌《さば》きに左右に分けられ両手が静かに膝に乗って窺《うかが》う顔《おもて》は恐縮しながらその声まことに冴えざえと、

「失礼ッ――」

令嬢も、同じ色の外套《コート》であった。騒ぎが奥に遠ざかる。

青年は、流れに逆らうわけではなく、むしろ流れに真横を見せてかわすように通りに向かって彼岸《むこう》を眺めていたらしい。つまり肩にぶつかった。失礼無礼は外見《よそみ》の自分と今では形が思い浮かぶしひょっとしたら同じ絵を、と妖しく胸が高鳴るけれどもその時は、なにしろ舗道に尻餅《じべた》なんざ例にもあらぬことなれば、胸も飛んで世界一変ほ

とんどなにか裸であった。満天の、星を仰《あお》いだ恐怖かな。そこにすうっと青年の、顔《おもて》が降りて来たのである。その声まことに冴えざえと、失礼ッ——満天の、星を仰《あお》いだ恐怖を呑《の》んで皓々《こうこう》たる鏡の眼《まなこ》、牙は剣《つるぎ》ぞ三本指が握るは玉——オトナ盛りの諸般の事情をまだ知らぬ、甘っちょろい顔《つら》だがしかしまなざしが、きりっと深く澄んでいた。

モーツァルトが好きそうな……

「失礼しましたお怪我《けが》は、」

ありませんかと言われる前に芳雲堂は思い出すたび自分を殺してやりたくなるが無言のまま、片手でその、ありませんかを振り払って勢い込めて立ち上がって小魚《こうお》に戻って不様《ぶざま》に逃げた。畏《おそ》れというより嫉妬であった。青年は、片膝立ちの凛々《りり》しい姿をそのままに、うろたえず、自分の左の肩のあたりを見つめるように伏目《ふしめ》になってかなしそうに見送った、と思えてならぬ。

「進まねえなおい飲めよ。」

東雅堂がお銚子を、延べて来た。

「これから進む。どんどん進む。」

あの青年ではなかろうか、令嬢の、高貴の恋のお相手は。

第三部　日野家の方へ

一

四度目の——

月みちて、椅子がキュッと音を立て、美少女巫女《みこ》が立ち上がる。

「火事よッ。」

富士の火口の写真の真下、指で富士を作る女の声だった。二人っきりの沈黙《しじま》に巻きつく蔓《つる》を弦《つる》と引っぱり爪弾《つまび》く声だった。ブーンと鳴って静まると、その指で、窓を開《あ》ける。胸を傾け伸び上がる。黒の徳利《とっくり》セーターに、黒の短いスカートきわどく太腿《ふともも》ほおっと腓《こむら》はほんのり東雲《しののめ》ぐらいの明るみ浮かべる黒は濃目《こいめ》のストッキングの少女らしさに女らしさを伸ばしきって背を反《そ》らし、白地に紅《あか》い斑《しぼり》の蝶《ちょう》に後姿の谷筋《たにすじ》見張らせ踵《かかと》のさほど高くない、黒い靴のつま先かれんに苦しめて、窓を開《あ》ける。颯《サッ》と十二月《しわす》の宵の口。机に落ちて立ったと思うと椅子の男の顔をなぶってそのまま机と男の狭間《はざま》にまつさかさま。隠《こも》るぬくみを締め上げる。寒いのに、出汁《だし》の効《き》いた年の瀬の、紅《あか》く誘《いざな》う香《かおり》が沁《し》みる。寒空重い岩戸の前に押し詰まった人気《ひとけ》の鍋がごたごた煮えて湯気の手先が来い来いと、この中へ、落ちよ狂えよ乱痴気騒ぎの自棄《やけ》こそ真《まこと》の禊《みそぎ》なるぞいざ来いと、沁《し》みて聞こえる香《かおり》がいかにも十二月《しわす》の宵の口である。火事よッ——今夜、満月。

放火《つけび》ならず大事《おおごと》ならずもかえってその、放火《つけび》ならずが暦《こよみ》を定めて三度と続けばさすがに顔色《かおいろ》ちょっと変えた噂《うわさ》の町は凩《こがらし》の、表にさざめく火の用心も火の明神と聞き違え、お約束の苦笑《にがわら》いの裏で真顔《まがお》が埋《うず》みの火、忍ぶれど、色に出《い》でて誰の口か誰の耳か噂《うわさ》が噂《うわさ》の胸の底にかッと熾火《おきび》の風冴ゆる。だから町の賑《にぎ》わいに、今年の十二月《しわす》はことさらなにか腰のすわった力があると日野さんは、楽しそうに静かに言ったものである。

「お嫁さんでも来るのかね。うっふっふ。めでてえな。」

事務所内《うち》は不忍《しのばず》の行けいけで、白井君がマジな顔で龍さん来てから始まりましたねこの火事は、とネタをふれば原田君がいよっと拍手《かしわで》ひとつ打って「舟龍《ふなりゅう》火事」と命名し、すかさずこれをちょいとひねって小林君は「ボーテン火事」とはしゃぎやがる。

「某日某所某店にて、傍点火事を相勤め申し候《さうらふ》。」

「どんな火事やねん——上方弁《かみがた》は便利だね。」

「逃げるな龍さん。」

「そうだそうだ白状しろ。」

と言われりゃこっちも即興で、

「白状します。実は目撃したんです。火事の前日たそがれ時、成田文具店の店先に、娘が一人たたずんでる。なんとはなしに見ていると、右手をすうっと伸ばすんだ。そしてね、店の内を指さして、チョイ、チョイ、と傍点双《ふた》つの仕草をした。おそらく火事の予告だね。予知能力。誰だと思う。齢《とし》は確か十七だ。」

「私？」

と雪洞声《ぼんぼりごえ》がやわらかく、右手の先を胸と喉《のど》の間《あいだ》のあたりにそっと置いて私？

「記憶《おぼえ》はないけどやったかも。私、ちょいちょい狂女になる。」

と悪のり玉のり玉依姫《たまよりひめ》。龍一投げた玩具《おもちゃ》の爆弾受け取って、少しもあわてず持ったまま、むしろ胸に抱き込んで、私？　――ポンと鳴る。爆弾は、女首《たまゆら》だった。

「おいおいみんな黙るなよ。ここは笑う所だろ。」

と言われて壁側三名は、ほどけたようにさざ波笑いを浮かべはしたが一風《ひとかぜ》たちまち潮《しお》引いて、干潟に貝がきらきら光る。瞠《みひら》く光が隣を見よと言っている。え？　と気づいてふり向けば、待っていたのは玉依姫《たまよりひめ》の指先で――チョイ、チョイ、チョイ。

松浦さんの不在がちは日野さん倣《なら》いか仮職連《バイトれん》の仕事ぶりに日野さん流のひねくれ心のひろびろ明るい面白さと、なま煮え仕事をひどく嫌う松浦さんの鬼流が、かえってともどもゆき渡り、細工は流々《りゅうりゅう》仕上げはいつでも御覧《ごろう》じろ、と抜打出社《ぬきうちわたり》の鬼を恐れぬいっぱし職人《たくみ》の気構えあり。もっとも必ずひとつやふたつは蹴っ飛ばされてしまうのだが、それもまた、楽しからずやムキになって嬉々として、直しに入る。とこんな気風の仮職連《バイトれん》が誰よりやたらに蹴っ飛ばされる龍一を、やがていつしか一座の長《おさ》と見《み》倣《な》すようになったのは、宜《むべ》なるかなと言うべきか、蹴りの女王が後見《うしろだて》、当初《はじめ》のうちは秘《ひそ》かな嫉妬もあったらしいと依子嬢に教えられてびっくりしたが暢気《のんき》な男の幸いで、知らずに鬼火は通り過ぎていまではみんな龍さん龍さん時にはおどけて「お頭《かしら》あ」――で一座はどっと盛り上がっていよいよ仕事に弾《はず》みがつく。依子嬢は嬉しそう。みんなの前では舟橋さんと言うを崩さず言葉少なも変えないけれども依子嬢が嬉しがれば一座も嬉しくあたたまる。思えばその、お頭《かしら》あ、の嚆矢《はじめ》の口は依子嬢に他《ほか》ならず、ただしたった一度だけ。ところがそれが一座の気風の花となって折りおりみんな争うように胸のポッケに挿《さ》したがる。日野さんまでがそ知らぬふりして胸にそれを挿《さ》して来て、笑いのツボ突く洒落心《しゃれごころ》。さればである。鬼と巫女《みこ》の間柄《あいだがら》はむずかしいから一座の智慧は龍一を、長《おさ》と見倣《みな》しているのだとも。

人間どもを蔑《なみ》するような凄い眼が、常に一座の背筋を照らして邪《よこしま》を、許さない。くふふふふ、くふふふふふ、と胸で笑うあの声が、部屋いっぱいに龍一の、男を立てて嬉しがる。富士の火口が艶《なまめか》しい。鬼と巫女《みこ》はむずかしい。龍一と、二人っきりになった時の依子嬢の言葉たるや松浦さんに厳しくて、あの声なのにあの声だから恐ろしく、「蹴っ飛ばして拾うのね。身にしみついた悪い癖。ううんきっと生れついての性《さが》なんだ。十八ぐらいで死ぬべき女が死なないで、母になっちゃいけない女が母になって息子さんを十八で、死なせたよ。私は顔も知らないけど、腹違いのお兄さん。生きていれば二十八。二十八！　龍さん行っちゃいけないよ？　あいつはね、死んだ人と生きてる人の見分けなんかつかないの。つけないの。夫と息子の見分けもね。夫と息子と龍さんの、見分けもね。蹴っ飛ばして拾えばみんな自分のもの。ガキっぽいのよあのオバハン！　死ぬべき時に死なないから、異常気象になっちゃうの。」

依子嬢が退学しないで最終学年迎えてやがて十八歳に満ちたならばどんなことが起きているかと龍一は、久しぶりに依子嬢の水兵服《セーラー》の姿を思ってたまゆらせつなくどきりとしたが、

「松浦さんが十八ぐらいで死んでたら、依ちゃんも、生れてないかも知れないよ？　お父さんとお母さんの御縁は言わば松浦さんがいたからこそ、」

「私も取材に同行したい。あいつ色々しゃべるのね。恩人よ。憎むべき、恩人よ。仇敵《かたき》だわッ。」

「かっこいいな。」

「いいでしょ？　仇敵《かたき》を呪《のろ》って仇敵《かたき》のお蔭《かげ》で龍さんに、会えたことを感謝してる。」

手引きしたのは別の人。それには触れず、

「だったらぼくも感謝しなくちゃあのオバハンに。あっはっは。」

「なんだかオヤジに似て来たね。」

「冗談言っちゃいけねえよ。」

「あははは。くふふふ。……！」

涙ぐんだ凄い眼を、初めて見た。人に告《つ》ぐべきことならず。

鬼は笑う。茶店《さてん》の夕《ゆうべ》。

「来年が、あるかしら。依子あれで十八に、なれるの？　あんな眼で、生きられる？

龍さんよッ。」

「けしかけたってだめですよ。なにかズレがあるんだなあ。松浦さんの独相撲《ひとりずもう》じゃないですか？」

「一人で来いって言ったのに、来ないのね。お相撲とってあげるのに、こほほほほ。依子に釘《くぎ》をさされたね。魅《ひ》かれてる。あんたあの娘《こ》に魅《ひ》かれてる。流れはあの娘《こ》に傾いた。」

「最初から、魅《ひ》かれてます。ただしぼくはあの眼に魅《ひ》かれてるんですよ、松浦さん、矛盾でしょ？　あの眼は真澄《ますみ》の鏡です。すべてをうつしてすべてを拒《こば》んでいるんです。ぼくに何ができますか。あの眼はぼくを慕ってなんかいませんよ。」

「声は？」

「声……」

コツーンと来た。

組んだ足を組みかえる、黒い外套《コート》にうねりを生んで動くもの。卓の端《はし》に薄墨色のストッキングの上の足が見えたと思うとそれを乗せた下の足まで傾きあらわれ黒い靴の指をきゅっと縮めたか、投げずむしろ内に引いて床《ゆか》にちょっと横になる。上の腓《こむら》がひしゃげふくらみ明るみまさって骨細《ほねぼそ》ゆえの見かけの細身の内緒話《ないしょばなし》をひけらかしてなおも内緒《ないしょ》と言いたがる。それよりなにより靴がなんと半脱《ぬ》ぎで、こちらの指は上に反《そ》って靴を爪掛《つまか》け踝《くるぶし》そして踵《かかと》にほのめく曙《あけぼの》よ。

「龍さん何か言ってよ。」

「お行儀悪いッ。」

「いい声ね。盗見《ぬすみみ》するならもっと上手におやんなさい。」

相手による、と強がる思いも苦笑苦笑だらしなく。女はおのずと胸を乗り出す形になり、

「依子のあの声やけるのよ。いつもあんたが見えてる声。あんたがそこにいなくても、あの娘《こ》が口を開けばそこにあんたがいる。富士の声がそうだった。くやしいけど、かなわない。

ズレがあるのよそうなのよ。あんな眼で、あの声よ？　すべてをうつしてすべてを拒《こば》んでやがて自分も殺してしまうあんな眼で、恋とは無縁のあんな眼で、あの声よ？　春の桜時《はな》おぼろ月夜に耳をすますとどこからか、聞こえて来そうな声じゃない？　はッとすると桜吹雪《はなふぶき》。いつ見ても、あんたはしっとり濡れてるね。あの声が、いつもあんたをしっとり濡らして見守ってる。あんたしか、いないのよ。だってあんたを濡ら

すためにこの世を世界を生んだんだもの、そんな声。怖《こわ》いの？　しっかりなさい。インテリみたいな薄ら笑いは醜いぜ？　いいこと？　あの声は、別人よ。眼は知ってる。依子のあの眼はあんたの背後《うしろ》に声の主《ぬし》のあいつをいつも見ているの。あいつが見えちゃいけないの。あいつにならなきゃいけないの。あいつを消してあいつになる。依子はね、自分のあの眼と戦ってる。からだいっぱいあの声に、なりたいの。死んで生きてるあの女に、母親に、生身《なまみ》を賭けて勝って自分があいつになる。十七が、十九《じゅうく》に勝つ。あいつになれたら龍さんあんたを虜《とりこ》にできる。だってもう、虹を追うことないでしょ？　引きとめられる。救えるの。救われる。

勝ち目が出て来たあの娘《こ》近ごろ胸の下着がきついのよ？　もうひと息でぷうっとふくらむ。あっはっは。女が見てもほれぼれしちゃう美《き》れいな胸に。いい気味よ。血筋だもの。血筋だからあいつに勝ってあいつになれる。もうひと息。そのひと息はあんたの男の荒くれです。あの娘《こ》のズレはあんたのズレでもあるでしょ⁉　犯しなさい！」

いつのまにやらまつ毛の御簾《みす》が巻きあがり、凄い眼だった。十八ぐらいで死ぬべきだった狂女がここに今十八。

「ふたりでひとつの島になるのよ誰にも決して犯せぬ島。あるべきこの国ヒノモトビトの日本国。こほほほほ。うっとりする。富士を犯して富士となす。」

「松浦さん……、松浦さん？　――日野さんは、」

「あんたにぞっこん惚れてるよ。私も同じ。二人とも、バカなのね。（バカの智慧は後《あと》から）なんて諺《ことわざ》が、あるでしょ？　あはははは。」

「ぼくのズレってなんですか。」

「当事者と、傍観者。」

「思いのほかに月並ですね。」

「満月よ。火事があります四度目の。勝負をかける満月が、やって来る。」

月並と、言った男は月並ならざる梅雨《つゆ》のあの夜《よ》の首実検を思い出していたのである。女首《たまゆら》の、作者は果たして本当に、男だろうか。

火事よッ――今夜、満月。

依子嬢の胸を下から仰《あお》ぎ見る。両手を机の縁《ふち》に突いてせり出し上がった胸だった。気持よさそに眼を閉じて、胸に香《かおり》を吸い込むように耳を澄ましているのである。十二月の宵の口なのに、桜《はな》の散るらんひさかたの、春の光を聞く姿、初夏なら薫る藤色清水の風にたそがれ問う姿、このまま窓外《とのも》に飛び込めば、泳ぐ姿よ夏の朝、夜からあがった露をむすんで紫色にきらめいて、ああ、あなたでしたの。

「なんにも、聞こえないよ？」

「もうすぐよ。耳を澄まして龍さん……、龍さんほらッ。」

と言うなり右手が勝手に動いて龍一の、左の二の腕しっかと掴《つか》む。痛かった。立たされた。引き寄せられた。

「指の力、強いなあ。」

上着の生地《きじ》の岩肌に、めり込む富士の雪形《ゆきがた》か。

くふふふふ、と胸の声も指から伝わり笑いながらも痛く離さぬ指の力は女の母の力のようでしかもどこか幼子《おさなご》で、龍一は、上の写真を見なかった。痛みが富士、こんなにいとしいものだとは。

「まだ？　……龍さんまだ？」

「あ……、聞こえる聞こえる消防車！」

「いい声ね。」

「一台……、二台……、もう一台。もっと来い。どんどん来い。」

「ああ――、いい声ね。」

「うんいいね。消防車って他《ほか》と違う。疾走しながらうっとりしてる。」

「気持いい。」

腕を伝《つた》って耳のほとりにほとめく声。

「どこだろう。」

「道島さん。種や苗のお店だよ？」

「わかるんだ。」

灯《あかり》があったりなかったり、お向《む》いさんが見えるのみ。痛みと声。あえかに刻む依子嬢の息づかい。そして火にゆく連弾《つれびき》の、空を染《し》め泣く恋の胡弓《こきゅう》。

「種や苗の……、あああるね。きっと火のこが散ってるよ。冬に火のこの桜吹雪《はなふぶき》。」

「ああ――、踊場ね。龍さん落書《らくがき》してるんだ。傍点双《ふた》つが火のこになって無数になって桜吹雪《はなふぶき》。」

「浮世離れ同士だね。」

「悪戯《いたずら》なんかじゃないって言って。」

「本気だったよ真剣さ。今だって。」

「あれからずっと妻だよね。」

じいんと沁《し》みて痛みがふっとやわらぐと、腕は女の片胸に。

「ちょっと大きくなったのよ?」

灯《あかり》があったりなかったり、お向《む》いさんが見えるのみ。反転図形に男の惑《まど》い。あえかにさする依子嬢の指づかい。そして火にゆく連弾《つれびき》の、空を染《し》め泣く恋の胡弓《こきゅう》。ちょっと大きくなったのよ?

「知ってるよ。夫だもの。」

「舟橋さん、優しいですね。」

はッとして、ふり向くより、肩の後《うしろ》に額《ひたい》をぶつける女の捨身《すてみ》が早かった。白地に紅《あか》い斑《しぼり》の蝶《ちょう》が台風《のわき》の後《あと》のあの日の蝶《ちょう》。

「誰もわかっちゃいないのよ。私だけ。龍さんだけ。」

腕は女の真中《まんなか》に、持っていかれて抱きしめられてやわらかくて指のやり場があやうくて、ぎこちなく、宙《そら》に浮かせはしたものの、たちまち奪われ人差指が探《さぐ》り選《よ》られてぎゅっと握られ女の指の筒井富士。しっとりと、握りながらためらいがちにこちらです、こちらです……

「ここなら大丈夫。」

「依ちゃんいけないよ――、誰なんだ。依ちゃん、いる？　誰――、」

「いい匂いがしませんか？」

「富士山ですか。」

「ここですよ。ここがお山の火口です。龍さんが、恋しくて、恋しくて、どうにもならない朝顔です。露なんか、むすんじゃってバカみたい。見えません？　紫色の朧《おぼろ》月夜に桜吹雪《はなふぶき》。」

「なんだいそれ。――どうしてそれを！」

「気持いいからわかるのよ。窓閉めて。」

「閉めるの？」

「誰も入れない。龍さんだけ。閉めてッ。」

火にゆくもの、空を染め泣《し》く恋の胡弓《こきゅう》が高まりまさっていよいよまさに神保町。傾く男、女も傾く。バチッと窓。写真の近くに空調トロトロ鈍い音。

「背中はあけておきますね。」

「背中――、ぼくの？」

「姉さんが、いますから。」

二

鏡の中はこの世のほかと気づくのは、そ知らぬふりして裏返った文字を見つめた時である。そのそいつ、ゴジラに鯰《なまず》に裸自慢の美女名前、裏が表の見馴《みな》れぬ顔で男を叱る。日覆《ひおい》を降ろせ。

「なんの音？」

「降ろしたよ。」

「私が先に誘ったから？」

「ずっと前から好きだった。」

「いいのね？　どんどん生む。」

しららに降りた日覆《ひおい》の照りに声が見える。重みが見える。握る指の力が見える。せつなくかなしく捨身《すてみ》の女が背中の芯《しん》をずらしてむすぶ別の女の影の歌。うしろの正面サダはもう、雪女、月みちて、花さいて……

日野定子、十九歳。

十年前、母は定子を庇《かば》って死んだ。その時から、声が出ない。

「ずっと前から知ってたような気がするよ。ここに来る、ずっと前から。」

「知ってたね。」

「わかるんだ。そうだよな。お初のあの日は思いがけない美少女と、思いがけない白《はく》髪《はつ》紳士が口裏合わせて（二人です。）（二人だよ。）って言葉の響きが意味深《イミシン》だった。日野さんの、二人には、自分を除いた調《しらべ》があった。依ちゃんの、二人には……」

「嫉妬の調《しらべ》？　依子は定子の声なのよ？　声をたよりに依子は定子になった気で、せめて三月《みつき》のオママゴト。定子は自分をいないことにしていいなんて声なき声で言うけどね、依子がそんな嘘《うそ》を許すはずもない。」

「依ちゃんぼくよりお姉さんが大好きだから。松浦さんのしらばっくれも凄いよな。定子さんにはひとことも触れないで、死んで生きてる十九《じゅうく》の女は凄いよ。」

「あらそおを？　あたってる。」

死にゆく母の玉の緒の、たまゆらに、定子はすべてを受け継いだ。躰《からだ》いっぱい心になった心いのちの根の国女王が末期《まつご》にあッと稲妻よ、ちを突きちを裂き暦《こよみ》をあらため炎の血潮の女が定子に始まった。母にすがって母にめり込む指を見よ、富士ではないか。定子よ聞け、遠く散った我らが一族雪国根《ね》生相生《おいあいおい》の、未来の夫は今十八、定子が生れたその時まさに邂逅《めぐりあい》の富士をひそめた紫色の朝顔に、恋をした。十九《じゅうく》の定子に恋をした。巣立ちである。生みの母の胸から巣立ってその子は抜身《ぬきみ》の男になった。そして年月《としつき》重ねるうちに男の悟りよ我恋《わがこい》は、我を身籠《みごも》るその前の、十九《じゅうく》の母にきわまれり。定子よお前は生れる前に既に夫を生んでいる。やむにやまれぬ血筋の思いと知ってか知らずかこの男、あらゆる意見や理論や解釈や批評のもとに理想と幻滅とが乱れ合う人間《オトナ》の複雑に加工された世界に、抗議して立ち上がらんと今十八、お濠端《ほりばた》、皇居の空に富士を描いて十九《じゅうく》の定子を慕《おも》っている。

「十八の、十二月——、中旬《なかば》だったよ大学受験の下見に初めて上京した、あの時だ。桜田門から半蔵門へとお濠端《ほりばた》のそぞろ歩きに皇居を眺めていたんだけど、遠く見える皇居の土手のその上の、木立木立《こだちこだち》のその下に、雛形《ひながた》みたいな石垣見つけてぼおっとした。赤茶けて、いかにも古くてだけど小さく隠れるようにさりげなくてだからかえってそこだけ裸に見えてね、ああ江戸城、って思ったよ。皇居以前が確かにある。ところがね、面白いんだああと思うそのあに、初めて天皇《みかど》を実感した。未来を含めた歴史がみんな身内に思えてわくわくした。あの時か、あの時に、そんなことが。」

「そうよあの時、あの時から、あなたはずっとお水を注いで下さった。」

水の心を聞く女。自分の声など邪魔である。だからあの時きっぱり捨てた。夏の朝の水と聞こえる男の恋を憧憬《あこがれ》を、すくすく飲んで定子はきらめきああその男《ひと》はこんなにと、朝な朝な目覚めも楽しく育ちゆく。十九《じゅうく》をめざして熟してゆく。

根の国伝《づた》えの稲妻語りにすべてを受け継ぎからだいっぱい賢く育つ富士の女に学校邪魔。商社を辞《や》めた傷痍《しょうい》軍人日野はそれを貴《とうと》んで、定子の学校斬《き》って捨て、日野が石垣日野が濠《ほり》、学校勿論《もちろん》学校がらみの役所の毒牙を防ぎつつ、定子の繭《まゆ》の家《いえ》を守る。かつて日野が富士のために地名《ちな》もめでたく心づくしに選んで買った家である。貧しい画家《えかき》が住んでいたと聞き及ぶ。雪月花を好んで描《えが》いてモデルは妻であったとか。仲良く老いて次々亡《な》くなり売りに出たと話がもう、なつかしく、古いことは古いけれども背筋を伸ばして襟元《えりもと》正して端坐の気品よたたずまい、色も形も味わいも、さぞや夫婦《めおと》の立居振舞《たちいふるまい》美しかったに違いないと日野はひとめで惚れ込んで、解体話もあったというが商社の高級将校日野は手を尽くし、これを阻止して購《あがな》った。月日はめぐりて日野は傷痍《しょうい》軍人で、今や家は定子の繭《まゆ》、これでいい。富士見の家が定子を見る。富士見の家を定子が見る。

炎の血潮の富士の女が水の心を聞きながら、書を読み絵を描き文《ふみ》を綴《つづ》って繭《まゆ》の中の雪月花、やりくり算段てきぱきと、掃除《そうじ》洗濯炊事裁縫それにそれに何もかもが立居《たちい》振《ふる》舞美《まい》しく、繭《まゆ》の家は声なき声のほおっと灯《とも》る雪洞《ぼんぼり》めく。されどまた、隠《こも》りのみ、居《お》ればいぶせみ暇《ひま》をみては海ゆき山ゆき野ゆきに定子は依子を連れて走る泳ぐ歌を踊る元気に疲れて親子三人くつろげば、定子の手料理お弁当は色が形が配置《たたずまい》が味わいが、定子の優しい声である。なんだかお祭みたいだね、と依子が定子の声で言っておちゃめにはしゃげば笑う父がたまらず見上げる空はきらめく涙の海。定子はしっとりほほえんだ。

「燃えながら、龍さん抱いて泳ぐのね。」

龍さんを、と聞きはしたが龍さんが、と聞こえもして、

「もうひとり、いてもいい。」

「依子は今、川の字なんて夢見てる。一度死ぬしかないことも、わかってる。」

「なんだって？」

「皮肉なことよ龍さんに、出会うまでは川の字なんて思いつきもしなかった。恋するまでは。この十年、依子は定子にあこがれ続けて来たんだもの。依子は定子になりたいの。ううん定子でありたいの。依子はね、母も父も姉も自分も失《な》くした子。

外国から、飛んで帰った日野は色を失った。通夜、葬式、こんなこともあるのね、見る見る白髪《しらが》のおじいさん。日野より日野の髪の毛が、定子の奇蹟《きせき》を咄嗟《とっさ》に悟って日野の男を脱《ぬ》いたのよ。賢明ね。祖父のようになることで、日野は定子の家臣になった。

余命を捧げて日野が石垣日野が濠《ほり》。あにはからんや世間は日野に理想的な父親像を見いだした。バカげてる。真《まこと》の父は息子にとっても娘にとってもヤバイ男じゃなくっちゃね。息子に反抗されてこそ、娘に毛嫌いされてこその父親よ。そうでなければ父親なんてそもそもいない。依子も奇蹟《きせき》に打たれてた。日野とはまるであべこべに、生れる前になっちゃった。自分はいない。自分はほんとは生れてない。だってあの時あの場に自分はいなかった。」

世人《よひと》はその場の悲惨《むごき》を思って定子を憐《あはれ》み不幸中の慰めならんか依子の見ずの幸い云々《うんぬん》口にしたがお門《かど》違い。七歳《ななつ》の依子に母の死は、

「姉さんずるい。おいしいものを食べて来た。依子には？　おみやげは？」

同じ血をひく富士の眼は、姉のその身にその場で起きた奇蹟《きせき》をまもなく見破った。姉さん？　――そこにいるのは姉であって姉ではない、古い写真が生身《なまみ》になった少女時代の母だった。姉さんずるい！　依子はどこにもいないじゃないの。

「生れてない。生れてないのにどうして依子は息するの？　どうして涙が出て来るの？　呼べど叫べど揺すれども、定子はなんにも言わないの。言おう言おうとしてるのに、聞こえない。眉根《まゆね》にハの字の皺《しわ》が立って眼には涙が浮かんでる。捨てたばかりの定子だからやっぱり声を出そうとするの。舌の奥まで見えそうに。依子はもう、躰《からだ》いっぱい舌を見つめる眼になって、宙に浮いた自分を賭けて眼になって、とうとう舌

になっちゃった。吸いついた。定子にきびしくひっぱたかれて痛かった。痛いのが、嬉しくて、狂わんばかりに今度は喉《のど》に喰《くら》いつく。定子はあごを上げてね、喉《のど》は許してされるがまま。依子は蛭《ひる》。吸って吸って吸いまくって定子の喉《のど》は真赤《まっか》になった。それを見て、ああ姉さん、って依子は言おうとしたのね。ところが声が出ないのよ。あッと思ったその時稲妻閃《ひらめ》いた。びっくりするほど気持いい、目くるめくほど気持いい、それこそヤバイ何かだった。うっとりして、だるくなって定子の足にしなだれかかってぐったりして、定子の躰《からだ》に卵のように包み込まれて声が出た。あがいて定子と向き合って、姉さあん、姉さあん——聞き馴れない、誰かの声。そうでしょ？　定子は初めて自分の声を外から聞いた。依子は初めて姉の声を内から聞いた。あってはならないことよね。」

「おみやげだよ。定子さんが我身《わがみ》を削《けず》ったおみやげさ。」

「舟橋さん、優しいですね。ふっふっふ。定子は捨てて豊かになる。依子は拾って我《わが》身《み》を削《けず》って来たんだわ？　生れてない、ありえぬはずの我身《わがみ》は定子の声を生きる。我《わが》身《み》を削《けず》って生身《なまみ》の定子にあこがれる。拾った声の灯《ともしび》を、我身《わがみ》に移して我身《わがみ》を削《けず》って灯《とも》し続けて母と姉の奇蹟《きせき》のその場を偲《しの》んで依子は冴えかえる。定子は豊かに潤《うるお》うのに、依子はいよいよ研ぎ澄まされて来たんだわ？」

「人間殺して人を活《い》かす、活人剣かも知れないよ。腰にさしていこうかな、依ちゃんを。」

「そうよね。いっそ剣になれたらね。龍さんあなたの腰のものになれたなら、どんなに素敵なことかしら。無敵よね。くふふふふ。依子のあの、依子のこの、人間どもを蔑《なみ》するような凄い眼は、生れる前の子供の眼。活人剣。生れる前の子供はみんなこんな凄い眼をしてる。胎児をどんなに調べたってわからない。だけど母は知ってるよ。まずは悪阻《つわり》で射すくめられて気づくのね。やがて膨《ふく》れて不格好。そしてなにより陣痛で、からだいっぱい思い知る。人間世界に生れたいって願う子供は一人もいない。だけど誰も母のことを人間だなんて思ってないから力いっぱい生れて来る。人間殺して人を活《い》かす活人剣の凄い眼が、女性人間斬《き》って女を母にする。母と子しかいないのよ。人間なんて醜い病。これを斬《き》って捨てたなら、この世は龍さん傍点双《ふた》つのもののあはれのヒノモトビトの母と子よ。だけどこの世は裏切り者に満ちてるね。だけど赤ちゃんいじらしい。みんなしっかり眼をつぶって生れて来る。あははははは。

我身《わがみ》を削《けず》って定子の声を灯《とも》してその眼は生れる前の子供の眼。ズレどころの騒ぎじゃない。死んじゃう者が出て来たよ。

小学校では若い未婚の女教師が、自殺した。堕胎経験あったのね。依子のその眼が怖《こわ》かった。その上ね、自分で作った選択問題いつもいつも依子だけが全問正解。堕ろした子が、ピタリ、ピタリと指をさす、なんて思ったらしいのね。そしてある日、依子がちょいと言い間違えて先生を、お母さんって呼んじゃった。とどめを刺した。

中学校では同級生の男子生徒三人が、自殺した。年に一人、梅雨《つゆ》時に。三人とも、明朗快活成績優秀美少年。原因不明が教師達を学校を、嗤《わら》ってた。一年生の遺書に云わく。プールが怖《こわ》い。二年生の遺書に云わく。雨がぼくを狂わせる。ぼくは雨と心中します。三年生の遺書に云わく。僕は遂につきとめた。この学校の女子の間に蔓延《まんえん》する、薬物汚染の実態を。一死をもって告発する。抜打《ぬきうち》強制検尿断固実施せよ。──勿《もち》論《ろん》そんな事実はなし。薬物汚染は辛辣な、直観的比喩《たとえ》かも。くふふふ。実は続きがあってね、かわいいの。同級生の日野さんだけは清潔です。検尿実施にあたっては、御配慮を。いのちがけの照れってある？　こほほほほ。

三人とも、依子に恋をしてたのよ。評判の美少女だからそういうことが色々様々ありそうだけど依子よね、告白ごっこの安物なんてとてもじゃないけど寄りつけない。みんな秘《ひそ》かに恐れてた。凄い眼を、言葉が生れるその前あたりで恐れてた。そのくせ授業で依子が朗読したりするとみんなうっとり聞き惚れる。確かにまるで教祖様。くふふふふ。だけどそれが明朗快活成績優秀美少年にはなんとかしなくちゃいけない頭痛の種だった。学級の、学校の、自分が当然支配するべきこの世界はしかし裏で秘《ひそ》かに依子を畏怖してる。みんなの心の急所に依子が君臨してる。悩ましい、ほっとけない、頭痛の種。そこでなの。依子と自分が恋仲だって噂《うわさ》が是非とも必要だ。つきあってるって目撃情報それこそが、統治権の委託を表す賜杯である。なあんてね。悩ましい、頭痛が恋とも知らないで、昔の人なら御先祖様のまなざし感じてこの世に招く恋を知って合掌するとも知らないで、政治家よろしく思惑《おもわく》ひめた三人だけが告白した。

一年生は強気に出た。二年生は泣きを入れた。三年生は手が込んで――勝手に依子の親衛隊を結成してた女子の中の幹部とおぼしきおしゃべり娘を選んでね、なにかにつけて依子の悪口吹き込んだ。目論見《もくろみ》どおり筒抜けだった。誇り高き相手の心は怒りによって思わず城門開いてしまって自分に一点集中してるはずだった。そこで頃合見《ころあい》はからって一人っきりの好機を捉《とら》えて偶然めかしてああ日野さん、言葉の継穂《つぎほ》を探すように机の上で鞄《かばん》の中身をいじりながら気まずい沈黙かためておいて実は相手の逃げ道細く自分の傍《わき》、そこをすっと抜ける間際《まぎわ》の袖を摑《つか》んでちょっと待てよ話を聞け。早口真剣たたみかける意外な真意の告白ね。相手はメロメロ一気に落ちる、はずだった。ところがなんとあにはからんや相手はむごいかぐや姫。無理難題の条件提示が凄かった。夏の朝の水の声を私に聞かせてくれたなら――って言ったのよ。三人とも、同じ言葉で斬《き》られたの。

わかるわね？　依子はいつしかあなたのことを知ったのよ。美《きれ》いに美《きれ》いに育って来た、熟して来た、定子の裸をまぶしく眺めてあなたのことに気づいたの。ほかの誰が言えるのよ。ほかの誰にわかるのよ。夏の朝の水なんて。三人の、坊や達には全く無意味な世迷言《よまいごと》に過ぎなかったはずなのに、三人とも、患《わずら》いつくっていうのかしらすっかり変《おか》しくなっちゃって、人知れず、正直者に戻ったってそう思ってあげましょうよ恋の病で自殺した。」

「だけど依ちゃん罪だよ。自分が自殺の原因だっていくらなんでも二年生ではっきりわかったはずだろ。わかってて、三人目にも同《おんな》じことを言ったのか。」

「ちっともわかっちゃいなかった。親衛隊のお友達と一緒にね、ほとんど物見遊山気分でお葬式に出向いたほど。その娘達《こ》のお祭騒ぎの涙をじっと見つめてた。」

「生れる前の子供の眼で、人間どもを蔑《なみ》するような凄い眼で、故人云わくの薬物汚染の女の涙を見てたのか。ふっふっふ。せめてもの、供養だね。」

「依子に自殺がわかります?」

「ああ……」

「あなたが来た。とうとう隠者がやって来た。来なきゃいいって思ってた。」

「呼んだのは、誰なんだ。」

「誰かしら。くっふっふ。みんなそれと気づかぬふりしてみんなでそれを心待ちにしてるような変《おか》しな気配があったわよ。梅雨《つゆ》時から。梅雨《つゆ》ってなんだか名前からしてお熱があってつやつやぬるい氷嚢《ひょうのう》みたいでヤバイわね、なあんて依子は中学時代の事件の真相知らぬが仏の歳時記顔で言ってたけど、今年の梅雨《つゆ》はいつもと違う梅雨《つゆ》だった。あの定子が、ちょっと変しくなったのよ。日野や依子のいる前で、ぼおっとしてたりするんだもの。あの夜《よる》から——って依子には、思いあたる定子の姿があるのね。

ある真夜中、こんがらがった夢から覚めると隣の寝床に定子がいない。跡《あと》のきれいな寝床の様子が寝覚めの依子に底冷えみたいな寂しさで、胸が騒いで跳《は》ね起きたけどかえって音を忍んで立って素足で階段ひたひた降りる。やっぱりすぐに見つかった。雨戸も何も開《あ》け放った縁側に、定子がしっとり横坐《よこずわ》り。十五の頃までパジャマだった定子だけど浴衣《ゆかた》好みになっててね、その夜《よ》は梅雨寒《つゆざむ》自分で編んだ前留《まえどめ》上着の前を留めずに羽織《はお》ってた。どこからともなく漏れ来る幽《かす》かな町の灯《あかり》はあまねくしらしら足の裏がつつましやかに見えて清潔、ちょっとくねった後姿の美しさ。背中よね。うっとりする。だけど、だから、妬《や》けもする。いつもと違って依子に気づいてくれないの。さやさやしとしと雨の音？　そちこちうなずく葉末《はずえ》の玉水落ちて小岩の黒光り？　古池や、雨の紋はたえまないけど小町の雨でしとやかだから水面《みなも》が薄く硬く見えてどこかの舗道の水たまり？　葉叢《はむら》の奥の灯籠影はどこかの舗道の雨の紋を見つめてたたずむ誰かなの？　定子のお庭が雨の筆の文《ふみ》を解いて遠い誰かの消息纏《まと》っていつもと違うどこかになって依子にちっとも気づかない。だってそこに依子はいない。どこにもいない。そうでしょ？　その人いよいよ来るのね。燃えながら、抱いて泳げばいやでも声が出ちゃうわよ。

今度こそ、置いてかれる。

来なきゃいいって思うけど、思うから、必ず来る。定子の生身《なまみ》にあこがれる、定子の声の依子が来るなと思うはつまり来いでしょ？　来たわね。」

「神保町が好きだから。」

「お社《やしろ》は、富士見だよ？」

「フジミというなら依ちゃんだよ。生れてないっていうのなら。一度死ぬしかないなんて、思う不死身があるもんか。自殺知らずの不死身がどうして身を退《ひ》くような言い方する。」

「恋なのね。生れてないのに恋なのよ。姉さんが、大好きだけど龍さんが、来てからそれが恋の炎になったのね。一度死ぬしかないじゃない。」

「ぼくはね、妻は二人いてもいいいって思ってる。」

「定子は一人。二人といない不二身です。依子は無数。生れる前の無数の子供の悲願を依子は初めて知った。生れる前の恋を知った。龍さん好き。お父さんになってほしい。姉さんから、生れたい。」

三

「ここに黒子《ほくろ》があるわね。背中のここ。真中《まんなか》に。」

「どうして知ってんだ。」

「あたってる？」

「あたってる。」

「見たことないのに見覚えあるって変かしら。いつもどこかに今朝《けさ》見た夢の誰かの背中。いつもの黒子《ほくろ》に眼がとまる。ほっとする。」

「自分じゃ見えない所だね。合わせ鏡はもどかしい。」

「初めて教えてくれたの誰？」

「決まってるよおふくろさ。」

「合わせ鏡もいいわね。どうかすると無限になる。」

「ひとつで無数無数でひとつ。」

どうかすると指から指へこだまする。じいーんと。

十年前のあれがなければ今のこれはなかったはずのあの出来事の稲妻は、年越し冬越し桜《はな》を待って散花《ちるか》の吹雪《ふぶき》の朧《おぼろ》月夜に加害者宅を襲っていた。たちまち全焼そして焼死の骸《むくろ》がひとつ、十八歳。父は日野、母は松浦小夜子である。

（私は惨《みじ》めな敗戦投手。息子まで、黒星よ。）

「奇蹟《きせき》の逆転サヨナラ満塁ホームランとは松浦さん、比喩《たとえ》がむごい。」

「なんのこと？」

「放火だろ。自殺だね？」

「あたってる。」

「十八で、車って、無免許？　――取りたてか。取ってすぐ、殺《や》ったのか。殺《や》るために、取ったのか。ちょっと待て、ドジ踏んでる。庇《かば》って死んだと言ったよな。狙われたのは定子さん⁉」

「恐ろしいのよ偶然だって全く面識なかったそうよ？」

「まさか！」

「だからこそ、松浦さんも息子さんもおののいた。ひと冬ずっと苦しんだ。」

稲妻の、火種が自決の炎となって息子を裂いて飛び出し燃えて逃げる母を嘲《あざけ》り狂って狂い落ちたその家が、母子《ははこ》の家が、かつては父も姿を見せて表札文字は日野と読めたその家が、なんと例の旧街道からほど遠からぬと知って龍一ぼおっとしたが西空燃ゆる影絵富士。風になびく煙のように棚曳《たなび》く幽《かす》かな雲さえ影絵にくっきり見えてあれがそれかと言問《こと と》う指は夕映え染《し》みる息子であろう。父とはつまり稀《まれ》に我家《わがや》を訪れる、福とめぐみの貴客《まれびと》かも、と母の語るお伽話《とぎばなし》を七歳までは神の内のあの世の香《かおり》の棚曳《たなび》く身空《みそら》になんと聞いていたのであろうあれがそれかと言問《ことと》う指。やがて八歳《やっつ》いらいらと、あれがそれかと棚曳《たなび》くものをむしり取ってみればこれが濡れてねばつく毛ではないか黒い気《け》で、稀《まれ》の客が稀《まれ》にも姿を見せなくなって親の離婚は書類の上では父の家出の形を採《と》ったと知った時には鼻で嗤《わら》ったものである。この毛はどっちのものだろう。切れてしまえばよかったものを協定《とりきめ》あって子供に罪はないとかなんとかわけのわからぬことを言って後見役《うしろみ》とて父とは折々節目伏目の気まずい会食御歓談、ばかばかしく、息子にとってはつまりほとんど何も変わりはしなかった。

富士見遷都になんの恨みがあるものか。むしろいよいよ母ぞ都の思い深まる九歳十歳《ここのつとお》、通学は、朝な朝なの都落ちか東国太宰府須磨明石、幸い日帰りそれだけ励みに諦観隠《あきらめ》した作り笑顔のませたガキが大手《おおで》を振《ぶっ》って門をくぐれば教師もなにかと頼りにするほど受けもよろしく早くも女子の物色眼《しょくガン》にねめつけられて十一歳、十二歳、松浦君のお母さんってひょっとしたら元宝塚の男役？　と隣の席から女子の中でも主将格の眼から鼻に抜ける性《たち》の涼しいのが、小声でくすぐる背中に誉《ほまれ》の参観日、かっこいいのね松浦君、だけどどうして隙《すき》がないのか初めてわかった気がするよ？　と隙《すき》を見せる少女心《おとめごころ》のかわいい棘《とげ》にちくちく刺されて生《は》え初《そ》めの、黒い毛ねばつく十三歳、どこかで見たことあるような、と思う指の隙《すき》からするりと抜けて風に攫《さら》われて、たちまち棚曳《たなび》く海抜三千七百七十六米《メートル》、十四歳、真上からの航空写真を雑誌の綴込《とじこみ》付録に見つけて咄嗟《とっさ》にそれがなんだかわからずドキンとしたが富士とわかってふっ飛んで、買わずにいられず買ってやっぱり飛んで帰って自分の部屋に貼ったはいいが天井とは——寝ながら楽しむ天井火口のさかさ遊びにうっとりして、お湯のような眠りに陥《お》ちて天女が胸で背中を流してくれるような俗な夢でも見ればいいのに眼から鼻に抜けるあの娘《こ》の顔が出て、ほおっと口を開《あ》けたと思うと耳まで裂けて顔いっぱいの口になって落ちて来て、びっくりしたがそれよりも、翌日夕方帰宅すると既にそれがきれいさっぱり引っぱがされていたことよ。生れて初めて母を激しくなじったけれども生れて初めて母の生《なま》の女臭い薄ら笑いになぶられ責められれあんた日野にそっくりね。なぜか夢がひっかかる、あの口この口誰の口。十五歳。

口がすべってお前そんなに富士が好きかと父に問われるはめとなり、すべった口も口惜《くちお》しいが思わずまるで少女のように頭《かぶり》を振ってほほが熱くなってしまった自分の不様《ぶざま》さ幼さよ、あわてて得意の片頬《かたほ》の笑《えみ》で逃げたつもりがその顔その顔お母さんにそっくりだ、と追撃くらっていよいよ不様《ぶざま》に幼く苛《いら》つきフランス料理のナイフとフォークにまなざし落として力の入った自分の指に毒づくように富士はいまやゴミの山だそうですね。堕落しきった日本人をバカどもを、大爆発の劫火《ごうか》で焼いてしまえばいい。一億ほとんどバカばっかし、蔓《はびこ》り過ぎた。三千万かそこらにしちゃえばいいんですよ。おのずとみんなしっかりする。国が正気に戻ります――と腹立ち紛《まぎ》れにまくしたてた現代日本批判はそのまま見事に父親批判であった。

そのそいつ、商社の高級将校殿は外ではガキの生意気おおいに貴《とうと》ぶくせに高級店の個室ですっかり内顔《うちづら》さらして苦笑を浮かべて虚空《こくう》を見つめるまねをして、何も知らないガキのくせにと喉《のど》まで出かかる言葉をぐっと呑《の》み込んだ。ゲップが出た。我子《わがこ》の証《あかし》。つられて御子息ゲップ慎《つつ》しむ躾《しつけ》も飛んでゲエップ！　互いに見かわす顔と顔は絞《しぼ》るような大笑いの一括払い。

すっきりしたのか仕切り直しの薄ら笑いも御子息俄《にわか》におとなびて――お母さんは富士を憎んじゃいませんね。あれはむしろ富士に対する羞恥です。憧憬色《あこがれいろ》の嫉妬です。憎むとしたらぼくを生んでしまったことじゃないですか？　ひいてはあなた、お父さん。夫や父は化粧ですが妻や母は刺青《いれずみ》です。針は女の意気地です。「命」と彫《ほ》ってあるんです。妻はまだ自分ですが母は自分を殺して遂に母が噴火の「命」の文字、誰でもない、母の御神火《ごじんか》噴火は女の誉《ほまれ》ですよ「命」の御肌《みはだ》。ところがね、うちのお母さんは本質的に小娘なんですよ。おそらく天職は、女優だったはずなんだ。女優はね、婆《ババア》になっても本質的に小娘ですからね。たとえ所謂《いわゆる》淫乱女であったとしてもそれはいわば遊女的に技芸を磨いているのであって本質的には小娘です。聖女あるいは巫女《みこ》と言ってもいいでしょう。惚《ほ》れ倒そうが出産しようが誉《ほまれ》の刺青《いれずみ》どこにもない。妻失格、母失格。すべては化粧。だからどんな役でもできる。女優とは、本質的に家を持たない家を持てない旅人ですよお父さん、それなのに、あなたは惚れた旅芸人の足を折って家にした。そいつはそいつで旅芸人の「末路悲惨《あはれ》」を嫌ってなんとエリートサラリーマンの奥様なんぞにおさまった。男の優しさ筋違い、女の思惑《おもわく》筋違い。そしてぼくが生れましたよ筋違いの申し子です。はっはっは。

筋違い？　いくら言っても筋子だよ、はっはっは――と将校殿もゆったりと――鮭《さけ》は必ず故郷の川に帰って来る。結婚して、死ぬためだ。場所はどこでもよさそうなもんだがね、必ず故郷に帰って来る。帰郷がつまり結婚なんだよ快感そして死なんだよ。天敵や、事故や病の不慮の死とは全く違う正反対の死があることをどうやらやつらは知ってるね。死力を尽くして死ぬことさ。根源的な美しい逆説道さ生れた所に死力を尽くして帰って死ぬ。そのために、海で鍛えて来たんだよ。死力を尽くして死ぬために、鍛えて来た。鍛えあげて来たからこそ、成就するんだ生れ故郷で生死の結婚まさにその時おそらくは、爆発的な忘我恍惚《こうこつ》エクスタシーの全身噴火があるはずだ。やつらはそれを知ってるね。それがあるから生れて来た。それがあるから鍛えるんだ死ぬために、頑張るんだ生きるんだ。それがあるからやめられないんだ生れることも生きることも死ぬことも。癖になるんだな。はっはっは。しかしやつらはダムの手前で日本人を呪《のろ》ってる。西暦即《すなわ》ちキリスト暦の直線なんぞに便利さ故にかぶれ始めた日本人を呪《のろ》ってる。なにしろやつらは快感炎《ほのほ》に代々めぐる生死生死のいのちの輪、元号そのものだからな。宇宙そのものだからな。やつらは健気《けなげ》な本質論だよ生きてる時に親子はない。親子をつなぐ筋たる絆《きずな》は死だもんな。筋は前後をつなぐわけだがつなぐ力は前後不覚の快感だってことになる。いいか聞け。お父さんもお母さんも子作りなんて醜い言葉でお前を汚《けが》したことはない。快感介して誰もが誰かの生れ変わりということだ。

快感介して滅亡なんてどうでしょう——と御子息ちょっと眼がすわり——ダムがみんな土砂に埋まって瀧《たき》の白糸簾《しらいとすだれ》になって鮭《さけ》が龍を夢見て跳《は》ねるそんな日を、思ってみるなら人類滅亡しいんといい気持。何も生まない何も継《つ》がないスパッと閃《ひらめ》く刃《やいば》の快感花火と爆《は》ぜてすべてが終わる。一人残らず滅んじゃえば善も悪もありません。なんの不都合あるもんですか清潔です。スパッと閃《ひらめ》く最後の世界は夫婦も親子も兄弟姉妹も地縁血縁いっさい無意味のいのち凛々《りんりん》絶対生理の世界でしょうね。電脳進化の極限に、かえってむしろ生理が爆《は》ぜるすべてが終わる。終わらせる。誰もがそれと知らないいまにそっちの方に向かってる。右も左も北も南も男も女もオカマもオナベも賢人愚人天才狂人不具者も何もみんなして、知らずにそっちに向かってる。最終世界は美しい！　これぞ人類希求の徒花《あだばな》あっはっは。——お母さんはそんな世界を暗示してる、凄い女と言うべきです。ちょっと俗な美人画みたいな派手な素顔は素顔が既に化粧になってる美人でしょ。代々の、血の筆描《が》きの文楽人形役者顔。どんな役でもできるんです。ほんとはね、国をめぐる血なんですよ旅の人は旅芸人はめぐりめぐって国を元気にしてたんです。ところが時代は血迷って、一種の民族浄化でしょうかむしろ民族鈍化《どんか》でしょうね安きにつく、両性同意の筋違いの結婚が、血をドロドロに国の宿痾《しゅくあ》の血瘤《けつりゅう》血栓エゴの関、そこでぼくまで生んでしまって御丁寧にお父さんを追い出して、お母さんは最後の世界の暗示になった。お父さん、とりもなおさずあなたのせいですよ。ただし言っときますけどね、ぼくはあなたにそっくりです。

そう言えと、お母さんに言われたか。お前の眼の、その奥に、お母さんがいるようだ。聞き耳立てているようだ。それを承知であえて言おう掟《おきて》破りの度胸はあるか一度こっそり富士を見に来い富士見に来い。協定違反になっちまうがその気があるなら俺が隙《すき》をこさえてやる。罪な野分《のわき》も吹かせてやる。遠目に富士を垣間《かいま》見《み》の、粋《いき》をやって父親《オヤジ》の後妻に恋でもしてみろ焦《こ》がれてみろ。少なくとも、実母《うみのはは》と最後の世界を夢見るよりは遥かにマシだ健康だ。

恋い焦《こ》がれて、二度目に見るのは死顔《しにがお》ですか？　ふっふっふ。夕霧なんて損な役。

現代語訳は言ってしまえばデジタルだ。しかし富士は常に原文。噴火の危険を常に孕《はら》んだ原文だ。死顔《しにがお》にも、火種がある。お前なんざ火種抜きの現代語訳のケータイ光《びかり》で顔を照らしているだけだ。お前自身の火の気はどんどん失《う》せてゆく。そんなだから絶対生理がどうのこうの妄想軍に占領される。

　確かにそうです残念ながらぼくはまだ、現代語訳の『源氏』抄に過ぎません。大学受験の高校生活三年間は原文無理。我慢します。お父さんの母校の大学めざして必死に頑張ります。なあんてね、つまらんオチがつきました。

　あっはっは。まことにつまらんオチだわな！


………


「三年たって燃えオチか。火種はそれこそ死顔《しにがお》……？　見たのかな。日野さんと、松浦さんの、息子は見たのか死顔《しにがお》を。九歳《ここのつ》の、定子さんがしがみついた富士を見たのか定子さんの指も見たのか指ヶ富士、死にゆく母から娘に閃《ひらめ》く稲妻を、息子は見たのかそれこそまさに原文なんだ。」

「まさかね。殺してしまった相手が誰だかわかった時よまさに稲妻閃《ひらめ》いて、盲《めし》いてしまった母と息子よ稲妻は、まるで違う稲妻だった。伝える継《つ》がせる母じゃない。すべてを絶ち切るエゴの関の徒花女《あだばなおんな》の稲妻よ。最後の世界に息子さんは引きずり込まれてしまったの。」

「かくもありえた日野さんなのかも知れないよ。」

「そうかもね。心中を、こころざしたはずなのに、松浦さんは妻は母は逃げたのよ。」

「それでこそ、松浦さんだよすべてはまるで偶然みたいなふりしてさ、北叟笑《ほくそえ》んでる生霊《いきすだま》、きっとそうさ息子をしむけて仇敵《かたき》を倒して息子には、腹を切らせたわけだろ。戦争なんてそんなもんさ。そして何も終わらなかった。永遠の、十九《じゅうく》の女がまた始まったそこにぼくが影さした。定子さんはいま十九《じゅうく》。ぼくの富士は朝顔は、十九《じゅうく》に熟してぼくを待って露を浮かべているんだね。息子はいったいなにものだ。松浦さんとはなにものだ。言いたかないけど恩人としか思えない。そっちにまで、どうもぼくが影さしてる。」

「私たちの恩人は、憧憬色《あこがれいろ》の嫉妬ね。息子さんはそれで死んだ。松浦さんはそれで死なずに生きてるの。あなたを予感してたのよ。日野は奇蹟《きせき》に驚いて、退《しりぞ》いた。松浦さんは前に出た。」

「依ちゃんと、ぶつかるわけだ。むしろ似てる。」

「わびぬれば、いまはた同じ難波なる……。似てるわね。せつないね。」

身を尽くし、澪標《みおつくし》——澪標《しるべ》の首の女首《たまゆら》は……

「来る。来る。狂った女が来るわよ?」

「十八ぐらいで死ぬべき女が死なないで——って依ちゃん言ったけど……」

「近づいてる。ハイヒール、コツコツ鳴らして火事場を見物して来たな。焦《こ》げ臭い。いい齢《とし》して、いやらしい! ああ、痛い。頭、痛い。頭ん中、コツコツ叩《たた》いて歩いてる。」

「依ちゃん……、依ちゃんだね⁉」

四

双《ふた》つの眉根《まゆね》になんともせつないハの字の幼い皺《しわ》の丘が兆《きざ》しているに違いない。

（おふくろが、時々そんな顔をする。）

（あらそおを？　女だもの。）

背中の芯《しん》をずらして女の頭痛かな。女の溝《みぞ》に女がその身をひそめるような頭痛がしかし今は男の肩の後《うしろ》をコツンと打つ。お額《でこ》が打つ。頭痛が打つ。コツコツ打つ。私はここです依子はここ。コツンと打つ。コツコツ打つ。私は依子、依子は頭痛、頭痛は私、私はここです依子はここ。コツンと打つ。コツコツ打つ。お額《でこ》の硬さがいとしく響いて肩がせつなくじいんとなって傍点双《ふた》つがハの字になって飛んだと思うとひらひら翼の群《むれ》になって男の身空《みそら》に綴《つづ》られゆく。やがてピチッとひきしまった黒装束の少女の姿。黒の徳利《とっくり》セーターに、黒の短いスカートきわどく太腿《ふともも》ほおっと腓《こむら》はほんのり東雲《しののめ》ぐらいの明るみ浮かべる黒は濃目《こいめ》のストッキングの少女らしさに女らしさを伸ばしきって背をそらし、白地に紅《あか》い斑《しぼり》の蝶《ちょう》に後姿の谷筋《たにすじ》見張らせ踵《かかと》のさほど高くない、黒い靴のつま先かれんに苦しめて、窓の外の更に窓を開《あ》けていた。夏の朝の水を飲むのかちょっと大きくなった胸。だがしかし、コツンと打つ、コツコッ打つ、コツッ、コツッ、コツーンコツーン十二月《しわす》の夜の満月火事に冴ゆる踵《かかと》の靴音こいつは最後の世界を恋《こ》い泣く松浦小夜子なりけり。コツーンと来た。

出汁《だし》の効《き》いた年の瀬の、女株男株《めかぶおかぶ》の足腰お尻の人間鍋を突き抜けて、コツーンと開幕月光舞台に子供が見たのは確かに間近《まぢか》に生きている、芸人《わざおぎ》の、静御前《しずか》が舞い姿、背筋にぞッと凄いような海か山かの異人めいた美い《きれ》過ぎる姐《ねえ》さんが、追手《おって》を引き受け男を逃がし必死の恋のせつない見得《みえ》を今しもぴたりと決めて眉間《みけん》が悩ましい。見世物小屋の看板だの、観光地のちょっと卑猥《ひわい》な蠟《ろう》人形だの言うなかれ。子供はかッと惚れていた。そして見よ、わけのわからぬはずかしさに、真紅《まっか》になった子供の顔に眼をとめて、姐《ねえ》さんは、形《かた》も眉間《みけん》もそのままに、まなざしだけが媚《こ》びを忘れて、

（どうしたの？　母さんは？）

（人間世界に生れたいって願う子供は一人もいない。だけど誰も母のことを人間だなんて思ってないから力いっぱい生れて来る。）

（私って、教祖様？　バッカみたい。死んでも嫌《いや》。いっそ狂女がいいわね。ザンバラ髪に着物はゾロッと着崩して、なんの木だか枝一本、肩にかついでぽおっとして、どこからともなくふらっと街にあらわれて、人に出会えば口遊《くちずさ》む。〽うしろの正面だあ

ーれ。）

（保護者だね。あっはっは。）

（守護者です。）

靴音まにまに綴《つづ》られつつ、お額《でこ》の打響《こだま》は肉坂《にくざか》あがりに肩から首筋こもりぬくもり雨催《あまもよ》いの雪洞声《ぼんぼりごえ》に列《つら》なり灯《とも》っていたけれども、やがてのことに耳のほとりにあッと散って花びら一枚つつつつつッ、

（龍さん好き。お父さんになってほしい。姉さんから、生れたい。）

つつつつッ、と花びらきりもみ宙《そら》を水中《みなか》とそぼろに刻んで沈む散花《ちるか》の水底《みなぞこ》かなし。握りしめて汗ばんだ、指を離して別れを惜しんでつつッとやってしかしたちまち隣の席に頬杖《ほおづえ》ならぬ顳顬杖《こめかみづえ》、ずっとそうしていたかのように指は孤峰の頭痛を支えて富士は静かに頑固であった。悩ましく――

悩ましく、噴火したのはむしろ松浦小夜子であろうただいまあと扉が開《あ》くなりむうっと部屋に紅《あか》い追風《おいかぜ》きつい酒気《さけっけ》火の息で、美少女巫女《みこ》の予言《おさとし》あれば御入来には驚かず、されど噴火の息に驚き龍一は、そちらに顔を向けたけれども酒豪がいったいどれだけ飲めばこんなになるのか呆《あき》れる前に腹立つ前に加齢《とし》の醜さ見つける前に静御前《しずか》に出会った子供が瞼《まぶた》を伏せていたのである。そこに靴。黒い靴の高い踵《かかと》の先を床に突き立てて、靴の裏を見せてぷらぷら不良《わる》っぽい、海か山かの異人めいた美《きれ》い過ぎる姐《ねえ》さんの、

黒の外套《コート》に薄墨色のストッキングがこちらは見慣れた黒装束だがぼんやりかすんで瞼《まぶた》の端《はし》、素早く足をこじ入れて、瞼《まぶた》の裏に姿をうつしているらしい。内に開いた扉に背を投げ仰《あお》ぐは富士の火口かな、航空写真の額入りを、撃墜したいか火の息荒くまつ毛の御簾《みす》がとろんと無頼に垂《た》れ反《そ》りあがって眼《まなこ》は据《す》わりて呪《のろ》いをこめて力はしかし足元ぷらぷらあかんべえ、靴の裏の木色が気敏《けざと》い小鳥めいて十《とお》も二十も若く見え、靴先が、いや靴を脱げばストッキングのつま先が、炬燵《こたつ》の中で誰かの足にからみついて恋の歌を掻《か》きまさぐりに汗ばみそうな姐御《あねご》の足だと龍一は、瞼《まぶた》の裏で嗤《わら》ったつもりが子供は真剣思いつめて思い切って遂に訊《き》く。

(姐《ねえ》さん尻尾《しっぽ》生《は》えてるの?)

(あらまあそれを訊《き》きたくて、そうしてずっと立ってたの?)

(天狗《てんぐ》のお面をつけた香具師《やし》のおじさんが、こっそり教えてくれたんだ。)

(相変わらず、おしゃべりだよあの天狗《てんぐ》。まあいいわ、お鼻はああして長いけど、余《さ》命《き》はないのよあいつはね。こほほほほ。

尻尾《しっぽ》ね? 人間らしくなるために、そんなものは切って燃やして捨てたのよ。そいつのかわいい口の端《はた》に牙が生《は》えて来たからね。男の牙が。いまいましい。うっとしいから殺したの。人間らしくなるために。)

(嘘《うそ》つき! どこに隠した尻尾《しっぽ》を見せろ。姐《ねえ》さん人間なんかじゃない。もっとマシな何かなんだどこに隠した尻尾《しっぽ》を見せろ。獣《けもの》の高貴をなぜ隠す。）

（こほほほほ。怒るのね。ムキになんかなっちゃって、涙ぐんだりしちゃってさ、かわいいね。おにいさんにも牙が生《は》えて来たんだね。ごめんなさい。最初《はな》っから、尻尾《しっぽ》なんてないのよ。生《は》える気配もないのよ。その娘《こ》には、あるんだけど――）

　はッと我にかえるとさっきの今だった。炬燵《こたつ》に汗ばむ薄墨色のストッキングのつま先が、たまゆらゆらッと瞼《まぶた》の裏の夢を小突いて今を蹴破りやっぱり今しも松浦小夜子、内に開いた扉に背を投げ仰《あお》ぐは富士の火口かな、お山の口より女の口から火山の弾《つぶて》ぞ言霊《ことだま》ふる。

「傷痍《しょうい》軍人許してやれ。この国を、こんなにしたのはやつらだが、だからやつらもこんなになったよ惨《みじ》めな肩書傷痍《しょうい》軍人わびしく肩を落としちまった自覚者ぐらいは許してやれ。既に報いは受けている。いまやもう、どこにもあの、いのちを育《はぐく》み傷を癒《いや》す魔法の手を持つお母さんはおらんのだ。母を殺した張本人たる我利我利亡者《がりがりもうじゃ》の女性人間許してやれ。欲望決壊増長傲慢この国を、思いどおりにしておきながら嘘泣《うそなき》得意の被害者面《づら》で男どもを人足どもを踏んで踏み台ポオーンと飛んで女性人間宙ぶらりん、まさかそうとは思いもかけずに自立と信じて根の国女王と縁を切った人口調節犠牲者なんだ許してやれ。生まず殖《ふ》やさず生んでも捨てるか殺すかして、魂《たま》抜け腑《ふ》抜けの名前をつけて人間ペット化人体実験やるかして、別人格よ尊重しますとおためごかしの臭《くさ》い芝居で窒息させておくかして、我利我利《がりがり》ひたすら空《くう》を翳《かじ》るむなしい空中浮遊の果てに自分らだけの最終世界を求めてるんだ許してやれ。根の国と、縁を切ればこんなものさ空中浮遊の赤潮人間帰る青山《せいざん》どこにもない。亡国の、若いやつらをクソガキどもを許してやれ。魂の、不具と不具の間に生れた畸形児《きけいじ》だ。どいつもこいつもお気の毒さ許してやれ。

少年よ、もののあはれ少年よ、大きい人の大人《おとな》とあえて呼んでやる。世の中を、許してやれ。折り合いを、つけてほしい……」

色っぽく、扉にくずした女文字は恋路無頼か姿は姿、手指《てゆび》たゆげに腕《かいな》を組んで爪弾《つまび》く胸は酔いにやられた舌切雀《したきりすずめ》の泣三味線《なきじゃみせん》かと思いきや、喉《のど》の奥からその胸から、火の息くるぶし言霊《ことだま》ふるふる火山の弾《つぶて》が大空渡って月の光に映《は》えて艶《つや》めき青むばかりにまさに玲瓏《れいろう》うたい飛び、サビの効《き》いた陰翳《かげ》も鋭く光ひきたち冴ゆる小玉《こだま》が龍一の、耳をなぶって背中のあそこにコツン、コツッ、コツコツコツーン。脚本《ほん》を書いたの日野さんか、こんなに酔っても台詞《セリフ》は別舌《べつじた》名優松浦小夜子自作自演であろうか龍一印《じるし》の言葉でたくみに急所《つぼ》をおさえて節《ふし》さえまわして毒月酔歌《どくづくよいうた》こうこうと、据眼《すわりまなこ》も凄味があったが結びに消え入る折り合いは、ふっとくぐもる母の声。お母さんに哀願《なきくど》かれて黙ってる、お前は誰だ！　生きていれば二十八。しかしそこには陥《お》ちないで、龍一は、わざとふいにお母さんを呼ぶかのようなぞんざい節《ぶし》で、

「松浦さん、寒いですよ扉を閉めて。」

　言われて女は母親もどきの不敵――いや、息を呑《の》んで息子を偲《しの》ぶかきまり悪げに片《かた》頬笑《ほえみ》、されど奥歯に力は入らず毒気は抜けてふうと小さく息解《と》いて、吐息《といき》がうなずくまつ毛の御簾《みす》を静かに降ろすと抜けた毒気は眉をせつなく押し上げて、眉間《みけん》が開いてハの字になっておのずと瞼《まぶた》は引っぱり伸ばされ隠し化粧もあらわに斑褪《むらさめ》なまなましく、龍一どきりと母の軽きに三歩あゆめぬ歌を見たが名優松浦小夜子は唇ぬめりとすぼめて薄眼《うすめ》をあけてヨオと敬礼右手の中指人差指――お前はまたも奪ってゆくのか指で富士を作る女よ炎の女よ雪女よ、月みちて、花さいて、指で誘《いざな》い指をからめて抱いて泳いで富士の火口へお前はまたも奪ってゆくのか私から――敬礼！

　ぱっと敬礼切って落としてだらりと酔腕《よいうで》ぶらりとこいつがはずみになって背筋がゆらり、扉をなじって背押し立ちに足元ふんばる膝は小僧がほほ寄せ合って股《また》の締まりを死守したけれども黒い靴はよたってしまって互いに見かわす顔と顔、それでもなんとかしゃんと立つと背中の扉は縋《すが》りきれぬ隙間《すきま》を幸い今とばかりにさっさと閉まる。あいも変わらず安物音響バターンかな。

　バターンがそんなに笑《おか》しいか、音にびっくり左に閉まった扉を見つけて大喜びして右手で指さし大笑いはこほほの堤をふっ飛ばして小娘返《がえ》りのきゃはははは、檸檬《れもん》弾《はじ》けの噴火笑いよ黄色く酸《す》っぱくもの狂わしく泣くにも似たり自棄《やけ》の風に繋き嘆きの黒き外套《コート》も撓《たわ》む嫋《しな》る漲《みなぎ》る弛《ゆる》む波の上に黒髪白首ゆれゆれて。されど誰もが知るとおり、この手の凪はハタと止《や》む。

止《や》むとヤバイ。溶岩城《おにおしだし》の黒岩めいた沈黙《だんまり》しばしぬっと姿が高くなって首がゆっくり右へ動く。遅れて腕も胸張る力で右へしなって龍一指さし肱《ひじ》いっぱいにぐんと伸ばして伸ばしきり、肩幅ぐらいに足を開いて半身《はんみ》の形をこれも胸張る力で決めてさすが絵になる見得《みえ》であったがその顔《おもて》、その眼はあの、むしろぼおっと虚《うつろ》が凄い女のあの眼よ近いものを遠く見つめる女のあれ。見えているのか男のそこに添い立つうしろの正面が、死んで生きてる十九《じゅうく》の女の潤《うるお》いが。いい匂いがしますねと、あの日あの時美少女巫女《みこ》は姉の声で姉の男を迎え包み姉の匂いに身を染めた——と思えば騒ぎの間《あいだ》もずっと隣の席の顳顬杖《こめかみづえ》の富士は動かず揺るぎもせず、長物語の憑依役《くちよせ》にすべてを賭《か》けた巫《み》女《こ》の頭痛に誰も勝てはしませんよ、と黒髪たばねる白地に紅い斑《あかしぼり》の蝶《ちょう》が魔除《よ》けのように姫の静寂《しじま》を守っている。誰にも犯せぬ静寂《しじま》の島姫《しまひめ》誰が締めた占縄《しめなわ》かしらいい匂い、と虚《うつろ》が凄い女のその眼は近いものを遠く見つめて匂いを羨《うらや》み静寂《しじま》を妬《ねた》んで思いは腕を伸ばしきって指先で、龍一の、男をさす。濡衣《ぬれぎぬ》とは、言いきれない、そんな思いがお湯のようにからだいっぱいゆき渡って龍一は、涼しく落着《おちつ》き指先へ、

「撃ったらどうですか、バーンと派手に。」

(日野は奇蹟《きせき》に驚いて、退《しりぞ》いた。松浦さんは前に出た。)

（依ちゃんと、ぶつかるわけだ。むしろ似てる。）

（声は？）

（声……）

バーン！　としかし声なしの。口だけバーンと咲かせて指を跳《は》ね上げて——その眼の虚《うつろ》の凄味はそのままバーンと開いた口蛭《くちびる》まんまる紅《べに》染め大輪《おおわ》の舌見え火口は男の耳をすかして眼を、バアッと眼を引きアーンと眼を吸い艶《なまめか》しく、授業中の教師の死角を盗んで睦《むつ》む生徒女男《めお》の戯れじみてこそばゆかった。

（声は？）

（いつ見ても、あんたはしっとり濡れてるね。あの声が、いつもあんたをしっとり濡らして見守ってる。）

　撃った女が撃たれたようによろめいた。思わず龍一腰が浮いたが手出し無用と右手の振り、振ったがすぐに泳いでしまって寄る辺《べ》は最寄《もより》のそこしかないさ龍一の、向かいの机に左手べたりとついて右手が椅子を引いて小車《こぐるま》悲鳴の急回転、お尻で止めて横身を投げて背もたれ抱いて両手の甲を重ねた上に左のほほを耳まで乗せて龍一を、それこそ遠く寝ながら見つめる形で見やってとろりとしながら椅子の褥《しとね》は狭かろうに黒の外套《コート》が横寝のうねり。しっくりおさめる女の波の女身《おんなみ》の、器用さだったが薄墨色のストッキングに黒い靴の両足は、放り出して寝息のように楽に曲げて重ね滑《すべ》らし同じ波が二重《ふたえ》にほぐれて末安《すえ》らぐ。と靴が窮屈靴が身悶《みもだ》え炬燵《こたつ》の中の掻《か》きまさぐりもかくやと思う足首足指やがて靴はころりころりと半脱《ぬ》ぎに、つま先掛けの余裕《あそび》ができて力がたまってまさかの坂はつま先跳《は》ねた靴飛んだ！

靴鉄砲、二連発。左はそれたが右は男の左舷《さげん》膝下命中す。痛いというよりびっくりした。靴というより凝《こ》り固まった声だった。

「お行儀悪いオバハンだッ。いや待てよ、酔っぱらいの不様《ぶざま》な靴捨て習俗は、日本独特か？」

「ヒノモトビトの日本国に帰りたいって絶望的な本音の表現よ。さあ男、いい男、履《は》かせてよ。」

「ぼくは博士《はかせ》じゃありません。」

「吐かないわよ。」

「無常です。生々流転。」

「水ちょうだい。」

「なんですか？」

「水！」

やはり、酔っぱらいにさからうべきではないのである。駄洒落《だじゃれ》ついでに夏の朝の水を向けて煙《けむ》に巻きたい悪乗り心も高波《たかなみ》寄せたが堤は越えず、儚《はかな》い酔いの龍巻たっての望みとあらば龍一すなおに立って水は冷蔵庫、夏の朝の水とは水があまりに違うぜカタカナ容器に陽気な文字の鳴物《なりもの》入りが名水育ちの雪国男に見つめられて黙り込む。そして男の握る手に、照れくさそうに合図する。お呼びですよあちらのあの、渇いたおかたが名優さんがヒソヒソと。

「ちょいと龍さんボーテンの、龍さんちょいとあれ見てよ。」

噴火の火の息ゆめなれや、耳たぶを、いじるようなひそかな声におやと龍一ふり向くと、

「聞こえない？」

冴えたまなざし龍一見て、涼しそうに細まるその眼が中を継いで促《うなが》す方《かた》は顳顬《こめかみ》杖《づえ》の指ヶ富士、黒装束にひきしまった美少女巫女《みこ》のかれんな姿はそのままながら確かにそう、幽《かそ》けき何かの気配がほのめくようである。姿の静寂《しじま》が湯浴《ゆあみ》の清香《さやか》を奏《かな》でているかと思ったが、

（もうすぐよ、耳を澄まして龍さん……、龍さんほらッ。）

ほほえみが、かようような寝息であった。

五

見つめ過ぎると聞こえない。蝶《ちょう》が眼を刺す静寂《しじま》の冴え。

さりげなく、芯《しん》をずらすと芯《しん》の傍《わき》に静寂《しじま》は朧《おぼろ》な細霧《さぎり》となってぽおっと明るむ寝息影。島の灯《あかり》。うたた寝に、恋しき人を見てしより……

「かわいいね。」

酒はどこに抜けたのやら、水を飲むさえしらふのつつましく、小鳥がそこで喉《のど》を鳴らしているかと思うあえかな音がやがて潤《うるお》う声にふくらみ言葉で握ってそっと結んで手渡すように、

「かわいいね。」

「かわいいですね。」

「きっと夢を見てるのね。」

「蝶《ちょう》の夢かも知れません。恋紫《こいむらさき》の朝顔みたいな蝶《ちょう》の夢。白地に紅《あか》い斑《しぼり》の蝶《ちょう》がまつわりついて音もなく、ひらひらと……、夢蝶ものは頼みそめてき。」

「あんたたち、ふたりだけの符牒《ふちょう》みたいの多過ぎる。現代《いまどき》の日本語から、独立する？いいわね。うっとりする。この娘《こ》はもう、思いつつ——の方じゃない？　寝《ぬ》ればや人

の見えつらん。醒めない夢だといいのにね。」

「醒めないなんて不吉です。」

「めでたい火事よ。」

「現場がどこだかあてましょうか。」

「あてたのね。」

「道島種苗店。」

「やっぱりね。」

「繁昌するってことでしょ？」

「決まってる。今頃日野があれこれ案をめぐらしてるわよ私のお店で飲んだくれて。楽しくってしょうがないって顔してさ。」

「男冥利に尽きますね。」

「あら……」

　そお？　――と、口には出さずふり向く気配でそう言って、男の横顔見つめる光は下に片頬《かたほ》の笑《えみ》を含んだらしかった。含んだまま、それともなく心を合わす仕草のようにゆっくり首を戻してまなざし寄り添わせ、

「男冥利？　龍さん言うとお伽話《とぎばなし》みたいね。ってお伽話《とぎばなし》もあんたたちの符牒《ふちょう》だわ。いやらしい。吸ってみた？　この娘《こ》はね、どこを吸っても虹がにじむ。くふふふ。」

「虹は噴火を呼ぶんでしょ。燃えながら、抱いて泳ぐ火事ですよ。日本全国どこもかしこも富士の女の火事に抱かれて焼けてしまえばいいんです。繁昌するってことですね。決まってますね。日野さんみたいな男どもが血の汗流して働きますよ嬉々として、楽しくってしょうがないって顔してね。ヒノモトビトの日本国が蘇《よみがえ》る。男冥利に尽きますよ。」

「不吉だわ？」

「めでたい火事です。」

「そうよね。めでたいね。めでたい火事ね。」

めでたいと、呪《まじな》い言葉の念を押して蝶《ちょう》がひらひら鞴《ふいご》を吹いて真紅《まっか》におこった男の影を月光わななく水面《みなも》に刺す。

「ジュウッと音がするんです。」

「なんのこと？」

「人間殺して人を活《い》かす活人剣になるんです。」

あなたの死んだ息子がとは、さすがに言えはしなかった。

「また符牒《ふちょう》？」

とその時クッと寝息が――頭痛居眠り依子嬢の幽《かそ》けき寝息がクッとつまずきむせかえり、顳顬《こめかみづえ》杖の肱《ひじ》から肩の腕の下に半ば隠れた胸《なか》のまるみが上にちょっと釣られて弾《はず》むいい窓の内まで眼はわけ入ってしまったが、喉《のど》が喉《のど》の力でたまゆら支障《つかえ》を通すかわいい力《りき》みの間《ま》がよぎり、後《あと》はもう、小鳥さながらこともなげにまたすやすや。夢では何かあったのか。

「冒険中ってとこかしら。」

「どうやら聞こえたようですね。依ちゃんごめん、活人剣は依ちゃんだった。ぼくが腰にさしてゆく。つまりそういうことですよ。」

「もおう――、なんのこと？　くやしいなあ。符牒《ふちょう》の蝶々《ちょうちょ》ひらひらね。ふう――、水おいしい。」

「どこでそんなに飲んだんです。面白いほど一気に醒めたようですけど。」

「正午《おひる》過ぎから飲《や》ってたわ。（準備中）の暗いお店でひとりして。こういうの、悪くない。いいかげんに酔った頃、案の定というのかしら日野が来た。嫌味《いやみ》ったらしいお線香の香《かおり》がほのかに聞こえたわ。十年前のあの日は今日。命日よ。

聞いたのね？　なにもかも。来てたのね、お風呂みたいな匂いがしてる。長湯の女のいい匂い……

十年目、何かあるって思ったら、龍さんだった。二十八の男が来た。来るわよね。若紫が十九《じゅうく》に熟す恋紫《こいむらさき》の年だもの、死んで生きてる十九《じゅうく》の女の恋の花咲くまさに十《じゅう》九《く》の年だもの。だけど姉は妹思い。龍さん呼んだ姉の声は妹の、この娘《こ》の弦を鳴らすのよ。それで龍さん足止めだったの神保町に三月《みつき》ね。この娘《こ》の大のお気に入りの玩具《おもちゃ》になったの宝物。こっそり言うけど私にとってもそうだった。ちょっと玩具《おもちゃ》の取りっこね。くふふふふ。喧嘩《けんか》しながら取りっこしながらそのくせこの娘《こ》は私なの。私はこの娘《こ》のなれの果て。だから夢なのだから龍さんけしかけたのよ激しくね、はしたない、抜身《ぬきみ》の言葉で斬りつけたのよさあ抱けと。

拒《こば》まれた。ううん龍さんあなたじゃない。この娘《こ》が激しく拒《こば》んだの。自分はあくまで姉の声、富士の声。私はいない。姉しかいない。もう命日。満期よ満期。十九《じゅうく》と十九《じゅう》の代替《だいが》わり。御神火《ごじんか》もう、そこまで来てる。これが飲まずにいられます？」

「命日――、出社するなりぼくははッとしましたよ。いえ依ちゃん今日の装束《いでたち》です。部屋がなんだかあたらしい。ちょうどあの、卒業式の朝のようにおごそかでした。命日――、なるほどね。四度目の、満月火事と見事に潮《しお》が合わさって、うず潮朝顔富士の火口。依ちゃん拒《こば》んだわけじゃない。ぼくにはそう、思えます。むしろ先取りしたんでしょ。」

「死んだのは、あの子だけ――、あの子だけが死んだのね。」

「ぼくがこうして生きてます。」

「おざなりを、言わないの。」

「おざなりと、聞こえますか。なによりです。息子さん、ほんとはむしろ依ちゃんに、似てたんじゃないですか？　人間どもを蔑《なみ》するような凄い眼。生れる前の子供の眼。」

「生きてちゃいけない眼なんじゃない？　当事者なんかになりたくないって人間《オトナ》をじいっと見つめてる、嫌《いや》な眼よ。それがどう？　車なんか運転しちゃっていきなり事故、死亡事故、知らずに殺した相手が誰なの父の後妻、マジかよッ――仇敵討《かたきうち》？　狂おしいほど当事者ね。臭くて臭くて地獄の苦しみ。だから母は息子を楽にしてやった。ここは富士の火口だってだまして息子を火にくべた。そして私は逃げました。心中なんて御免だわ。熱いの嫌《きら》い。」

「よしましょう。」

「熱いの嫌《きら》い？　心中嫌《きら》い？」

「熱いものこそ涼しい風を呼ぶんです。富士の香《かおり》は湯浴《ゆあみ》の清香《さやか》、瞳は若葉の夜空のような涼しい愁いに潤《うる》んでますよ。心中は、ほめてやるのが手向《たむけ》なり。」

「よしましょう。靴取って。」

「よしましょう。御自分で。」

ころがった、傍点じみた靴に向かって薄墨色のストッキングの足がにじり寄って来た。けだるげに、もったいぶったつま先たどりにそれこそまるで炬燵《こたつ》の中のあれであったが傍点間近《まぢか》でのゝの字を書いて嘘《うそ》ばっかり。届くくせに。指の節が器用にうごめき陰翳《かげ》ぞまたたく化学繊維の艶《つや》めきに、ふっと龍一みるめのぬめりが鬱陶しくて眼をそらす。火口写真。幽《かそ》けき寝息。その隙《すき》に――

鬼ごっこ、隠れんぼ、現代《いま》はなきよの幸世《さちよ》の童《わらべ》が隙《すき》を見つけて顔輝かせて飛んで隠れたそんな気配がこちらの椅子の膝の間《あいだ》を這《は》って股間《こかん》にぞくッと来た。龍一あッと見るとなんと黒猫飛び降り踵《かかと》をべたりと床《ゆか》につけて両膝上げの両手に靴の傍点双《ふた》つを顔の横に提《さ》げてまるで両手招きの招き猫、ニヤーリと、男を見上げているのである。しかもずるいぞかいま見だけを釣らせておいてパッと糸を切って逃げた。椅子に戻って大魚《たいぎょ》と思わす女の術。呆気《あっけ》にとられはしたけれど、釣ったかいま見閲《けみ》してみれば上から見おろす黒い外套《コート》の隙間《すきま》に暗い素肌が覗《のぞ》いて冬とは思えぬ薄着であった。どうもその、胸の下着はなかったような――暖房きいたこの部屋で、外套《コート》のままの理由《わけ》は知れたがこれで寒空歩いて来たのか少なくとも、火事場からは歩いたはずでそれにしてもこの酔いやはり狂気沙汰《きちがいざた》か薄着もむしろ御《おん》の字か、裸でなくてよかったと、裸なら、腰から下の薄墨色のストッキングの立場はいったいどうなるかと、その図を描いてぞッとすると苦笑《にがわら》いで噴き出した。

そんな龍一見い見い両手を後手状《うしろでなり》にまわして足に靴を履《は》かせるその姿、椅子に投げた腰をすっと立てて両足分《わ》けて浮かせて引き上げて、女身《おんなみ》楽々ベタリ坐《ず》わりのおてんば姿はとどめをさしたと龍一思う本日今夜このオバハン、本性めらめら万年娘《まんねんむすめ》が近所の落書《らくがき》少年つれて隠処《かくれが》探してどこにもなくって追いつめられて腿《もも》と腿《もも》で締めて作った秘《ひめ》ケ里《がさと》、窪地《くぼち》ほってりここしかないの！

（熱いの嫌《きら》い？　心中嫌《きら》い？）

（ぼくのズレってなんですか。）

（当事者と、傍観者。）

（思いのほかに月並ですね。）

（満月よ。どうしたの？　母さんは？）

　モーツァルトピアノ協奏曲第23番イ長調Ｋ《ケッヘル》・４８８第二楽章林檎《りんご》ピアノが氷苺《こおりいちご》のかなしみ奏《かな》でる龍一命名『夜桜』が、電子ちゃんのお歌のように流れ出してびっくりした。何かと思えば松浦さんの外套《コート》のポケット決してみなまで聞かせてもらえぬ着メロメロンの香《か》は誰《たれ》で、ポッケに来たり逢魔時《おうまがとき》の音訪《おとずれ》つれてあわてて立って靴音《くつね》を忍んで滑《すべ》るように松浦さんは扉の前、背中を見せてちょっと丸めてモーツァルトはすげなく切ってもしもし、

「……、そう事務所。龍さん一緒。……バカねえいつもの龍さんよ。……ううん居眠り、例の頭痛……」

　聞き耳立てるわけではないが幽《かそ》けき寝息に引かれた耳はおのずと大きくなっていた。日野さんらしい。酔ってるらしい。悪い酒ではないらしい。抱き込むように声を落として背中がだんだん猫背になりゆく外套《コート》の張りに穏やかかな、照りや翳《かげ》りがほのめきう

つろい冬の弱日《よろび》か身内笑《みうちえみ》。

「やっぱりあてたって。…………。あらそおを？　男冥利ですってよ？　ふっふっふ。…………。やったわよ、思いっきり。…………。とんでもない。叱られました自分で拾えって。くっふっふ。…………。ペットボトルは興覚めだけど御手《おん》ずからよ魔法の水。しゃんとなった。くっくっく。…………ボーテン双《ふた》つ？　こっほっほ。泳ぐの？こほほほほ。……」

　こういうの、やめてほしい。電話舞台に片口幽霊こちらは耳の座敷牢《ざしきろう》。と牢《ろう》の天井肌に顳顬杖《こめかみづえ》の富士の指が影さして、幽《かす》かに動くと黒蝶《こくちょう》か、いや蜥蜴《とかげ》か蜘《く》蛛《も》かにじり出《い》でたる虫影《むしかげ》ひとつ、手足奇《あや》しくしかも妙《たえ》に格子にからんで忍び降りて牢《ろう》の錠に留《と》まるやたちまち姿は凛々《りり》しい片膝立ちの人よ女よ黒装束、ひきしまった美少女巫女《みこ》の忍者が錠をクッと解く。クッ――と、それは例の寝息のつまずき喉《のど》の寝返り喉《のど》が生んだ息の忍者が耳の牢《ろう》から龍をひそかに救い出して沈黙《しじま》に眼を引く無心のめぐみ、無心こそが心づくしの眠る女身《おんなみ》おのずと寄りつく龍のその眼をそのまま好きに遊ばせる。松浦さんは気づいてない。

　すやすやと、生きた静寂《しじま》に綾《あや》なす沈黙《しじま》は幽《かそ》けき寝息のたゆたいか、セータースカート女身《おんなみ》の、波の編み目をたどりまさぐり遊ぶ龍のその眼にやはり沁《し》みて冴えるは黒髪たばねる白地に紅《あか》い斑《しぼり》の蝶《ちょう》、沁《し》みて白地が雪に見え、冴えて月の光に濡れ、ひきたつ斑《しぼり》の紅《べに》はまるでかわいい日の丸模様のようで舞えばてふてふ薄紅《うすくれない》ににじんで散るか桜吹雪《はなふぶき》、散らす舞いを吹き生むものは裏の日よ、裏の火よ、それは血よ、千代に八千代に日を、火を、ひを裏に、雪の肌が月の光に濡れて桜《はな》咲く雪洞《ぼんぼり》ほおっと日の宮灯《とも》し

（ちょっと大きくなったのよ？）裏のひ燃ゆる血が乳《ち》にきわまるそこまで鋭く訴えながら美少女巫女《みこ》、

（龍さん好き。お父さんになってほしい。姉さんから、生れたい。）

（快感介して誰もが誰かの生れ変わりということだ。）

（快感介して滅亡なんてどうでしょう。）

（ちょっと大きくなったのよ？）

そこまで鋭く訴えながらそこのそれ、その端《はし》つまんで颯《サッ》と引けば蝶《ちょう》も夢よ羽衣《はごろも》の、ひとすじ流れて富士の煙の空に消えてすべてがほどけてしまいそうに思われる。結び目が、いのちであろうか人間どもを蔑《なみ》するような凄い眼の、生れる前の子供の眼の、光冴ゆる活人剣の柄《つか》に結んで富士を結《ゆ》う。持ってゆけ。腰にさしてそろりそろりと富士の火口へあゆみゆけ。そして激しく火柱立とう恋の炎に焼かれながら炎の海を泳ぎながらそれをつまんで颯《サッ》と引け。

（姉さんから、生れたい。）

ほどいてちぎれよちぎりを結べ、せつない蝶《ちょう》に気押《け》されて、戯れめかして颯《サッ》と眼を

上げ昇龍《のぼりりゅう》はしかしあっと火口写真の餌食《えじき》であった。昇天とは、こういうことか女身《おんなみ》よ。すやすやと、生きた静寂《しじま》に綾《あや》なす沈黙《しじま》の綾《あや》織る時《とき》織る光絵《ひかりえ》影絵の反転図形が火口に浮かぶ。うしろの正面お前の正面そこのそれ、反転図形の無時間成就を恋《こ》い泣く男はやはり火口の餌食《えじき》であろうかそれもよし。

(誰もが誰かの生れ変わりということだ。)

しかしまた、

(滅亡なんてどうでしょう。)

浮舟の、北叟笑《ほくそえみ》。夢の浮橋とだえして……

キュッと音がしたのである。

六

机に椅子の背をもたれ、左斜《ひだりななめ》前には扉に万年娘《まんねんむすめ》が猫背電話の立姿《たちすがた》、右は隣に机の富士よ頭痛居眠り幽《かそ》けき寝息の顳顬《こめかみづえ》杖、女男《めお》の椅子の互違《たがいちがい》がなにかひとしお眼に沁《し》みて、間近《まぢか》の蝶《ちょう》に気《け》押され昇《のぼ》った龍は火口の餌食《えじき》であったが浮舟の、北叟笑《ほくそえみ》。夢の浮橋とだえして……

キュッと音がしたのである。

椅子の小車《こぐるま》鋭くきしんでキュッ――と、耳の奥を刺しておとして龍を墜《お》として机の下の暗い隙間《すきま》に吸い込んで、黒の厚地の短いスカートお尻をちょっと引いているから黒の濃目《こいめ》のストッキングの太腿《ふともも》いよいよきわどいそこ、東雲《しののめ》の、ほの明るみを双《ふた》つ押し出す腿《もも》と腿《もも》のみなぎる合わせ目その谷筋《たにすじ》の夜を引き込むそのそこに、音と龍、番《つがい》とばかりに一緒におとしてそのくせ自分に肌おどろいてとっさに拒《こば》んだ弾《はず》みがかえって音の心よ堰《せき》崩れ、男の方へ鋭くきしんでキュッ――と、椅子うごき、腰ひらき、腿《もも》しなだれて東雲《しののめ》押す。ああ、あなたでしたの。

歌は空耳《そらみみ》さりながら、腰から下の小さな寝返り夏の朝の水の夢はやはりそこに咲くのであろう腿《もも》と共に膝下《ひざした》も、まっすぐきちんと揃《そろ》えていたのがおのずと傾きほおっとここも寝息をするのか安らぐ流れの二重坂《ふたえざか》、つま先が、流れを絞《しぼ》って足指キュッと縮めたらしい内に引いて床《ゆか》を突いて靴裏《くつうら》立てて双《ふた》つななめにきつく揃《そろ》えて寝息の凝《こごり》か末《すえ》忍ぶ。足裏の、忍ぶ力は腿《もも》には迫《せ》り出す東雲空《しののめぞら》のまるみとなってスカート退《しさ》る勇みの腿《もも》と谷を慎しむ縋《すが》りの腿《もも》が互いに睦《むつ》みをにじらせた、傾き谷の艶《つや》めく所に幽《かそ》けき寝息の虹でもにじみはしないだろうか勇みと縋《すが》りのにじり目に。と思いを立てて深入りしそうな龍にふっと光さし、はッとすると女の手、手が来て手の甲左手が、雪に朝日のぬめりきらめく貝殻象《かたど》り指先揃《そろ》えてさりげなく、まさにそこをしとめてピタリ蓋《ふた》をした。覚《お》きたのか、覚《お》きているのか龍はたまゆら燃え散ったが、眠り指。眠っていても隠す指。いや眠っていても導く指か眠っていても子を抱き寄せるそんな指を夢見ているのか貫く寝息よ一度死なねばならないか。富士に聞け。そこで聞け。雪に朝日のぬめりきらめく貝殻の、その中で。

（御神火《ごじんか》もう、そこまで来てる。）

頭痛居眠り顳顬杖《こめかみづえ》の指ヶ富士はゆるぎなく、腰だけねじれて右脇伸びて腋《わき》の下に胸《むね》影《かげ》おもる鞠《まり》も弾《はず》んで凛《りん》と仰《あお》ぐ。右手の富士を左手が、貝殻伏せたそこに響かせ夏の朝の水の夢に溶《と》いて咲かせてうず潮朝顔富士の火口、茅《ち》の輪血の輪智《ち》の輪と思う右手顳《こめ》顬《かみ》左手そこ、つながって、肩幅《かたはば》張って背中は締まってむしろ広く豊かに見え、黒のセーターぴっちりと、首実検の梅雨《つゆ》のあの夜《よ》は夢なれや、日の香《か》きらめく美《うま》し日の国金《きん》箔床《ぱくどこ》に風の小池の紅白横縞模様のシャツは幾代《いくよ》も重なる遠い昔の秋のよう。じいんと来て、思わずふっと瞼《まぶた》を伏せると龍は昏《くら》い背中の湯舟に沈みゆく。残像か、蝶《ちょう》の色は恋紫《こいむらさき》。

（姉さんが、いますから。）

まだ梅雨《つゆ》知らぬ初夏の夜風が若葉涼《すず》を鳴らして湯浴《ゆあみ》の清香《さやか》であった。瞼《まぶた》の裏にそれはどうやら睡魔の衣《きぬ》ずれ袖の影、ゆらり魅入られむっつりと、途切れかけ、こっくりと、落ちかけた、まさにその時誰かの手が、

「姉さん――、」

声だった。え？　とびっくり睡魔飛び失《う》せ龍は跳《は》ね、声の方を見遣《や》ったけれども同じ姿が沁《し》みるのみ。寝言《ねごと》らしい。姿が沁《し》みると沈黙《しじま》は俄《にわか》にさら湯立ちてあたらしく、松浦さんのひそひそ声が湯殿いっぱい轟《とどろ》き渡ってまた遠ざかる。うしろの正面お前の正面そこの背中の湯舟にひとつ水音が、冴えるでもなく朧《おぼろ》でもない和《なご》みの月を揺らしささめきはにかんで、初夏の夜風が若葉涼《すず》を鳴らして湯浴《ゆあみ》の清香《さやか》を奏《かな》でる涼しい愁いに潤《うるお》う夜空が大きな瞳、知っている、あの瞳、そして確かに寝言《ねごと》であったよ富士の蔭《かげ》より唇ほとめき続きを綴《つづ》る。姉さん――、
「おみえになったわよ、あの人が。」

花曇り、灯影《ほかげ》あり、人影か、雨催《あまもよ》いの宵の口の雪洞声《ぼんぼりごえ》があの人と、言い残して明るみばかりがしいんと音を吸っていた。あの雪洞《ぼんぼり》は町名《まちな》も富士見の日野家の繭《まゆ》ではあるまいか。灯影《ほかげ》のほの字はうしろの正面。ならば今、ここがそこでもいいではないか。
（いつ見ても、あんたはしっとり濡れてるね。あの声が、いつもあんたをしっとり濡らして見守ってる。）

雪洞《ぼんぼり》を、蹴りたそうに最後の世界を裏に恋《こ》い泣く秋夜《あきよ》の艶《つや》の踝声《くるぶしごえ》はしかし今はひそひそと、自分を抱いて亡《な》き子と話すか猫背電話の弱日影《よろびかげ》、部屋の奥までさし込むように日野さんが、杯《さかずき》片手に松浦さんの女身《おんなみ》電波でこちらをひそかに覗《のぞ》いていないか電話こそ、曲者《くせもの》なれ――と寝言《ねごと》の後《あと》の湯舟の沈黙《しじま》に浮かんだ椿説《ちんせつ》奇想天外龍一ひとり

で苦笑《にがわら》い。のみならず、念のため、と自分におどけて松浦さんの背中を見ようと振り向いた、まさにその時、バーンと眼前黒壁が、
「電話だよッ。」
咄嗟《とっさ》に反《そ》る。のけぞった。眼上堂々黒い外套《コート》の巨女《おおおんな》！
電話だよッ——と二度目は言わずに左の耳にぬめりと吸いつくこれはなんだ唇なら
ぬ耳から耳への生《なま》ぬる電話《ケータイ》日野さん声、
「やあ龍さん、やってるかい。」
押しつけられて受け取らざるを得なかった。
「ハイどうも、やってます。って何をです？」
「決まってらあな落書《らくがき》さ。傍点双《ふた》つ！　私《アタシ》なんざ毎日命日たまんねえや。」
わけわからん。がとにもかくにも隣を気づかい席を立つとやはりこうなるつつつと
靴音《くつね》を忍んで逃《のが》れて扉の前に猫背気味、酔っぱらいの社長さんをあしらいながらちら
と見やると入れ替わった松浦さんは龍一席の椅子の背ぬったり抱き込んで、お行儀悪
くも椅子に馬乗り大股《おおまた》開きの万年娘《まんねんむすめ》よいかす不良の姐《ねえ》さんが、妹分の巫女《みこ》の居眠り覗《のぞ》
き込んで自分も眠ってゆきそうな。（私はこの娘《こ》のなれの果て。）黒装束の美少女巫女《みこ》
に黒装束の侍女が寄り添い溶け合うように女身《おんなみ》うねる波の黒背に蝶《ちょう》は雪、蝶《ちょう》は月、蝶《ちょう》
は花、日の丸模様が仰《あお》ぐ御空《みそら》は富士の火口が白い光の杯《さかずき》めき、波の影絵は向き合う女

の横顔めき、上下下上《うえしたしたうえ》反転図形か毎日命日たまんねえや。
「神保町が重すぎる。そっちはお小夜《さよ》にまかしといて龍さんあーたはこっちに来《き》ねえな神楽坂、富士見と向かい合ってる町だがそのせいかい、あーたどうも避けてるね。遠慮はいらねえお神楽坂はお小夜《さよ》の町だよ私《アタシ》はそっちさ神保町、どっちも富士の家臣さね。しかるにさ、火事もあーたも私《アタシ》のそっちにかかりっきりじゃこっちがおさまりつかねんだと。名にし負うってとこじゃねえかい神楽坂、宴《うたげ》こそが禊《みそぎ》だってよそいでもってバカんなって上《のぼ》りきった酒の上の雲ん中で御神事だってよ誇り高き酒の坂さ神楽坂。龍さんよ、私《アタシ》の顔も立ててとくれ。」

酒が夢路をゆくような。言霊《ことだま》くねくねたゆたいいさよい酔いの夢路のゆきずりと、耳は嗤《わら》って通したけれども浦の苫屋《とまや》の裏知る胸には思いがけずも富士の夜空よ青いの赤いの双《ふた》つの星が顕現《みあれ》して、水面《みなも》にまたたく雪洞《ぼんぼり》影の花紅葉《はなもみじ》、澪標《しるべ》の女首《たまゆら》涼しくほほえむこの幻は電話耳《ケータイ》に隠者が見渡す苫屋《とまや》の中の景色であった。行くしかなかろう神楽坂。

と振り向くと、またしても、危うくぶつかるそこに立ってるいつのまにやら女忍者《くのいち》お小夜《さよ》、さっきは椅子で龍一あッとのけぞり見上げた形であったが今度ははッと眼が落ちて――右の靴の細いつま先ちょいと退《ひ》いて左の靴の踵《かかと》の棒を掻《か》くか搦《から》むか海か山かの異人めいたいかす不良の立ち方で、二十八の男をかるく見上げながら反《そ》り立つまつ毛で掻《か》くか搦《から》むか話はすべてわかっているわと奥歯に力の片頰笑《かたほえみ》。龍一苦笑。電話《ケータイ》返却。ポケットから、代わりに出て来たほの明るみは雪洞《ぼんぼり》ならず日野さんならず指に挟《はさ》んだ二つ折りの桜の色紙《いろがみ》思わせぶりに黙って渡され開いてみれば神楽坂、『小夜姫』略地図さらりと手書き。

「随分用意がいいですね。」

「略地図書くの大好きよ。」

「一人で来いって松浦さん、おっしゃいましたが依ちゃん必ずついてくって……」

「いいじゃない。腰にさしていくんでしょ？　くふふふ……」

ひそひそ話の二人が見つめる美少女巫女《みこ》の居眠り姿は腰から下がちょっとねじれたあのままで、抜いた後《あと》の鞘《さや》のように見えないこともないけれども、夢の中身《なかみ》はとろける恋の共寝《ともね》であろうか何も知らずに眠りほほえむ置き去り姫のようでもあり、覚《さ》めざらましを覚《さ》めたら颯《サッ》と風立ちぬ、姿の見えぬ睦人《むつびと》を、そこかあらぬか探《さが》し惑《まど》う暗い瞳はかなしからずや隣の椅子がこちらを向いて空席なのがなぜかひどく卑猥《ひわい》であった。ひそひそ話のせいだと思う自分に苛《いら》つき龍一は、小声ながらぶっきらぼうに、

「月はどうです。」

「冴えてるわ？」

戸出《といで》の仕度《したく》は外套《コート》着《ぎ》ぐらいで何心《なにごころ》もないはずが、衣服掛《えもんかけ》の前で妖しい空中戦よ外套《コート》

を競《せ》り合う二つの手と手が（自分でやります。）（着せてあげるわ後《うしろ》を向いて。）とやはりいよいよ声はひそめる物音《ものね》はしのぶの秘事《ひめごと》めいてこそばゆく、（そうして外套《コート》を両手で持って構えられちゃあ牛になりたくなりますね。）（闘牛士？）（そういや松浦さん、フラメンコが似合いそうです。）（往生際が悪いわねえ。つべこべ言わない遠慮しない。）で牛はあえなく後《うしろ》を向いて天神様のなすがまま、外套《コート》を掛けられ袖を通して前を留めると背中をポンと叩《たた》かれた。カスタネットが鳴ったのか。あッと見上げる馴染《なじみ》の棚に馴染《なじみ》の背文字がカスタネットを三つ打ってゴジラに鯰《なまず》に裸自慢の美女名前、じいんと沁《し》みて別れのようにあたらしかった。踊る女の眉根《まゆね》を苛《さいな》むハの字の皺《しわ》の富士のように悩ましかった。

「ちゃんと腰にさしたの？　名刀玉依姫《たまよりひめ》。」

「冴えてます。」

嘘《うそ》をつけ。嘘《うそ》だと思うし嘘《うそ》でないなら不吉なのに言ってしまった跡《あと》が名刀玉依姫《たまよりひめ》の刃《やいば》と冴え、

（守護者です。）

胸か背中かいやそれよりも男の芯《しん》にひやりと走った氷が熱い守護者のまなざし人間どもを蔑《なみ》するような凄い眼よ、生れる前の子供の眼よ、反転図形の無時間成就を恋《こ》い泣く炎の火つけはお前か声を襲って私はあなたの雪女、月みちて、花さいて、龍さん

一緒に燃えましょう。姉の声は棚の彼岸《むかい》の奥の方《かた》より聞こえてくる。富士見の繭《まゆ》と結んでいるらん火口写真よ姫よ巫女《みこ》よカスタネットを三つ打って棚の背文字がうなずいた。あたらしく、悩ましく、たまらず龍一ふいっと振り向き彼岸《むかい》は右手の奥を見る。と逆光めいた松浦さん、頭の上の彼方《かなた》にきらめく白雪《しらゆき》日輪火口写真、依子嬢はすっぽり影にさえぎられ――

「気をつけて。さあ行くの。」

廊下はピインと硬《かた》かった。靴音《くつおと》が、響いて廊下を従える。思えばとうとう依子嬢とは一度も一歩も外に出ず、道行く人の誰もがはッと眼を奪われて息を呑《の》んでたちまち恥じ入り瞼《まぶた》を伏せる痛快を、味わえず、連れの男の男としての幸福並びに不幸もまた――四階三階途中《なか》の踊場あらためて、

「恋せずば

人は心もなからまし

もののあはれもこれよりぞ知る」

傍点双《ふた》つが眼に沁《し》みる。これがないのはいまやもう、考えられない画龍点睛双《ふた》つなり。本気だったよ真剣さ、とさっきのあれはだけど嘘《うそ》。三階二階途中《なか》の踊場「およそあらゆる人間意識は病気である」二階一階途中《なか》の踊場「地球は一個の生命体。人類は、地球にはびこる皮膚癌と知るがよい」すっと何かが抜けたように素直な一階いかにも

一階そして廊下の手引きのままに玄関扉《とびら》の把手《とって》を握ればこれが冷たいもののあはれの重みかな、押し開《あ》ける、と雪国男のしっとり好みを嗤《わら》っていきなり坂東武者の鉄拳か、廊下靴音《くつおと》傍点けし飛び館外《とのも》は寒風どおっと凍《い》てつく異常乾燥注意報。狭いはずの夜空があまりに大きくて、マツウラビルと一緒に肩をすくめたが、あッともう早《はや》あんな所に高く小さく皓々《こうこう》と、満月が！

七

「令嬢が……、」

と芳雲堂がまた呻《うめ》く。

「まさかおみえにならないとは……。」

めでたい火事場に金魚の泡《あぶく》めふっと吹いて東雅堂はそいつを掬《すく》ってうっちゃるように、

「火事は来た！　ミが来るミラクル当たったぜ。三度のおみえがあったからさ四度目は、打たぬ鼓《つづみ》が鳴ったのさ。憎いねえ、打たず成りの四度目千金。朝顔の、あの絵を献上したかった？　そうら見ろい、変な気おこしていやがるぜ。三度のおみえがあったからさ四度目は、危険危険《けんのんけんのん》あってはならねえあったら今頃お前さん、キがふれて、ここで鼻から息してねえよあっはっは。」

とことさら笑って思わず鼻から大きく息して、

「名月や、美し過ぎる母のお尻だ摑《つか》みも出来ねえそれを摑《つか》み摑《つか》みしながらお前さん、反橋《そりはし》渡って消えてるぜ。色紙《しきし》一枚水面《みなも》に揺れて――本マジだったのかい、本屋だけに。くっくっく。」

「本マジさ。身命賭しての直訴の如《ごと》くに献上しようと思いつくとぼくはもう、来る日も来る日もその場のあれこれいろんな展開《なりゆき》思い描いて楽しかったよ苦しかったようわの空、うわの空に華やぎ生きた若やいだ。ところがなんといざ当日、これだけは、夢にも思いはしなかった。令嬢の、お越しがない。四度目は、なかった！　いい齢《とし》して、自分で自分を陥《は》めていた。こんなに焦《こ》がれていいものか！」

「いいんだよ、祭だ祭。野次馬が、退《ひ》いた後《あと》の鎮火現場のこの賑《にぎ》わい、なんだと思う。参拝客さ。隣近所の連中みんなバカだなあ、お見舞い言ってる暇《ひま》があったら通りは火事場の表参道ずらっと露店を並べやがれ。かっかっか。」

「消防車が、一台だけ、残ってる。なんという寂寥《せきりょう》だ。」

「席料取りゃあいいんだよ。めでてえな。ぱっと見たとこ焼けたようには見えねえのに、火消し名残《なごり》の玉水簾《たまみずすだれ》の雨だれ背にしてかわいい苗たち青いお尻の数々が、玄関先に運び出されていかにも急場に寒空知りの風情だが、それよりなによりあれを見ろ。

隣との、境目の、ちょっと入ったあそこだよ。厨房か、給湯室か小窓が破れたその上の、壁に見事な真黒墨《まっくろずみ》の倒立筆《さかさふで》。炎の舌の跡《あと》じゃねえか色っぽいなめでてえな。繁昌しますのお墨つき！」

「令嬢は、ああじゃない。」

「なんだって？　なんのこった。」

「建物《たてもの》が、焦《こ》がれたんだよ高貴の恋のお姿に。ぼくと同じだこの町が、神保町が勝手に焦《こ》がれてしまったんだよ千引《ちびき》の岩を中に隔《へだ》てた慕情の歌の奇蹟《きせき》にね。あてられたんだよ高貴の恋の相聞歌《そうもんか》に。令嬢が、おみえになってあの御絵《みえ》を、紫色の朝顔または雪の富士の火口をそっと御覧になる。御身《おんみ》を見つめてお耳を澄ましていらっしゃる。そのつど町は奇蹟《きせき》に打たれて熱くなって随喜の涙は真紅《まっか》な真珠、結んで焦《こ》がれて自分の慕情が炙出《あぶりだし》になるんだね。絵本やなにかに感動しきって痺《しび》れてしまった子供がさ、怒ったように歯噛《はがみ》したり地団駄《じだんだ》踏んで悶《もだ》えるような仕草をすることあるだろ。あれだよ。月に一度の焦《こ》がれ炙《あぶ》りさ小火《こかじ》事の文字がイ・ザ・ナ・ミ——そうしてな、神保町がお呼びしたんだキの龍を。あの青年を。」

「あの青年？」

「世直し噴火待望論はお前《めえ》じゃねえか。あの青年が令嬢を、いのちがけで犯さねえとそんなものは起こらねえぞ。」

「おい……、しっかりしろよ。」

「あぁ……、ちょっと見ろ。倒立筆《さかさふで》のその上だ。ちょっと上――墨をぼかした雲の中に何かいる。ありゃあ――龍じゃねえか！」

「ああそうかい。炎の舌が龍を描《か》いたかそうだろうな舌が立つんだ龍だけに。かっかっか。」

と嗤《わら》う男におかまいなく、ふられ男は夢見るように、

「渦巻く雲間《くもま》に見よ皓々《こうこう》たる鏡の眼《まなこ》、牙は剣《つるぎ》ぞ三本指が握るは玉、鱗《うろこ》のなんと凜々《りり》しいことよモーツァルトが聞こえるようだ（疾走するかなしみ）だ。」

と音吐朗々芳雲堂のその眼を見やればほとんど子供《ガキ》か痴呆《ボケ》老人、早い話がこいつこそが祭男《まつりおとこ》にふさわしいと半《なか》ばあきれ半《なか》ばうらやみ東雅堂は口を噤《つぐ》む。確かに壁に揺らめき流れる妖しい影が見えてはいるがだから炎の跡《あと》ではないこと明らかで、それは何かの影が映っているのである。ならば光源あるはずだ。お前か光源光源氏《ひかる》よ慕情の君よ紫式部め満月め、とまたも例の嶺をめざして疾走しかかり苦笑しながら見当《あたり》をつけるとなんのことはないのである。一台残った消防車付《つき》の投光器。光へと、慕い寄らん名残《なごり》の煙を目敏《めざと》く捉《とら》えて壁に大きく詳細《こま》かに映して渦巻き流れる雲か鱗《うろこ》か疾走させているらしい。されどしかし芳雲堂が龍だと叫ぶそれはあれかじっと動かぬ影ひとつ。龍に見立ててやれないこともないけれども、東雅堂には剣豪の浪人者が風に吹か

れて荒野をさすらう後姿と見えて来た。ばかばかしい。投光器の硝子《ガラス》の面《おもて》に何かついているのだろう。ばかばかしい？　そうだろうか。摑《つか》めない、炎の舌の跡《あと》つく壁を摑《つか》み摑《つか》み映る影は慕情の光の都をあゆむ源氏の君ではないのだろうか照る壁の、慕情の光の大空泳ぐそれは龍ではないのだろうか剣豪《うできき》の、浪人者が振りかえって刀を抜いてもいいではないか！

　東雅堂は例によって一杯やりたくなって来た。

　ただし、一人、一人でだ。無常永遠疾走少年モーツァルトに耳を澄ます幼馴染《おさななじみ》のあはれ子供《ガキ》よ痴呆《ボケ》老人よこいつの夢は破らずに、ほっといて、こっそり疾走まるで青春ほとんど熱病そこらのただの性悪女《しょうわるおんな》が性悪《しょうわる》ゆえにかえって聖女に見えてしまって止《と》める手さえ振り切った、そんな愚かな昔を今と心中気分で疾走するなら飛び込む先は思いっきり五月蠅《うるさ》く汚い安酒場、耳をつんざく騒ぎの中でしいんと一人、たったの一人、性悪酒《しょうわるざけ》も聖酒《せいしゅ》に化けてくれないか、手酌で温燗《ぬるかん》そっと舌にふくんでころがす辛口ほぐしにみゆきのような甘みのほころぶこともある。その時を、その笑月《えみづき》をすかさず捉《とら》えてぐっと飲みほす喉《のど》の道が胸の空がたまゆら夜桜モーツァルトを奏《かな》でたなら、あの中で、壁の中で心中一件ひとしれず……

　待ちやがれ、辞世に洒落《シャレ》のひとつも出ねえかお家芸はどうしたと、誰の声やらはッと我にかえって苦笑は胸の空から喉《のど》の道を通ってふんと鼻を鳴らすはずだった。がふの字がちらと覗《のぞ》いたとたんに吹き飛ばされて寒風負け、ふの字と心中しかけた鼻が思わず見上げる夜空では、満月一人完封勝ち。満天の、星の恐怖を裏に隠して青むばかりに光きびしく戦《そよ》げば寒風どおっと来て、鼻の奥に氷の香《かおり》が冴えたと思うと胸の空にひらひら舞うのはよりによっていつぞやの、芳雲堂の妄想節、

（我身《わがみ》の中に燃ゆる火あるのを人が知るのは冬ではないか。）

（やっぱり思うよお血筋の根の国は、雪国ではあるまいか。福の火を呼ぶ令嬢の。）

胸の空はたちまち白く雪堂《かまくら》に。

（令嬢は、おそらく疾《とう》に母上を、亡《な》くされてる。弟君か妹君は姉上に、救われた。幼い母に救われた。）

冬の夜――姉の蒲団《ふとん》に一緒に寝ると湯舟のようだ。雪の肌はあたたかい。姉はもう、眠《ね》たのだろうか。月の光がほほえんでる。どこかにきっと母の血燃ゆる日輪が、隠れてる。だからこんなにあたたかい。まどろんで、やがていつしか夢を見る。光のどけき春の日に、桜《はな》の下にて姉と一緒に遊ぶ夢。散るのもまた、楽しからずや未来《このさき》の、祝い歌。怖《こわ》いものは何もない。

お声を聞きたくなって来た。子守歌の、歌声を。お顔を拝したこともない、令嬢の

……

「あの人《かた》だ。あの青年！」

ドオーンと脇腹肱《ひじ》鉄砲。ふいを突かれて強烈だった。

「痛《いて》えなおいッ。なんだよお。」

「あの人《かた》だ。あの青年だよ令嬢の、高貴の恋のお相手は。」

「なんだって？」

妄想ここにきわまれり。が脇腹あたりの痺《しび》れも手伝いここまで来たら割れても末に逢《あ》わんとぞ思う、でここがまさに末と定めて芳雲堂のしゃくった顎《あご》の先を見やれば「参拝客」はいよいよ多《さわ》にしかし無口に目々連《もくもくれん》、まなざしもくもく人目垣《ひとめがき》の瑞垣透垣《みずがきすいがい》その裏側ゆく垣間見綴《かいまみつづ》りのあの人影か足早に、背筋を伸ばして大股《おおまた》歩きに風も弾《はじ》いて颯爽《さっそう》あゆむ紺の外套《コート》の後姿の若者を、それと見た。

「あの青年とどこで……」

「三度目の、火事のときに路上でその、ぶつかった。」

「なんだいそりゃ。で知り合いに？　意気投合でもしたのかい。」

「ぶつかった、それだけなんだどこの誰ともなんとも――」

「それだけか、それだけで、令嬢の、お相手か。それだけで！」

「ぶつかった、それだけなのになんだかひどく妬《ねた》ましかった。直観した。確信した。」

瀬を早み、岩走り、

「張り倒すぞこの火男《ひょっとこ》野郎！」

だがしかし、互いに互いを見てはいない声だった。去りゆく若き後姿は足早ながら時折ちらりちらりと火事場を消防車を、横目流しに見やりゆく。それは先月あのとき以来の教訓か——立ち止まってながめていると変なオヤジにぶつかられる——と芳雲堂は一人で勝手に赤くなったが東雅堂は時折閃《ひらめ》くまつ毛覗《のぞ》きの絵柄《えがら》のような斜後《ななめうしろ》の横顔に、剣豪の浪人者の気配をこれまた勝手に与えて胸が騒いでいたのである。とやがてのことに角《かど》の所で青年は、あゆみをゆるめておそらくそこを曲がってゆくらし名残《なごり》を惜しんで火事場へと、消防車へと振りかえってたたずんだ。芳雲堂は既に伏目《ふしめ》になっていたが東雅堂は目を瞠《みは》る。あの顔様、どこかで見たことあるような……

（部下かな。息子かな。いや待てよ、あんな美人だ若い愛人《つばめ》の一羽ぐらい。）

ああ——、あの……

八

昔ながらの薪《まき》ながら、迷惑無縁の仕組みだそうなお湯をめぐらす暖房嬉しや腰のすわったあたたかさ、凍《こご》えが下から芯《しん》から解けて声もほころぶこういうお店でまずは一杯冷えた麦酒《ビール》のおいしさたるや夏をも凌《しの》ぐと思われる。古くなった銚子を退《しりぞ》け日野さんも、気分を変えるか隠者と一緒に麦酒《ビール》で乾杯楽しそうに、

「なんと富士見経由《まわり》かい。お小夜《さよ》の地図に日野家はありや。」

「いえいえこの辺だけですよ。なにしろ下限が線路でして真横に書かれて右に駅は飯田橋。線路を渡る。お濠《ほり》を渡る。外濠《そとぼり》通りの四辻《よつつじ》渡って神楽坂。線路にお濠《ほり》に外濠《そとぼり》通りが言わば三層構造でしてその上に、下から貫く柱が立って大空《おおぞら》界隈神楽坂ってとこですね、この地図は。」

「面白い比喩《たとえ》だねえ。歩くとわかってそう書けば、龍さんそりゃあどうしたって地図の下に切れちまってる富士見を通る。お小夜《さよ》らしいぜふっふっふ。」

「さあそれは、どうでしょう。むしろ火事場の元気です。火事場を見たらなんだか元気になっちゃって、はしゃぐような悪戯心《いたずらごころ》が富士見富士見と連呼するので仕方なく、仕方なくですよ？　九段坂を上《のぼ》りまして武道館の巨大な屋根や靖国神社の玉砂利なんぞに月を拾って本境内の手前で折れてさあ富士見、月をたくさん拾ったからではありませんが坂の町をパチンコ玉の降り方で、道から道に九十九折《つづら》りにと見こう見、幸か不幸か日野家の穴には入らずに、チンジャラ成らず——いえたとえ、当たったたところでチンジャラどころか表札ひとつ触《さわ》れやしませんが——ハズレ玉が飯田橋駅西口に、コロリと落ちて拍子抜け。」

「あっはっは。あーたの口からパチンコなんぞの比喩《たとえ》が出ようとは。」

「面白い台ですね。社屋《ビル》が多くて蜥蜴《とかげ》の群《むれ》が甲羅《こうら》干しの景色のようですそのくせまた、あそこに病院そこに学校よくぞ校庭確保したりと言ってやりたいしたり顔、まるで盆地の雛形《ひながた》ですねそのつど別の空が出て、空がいくつもあるようで、富士見であんなに月見ができようとは。しかしまあ、民家の灯《あかり》の少ない町とは言えますね。」

「風前の、灯《ともしび》さ。」

左の胸に女首《たまゆら》を、抱いてあゆめばその町その夜《よ》にさぞや似合ったことだろう。

富士見の坂の下《くだ》りの名残《なごり》で駅西口は二階が一階跨線橋《こせんきょう》も傾きながらそのままお濠《ほり》を渡ってゆく、谷に立ってかえり見すればお濠《ほり》の水面《みなも》に中央線また総武線の電車が光の簾《すだれ》をおろしてジャラジャラ鳴らして往来《いきき》軽快すずやかに、あれはむしろ夏の夜《よる》にうってつけ。背に聞いて、仰《あお》ぐ坂道遠目《とおめ》に壁かと見紛《みまご》うほどに急で長くてしかもまばゆい商店街の坂道で、月も形なし華やぐ光のこれが表の神楽坂。

華やぐ光のただし今夜《こよい》は氷の華か鼻の奥にピインとさやかに香《かおり》を通して坂の人出は風に息を合わすらん、大きく間遠《まどお》に波を描《えが》いて一陣六人七人八人《むたりななたりやたり》の風の影、上からまなざし次々と、隠者をなぶってすれ違う。忘年会の流れなるらん若き女男《めお》は賑《にぎ》やかながら声の角《かど》が飛んでしまって下《くだ》り坂のふんばり小足の靴音綴《くつおとつづ》りも波間に消え、跡形《あとかた》なく、その間《ま》が長くてピインと冴えてむしろ静《しずか》よ上《のぼ》り坂はさしむかい。静《しずか》を上《のぼ》る。静《しずか》と上《のぼ》る。ピインと上《のぼ》る。何処《いずこ》へ——潤《うるお》う所、暗間《くらま》にこそはよし常ならずとも、ひそかに人声《ひとごえ》くぐもる祠《ほこら》もそこらにあろうと松浦地図に矢印が、いや御丁寧に小さな小さな人差指がそこをさす。見方によっては巨大な指に隠者あえなく押し込まれ、そこの小道に入ってゆけばここはどこの細道じゃ、なにお月様のひとりごとがようやく所を得たのである。もうちょっと、その先の、弓なり曲がりのその先に……

こちらです、こちらです、と板塀伝いのひとりごとが弓なり曲がりにそう聞こえ、曲がりきってふっと黙るとこの先まさに暗間《くらま》にひとつ雪洞《ぼんぼり》が、ほおっと明るみ光を継いで月から桜《はな》へ淡い色香《いろか》にほほえんだ。ほほえみが、伏目《ふしめ》になってまるでここにいない人に歌で語りかけるように（あなたのお故郷《くに》の今夜《こよい》はきっと雪なのね）――雪洞《ぼんぼり》の、真下で間近《まぢか》に見上げてはじめて文字が読め、『小夜姫』――ここだった。

玄関までは前栽《せんざい》ならぬ枯山水の箱庭めいた間《ま》があって、そこここに、電球使った細工物だが篝火《かがりび》かたどる雛灯《ひいなび》ほんのり幽玄ごっこを楽しむ風情にかわいいから、女の指で作る富士のお山ぐらいのお面をつけた花形役者の雛《ひな》人形がいのち誘われ白足袋《たび》つっとあゆみ出《い》で、真冬に妖しい薪能《たきぎのう》を披露したとてなんの不思議があるものか。玄関先が浦に見えて裏見る恨みの怨恨舟が灯《あかり》を力に櫓《ろ》を漕いで、隠者に乗れと迫り来る。

（快感介して滅亡なんてどうでしょう）とお面の下で唸《うな》りながら白足袋《たび》舟が迫り来る。怨霊を、御霊《ごりょう》に高める祭の司《つかさ》は依子嬢たる活人剣を腰にさした隠者であろう。人間殺して人を活《い》かす。それでいいならこちらになんの躊躇《ためらい》あらんやいざ乗るぞ！――と気後《きおく》れ紛《まぎ》らす龍一らしい椿説《ちんせつ》立って玄関へ。

さりげなく、目隠し板塀ここにいたかと内にまわって玄関扉《とびら》はあの雪洞《ぼんぼり》と姉妹のような灯《あかり》にほんのり照らされて、舟というより山小屋風の木肌がなにか薄紅《うすくれない》にあたたまった人肌めき、上げ髪の、うなじ気敏《けざと》くふっと覗《のぞ》いたまつ毛の影がじっとしている許している、つややかな、広くてまるい背中であった。手をかける。押したが返され苦笑しつつ引き開《あ》ける。と思いのほかに軽くて背中はカランコロンと歌をうたって高らかに、むしろこちらに問いかける。うしろの正面だあーれ。

いますか、やはり、見えますか。

と中に入ると開幕《まくあき》前の劇場ぐらいの明るさ暗さにほおっとなごむ肌ざわり、静かなのに天井あたりに真夏の夜の遠い花火のさんざめきが空耳《そらみみ》こもっているような、ゆかしさほのかにときめいて、幼心《おさなごころ》が二十八のおとなの男の背筋を伸ばす。自分を身籠《みご》るその前の、十九《じゅうく》の母が富士見の繭《まゆ》で待っている、そこがうしろの正面と、腰を固める依子嬢たる活人剣が頼母《たのも》しい。うしろの正面おまえの正面たとえここが死んだ誰かを慰撫《まっ》るお堂であったとしても——ひょっとして、ここの主《あるじ》の思いのその火がここの明るさ暗さなのか正面すぐの壁に小さな額がかかって現代《いま》風の、日本画らしいが顔に見え、少年ならばあらぬ思いにかられもしようが女顔《おんながお》、ならばかつては母も演じた万年《まんねん》娘《むすめ》か『小夜姫』店主肖像つまり最後の世界を恋《こ》い泣く女の片頬笑《かたほえみ》——とよく見ると、さにあらず、なんと森の白鳥で、深山《みやま》の森の小さな湖《うみ》の奥の奥に一羽端然ほの白く、気高い首にそっと伏目《ふしめ》の嘴《くちばし》よ。それがまつ毛に見えもしたか一羽ひそかな森の気配が片頬笑《かたほえみ》の顔であったかいずれにしても白鳥とは。梅雨《つゆ》のあの夜《よ》のうたた寝の、夢の香《かおり》が胸元すッとよぎって消えた。やわらかな、光ふくみの布貼り壁の正面その絵は客の眼を引き奥ゆき与える清めの水の鏡かも。いや待てよ、客それぞれのうしろの正面消して代わりに小夜姫《さよひめ》が、今夜《こよい》はそなたの根の国女王を相勤め申し候《さうらふ》、そのための、からくり仕込んだ鏡かも。

くふふふふ――と腰のものが気色《けしき》ばむ。姉から生れて龍一を、父と呼びたい守護者の悲願ぞ活人剣。しかしまた、

（日野は奇蹟《きせき》に驚いて、退《しりぞ》いた。松浦さんは前に出た。）

（依ちゃんと、ぶつかるわけだ。むしろ似てる。）

そしてまた、

（息子さん、ほんとはむしろ依ちゃんに、似てたんじゃないですか？　人間どもを蔑《なみ》するような凄い眼。生れる前の子供の眼。）

（生きてちゃいけない眼なんじゃない？）

十八ぐらいで死ぬべき女が死なないで――開幕《まくあき》前の劇場ぐらいの明るさ暗さにほっとなごむ肌ざわり、静かなのに天井あたりに真夏の夜の遠い花火のさんざめきが空《そら》耳《みみ》こもっているような、ゆかしさほのかにときめいて、左へ続く廊下をゆけば床もゆ

かしく靴音《くつおと》呑《の》んで響きを慎《つつ》しみ暖房《ぬくみ》と睦《むつ》み合わせるよう。で今ゆく男はいい男、と照明《あかり》も音も廊下ぐるみ客の背筋に自惚《うぬぼ》れ一本通してくれる。のみならず、気取ったあゆみのその先は、心得たりと角《かど》を落として壁が流れる右へまどかに曲がり降りる扇状《おうぎなり》の階段で、見通し惜しみの壁が手引きよ一歩一歩もったいぶって開いてみればごく浅く、半階半地下まるで踊場そのまま酒場に翼を広げた趣か、その分ちょいと天井高くしゃれた構造《つくり》で心憎くも店のちょうど鳥背《まんなか》あたりに客は降り立つ。右に伸びるは止木《カウンター》が十席あまりに客はひとり白髪《はくはつ》紳士のくつろぎ傾《かし》いだ背中見ゆ。階段裏は卓席《テーブル》がゆったりふたつ客はなし。左を見れば同じぐらいの広さながら卓席《テーブル》のみコの字を成して中に入れたや撞球《どうきゅう》台、または踊手《おどりて》ひょっとして？　席にちらほら客の影があるにはあるが静かなもの。

と色とりどりの酒棚《さかだな》背にして止木番《カウンターばん》蝶ネクタイの若男《おあにいさん》が龍一見るや旧知の如《ごと》くにパッと咲いて日野さんに、おみえですよと言ったであろう杯《グラス》を拭《ふ》きつつそれとしもなく耳うちを。四つの眼が、こちらを見た。上に若いのキラキラと、下は酔いのとろけ眼《まなこ》が思いがけない老爺《じじい》の顔で龍一はッとしたけれども、その龍一の顔を見るや日野さん一気に若返る。嘘《うそ》のようだが老境またいだ敏腕《やりて》の男の顔にこれはよくあること。

「やあ龍さん、いらっしゃい。迷わなかったかああそうかい。お小夜《さよ》の地図？　あっはっは。思ったよりも早かった。車なんざ拾わねえとはわかっていたがこの寒空にお徒歩《ひろい》かい。」

「酔狂、とは思いましたが満月拾って来ましたよ。」

「おっほっほ、あーたらしいや。いざたまへ。」

隣の椅子を手ずから引いてその上を、ポンと叩《たた》いてお神楽坂はよいの口。

やったり取ったりできないことが難ではあるが麦酒《ビール》はやっぱり把手杯《ジョッキ》だろ。で肴《さかな》は如何《いかに》（多幸《たこ》もあります）駄洒落《だジャレ》はともかく見かけによらずおでんに焼鳥その他とりどりなんでもござれの世話に砕けた品揃《しなぞろ》え。開店以来の伝統を、守る板さん当代これが何代目かの御仁だそうで（そこのそいつ）と日野さん無礼に顎《あご》でさす。若男《おあにいさん》がそれだとは。

「料理人になっちまえって言うのにさ。」

「え？　――違うんですか。」

「役者の卵さそんな顔《つら》あしてるだろ？　孵化《ふか》してみたら大根なんてオチがついちゃあ笑えもしねえが試しにね、大根一本まかせてみねえなそんなものでも美食の華あ咲かせやがる。料理される側じゃねえんだこいつはね。」

と言われて苦笑は耳にたこの証《あかし》であろう若男《おあにいさん》は龍一に、

「得意と好きが合わぬ鮑《あわび》のなんとやら――でしてね。」

と茶目っ気なるほど何度も稽古《けいこ》で潰《つぶ》したらしいサビの効《き》いた通る声。松浦さんのお

気に入りかと龍一なんだか面白く、鮑《あわび》といえば、

「縁起物じゃないですか。」

「そうでした。落語にええっとなんとかってありましたよね婚礼の進物《しんもつ》に、鮑《あわび》がどんなにふさわしいかその辺くわしくわかるのが。お出ししましょうか。」

「落語ですか。」

「いえいえ——、蒸したのですよ鮑《あわび》です。」

　で苦笑と苦笑が合って互いに熨斗《のし》をつけた御挨拶。これには日野さんおさまらず、

「あんのかよ！　なんだいその（お出ししましょうか）ってのは。待遇《あつかい》が、違うじゃねえかどうせお小夜《さよ》の指図《さしがね》だ。龍さん来るまで隠しとけって図星だろ？　出しねえ出しねえ麦酒《ビール》にゃあんまり合わねえが。」

　と大笑いの句点がついて板さんまずは把手杯《ジョッキ》にかかると眼つきで一句、鮑《あわび》待つ、泡がいのちの把手杯《ジョッキ》かな。嬉しいね、と客がまなざしそそいでいるとお餅のように泡ふくれ、霊峰二杯みるみる顕現《みあれ》しハイお待ち——瑞雲ならんか泡を宝と捧《ささ》げるように呷《あお》って飲む。夏をも凌《しの》ぐああーッが出て、継《つ》いだ息はおのずと弾《はず》んで言霊《ことだま》ポンところがって、

「富士見を通って来ましたよ。」

跡《あと》に色づくせつなさは、小さいながらも既に早くも夢のような旅愁であった。せつ

ないから、言葉数は多くなって富士見紀行は寒空奇行かほとんど子供の夢語り。お仕事中の若男《おあにいさん》が手は休めずに時折ふっとほほえんだ。

「しかしまあ、民家の灯《あかり》の少ない町とは言えますね。」

「風前の、灯《ともしび》さ。」

立退話《たちのきばなし》があるとかや。

九

松木林《まつのきばやし》をゆく人か、海を見ないで海の気配を木ぶり枝ぶり松風囃《ばやし》に味わいながら立《たち》退話《のきばなし》の砂地を踏みしめ立ちどまり、

「潮時なんじゃないかねえ。」

傷痍《しょうい》軍人弱日影《よろびかげ》。ともに前を見つめているが隠者の庵《いおり》の襖《ふすま》の裾《すそ》には淡くほのかな日の色が、ひそかに女の指の影絵を刻んでいた。富士だった。それと気づいて初めてそこに弱《よろ》日《び》の訪《おとな》い知るわびしさよ冬晴れ夕日のたまゆらよ。だからむしろ火がついて、雪国生れの雪恋《こ》いは、月みちて、花さいて、

「燃《も》すには惜しいってとこですか。」

自分でも、思いがけない炎であった。

「潮時なら、しょうがねえよ燃《も》すがいい。見てやって、くれないか。」

「ぜひ……、なんだかわけがわかりませんが。」

あっはっは、と笑い合ってそれを潮に鮑《あわび》をつまんで同じ仕草で残りの麦酒《ビール》をぐっと干す。息ついて、空《から》の把手杯《ジョッキ》を振っておかわりねだる所作《しょさ》まで連獅子《れんじし》で、気づいて互いに顔を見ないでお腹《なか》で笑い合っていると背後《うしろ》から、炬燵《こたつ》の上の蜜柑《みかん》のような声がして、

「いいですね、親子みたい。」

と龍一の、左にふわり戦《そよ》ぐもの。見るともなしに見ると（私よ）瞳、唇、はッと龍一のけぞりかけて眼を瞠《みは》る。梅雨《つゆ》のあの夜《よ》のあれではないが瞳、唇、声なき声の光がきらめく光がぬめる斜《ななめ》になった女の首よ待ち受け覗《のぞ》く横会釈。冴えざえと、眼から鼻に抜ける性《たち》か美人であった。どきりとさせ、たまゆらそれだけ見せておいて客の顔を一舐《ひとなめ》盗むと含み笑いを残してすかさず腰からしなる胸おきる、女身《おんなみ》うねる立姿。と見よあれを、腕にきちんと掛けられ畳《たた》まれ胸に優しく抱かれたあの、紺の外套《コート》は紛《まご》う方なき龍一の。今の今まで隣の席にまるめ置かれて無聊《ぶりょう》をかこち顔であったが思いもかけぬ果報かな。どうよそこ。

「お預かりいたします。遅くなってごめんなさい。」

「いえ――、」

とんでもない。女の早技《はやわざ》ありがたし。果報者め白ブラウスの胸に抱かれてすぐ上見やれば蝶《ちょう》ネクタイが口紅色、いろんな所でものを言うのか同じ色の短いスカートそれこそ炬燵《こたつ》の上掛け風の格子縞《こうしじま》で慎《つつ》しみながらも漲《みなぎ》るまるみの物語、はちきれそうにピッチリと、悩ましいこと薄墨色のストッキングの腿《もも》と腿《もも》よ吸いつき合って黙《もだ》し合って味わう豊かなぬくもりを、膝で絞《しぼ》れば下には涼しい流れとなってほっそりふくらむはにかみせつなく噤《つぐ》んでゆく、足首から、苦しくないのか高い踵《かかと》もつま先も、これですべてを支えているのか女靴《おんなぐつ》の妖しさよ。と男の眼は、龍はこっそり隙《すき》を盗んだつもりだけれどもさてどうか——姐《ねえ》さんキラキラ二人の男を見比べて、龍一に、

「お揃《そろ》いなの？　そのスーツ。」

と俄《にわか》に内輪《うちわ》の親しさで、蜜柑《みかん》の房《ふさ》の白いあれさえひとすじひとすじ剝《む》いてくれる声だった。それを日野さん掠《かす》め取り、

「憚《はば》かりながら私《アタシ》のこいつぁれっきとした誂物《あつらえもの》、龍さんの、既製服とは同日の談ならず。ところがどうでえ若い女の天秤《はかり》にかけりゃああの眼を見ろい、あの声聞いたか既製服が重いとよ。やってられねえなあ龍さん、龍さん今ならボロを着たって錦だぜ。ボロを着たって傍点双《ふた》つ、これどうだい。あっはっは。」

「なんだかわけがわかりません。」

と龍一苦笑で合わせておいたが気になるのは、傍点双《ふた》つにパッと笑《えみ》咲く姐《ねえ》さんそれ

に折から把手杯《ジョッキ》おかわり到来若男《おあにいさん》のこの台詞《セリフ》、

「確かに傍点ついてますよ舟橋さん。」

舟橋さん——とさらり言い、

「スーツの色、濃い鼠《ねずみ》色が恋に眠《ね》かせてもらえぬ身——恋不眠身《こいねずみ》って読めますね。」

と誰かれかまわぬ下幇間《のだいこ》節かそれとも……、龍一とにかく進んで肴《さかな》になるを厭《いと》わず、

「おだてが過ぎると傍点ほとんど冷汗《ひやあせ》ですよ。」

「私《アタシ》のだって同じ色だぜどうなんだい、ボーテン好きのバーテンさんよ。」

「決まってるじゃないですか、使用前と使用後です。」

「くだらねえこと言やあがる。」

で笑っていると姐《ねえ》さんやはり龍一に、

「眠《ね》かせてくれない悪い女の贈物《おくりもの》？」

「はい？——」

「それよネクタイきれいな色ねえ天の川。」

とふいをついて今度はネクタイ龍一ギクリ見咎《みとが》められたか織姫彦星季節《おり》違い。お呼びでないとは重々亭承知之助の首締めだが、五六本しか持たぬネクタイいつしかすっかりなにもかまわぬバカになってただ順繰りに日替わり召しのいとすさまじ、動かぬ時計にちょっと似て（一日二回は合いますよ）必ず一本季節《おり》に合う、が本日生憎《あいにく》より

によっての銀河であった。深い紺地の裾《すそ》から立つ、暗い光がかえって遙《はるか》にまぶしいような銀色砂子《すなご》の絵柄織柄《おりがら》さながら龍よ昇《のぼ》りくねり淀んで煙《けぶ》りて中ほどの、端《はし》に消え
――こんなのを、今月今夜のこの月に、この寒空に、

「すいません、寒いでしょうか。」

「ポカポカよ？　涼しいわ？」

女身《おんなみ》温波ポカポカポカと、蜜柑《みかん》ならぬ柚子《ゆず》の声を浮かべてひとすじ夜空を飲む。涼しいわ？　不眠《ねずみ》身に横たう天の川。

「おだてが過ぎると冷汗川《ひやあせがわ》ってとこですよ。日野さあん、どんな風に言ってるんですぼくのこと。なにかこう、ぼくの知らないぼくがここにいませんか。」

「あっはっは、すまんすまん。」

「謝ります⁉　――ちょっと待って下さいよ。」

「なにたいしたこたあねえんだよ。私《アタシ》は断然『古事記』派だが、ボーテンの龍ってやつぁ『源氏』派だって言ってある。」

「早い話が（とても他人たあ思えねえ）ってことじゃないですか。それだけじゃないんでしょ？　光り輝く『源氏』派が、落書《らくがき》運動やってません？　世直し明神傍点双《ふた》つ物語。」

と志願の肴《さかな》がちょいと炙《あぶ》ったスルメをやって反《そ》ってみせるとそれアタリメとやんわ

り直すか姐《ねえ》さんが、なぜかあの、近いものを遠く見つめる眼になって、

「親子みたい――ってことですよ。」

外套《コート》をひしと抱いたまま、顎《あご》を引いて姿いよいよ深まさり、

「物語――傍点双《ふた》つふりましょうかもの語り、って優しい響きね裏に響くわ聖域ね。ここでなら、生きられる。ここでしか、生きられない。かわいそうな源氏の君もここでなら、光り輝く奇蹟《きせき》の色男。現実なら、深い深い闇なのに。忌まわしい、刃《やいば》なのに。――現代現実《いま》に源氏の君が生きたなら、どうかしら、ひょっとして、ううんきっと恐怖の無差別殺人犯になるんじゃない？」

あまりのことに龍一呆気《あっけ》にとられはしたが若男《おあにいさん》の含み笑いは耳のたこをいじっているし日野さんも、声をひそめるふりをして、

「この姐《ねえ》さん、時々こうして荒海なんだ。」

その姐《ねえ》さん、少しも騒がず、

「私は佐渡《サド》ではありません。」

荒海どころか女身《おんなみ》温波柚子《ゆず》が楽しく揺れさざめく。

とさざめきを、そのまま浮かべてまるみ豊かな大波おこして姐《ねえ》さん颯《サッ》と湯浴《ゆあみ》の清香《さやか》は会釈であった。これを潮にするのであろう耳もとに、

「ごめんなさい。外套《コート》すっかりぬくもっちゃった。」

内緒話の末《すえ》を赤らめそう言うと、跳《は》ねた筆を戻してしっかり止めるように首も再び添えて深い会釈となった。閃《ひらめ》くものあり髪をたばねる白地に紅《あか》い斑《しぼり》の蝶《ちょう》！

踵《きびす》をかえす。（確かめなさいこの蝶《ちょう》を。）後姿もすらり涼しくあゆみゆく。思ったよりも小柄のようだが思ったとおりうねるおんなみいよいよ賢く色っぽく、高い踵《かかと》をコツコツ鋭く鳴り響かせてその身を内へ内へと引き締め切れ上がってゆくような……

「どう思う。」

と背中にギクリ日野さんほとんどしらふの声で、

「気をつけな。死んだ倅《せがれ》の恋人だ。」

えッ——と振り向く白い驚き裏で黒い影ぞ立つ。ああやっぱり。振り向ききらずに伏目《ふしめ》になって把手杯《ジョッキ》を握り、

「（眼から鼻に抜ける）ですか。」

「聞いてるね。」

「（気をつけな。）ってどういうことです。」

日野さんも、把手杯《ジョッキ》を握る。握っただけの龍一を、尻目にかけてぐっと呷《あお》ってドンと置いて前を見て、

「お小夜《さよ》の弟子だ。愛《まな》弟子さ。憎み合って張り合ってる。」

白地に紅《あか》い斑《しぼり》の蝶《ちょう》！

「いったいなんの師弟です。」

「富士をまつる小娘の師弟だよ。あっはっは、冗談冗談いまはもっぱら店の経営仕込んでる。言ってみりゃあ遣手婆《やりてばばあ》の師弟だね。くっふっふ、」

「小娘なればこそでしょうね松浦師匠得意の至芸は女形《おやま》でしょ。女の女形《おやま》。後《あと》にも先にも一度っきりの母親役は名演だったそうですね、最後まで。」

「おっと来たね侍が。斬《き》り込み刀《がたな》待ってたよ。——なんだって？　名演だ？　身の毛もよだつ名演さ。あれに勝る名演ないね名演すぎて役がいつしかおいてけぼりを喰《く》らっちまって役立たず、あっはっは、なくてはならぬ母のはずがあってはならぬ母に化けてホームドラマを蹴破《けやぶ》った。お化けが出た。お化けの出ねえ名演なんてありえねえ。あれはね、一夜《ひとよ》ひとよの妻とはなっても決して母にはなってはならねえ永遠の、小娘だった巫女《みこ》だった。それなのに、なんにも知らずに私《アタシ》あね、若気《わかげ》のいたりさ惚《ほ》れて惚《ほ》れてのぼせあがって口説き倒して一緒になった。周囲《まわり》はあれを難攻不落の美人城と陰口たたいて敬遠策、そこに私《アタシ》のそれだから、あれもさすがにほだされたってところださ。しかしね、あれは私《アタシ》に引けめを感じていたらしい。なん年たっても妻の本性ちっとも気づかぬ私《アタシ》をいとしみ憐《あはれ》に思っていたらしい。私《アタシ》は私《アタシ》で世界中を飛びまわって青年将校大奮戦、後顧に憂いはないものと、信頼しきっていましたよ。おめでたい、バカな夫。だからむしろあれだけ保《も》った。罪作りな父親さ。しかしね、あれも覚悟を決めたのか、これ以上、耐えられねえって遂に髪を振り乱して本性暴露の場面かねえ、私《アタシ》を富士へと押しのけた。後《あと》で思えば慈悲だろうさ富士へ富士へと私《アタシ》を逃がしてくれたんだ。」

（どうしたの？　母さんは？）

「名演だ？　果たしてそうか？　富士に悲願とあこがれながら富士になれない小娘の、おっかなびっくりけなげにがんばる必死の芝居じゃないのかよ。倅《せがれ》は誰よりわかってた。母のその身に黒子《ほくろ》はあってもおふくろ噴火の「命」の刺青《いれずみ》どこにもないこと倅《せがれ》だけは気づいてた。そこにいたのは永遠の、小娘だった。しかもなんと悪いことに倅《せがれ》は私《アタシ》にそっくりだった。私《アタシ》に対する罰のようにそっくりだった。ならばいよいよ私《アタシ》はそこから逃げちゃいけないはずだった。けど逃げた。逃げました。あってはならぬ出来事だらけになっちまったあの家で、倅《せがれ》はしかし食われたわけじゃねえんだよ。志願した。特攻隊さ一人神風くっふっふ。——富士の火口に突入できたと信じたい。帰れたと。無駄死《むだじに》なんかじゃなかったと。こうして龍さん来てくれた。聞いとくれ、むごいと言えば言えるだろうが最期《いまわ》の際《きわ》だぜ焼け落ちる、まさにその時叫び声が聞こえたそうだよ断末魔、（お母さん！）てなあ——火の玉さ。」

左の肩の後《うしろ》あたりに依子嬢の頭痛がせつなくよみがえって賢い智慧のコツンであった。

（姉さんから、生れたい。）

そのためには、一度……

十

コツコツと、扇状《おうぎなり》の階段連弾《つれび》くちょいと気取った靴音綴《くつおとつづ》りを背中に何度も聞いたと思ういつのまにやらざわざわざわざわ天井が、お堂めいたさんざめきに靄《もや》つき初《そ》めてやがてこんもり酔紅《よいべに》うるおう霞《かすみ》か雲かの満開桜。ふり向いて、見渡せば、来た時よりも端《はし》が遠くて人影こんで奥ゆき豊かに笑詰《えみづめ》重箱いくつも花咲く宴《うたげ》のお堂になっていた。賑《にぎ》わいこそが器のいのち満ちて広く大きく見え。腕ふるう、若男《おあにいさん》も空《す》いてるうちはあれこれ口上くわしかったが今やもう、広く大きく満ちた店《うつわ》のいのちにかぶれおそらく無我の境地であろう海の幸よ山の幸よ野の幸よ、火水《ひみず》よ日月《ひつき》星辰よ、匠《たくみ》の技《わざ》が諸々《もろもろ》含んで合掌謹製もののあはれ御覧あれ、召し上がれ、と山葵《わさび》の冴えの黙礼ちょい添えすっと出す。モーツァルトをその身で奏《かな》でる指揮者のように所作《しょさ》がいよいよ練《ね》れて涼しくなって来た。

「倅《せがれ》が生きた現実は、私《アタシ》にとっては誰にも言えない汗びっしょりの夢だった。人前に、決して見せてはならないものが夢の鏡の向こうにいた。私《アタシ》は笑っていないのに、そいつは笑っていやがった。お父さん、あなたは『源氏』が好きなはず。——私《アタシ》はしゃにむに働いた。戦った。なんのため？　誰のため？　そんなこたあ生れた時から決まってた。富士のためだ富士しかいねえよ富士はそれこそ誰にも言えない誰にも決して見せられない、私《アタシ》だけの母だった。富士のため、働いた。戦った。そして私《アタシ》は知らないうちに富士を殺してしまってた。わかるかい。なんと私《アタシ》は戦犯だった。汗びっしょりの夢の中で倅《せがれ》つまり私《アタシ》は私《アタシ》を糾弾したんだ私《アタシ》は富士と心中した。殺した富士の炎だよ。炎の中で私《アタシ》は私《アタシ》を処刑したんだ戦犯を、葬《ほうむ》った。男冥利さ（お母さん！）て叫んでた。そういうこった。」

「救われたんですよ、富士と松浦さんに。」

「そうだよな、私《アタシ》は奇蹟《きせき》に打たれてた。我欲なんざ消え失《う》せましたよそれが証《あかし》にこうして白髪《しらが》のおじいさん、うっふっふ。あれから私《アタシ》は姫の富士のあらたな御代《みよ》に余生を捧げて仕えて来た。龍さんよくぞ来てくれた。とても他人たあ思えねえ！　あっはっは。」

「どうしてぼくが影さしたのか奇蹟《きせき》といえば奇蹟《きせき》ですが。」

「陣痛の、真只中《まっただなか》に見たそうだ。きらめく水、男の子——なんでもね、前の日まで、しばらくどうも変《おか》しなことがあったらしい。朝な朝な決まって聞こえる誰かの声があったそうだよ空耳《そらみみ》なんだが子供の声で男の子、青空きらめく玉水みたいな歌声だってよ高く澄んでかわいくて、お腹《なか》も心もからだいっぱい潤《うるお》うようで朝が待たれる夜は安眠昼は一日元気でさ、御先祖様の励ましだって思ったそうだが陣痛の、真只中《まっただなか》に見たのはその子だきらめく水のその子だと、生れたこの娘《こ》の夫になる子だきっとそうだと真顔で言って涙ぐんでいたっけな。男にゃわからぬ世界だろ、私《アタシ》はただただほほえましくって聞き流していたんだが――龍さん九歳《ここのつ》夏の朝、心あたりはないのかい。」

「初恋でした。」

「やっぱりな。そういうこった。朝顔かい。色紙《しきし》に描《か》いたそんな絵が、あったっけ……」

いいかい龍さん十年前のあの出来事は誰がなんと言おうとも、あくまで私《アタシ》の責任《もちぶん》だ。あれがなくてもあーたは必ずやって来た。浮世離れは天稟《てんぴん》さ。ここはね、店のものも客もみんなボーテン派。ひとめ見るなりあーたが誰だかわかったはずだ。さりげなく、みんなあーたを気にしてる。」

「みんな……」

視界《まなかい》の、端《はし》でちらとそちらを見やるも賑《にぎ》わう雲間《くもま》にじっとこちらを人見の惚星《ほれぼし》あるでなく、敏《さと》く流れて伏目《ふしめ》になった光跡《なごり》もなく、ならば雲にこちらを気にする含みの色のにじみでも、と探《さぐ》ればたちまち雲とそれ見るその眼は解けてみなそれぞれの重箱彩《いろど》る宴顔《うたげがお》。女男《めお》半々かどれも若い。若いが叫ばずキンキン騒がずそのくせこうして賑《にぎ》わい盛んにお堂の天井さんざめき、忘年会が飛んで花見の幻めくのはなぜだろう。姐《ねえ》さんが、色っぽい。あの装束《よそおい》で男ばかりの重箱相手にお給仕かたがた油を売って姐《あね》御《ご》の御意見舎弟《しゃてぃ》は拝聴なごやかに――いや違う。あの姐《ねえ》さんと同じ装束《よそおい》色っぽいがあの姐《ねえ》さんより細く高く鋭くて、後《うしろ》で結んだ黒髪長く背中を割って腰に落ちる黒瀧姫《くろたきひめ》かしかしその、結ぶ蝶《ちょう》はやはりあの、白地に紅《あか》い斑《しぼり》の。

「あの娘《こ》はな、ピアニスト――の卵だよ。」

と日野さんすかさず例によっての耳うちで、

「やっぱり指が違うよな。依子に習った指ヶ富士の凄《すげ》えこと。こっち呼んでちょいと富士見としゃれ込もうか。」

「よして下さいよ。ピアノでしょ？」

「指ケ富士でモーツァルトはどうだろね。」

「そいつぁ凄《すげ》え！　朧《おぼろ》月夜に桜吹雪《はなふぶき》。」

その指で、横顔双《ふた》つ向かい合った杯《さかずき》の、黒と白の反転図形を弾《ひ》いてくれたらどうだろね――ゆきずりの、無時間成就も悪くないか戯れに、雪見月見花見の指を一本通してみてもいい。とさすがに龍一酔って来たか把手杯《ジョッキ》はいつしかお猪口《ちょこ》にかわって雪国生れのさらりと辛口上燗酒《かんざけ》になっていた。そのお猪口《ちょこ》、かわいい雪堂《かまくら》ひっくり返して粋な器にしたかと思う雪国生れの隠者の眼には飲みさし酒の内輪《うちわ》の光も自分が外から連れて入った月に見え、そこに日野さん深雪《みゆき》のお銚子つまんでそれぞれ注《つ》げば散花《ちるか》の気配ぞ立つ。口からこれを迎えにゆく。舌に味をしたためる。息ついて、日野さん再びちょいとむこうを顎《あご》でさし、

「あそこのあの、オカマみてえになよなよしている若男《にいちゃん》な、」

女ばかりの重箱相手にお給仕これが仇《あだ》となって足どめくらって並いる姐御《あねご》の肴《さかな》にされてる若男《にいちゃん》あり。柳腰。されど装束《いでたち》パリッと白シャツ炎の蝶《ちょう》タイ折目きりっと黒ズボン、柳に雪折れなしの風情か姿よし。フラメンコはどうだろね。

「あれもまだ、卵なんだがああ見えて、武道家だ。」

「武道家⁉」

「師匠は凄《すげ》え野郎だが、あれには舌を巻いてるよ。まさに武道の申し子だと。」

「舞踊家かと思いましたよ武道は葡萄《ぶどう》じゃないですね?」

「甲斐《かい》から出て来た山猿さ、あっはっは——」

なるほど顔が赤かった。立ちながら、その場で猿に戻ったらしい飲まされ酒は甲州葡萄酒《ワイン》か飲まし囃《はや》す姐御《あねご》達の下ネタ責《ぜ》めもあったのか、柳腰が女のような品《しな》を作って笑いかけて揺れてむしろしゃんとなって顔がこちらを見たのである。赤かろうが白かろうがさすがは武道家こちらの気配を敏《さと》く悟って思わず知らずのふり向きだったに違いない。驚かず、さ知ったり顔に人懐《なつ》っこく会釈した。龍一あわてて日野さんの、顔

を見るとこれもちょっと山猿で、

「龍さんあーただあーたに挨拶してんだよ。」

と言われてびっくりまさかの逢坂《おうさか》ふり返る。と今度はまさに待ち受け顔がそこにあって再び会釈、のみならず、つられたように姐御《あねご》連まで俄《にわか》に心化粧であろうか姿それぞれあらたまってまつ毛のあたりの戦《そよ》ぎ会釈、のみならず、指ヶ富士では依子嬢の弟子にあたるあそこの姐《ねえ》さんそこの客の男衆もそれぞれやはりさりげなく、心ひとつの目配《めくば》せ会釈に静まった。のみならず、誰に息を合わすらん、店《うつわ》がふっと凪《なぎ》に和《なご》む。そのいきに、会釈返しはしたけれど、

「日野さん——」

「それでいい。まあ一杯。」

この凪《なぎ》を、まあ一杯——と注《つ》がれ煽《あお》られぐっと呷《あお》れば空《あ》いたお猪口《ちょこ》をすぐまた満たせとどっと賑《にぎ》わい戻り波、やがてどこかに女波《めなみ》たゆたゆ天井あたりが湯殿の朧《おぼろ》に懐《なつか》しく、止木《カウンター》のみ二人っきりとようやく気づいてはッとはしたがほろ酔いきげんにおいしい肴《さかな》よこれもまた、腑《ふ》に落ちる。（みんなあーたを気にしてる。）とあれはおだての盾《たて》ではなかった確かの香《か》なり誰かのまなざしゆき渡り、確かのか、遙かのか、ほのかのか、しかし鮮やか初夏の夜風が若葉涼《すず》を鳴らして湯浴《ゆあみ》の清香《さやか》を奏《かな》でる涼しい愁いに潤《うるお》う夜空が大きな瞳、天井あたりに龍一気にするみんなのその気が集まり浄《きよ》まり湯気の

むこうに澄み凝《こご》り、富士見で待つ身の十九《じゅうく》の娘の瞳につなげているとしたら、

「悪いこと、出来ませんね。」

「かつてはみんなそうだった。――そうだろ？　龍さんよ。あーたの説だ美しい御高説さこの国が、決してあの傲慢苛烈な一神教質癌細胞に変異なんぞしなかった、毒されも犯されもしなかった、早い話が漢洋問わず造物主たる神とやらも人間の証明じみた愛とやらも自惚《うぬぼ》れ隠しの臭《くさ》い仮面さ見えみえなんだよ人間至上帝国主義、狂暴無比のそんなやつらにこの国が、毒されず、犯されず、ヒト本来のヒノモトビトであり続けた、天地万物森羅万象もののあはれの幸《さきわ》う国であり続けた、数少ないヒノモトビト生き延び組の寵児《ちょうじ》として、ヒノモトビトの文明文化を驚異的に洗練させた唯一の国として、何千年にも及ぶ世界史的奇蹟《きせき》を生きていた、こないだまでのこの国ならば龍さんみんな龍さんみたいにそうだった。

　ひとつで無数無数でひとつのもののあはれの幸《さきわ》う国の住人達はみんな龍さんそうだった。

　こないだまでとはいつまでなのか私達《アタシ》のせいなのか、それともずっと以前《まえ》のことかその辺かなり問題だが――うっふっふ。」

「同《おんな》じことです悲しき過去形狂詩曲。お伽話《とぎばなし》の調《しらべ》ですねそうですこれはお伽話《とぎばなし》なんですよ。隠者が月に吠えてるだけです今夜の月は凄いです。故郷《くに》はおそらく雪でしょう。

雪女の炬燵《こたつ》がなんとも懐《なつか》しい。雪の肌ににじむ紅《べに》の花あかり。本心を、あかしてしまえば依ちゃんの、あの声聞いてあの眼に射《い》られて日野さんぼくのお伽話《とぎばなし》は鎌首みたいにのっくりと、その身をもたげた気がします。そしてその、背中をポンと叩《たた》いてくれる富士の指。」

「依子はあーたに惚れてるよ。死ぬほどに。」

「それはちょっと違います。」

「私《アタシ》あね、あの子が不憫《ふびん》でならねんだ。あれは必死にけなげにここまで生きて来た。あーたを呼んだの依子だぜ。呼んだ力と同じ力で見つめてる。見守ってる。守護してらあ。」

「人間殺して人を活《い》かす活人剣。生れる前の子供の眼。」

「富士見を頼む。燃《も》すなりなんなりしていいぞ。」

「潮時ですか。」

「潮時だッ。」

　恋せずば、人は心もなからまし、もののあはれも龍一九歳《ここのつ》夏の朝、花の露の恋紫に濡れて富士のああ、あなたでしたの。燃えながら、龍さん抱いて泳ぐのね。——龍一を？　それとも龍一が？　どっちでも、同じことだと賑《にぎ》わいが、女男《めお》の境に潮目《しおめ》のようなな泡立つ乱れを奏《かな》で初《そ》め、やがて調《しら》べはお伽話《とぎばなし》のさざ波綴《つづ》りに乱れも玉藻よ仮名《かな》で染め、染まる人影たたずむ姿は和歌《みそひともじ》かあゆむ流れはものを語るか誘う水の席に就けば五七五の挨拶か、重箱並べたコの字の中を岸から岸へ影さざめいて顔ぶれうつろう席替え川、流れはめぐる仮名川沖浪裏《なみうら》に、富士があるいは見えているのかまさに宴《うたげ》もたけなわなり。箱から箱へ漂泊《さすらう》ものがあるかと思えば腰は降ろさず注《つ》いでまわって御馳《ごち》にあずかり小芸披露の旅芸人もあったりして、こいつしかし立ち寄り先の定着民《かたぎさん》が御難とあれば一肌《ひとはだ》脱ぐ。とそうかと思えば拍手喚声ほらあそこ、岸を漕《こ》ぎ出で沖合《い》つまり真中《まんなか》あたりでむっちり型の姐《ねえ》さんそいつぁヤバイでしょ。

「ああ見えて、あの娘《こ》は判事の卵だよ。」

「いいですね。先祖はアメノウズメでしょ。天《あめ》の岩戸にひを招く、ストリッパーの判事がいてもいいはずです。ちょいとオツな判決出すんじゃないですか?」

たまゆら半分お尻を出し。

あの若男《にいちゃん》、ああ見えて――、あの娘《こ》はな、ああ見えて――、卵、卵、卵……

(みんなあーたを気にしてる。)(富士見を頼む。燃《も》すなりなんなりしていいぞ。)

燃えながら……

とそこにしかし炬燵《こたつ》の上の蜜柑《みかん》がボン、

「依ちゃんは?」

と重やわらかく男にぶつかり色っぽく、ポオンと柚子《ゆず》が湯舟にゆらめき湯殿の灯《ともしび》おぼろ月、散花《ちるか》の指は右の肩を終《つい》の山と定めながら眼から鼻に抜ける顔は左に落ちて男をくっと仰《あお》ぎ見る。うしろから、巻きつくように抱くのが癖か右手で捉《とら》えて左に搦《から》めて女の優しさ女の力の入れ所、動けぬ男をいよいよ強く固めておいて真顔になり、

「連れてきた？　凄い美少女玉依姫《たまよりひめ》。」

「止木《カウンター》はぼくと日野さん二人だけです最初《はな》っから。知ってるくせに。」

「そうでしょ？」

「はい……？」

「あそこのあの娘《こ》、ほらあれよ、むっつり顔の……ううんそれは隣のむっちりそれじゃなくって隣のむっつりそうそれよ。ああ見えて、デザイナーなの服飾界《ファッション》よ卵どころか新進気鋭の注目株、醜女《ブス》に生れて感謝してるわあれがさあ、言い張っちゃって聞かないの。依ちゃんここにさっきまで、いたって。舟橋さん、あなたの隣のこの席に、いたって。」

いたって――コッーンと不吉にこだました。からっ風の師走《しわす》の夜に怪談ですかと龍一笑いはしたけれど、活人剣、腰にさしているのである。芯《しん》をずらせば見えるのかも。

恐るべし、むっつり顔。

「あの娘《かた》よほど依ちゃん御贔屓《ひいき》なんですね。」

「ほとんど崇拝してるわね。」

「卵どもはみんなそうさあいつらには、見えてんだ。」

と日野さんつっこむ黙っていられるはずもない。

「生霊《いきすだま》ってとこだろさ。連いて来たんだ龍さんに。」

「いやあーね、取り憑《つ》くの？」

「守護してんだ懐《いと》しい男《ひと》を。お前さんが悪さしないようにな。」

「あらそおを？　お美しいお話だこと。だけどね、確かにここでは私もママも悪さばっかりしてるけど、私もママも諸悪の根源日野さんだって思ってる。」

「違《ちげ》えねえ、違《ちげ》えねえ！」

女首《たまゆら》の、作者並びに置き去り犯が松浦さんならどうだろう。松浦さんこそふさわしい。永遠の、小娘こそ。となにかうっとりそう思う。（お母さん！）と叫んで死んだ火事の家はあの街道からほど遠からずと聞き及ぶ、あの夜《よ》の雨は海か山かの異人めいた美《きれ》い過ぎる松浦さんの女の露ではなかったか。女首《たまゆら》を、拾って抱いて雨夜《あまよ》を逃げた花盗人《はなぬすびと》の隠者はうっとりそう思う。思いの火に、しかし颯《サッ》と風立ちぬ。依子嬢は無事に富士見に帰れたろうか松浦さんにまかせてほんとによかったのか。腰にさしているなどと、龍一こそが置き去り犯ではないのだろうか美少女巫女《みこ》よ覚《さ》めざらましをと嘆いたろうか指ヶ富士の枕辺《まくらべ》に、赤らみながらあたりを見まわし龍さんは？　と風立つ声であの眼にせつない暗い陰翳《かげ》を走らせて。だがしかし、むっつり顔は見たのである。

（いたって。）

龍一の、腰にしか、もういない。

（ぼくのズレってなんですか。）

（当事者と、傍観者。）

（思いのほかに月並ですね。）

（満月よ。朧《おぼろ》月夜に桜吹雪《はなふぶき》。富士見を頼む。燃《も》すなりなんなりしていいぞ。）

「違《ちげ》えねえ、違《ちげ》えねえ！」

と今度はなんと言いこめられたか聞き逃《のが》し、龍一ふいっとそちらを見やると白髪《はくはつ》紳士は真横顔、ひと息ついた若男《おあにいさん》と軽口たたき合っていて、見ているうちにどうしたことか姐《ねえ》さんこっそり重くなる。ぼおっとなにか耳が水の中になって音無川《おとなしがわ》に景色が冴えて静けさや、腕、指、胸、息、あずけきった女の重みが柔《やわ》さざめいて男のそんなよそ見ぐらいのわずかな背《そ》むきに絡《から》む縋《すが》る戯れる。耳に来た。左の耳の耳朶《みみたぶ》あたりにねばるお湯の炎がぬらッ――なすがまま、むしろ凍った耳のほとりに女の息が言《こと》そよぐ。

「ママが来た。松浦さんが帰ってきたッ。」

十一

今夜《こよい》ここに松浦小夜子が松浦小夜子で登場《みあれ》するとは思えない。

「ド派手衣装でまさか背後《うしろ》の階段から？」

と龍一あえて左まわりにふり向いて――火口に落ちてもかまうものかとほろ酔い勇人《はやと》の覚悟であったがさすがに姐《ねえ》さん胸よじり、よけて通してそれから縋《すが》ってまたうねる。まなざしを、男のそれに添わせるように首がきつい形なのにやはり女身《おんなみ》やわらかく、そよぐ温波たゆたゆと、

「それってなあに宝塚？　男役がきんきらスーツの背中になぜだかふっさふさの翼《はね》を生《は》やしてわざわざ階段もったいぶって降りてくる。うっふっふ――バッカみたい。やるかもよ、あの女、舟橋さんがやれって頼めば命ずれば。あいつはね、なんでもやる。」

「臭《くさ》い芝居は願い下げです鼻が曲がる背筋に悪寒《さむけ》がブルブルです。」

「依ちゃんって、対極ね。」

「背筋がすっと伸びますね。」

「凄い眼ね。ゾッとする。正直言って私は苦手。定《さだ》ちゃんは、美《きれ》いよお？　あんな娘《こ》

が、いるのねえ。美《きれ》いなだけじゃなくってさ、なにかいかにもお姉さん、賢くて、涼しくて、あったかくってしなやかで、走るの泳ぐのかっこよくって舞えば踊れば春風みたい。そうよそう、ママきっと、踊るわよ？　きっと踊る。」

「踊るなら、白拍子の静《しずか》御前がいいですね。しずのおだまき繰り返し――のあれですよ。」

「昔を今になすよしもがな……」

ふっと重みがまじめになって指先が、思いつめて肩に何かを訴える。しずやしず……そんな仲になれないままに終わった指ではないのだろうか同い齢《おなどし》の男の肩で泣いている。男ひとり、救えなかった女の悔いを激しく泣いてそいつの最期《いまわ》の（お母さん！）を憎んでる。悔やんでる。だがしかし、今ここに――

「龍さんだ。倅《せがれ》の代わりじゃねえんだぞ？」

日野さん優しい声だった。これやこの、聞き耳日野さん十八番。たった三月《みつき》が遠い昔と思えるあの日の電話姿が懐《なつか》しい。あれからすっかり馴染《なじみ》になった火口写真よ向かいに控える伴《とも》のものよゴジラに鯰《なまず》に裸自慢の美女名前、既に早くも懐《なつか》しい。苦笑して、女の伏目《ふしめ》に甘えるように龍一ゆっくり顔《おもて》を戻すと重みはゆるみ軽くなって声なき声が（私もお客になるわね）、と指を離して胸で起きて悪戯《いたずら》っぽく男をなじって隣の席へ
――依ちゃんが、いたって――そこに初めて重みを与えて背筋を伸ばすちょっと反《そ》る、

色っぽく、そのまま傾き頬杖《ほおづえ》ついて若男《おあにいさん》に注文が、（ちょいとぉ、一本つけとくれ。）だったら龍一痺《しび》れたろうに白髪《はくはつ》紳士がおせっかいにも口を出し、

「いつものだ。」

「ちょっと待ってよこれ見てよ、思い入れの形でしょ？」

「こいつぁ失敬。」

「いつものね。」

「なんだよな。龍さんここには世界にひとつの凄《すげ》えカクテルあるんだよ。若男《こいつ》が考案したんだが、龍さんすまねえ無断借用その名を聞いて驚くな？　――（絶対の無意味）ってんだ。」

「美しい！」

「舟橋さん、いよいよ踊りが始まるわ？」

すうんと場内暗くなり、驚き瞠《みひら》く客どもヒューンと遠吠えもどきの風魔声《ふうまごえ》をあげて女神《めがみ》の顕現《みあれ》を待つ――と思いきや、さにあらず。

始まるわ？　と姐《ねえ》さんが、右の肱《ひじ》で男を小突いてふり向く男の顔《おもて》を顔《おもて》で釣るかのように棹《さお》と撓《しな》る左の腕を伸ばして指さすその方《かた》は、階段ならずさりとてコの字の入江《いりえ》にあらず賑《にぎ》わうコの字のその上の、思いもかけぬ天井近くのほらあそこ、あそこにも、あそこにも、こっちは死角で見えないけど――指が次々さすはなんと天井近くの四隅《よすみ》

であった。画面がある。あるとは気づいていたけれども、ちょうど相撲の黒房《くろぶさ》白房赤房青房四神の色の四房《よふさ》のように邪魔にはならずつつましく、入江《いりえ》の真中《まんなか》見おろす形でなんとはなしにかわいらしいとは思ったもので龍一は、カラオケやら、スポーツ中継生放送やら演劇音楽舞台録画の再生上映なにやかやのその手のものとたかをくくっていたのである。こんな手が、あったとは。

「映像ですか⁉」

モーツァルトピアノ協奏曲第23番イ長調Ｋ《ケッヘル》・４８８の第二楽章流れ出し、あれは皇居千鳥ヶ淵ではあるまいか、花見の宴《うたげ》が夜桜夜桜しずやしず、月も朧《おぼろ》にいよいよせつなく妖しい桜《はな》の吹雪《ふぶき》の下にて春死なん。

「お小夜《さよ》めちょいと手間取ってると思ったら、こんなの編集してたのか。」

「編集ですか。今ですか。」

「即席さ。まあ見てな。」

夏の朝の水がきらめきああ朝顔は恋紫、それがそのまま大きくなって夜空になって大川彩《いろど》る花火綴《つづり》に納涼舟は燃えないか。と思えばうつろい燃え立つ炎の山紅葉《もみじ》。やがてそれも夢幻《ゆめまぼろし》か浦の苫屋《とまや》の秋の夕暮。皓々《こうこう》たる月夜の雪堂神坐《かまくらカミクラ》だってよ並んだ灯《あかり》のひとつが選ばれ中が映されお餅を食べてる少年あれはウオルフガング・アマデウス・モーツァルト、まさかね。

富士が出た。河口湖。輝く日の宮早春の。零戦《ゼロせん》が、敵艦に、突入す！　モーツァルトも散華《さんげ》した。

「ママったら――、冗談きつい。」

冗談なら、確かにきついが忘年会は禊《みそぎ》の宴《うたげ》のもの狂いと知ればこれも岩戸神楽《かぐら》の舞《まい》扇《おうぎ》、くるりくるりと映像閃《ひらめ》き翻《ひるがえ》る、四隅《よすみ》の扇の四季《よとき》の夜伽《よとぎ》は見るともなしの客ども煽《あお》って賑《にぎ》わいいよいよ盛り上げながらそれでいて、夜桜奏《かな》でるモーツァルトは霞《かすみ》か雲かのさんざめきにむしろ籠《こも》り運ばれて、耳のほとりにしっとりたたずみ胸のあたりを颯《サッ》と掠《かす》めていったと思う。龍一だけではなかったはずだ。散華《さんげ》して、画面もパッと幕が降りるとかえって場内静かになった。次を待つ。

たまゆらの、待つ間《ま》の間《ま》こそ待つ身《み》を引き込みやがて背筋をつうっとなぞる。

（活人剣のその柄《つか》に、手をかけよ、舟橋龍一！）

横笛が、待つ間《ま》は待妻《まつま》の息とばかりに口火を切って一吹《ひとふき》きりりと気配を正し、紅《べに》さすせつない音色《ねいろ》を高く走らせ泳がせ棚曳《たなび》かせ、末はにじんで指のように天井あたりをなぞって消えた。耳が眼になり眼が耳に、今こそあれさ驚き瞠《みひら》く客どもヒューンと遠吠えもどきの風魔声《ふうまごえ》をあげて女神《めがみ》の顕現《みあれ》を待つ。間《ま》を置かず、和風に吹かれて連られ出たのは三味線ならぬなんとギターの乱弾《みだれびき》、死ぬの生きるの暑苦しいが酔いの紛《まぎ》れに音色《ねいろ》は気取って帽子のつばをちょいと下げぇの伊達男《だておとこ》、伊達《だて》は婀娜《あだ》を呼ぶのであろう爆《は》ぜる手拍子四隅《よすみ》の画面に円《まる》い光の柱をグサッと刺し立てた。

女の背中。

前は妖しい夜であろう黒の肌着がしかし背中は大きく明《あ》けて素肌の朝雪まろやかに、光を濡らして照り映《は》えながら長袖両腕まるで縛《しば》られ吊《つ》られたように伸ばしているからよく見れば、背筋《せ》は責められ肌も忍ぶに忍びきれずにそちこちささめく幽《かす》かな陰翳《かげ》の悩ましく、さぞや顔《おもて》は眉根《まゆね》を苛《さいな》む立皺《たてじわ》美人よ顎《あご》を引き。うなじを隠す髪に蝶《ちょう》――あれがほんとに松浦さんなら結び髪は初めて見るが蝶《ちょう》はああこれ急所を突くか言わずと知れた白地に紅《あか》い斑《しぼり》の――すっと龍は落ちて燃ゆる真紅《まっか》なスカート床《ゆか》すれすれで蝶《ちょう》になるとは跳《は》ねる黒靴龍をなぶってやがて床《ゆか》を激しく叩《たた》く。ギター手拍子床鼓《ゆかつづみ》。男の太い歌声伊達《だて》にまとわりつき、画面は光に女ひとり。

「フラメンコ――でしたか。」

してやられ、龍一むしろ静かな声。日野さんも、ちょいとおどけてなじるように、

「何かあれに言っただろ。似合いそうとかなんとかさ。」

「あ――、」

「それだあな。そっちの姐《ねえ》さんおっしゃるとおり求められりゃあなんでもやるぜあれはな。血が騒ぐってとこだろさ。」

「舟橋さん、お気に入りの白拍子じゃなかったけど、いかがです？　あーゆーの。」

「さすがですね臭《くさ》くない。指の先まで心がしなりをあげてます。腰が背中が毅然《きぜん》としてる。毅然《きぜん》として、色っぽい。」

「事務所のあれはどうだった。へべれけの――」

「大女優の風格でしたよ迫力満点剣呑《けんのん》な、名演でした。」

「あっはっは、そうかいそうかい悪かった。すまねえな。うっふっふ。」

「ママったら――、あはれ悪戯《いたずら》やめられぬ。舟橋さんが乗るわけないよ突っぱねられるの当然だッ。そうでしょ？　そうよそう。考えた。生《なま》は断念正解よ。映像正解後姿の入《い》りも正解まだあるよ？　くっふっふ。」

後姿の入《い》りの踊りはいささか長引きどうやら龍の気を引く術《て》、龍をさんざん遊ばせながらやがてそこへと導く女のずるい術《て》か、腕に手に、からめば払われ背中の雪を吸えば落とされ炎のスカート蹴出《けだ》す足首ちらり閃《ひらめ》く色気に撃《う》たれて死ねば嗤《わら》われ蹴《け》っ飛ばされて蘇《よみがえ》り、蝶《ちょう》に甘い救いを求めて飛んでちょっかい出してみればそこだった。ギクリまさにそこに釘《くぎ》づけそのちょっと、上である。別の蝶《ちょう》。紐《ひも》を結んだ黒い蝶《ちょう》がいるではないか跳《は》ねている。とこれは顔《おもて》におそらくは、

「お面――、お面ですか⁉」

映像に、耳があるはずないけれども、壁に耳あり障子に眼ありこの店まさにそうではないのか映像が、北叟笑《ほくそえ》んだと思う間《ま》があり背筋はそのまままっすぐ立てて腰を沈

める見得《みえ》ピタリ、決めて力をつま先あたりに詰めると颯《さッ》と風立つように腕をしならせ指を反《そ》らせて蔓《つる》が鋭く吊るか女身《おんなみ》くるりと龍巻ふり向いた。きりっと正面お面正解それもなんと能面の、

「小面《こおもて》だ。若い女のお面だよ。正解か？　あっはっは。」

能に通ずる所もあろう飛ぶよりしっかと床《ゆか》を打つ。地を叩《たた》く。根の国女王を呼びさます。腰で踊る腕で舞う。指はあれ見よ指ヶ富士。のっぺり隠れた眉《まゆ》根《ね》の立皺《たてじわ》見えないからこそ時にさぞや般若《はんにゃ》のそれ、ますますせつなく悩ましく、

「ママったら――、決定的に正解よッ。」

くつろぎ見入る客もあれば見るとしもなく酒に浮かべて談論風発祭《まつり》囃《ばやし》の組もあり、思い思いに天井四隅《よすみ》が花であろうかそれこそ花見の宴《うたげ》さながら花も人も神も仏も共酔《ともよい》顔《がお》にどれがどれ。

「息子さんの説によれば松浦さんは素顔が既に化粧の人、そうでしょ？　どうしてわざわざお面まで。」

「誰にも何ものにもなりたくないってことなのよ。」

「ってこたあな、お求めあれば誰にでも、何ものにでもなってみせよう心意気ってことでもある。同じさ。女《おんな》」

「ぼくにはそれ、わかりません。ぼくは隠者舟橋龍一それ以外の誰にも何ものにもな

りたくない。」

「同《おんな》じこった。あっはっは。みんなボーテンついてるぜ。無数だよ。」

「永遠ね。」

「永遠の、一回ですか。一回に、すべてがある。」

「言わせるかい？　ひとつで無数無数でひとつ――もののあはれということさ。そうだろ？　龍さんよ。」

姐《ねえ》さんが、腰をひねって例のカクテルちらと舐《な》め、美の味は、と若男《おあにいさん》に問われて云わく、

「今夜はちょっと苦《にが》いわね。」

ギター手拍子床鼓《ゆかつづみ》、遠くなったり近くなったり逆巻《さかま》く波がふっと凪《なぎ》に忍び泣いたりはにかんだり、合わせて女身津波《おんなみ》とばかりに胸で押し寄せ盛り上がったり腹に抱き込みくねったり、腕は羽ばたくその手その指あれ見よ例の富士が激しく掻《か》きまさぐるは凱風快晴双子空《ふたごぞら》、支えて堂々噴火のスカート膝《ひざ》の締まりを時折たまゆらほのめかし、細まる跳《は》ねる吠える毒づく甘えかかる影切れ上がる、乱れ舞いの乱れ踏みはしかし一本ゆるがぬ芯《しん》を貫いて、お面の雪に月光冴えて小さな口の紅《べに》なまめかしく花の色香《いろか》の静御前《しずか》、千手《せんじゅ》おどる嵐の要《かなめ》にのっぺりお面が万物《よろず》の顔とぞなれりける。腰も高さ低さを変えずお面と釣り合う下の要《かなめ》よ炎の中に靴音響かせ万物《よろず》の母の根の国女王ぞひとり

立つ。靴音の、数だけ立つ。無数に立つ、ひとり立つ。

(十八ぐらいで死ぬべき女が死なないで。)

(死んだのは、あの子だけ。)

(お母さんは富士を憎んじゃいませんね。あれはむしろ富士に対する羞恥です。憧憬《あこがれ》色《いろ》の嫉妬です。)

(背中はあけておきますね。)

(背中――、ぼくの?)

(姉さんが、いますから。)

ギター手拍子床鼓《ゆかつづみ》、胸の夜がくるりと背中の朝《あした》に明《あ》けて芯《しん》を誇るかむしろ惜しむかまたくるり、双《ふた》つの夜をことさらたまゆら揺らして煽《あお》るかむしろ悼《いた》むかしずのおだまき繰り返し、くるり、くるりとゆっくりかなしくしかししっかり強くまわって昔を今に女の意気地、ドンと床《ゆか》に芯《しん》を突き刺し見得《みえ》は芯《しん》を責《せ》め苛《さいな》むのか斜後《ななめうしろ》のきつい反身《そりみ》に背中てらてらいよいよせつなく照り映《は》えわたる。しなやかに、右肩右腕おのずと伸びて裾野《すその》と傾き末《すえ》にも富士の指先が、炎の扇をつまみ上げて開く女絵《おんなえ》赤富士スカートあでやかに、決めるやパッと放《ほお》ってこれを散花《ちるか》にしたいか蹴《け》っ飛ばす。その足が、そのつま先が頭の上までまっすぐ倒《さかさ》に立ったと思え腿《もも》まであッとすべて閃《ひらめ》き振り降ろされて弾《はず》みがついて女身《おんなみ》うねる鋭くまわるピタッ、と止まる。胸ゆれる。遅れてスカート縋《すが》りついて裾《すそ》が大きくまわり過ぎ、戻り、返り、まさにおんなみたゆたゆたゆたいやがて芯《しん》の静けさよ、お面の雪に月光冴えて小さな口の紅《べに》なまめかしく花の色香《いろか》の静御《しずか》前、再び細《こま》かに足踏みならし両腕やはり千手《せんじゅ》の嵐に万物《よろず》の顔が片頬笑《かたほえ》む。芯《しん》をずらして芯《しん》を見よ。

（いつ見ても、あんたはしっとり濡れてるね。あの声が、いつもあんたをしっとり濡らして見守ってる。）

宵の口、花時《はなどき》おぼろに望月の、雨催《あまもよ》いの雪洞声《ぼんぼりごえ》。

冬の朝に夏の朝の立つことも。

私はもう雪女、月みちて、花さいて――龍さん一緒に燃えましょう。その声の、そのまなざしのその水を、きらきら注いでいたのであろう九歳《ここのつ》の、夏の朝。御神火《ごじんか》きらめく水の朝。自分を身籠《みご》るその前の、十九《じゅうく》の母はうしろの正面お前の正面ゆかりの色の恋紫に白雪《しらゆき》冴ゆる富士と咲く。邂逅《めぐりあい》のその朝に、ああ、あなたでしたのと。

ああ、あなたでしたの
毎朝お水をくださって
大きくなあれ大きくなあれって
お歌も聞こえていましたよ？

ああ、あなたでしたのぉ……

十二

昔ながらの薪《まき》ながら――とお湯をめぐらすこの館《や》の性《たち》はやはり芯《しん》に湯殿が控えていたのである。

「中締《なかじ》めに、ちょいと湯にでも入ろうってんだがどうだろね。」

酔身《よいみ》にそれは毒でしょうと遠慮してはみたけれど、ぼくはともかく日野さんが、と気遣《きづか》うふりのふりもあらわに笑い合って紛《まぎ》らわしてもみたけれど、酒の上の雲を仰《あお》げば鳥居に掛かるか恋紫のあれは暖簾《のれん》ぞ誘《いざな》いゆかしく例の「ゆ」の文字たおやかに、湯《ゆ》浴《あみ》の清香《さやか》を奏《かな》でうっとり涼んでいる仮名《かな》「ゆ」の文字美《うるわ》し龍一わくわく腰が浮く。

「ここはどういう店なんです。」

「宿屋になってもいるんだよ。ただしまことに残念ながらのうかいでさ、慈悲が売りの湯女《ゆな》と名のつく女神《めがみ》か菩薩《ぼさつ》の天才達は近頃自覚を封印されているんだね。豊かにたわけた色里再興無理だった。ただの宿屋で我慢の子とは痛恨痛憤あっはっは。冗談は、ともかくも、宿屋の看板出してねえから隠家めくのもまた確か。誰でも泊まれるわけじゃねえんだちゃんと客は選んでる。湯殿はね、温泉宿や銭湯《おゆうや》さんを思ってもらっちゃ困るんだが、狭いながらも趣ちょいとそれ風だ。上がった後《あと》も心配いらねえなんでもある。替えの下着に洗面用具に化粧品に龍さんあーたの常用品は揃《そろ》えさせてもらったよ。気味悪い？　そこはお小夜《さよ》さぬかりはねえよ双《ふた》つのあの眼は硝子《ガラス》玉じゃねえからな。」

「ひょっとして、松浦さん、人形作りの御趣味なんかありません？」

「人形？　……さあてな——、」

「首だけの。」

「首だけ？　——首ったけ？　はっはっは。」

首までつかった台風《のわき》かな。

はずみで酔いはポンと飛んで日野家知らずの最後のあの日、三月《みつき》前が遠い昔と思えるあの日の境目硝子《ガラス》戸狂おしく、家外《とのも》は時化《しけ》のおんなみ激しく部屋は凪《なぎ》の女首《たまゆら》ゆらッとつややかに、龍宮城、壇ノ浦、おんなみ裏に小さな富士が私はもう雪女、月みちて、花さいて——境にわななく龍さん一緒に燃えましょう。思えば既にあの時日野家は龍一を、湯舟に乗せていたのである。行きなさい、と名残《なごり》の夕空背中を押す。ポン、と。拭《ぬぐ》われて、台風一過の神保町。

「なんだい龍さん（思い出し笑い）かい。」

「あ、いえ……、湯上がりの麦酒《ビール》ですよ。」

「おい来たさあ湯に行こう。」
祭囃《まつりばやし》に露店の数々見世物小屋に化物屋敷よ群衆《ぐんじゅ》の灯影《ほかげ》の華やぎが、天井四隅《よすみ》の黙り込んだ画面に映っているかと思うさんざめきの境内じみた卵たちの賑《にぎ》わいは、何をまつのか何をまつっているのであろうかその中を、父子《おやこ》のような白髪《はくはつ》紳士と隠者がゆく。傷痍《しょうい》軍人楽しげに、浮世離れのボーテン剣士したりげに。コの字の庭をたたずみ歩《あり》く影また影にことさらこちらを気にする人見の穂はないが、心得顔《こころえがお》の笑顔《えがお》酔顔《よいがお》どの顔見てもそのつど会釈の穂波は揺れて睦《むつ》み風、戯れに、と耳のほとりに立つ影が——龍さん例《たと》えばこんな風に孵《ふ》化してみましょう我は武士《もののふ》我は農民《つねびと》あるいは狩人《かりうど》また漁師《すなどり》、または商人《あきんど》あるいは職人《たくみ》かまた芸人《わざおぎ》かなんにせよ、人間なんていませんから。——バッカねえ！　と姐《ねえ》さんが、客のひとりの背中を叩《たた》いて大笑い。龍一とは、群衆《ぐんじゅ》の中に離ればなれになってはいたが眼と眼が合うと吸いつき離れずかえって間近《まぢか》に見つめ合うより裸であった。ふり切って、胸轟《とどろ》いてうしろ髪……

　それもまた、おもてなしではなかろうか、胸の騒ぎもうしろ髪の引かれ心地も扉を閉めると颯《サッ》と涼しく色が変わってもう後味《あとあじ》が甘かった。なるほど宿屋の廊下である。靴音つつんでまるみをつけて後味《あとあじ》甘い調《しらべ》を奏《かな》でる赤絨毯《じゅうたん》は渋い照明《あかり》にくつろいで、家内《いえうち》なのにお庭をめぐる逍遙《そぞろあるき》の小径《こみち》の顔でたとえばひとつここでお休みなさいませ、と壁を刳貫《くりぬ》き長椅子まるく据《す》えた小さな東屋《あずまや》風の暇《ひま》を設《もう》けていたりして、ならばしば

しと腰をおろせば眺めあり、心憎くもお雛《ひな》様が杯《さかづき》浮かべて曲水の宴《うたげ》を催すことであろうさざれ池水《いけみず》ことこときらめき琴めいて、

「いいですねえ。日野さんの、御趣味ですか玄関先からそうでしたけど雛形《ひながた》が、お好きなようで。」

「傷痍《しょうい》軍人らしいだろ？　箱庭とか、ジオラマとか、そういうのが好きでねえ。盆栽いじりはまだなんだが。」

「ぼくという、凡才いじりをしてますよ。」

「なんだって？　座蒲団《ざぶとん》十枚獲得だ？　残念でした一枚取れッ——あっはっは。」

その一枚は暖簾《のれん》だったに違いない。酒の上の雲に仰《あお》いだそれはそれこそ残念でした影も形もなかったが、開放《あけっぱなし》の玄関入るやその残念も沓脱所《くつぬぎどころ》で思わずほおっと息解《と》ける。壁にこれは古式ゆかしい木札鍵《きふだかぎ》の下足箱が翁嫗《おきなおうな》のお面が並んでいるかのように皺々《しわしわ》笑顔の顔顔顔で客を迎えているのである。

「廃業した銭湯《おゆうや》さんから買い取った。うちはせいぜい五六人が限度の湯だが百番まであるんだよ。うっふっふ。こんな贅沢《ぜいたく》ねえだろ。お好きな番号どうぞなんださあどーぞ。」

「そうですね、聖数三といきたいですけど貧乏性って言うんでしょうかつい敬遠、ふっふっふ——、齢《とし》の数で二十八、これいきます。」

「私《アタシ》はもう、齢《とし》の数は嫌《いや》だね。そうだな——、四十七士でいきましょう。」

曇硝子《くもりガラス》の引戸はひとつ、女と男は見做《みな》であろう時には反転図形になるのか引けば重みの滑《すべ》りがいい。後朝《きぬぎぬ》ならぬ着脱《きぬぎ》の床《ゆか》はおっしゃるとおり狭いけれども棚にはそれぞれ乱れ籠《かご》、湯浴《ゆあみ》の清香《さやか》の染《し》みて涼しいこの手のものは馴染《なじ》んだことなどついぞないのに懐《なつか》しい。財布も時計もそこに置く。そして——、
そして裸の扉を引けばさあっと湯の国さやかの歌声瀧津瀬《たきつせ》めき、俄《にわか》の湯ではないとわかる湯気も朧《おぼろ》に常世《とこよ》はここよと肌にあまねく湯気の湯女《ゆな》。天井下に小窓の列ありひとつ開《あ》いて頭熱《のぼせ》を抑《おさ》えてそれが朧《おぼろ》の湯気も生んでしかし龍一ああ〜と、首ったけに首までつかって湯の面《も》に嘆息《ためいき》ついたはずみに気がついた。

「月ですね。湯気の向こうに冴えてます。」

ああ〜と一緒に日野さんも、

「皓々《こうこう》と、厳しいが、ここで見るとかわいいね。夜《よ》も更《ふ》けた。」

「お湯に月で雪女。」

「ちゃんとぬるめにしてあるよ。——幻か、深雪《みゆき》に積もる桜影《さくらかげ》。」

声と声が壁に響いて客の眼は、初めてくっきり絵に出会う。さすがに富士ではなかったが、

「日野さんやってくれますね。なんですあれは。上下逆《さかさ》の日本地図。下にわざと古い

字体で題がありますね。なになに？　――『環日本海諸國圖』」

「私《アタシ》あね、ここでこうしてあれを見るのが好きでねえ。世界が違って見えるだろ？」

「違って見えますね。日本海を囲《かこ》っているのは守っているのはまさに日本列島です。」

「怪獣ガメラがいるだろ。沿海州のあのへん甲羅《こうら》で首をもたげた朝鮮半島悲痛に必死に吠えてるな。大陸の、治乱興亡その厳しさを象徴してる顔かな。それを嘆き憤《いきどお》り、狂わんばかりの咆哮《ほうこう》か。龍さん云わくの世界史と、陸続きの悲劇だよ。宿命さ。

　それにひきかえ日本列島見ろよ龍さん浮世離れの虹立つ龍のようじゃねえか日本海を抱いて飛龍が遊んでる。間違いなく、あーたあいつが生んだ子だ。あっはっは。私《アタシ》あね、こうしてお湯にとっぷりつかってあれを見てるとまさに極楽気分さね。例《たと》えばさ、大陸の、治乱興亡さんざんやって傷つき疲れてうんざりしきった人がさ、岸辺に立ってあの青々と恵み豊かな森島望めば憧憬《あこがれ》を、抱《いだ》くだろ。安らぎを、求めるさ。渡るよな。渡ってさ、争い好むはずがない。そもそも土台が違うんだ。人世《ひとよ》人事のその前に、あの森島は火山列島地震列島台風通りの賑《にぎ》やかな国でもあってそれこそが、豊かな恵みの元なんだからそれを相手に争わないよ恨みもなしださからわない。信玄堤《づつみ》がいい例だ。洪水さん、毎年どうも御苦労さん、どうかひとつ、人里避《よ》けてこっちに流れて下さいな、ってあれだよな。一事が万事そうなんだ。渡ったやつらは先住民たるヒノモトビトと争うどころか学んだんじゃねえかな。嬉しかったはずだよ。」

「地球は一個の生命体、とするならば――ってことでしょ。」

「それさそれさあーたの説だ生命力が方々に噴出してる、若くて美《きれ》いな生身《なまみ》さね。あそこは隠者の島国さ。母恋《こ》い隠者の庵《いおり》の国さ生身《なまみ》をめぐる生身《なまみ》に隠《こも》る生身《なまみ》が祈る、もののあはれの幸《さきわ》う国。」

「どうでしょう、日野さん好みの雛形《ひながた》じゃあないですけど、日本海が岸辺の浅い所《とこ》を伝えば半ズボンで渡っていける池だとして、あの列島がこんもり繁った雑木林の中洲《なかす》みたいな所《とこ》だとして、そしてぼくが子供なら、きっと気の合う友達と、あそこに渡って秘密基地を作るでしょ。」

「秘密基地？　そいつぁいいや言い得て妙。」

「好きな玩具《おもちゃ》をこっそりしこたま持ち込んで……」

「何して遊ぶ？」

「『源氏』を書いて遊びましょう。」

「あっはっは、そいつぁいいや！」

糊《のり》のきいた浴衣《ゆかた》を着て、丹前いらずのポカポカなので手に持って、乱れ籠《かご》の中身や靴は寝ているうちに部屋と出口にそれぞれちゃんと届いているのが不思議でさぁ、とうすらとぼけた日野さんなんとも楽しそうに湯上がり用の涼しい草履《つっかけ》出してくれる。あゆむごと、廊下は足から夏の夕《ゆうべ》のいささ群竹《むらたけ》吹く風生んでしかしやはり胸のあたりの静けさや、家外《とのも》に冴ゆる年の暮。こちらは寒風故郷《あちら》はおそらく乱れ舞いの雪であろう雪国の、冬は裏の夏でもあり。うら燃ゆる、いのちが心、心いのちの夏のひざしの透影《すきかげ》は、雪の肌に月の光と濡れて艶《つや》めきほおっとほのかに桜影《さくらかげ》。見つめれば、顔《おもて》にまなざし初夏の夜風が若葉涼《すず》を鳴らして湯浴《ゆあみ》の清香《さやか》を奏《かな》でる涼しい愁いに潤《うるお》う夜空が大きな瞳。恥じらえば、富士の火口に露をむすんできらめく盛夏の朝顔が、恋紫の高貴の恋に咲ききって、

ああ、あなたでしたの
毎朝お水をくださって……

八畳の、部屋はふたつの寝床がしめてしいんとしずまり傍《わき》へ退《の》いた炬燵《こたつ》は富嶽《ふがく》三十六景『小夜姫御堂湯上《さよひめみどうゆあがり》』（そんなのないよ）寝床が江戸の町に見え。和服も和室もこうしてこちらの都合に合わせて三十六景あるいは百景八百八町。整えば、今度はこちらが作法に合わせて寝床の蒲団《ふとん》を踏まぬように富士の裾野に入り込む。とすぐまた小声で麦酒麦酒《ビールビール》と互いに立って冷蔵庫。その上に、「消毒済」との紙で包んだ筒杯《グラス》がいかにも旅先で。とにもかくにも湯上がりの、麦酒《ビール》千両！　――ちょいと負けろよ既にかなり入っているから味はさすがに深更《よふけ》であった。

肴《さかな》には、これがいいと日野さん選んだ録画盤は若手有望落語家集。龍一と、同世代かちょっと上の噺家《はなしか》ばかりで真打《しんうち》前の二つ目組、師匠に寄食の前座修業を終えて形は一人前だが真打《しんうち》ほどの収入《みいり》はないから二つ目ぐらいが最も生活《くらし》は苦しいとか。だがしかし、だからこそ、志の芯《しん》もあらわに最もいちずに輝く頃かどれも確かに好きこそものの上手なれ、本物の香《かおり》を奏《かな》でなにより現代珍《いまどき》しく、時代に媚《こ》びる気配のないのが頼もしい。好きとはそういうことだろう。――『芝浜』は、世人《よひと》よく知るあの噺《はなし》は、ほんとにあれでいいのだろうかお涙頂戴《ちょうだい》ハンカチ御用意下さいと。野暮の骨頂こんな江戸前あるものか、あれはほんとは上出来の滑稽話なんですよ――と通《つう》が聞いたらせせら笑うか無視《しかと》であろう龍一の、椿説《ちんせつ》しかしここにそれをやってくれた若手がいる！

「凄いですねこいつの『芝浜』あ。」

「いいだろ？」

「泣かせのはずの大詰めが、お祭騒ぎの狂人沙汰《きちがいざた》になってますよ場内爆笑ああ目出度《めでた》い！

いいですあそこ、

（お前さん、よくもまああんな嘘《うそ》にだまされたもんだねえ。）

（ふはあふはあだまされちゃった。）

この亭主、来た球《たま》をバアッと打つ天才打者にそっくりです。聞こえる曲は面白うてやがて哀《かな》しきモーツァルト。」

「気に入ると思ったよ。いたんだぜ？　この噺家《はなしか》。」

「いた？　って。」

「さっきあそこで飲んでたよ。龍さん見て、こっくり会釈してたじゃねえか。ひとりだけ、和服の男がいただろ。」

「え？　――あ、そういえば……」

十三

酒の性《たち》がよかったせいか酔いの褥《しとね》のうたかたの、熟睡《うまい》が酒の毒だけ脱《ぬ》いて酔いの勇みの艶《つや》をどこかに残していた。寝足りないが二度寝したいと思わない。今なら世にも素直な心で気取れそうだし気取りがそのままいのちのいろどり我身《わがみ》いっぱい男前になれそうだし、宿酔《ふつかよい》一歩手前のここがおそらくそれこそ千両醍醐《だいご》味《み》の、こたえられない所であろうもののあはれもこれよりぞ知る。真《まこと》の恋は夜ではなく、むしろ朝ではあるまいか――となにがなんやら早い話がまだ酔い残りの元気な男がはしゃいで朝湯としゃれ込んだ。龍一ひとり。照明《あかり》は夜だが小窓に朝、なにより湯気の風情が朝、お湯につかればああ～と肌も目覚めて朝、たったひとりのこれも千両醍醐《だいご》味《み》で、高鼾《たかいびき》の、日野さん出し抜く朝湯さら湯の痛快は、楽々たやすく富士見を我身《わがみ》に引き寄せた。ボーテン剣士の隠者がとうとうここまで来た。もう退《ひ》けぬ。

「どうして起こしてくれねんだ。」

と日野さん口ではすねてみせたが寝床はいずこ、部屋も起きて畳が目立って炬燵《こたつ》がでえんと真中《まんなか》に、日野さん共々《ともども》したり顔でこれぞ富嶽《ふがく》三十六景『朝餉《あさげ》揃《ぞろえ》待設《まちもうけ》』（そんなのも、やっぱりないよ）朝御飯のお膳代わりにお盆がふたつ、富士山頂に向かい合っているのである。あたりに人気《ひとけ》はなかったが、黒子《くろこ》の出入りはあったらしい。主《あるじ》の日野さん眼が口よりものを言ってさあ召し上がれ食おうじゃねえかと笑添《えみぞ》えに、手が箸《はし》を、取って客の気がねをほぐす。客は炬燵《こたつ》に膝だけ入れて正坐して、いただきます。

　ご飯はふっくら玄人《くろうと》炊《だ》きだし味噌汁《みそしる》これも玄人出汁《くろうとだし》に具が王道のわかめに豆腐、ここを決めれば朝餉《あさげ》におかずの出しゃばり無用と料理人は言いたいか、目立つものとて目玉焼きの一品ぐらいで片目を閉じる思いがしたがなんのこれが食べてびっくり絶品だった。

「松浦さんの手料理ですか。」

「いいや……、爺《じい》さんだ。」

「爺《じい》さん？」

「松浦ビルの持主《オーナー》さ。階段あれさ踊場の、格言居士ってとこさあな。」

「痛いなあ。ぼくのはさしずめ怪談『我にもあらぬ落書《らくがき》』でしたけど、いつしかすっかり馴染《なじ》んでしまって今やもう元からあったと言いたげな顔してる。一度挨拶ぐらいしておきたいって思いながら……、御変人だそうですが。」

「御変人？　あっはっは、そいつぁいいや恐れ入るぜあの爺《じい》さん、実を言うと会うごとに、ボーテン様はお元気かいってあーたの近況聞きたがるんだ何を遠慮してんだか、会いに来りゃあいいのにな。あれでかつては大空の、勇士だった男だぜ。海軍さんだ零戦《ゼロせん》しのぐ名機紫電改でB29に立ち向かったそうだよ。けなげなもんだ名誉の負傷とやらでさ、案山子《かかし》んなって帰《けえ》って来た。戦後はずっと荒れた山田ん中にいる。忘れられた防人《さきもり》が、御国を憂えて世の中睨《にら》んでつっ立ってる。」

「案山子《かかし》って――、」

「本物の、傷痍《しょうい》軍人さ。足一本、義足なんだ。」

箸《はし》の掛橋《かけはし》ご飯茶碗《ちゃわん》の大空よ、汁のお椀《わん》の懐《ふところ》よ。主皿に黄身《きみ》の名残《なごり》あり、お新香で、そっと拭《ぬぐ》う。

お腹《なか》は心とちょうどほどよく落着《おちつ》いて、富士見を襲う覚悟はできた。い、いのボーテン剣士が紫電改で男一機日野家に押し入り火をつける。あッ、と繭《まゆ》は燃え初《そ》めて、ああ、あなたでしたのと、瞠《みひら》く我身《わがみ》に驚き恥じらう雪女、月みちて、花さいて、富士は噴火するだろう。ういういしく、みずみずしく、湯浴《ゆあみ》の清香《さやか》の炎に身を焼き男を抱いて泳ぎ喘《あえ》ぎ歓《よろこ》びおぼれてその果てに、富士はいとしい男の肌に繰《く》りごとせつなく爪弾《つまび》きながら珠玉《たま》の涙をむすぶだろう、恋紫の思い出に。

「紫色がいいって言うんだ定子がね。」

紫色貝定子がね？　と聞こえてはッと龍一思わず素《す》の眼を上げてしまったが、ゆらッとたまゆらゆかりの色の御名《おんな》はゆれ、人の悪い日野さんなんの話だろう。

「出しぬけに、なんですか。」

「出しぬけだ？　よおよお色男、もの思いの邪魔したか？」

聞いてなかった色男、きょとんとしながらうろたえず、あてずっぽうの勝手に一手《いって》先に打ち、

「燃《も》すなりなんなり好きにさせていただきます。」

「了解だ。」

「お話は、」

「口実が、いるだろ。いや討入《うちい》りの、口上が。――我《われ》は不逞《ふてい》浪士にあらずもの、ものあはれのボーテン剣士ぞ満を持して只今参上なあんてな。」

「日野さん……。」

「これを届けてほしいんだ。」

とご飯のお盆の後《あと》を清めた富士山頂に小箱が三つ並べられ、これもやはり包みを見れば決して俄仕立《にわかじたて》でない、あらかじめ、熟練《てなれ》の指が謹《つつし》み包んだ折り目であろう着つけきりりとしかもしっとり落着《おちつ》いた、三人官女が恭《うやうや》しく額《ぬか》ずいた。その着物、いや包み紙の柄《がら》を見よ。白地に紅《あか》い斑《しぼり》の――玉依姫《たまよりひめ》の依子嬢が黒髪たばねる蝶《ちょう》の羽で包んだか、日々よ火々よ日の丸よ、乳《ち》の房《ふさ》に、血の丸よ、ひとつで無数無数でひとつ。

そして思いがけなくも、

「ひとつは龍さんあーたのだ。」

と言うなり日野さんひとつをビリッ、とぞんざいに、ビリリビリリと破り裂き、龍一なにかヒヤリとしたがあらわになった白い肌の小箱に日野さん手をかける。雪月花、

「日野さんちょっと！」

「え？　なんだい？」

「模様が、ありますね。」

白い肌に透彫《すかしぼり》のようなもの。

「ああこれか、目敏《めざと》いね。桜の花の紋所《もんどころ》、みてえなもんだちょいと雪の結晶に、見えもする。白い光沢《つや》は月の光の趣向だと。見えるかい？　――言われてみればと客《ひと》に言わせる力技《ちからわざ》。技《わざ》の主《ぬし》が月の光のお小夜《さよ》と来た日にゃ文句も言えねえあっはっは。箱は選定《みたて》に過ぎねえが、中身はお小夜《さよ》が心づくしの手作りだ。まあ龍さん、見とくれよ。」

白い肌の小箱開《あ》く。紫色は艶《つや》めくかわいい蛇であった。龍一に、いきなり懐《なつ》く――嘘《うそ》をつけ。紫色の艶《つや》ある糸の編物《あみもの》で、手首巻きの呪具《まじないもの》かと思えば果たしてそのとおり、

「左の手首に巻いとくれ。左はなんでも母の縁《えにし》の手なんだそうな。蝶々《ちょうちょう》みてえな飾りの結び目あるだろ。そこに留具《とめぐ》が仕込んである。そうそうそうだそれでいい。ぴったりだ。お小夜《さよ》らしいぜ油断ならねえかわいい女め頼りになる。あっはっは。」

「いったいなんの呪術《まじない》です。」

「なんでもありさ天下泰平五穀豊穣家内安全子孫繁栄もののあはれの酔泣《よいなき》しっぽり永遠なれ。なにしろな、黒髪一本入ってるんだそん中には、いい～女の遺髪がね。十年前に死んでいまや娘に生きてる富士の高貴のしたたりの、一本さ。」

　黒髪一本閃《ひらめ》くものあり梅雨《つゆ》のあの夜《よ》の忍びごと。あの夜《よ》は昏今朝《けさ》手首。女首《たまゆら》の、作者はやはり松浦さんではあるまいか。

「残るふたつは定子のと、依子のだ。これを届けてもらいてえんだあーたが手ずから渡すのが、なによりだって思うんだ。」

「これと同じものですか。」

「同《おんな》じものだよボーテン付きさうっふっふ。」

「軽いのに、おもいですね。」

「一緒になればかろやかってとこだろさ。」

「謹《つつし》んで……」

「頼んだぜ？　くれぐれも、よろしくな。」

○

珍しく、今朝《けさ》は風が息をひそめてくれたらしい。板塀越しのそこの屋根は料亭か、和《なご》む空の青みがなんともあたたかく、冬晴れ主《あるじ》の弱日《よろび》の君は箸《はし》でつつけば黄身《きみ》がとろりと流れて瓦《かわら》にとととと落ちてまるい猫になりそうな。と日向《ひなた》を味わうゆとりが猫か今頃ゆうゆう戸出《といで》の気分はまた千両、朝出群衆《ぐんじゅ》の川筋消えて世の中とっくに動いてる。

「あれっ？　もう、表通りの坂道ですか？　昨夜《ゆうべ》はこんなじゃなかったのに。なんだかこう、縁日明けの境内ですね。」

縁日明けの遅い朝は裏からこっそりお逃げ遊ばせそんな趣向か案内《あない》されたはお勝手口、ただし靴はちゃんと清めの水を打った沓脱石《くつぬぎいし》に揃《そろ》えられ、しかもやはり黒子《くろこ》の働きどうやら磨いてあるのである。高級品の日野さんのはともかくも、龍一それこそ足元見られた思いはずかし靴いとし。すかさず日野さん朗《ほが》らかに、歩き込んでる靴う見ると嬉しくなるぜさあ行こう、宿の客はここから出るんだ選ばれた客はな、と並んで立って婿《むこ》の背中をポンと叩《たた》き一緒に出る。外気《とのも》やわらか弱日《よろび》の君。黄身《きみ》が戯れ猫になる。一緒にゆくか板塀伝いに日向《ひなた》ゆるゆるあゆみを共に運んでゆけばあれっ？——

と、思いのほかにあっさり表の坂道で。

「あーたの気が変わらねえうちにって、この町の粋《いき》なはからいさ。」

「御無用ですよ変わるもんですか。」

「搭乗したか？　紫電改に。」

「乗ってます。」

「出撃命令もう出てる。」

「誰のです。」

「定子だよ。すべては定子の命令さ。声なき声の富士のけなげな懸想《けそう》だよ。私《アタシ》はただの伝令なんだあっはっは。本望だ。」

本望と、言われてコツンと小石かな。

「依ちゃん頭痛なおったかなあ。」

そらぞらしさを確かめる。こんなにか、と驚いた。富士見を襲うボーテン剣士のここにしか、もういない。外套《コート》の襟元《えりもと》ワイシャツ襟《えり》を富士に結ぶネクタイの、下に隠れた男の夜空に昇龍《のぼりりゅう》の銀河立つ、その果ての、玉散る涙のそのそこに。人間殺して人を活《い》かす、活人剣のそのひとふりのきらめきに。

託された、届けものはふたつだが……

「目覚めたら、嘘《うそ》みてえになおってら。」

(姉さんから、生れたい。)

坂道の、商店街は化粧すました澄まし顔あり鏡の前の仕度《したく》中あり日向《ひなた》に水音帚音《ほうき》の似合う頃、まだ許される欠伸《あくび》を遊ぶ白い息が日光和《ひざしあえ》にやわらいで、ぽおっぽおっと淡い笑《えみ》を描《えが》いて消える。消え際を、拾うように日野さん気さくに挨拶すれば返礼もれなく軽口相撲《ずもう》の一番付いて景気づけの花火とばかりに弱日《よろび》も爆《は》ぜる笑い声、冬でござんす街がほほえむあたたまる。向かい合う、坂と坂、降りゆく谷はぬるんでいるのか通りもお濠《ほり》も線路も崖《がけ》もなにかぬめり艶《なまめか》しい。人も車も駅舎も枯木もなにもかも。そして仰《あお》ぐ富士見の坂は龍一を、無口にした。悩ましかった。うしろの正面は、お前の正面だ。さあ、抱け！

(いつ見ても、あんたはしっとり濡れてるね。あの声が、いつもあんたをしっとり濡らして見守ってる。)

だあーれ、ともの問いたげな飯田橋駅お濠《ほり》に臨んで彼岸に並木の春は花見の桟敷《さじき》駅、谷に踏ん張り崖《がけ》の肩借りちょいと気取った西口駅舎のお顔はどこか登山口の観光駅のようでもあり、とおだててやれないこともなく、お濠《ほり》と線路を跨《また》ぐ橋がそのまま富士見の坂となるから駅舎は坂口登山口の見かけは一階実は二階を相勤《あいつと》め申し候《さうらふ》と、心憎いぜ駅前小《こ》広場やはりのどかに学生風の暢気《のんき》顔がちらほらいかにもここの今頃らしかった。

「じゃあ龍さん、私《アタシ》はここで。」

神保町なら違うので、

「総武線？　――どちらへ。」

「新宿あたりで買物して、それから火事場のお見舞いさ。」

「火事場……」

「決まってら、道島種苗店、繁昌するぜ？」

ポンと婿《むこ》の肩たたく、その手が繁昌させるのか。伝令に、過ぎないのか。道島種苗店、その名の昨夕《ゆうべ》がポンと今日《きょう》の日向《ひなた》に立って腑《ふ》に落ちて、すべては確かなひとつで無数無数でひとつのもののあはれにうなずいた。婿《むこ》は顔を赤らめる。どうしたボーテンしっかりしろよと日野さん今度は二の腕あたりを小突《こづ》いてさすって眼を細め、奥を照らしてもう一度、

「繁昌するぜ？」

笑《えみ》が皺《しわ》立ち顔が消えると翁《おきな》のお面が閃《ひらめ》いて、後姿の冬晴れゆくか白髪《はくはつ》ぬくもり遠ざかる。見えなくなるまで見送った。見えなくなってもそこから眼が、離せなかった。

（あッ、そうだ依子依子ちょっと待った。舟橋さん、麦酒《ビール》の方がいいかな。）

（はあ？　……あの、私、本日は、面接に参上した次第でして。）

（くふっ、おとおさん！）

くふっ、おとおさん！　と谺《こだま》は左手首から。思い出冴ゆる谺《こだま》がたまゆら胸を打って目頭《めがしら》へ。だからさッと踵《きびす》を返す。大股《おおまた》で、あゆみゆく。富士見の坂の坂町へ。

日野定子、十九歳。

十年前、母は定子を庇《かば》って死んだ。その時から、声が出ない。

（ずっと前から知ってたような気がするよ。ここに来る、ずっと前から。）

（知ってたね。）

死にゆく母の玉の緒の、たまゆらに、定子はすべてを受け継いだ。からだいっぱい心になった心いのちの根の国女王が末期《まつご》にあッと稲妻よ、ちを突きちを裂き暦《こよみ》をあらため炎の血潮の女が定子に始まった。母にすがって母にめり込む指を見よ、富士ではないか。定子よ聞け、遠く散った我らが一族雪国根生相生《ねおいあいおい》の、未来の夫は今十八、定子が生れたその時まさに邂逅《めぐりあい》の富士をひそめた紫色の朝顔に、恋をした。十九《じゅうく》の定子に恋をした。巣立ちである。生みの母の胸から巣立ってその子は抜身《ぬきみ》の男になった。そして年月《としつき》重ねるうちに男の悟りよ我恋《わがこい》は、我を身籠《みご》るその前の、十九《じゅうく》の母にきわまれり。定子よお前は生れる前に既に夫を生んでいる。やむにやまれぬ血筋の思いと知ってか知らずかこの男、あらゆる意見や理論や解釈や批評のもとに理想と幻滅とが乱れ合う人間《オトナ》の複雑に加工された世界に、抗議して立ち上がらんと今十八、お濠端《ほりばた》、皇居の空に富士を描いて十九《じゅうく》の定子を慕《おも》っている。

（十八の、十二月――、中旬《なかば》だったよ大学受験の下見に初めて上京した。あの時だ。桜田門から半蔵門へとお濠端《ほりばた》のそぞろ歩きに皇居を眺めていたんだけど、遠く見える皇居の土手のその上の、木立木立《こだちこだち》のその下に、雛形《ひながた》みたいな石垣見つけてぼおっとした。赤茶けて、いかにも古くてだけど小さく隠れるようにさりげなくてだからかえってそこだけ裸に見えてね、ああ江戸城、って思ったよ。皇居以前が確かにある。ところがね、面白いんだああと思うそのああに、初めて天皇《みかど》を実感した。未来を含めた歴史がみんな身内に思えてわくわくした。あの時か、あの時に、そんなことが。）

（そうよあの時、あの時から、あなたはずっとお水を注いで下さった。）

水の心を聞く女。自分の声など邪魔である。だからあの時きっぱり捨てた。夏の朝の水と聞こえる男の恋を憧憬《あこがれ》を、すくすく飲んで定子はきらめきああその男《ひと》はこんなにと、朝な朝な目覚めも楽しく育ちゆく。十九《じゅうく》をめざして熟してゆく。

根の国伝えの稲妻語りにすべてを受け継ぎからだいっぱい賢く育つ富士の女に学校邪魔。商社を辞《や》めた傷痍《しょうい》軍人日野はそれを貴《とうと》んで、定子の学校斬《さ》って捨て、日野が石垣日野が濠《ほり》、学校勿論《もちろん》学校がらみの役所の毒牙を防ぎつつ、定子の繭《まゆ》の家《いえ》を守る。かつて日野が富士のために地名《とちな》もめでたく心づくしに選んで買った家である。貧しい画家《えかき》が住んでいたと聞き及ぶ。雪月花を好んで描《えが》いてモデルは妻であったとか。仲良く老いて次々亡《な》くなり売りに出たと話がもう、なつかしく、古いことは古いけれども背筋を伸ばして襟元《えりもと》正して端坐の気品よたたずまい、色も形も味わいも、さぞや夫婦《めおと》の立居振舞《たちいふるまい》美しかったに違いないと日野はひとめで惚れ込んで、解体話もあったというが商社の高級将校日野は手を尽くし、これを阻止して購《あがな》った。月日はめぐりて日野は傷痍《しょうい》軍人で、今や家は定子の繭《まゆ》、これでいい。富士見の家が定子を見る。富士見の家を定子が見る。

炎の血潮の富士の女が水の心を聞きながら、書を読み絵を描《か》き文《ふみ》を綴《つづ》って繭《まゆ》の中の雪月花、やりくり算段てきぱきと、掃除《そうじ》洗濯炊事裁縫それにそれに何もかもが立居振《たちいふる》舞《まい》美しく、繭《まゆ》の家は声なき声のほおっと灯《とも》る雪洞《ぼんぼり》めく。されどまた、隠《こも》りのみ、居《お》ればいぶせみ暇《ひま》を見ては海ゆき山ゆき野ゆきに定子は依子を連れて走る泳ぐ歌を踊る元気に疲れて親子三人くつろげば、定子の手料理お弁当は色が形が配置《たたずまい》が味わいが、定子の優しい声である。なんだかお祭みたいだね、と依子が定子の声で言っておちゃめにはしゃげば笑う父がたまらず見上げる空はきらめく涙の海。定子はしっとりほほえんだ。

（燃えながら、龍さん抱いて泳ぐのね。）

（今年の梅雨《つゆ》はいつもと違う梅雨《つゆ》だった。あの定子が、ちょっと変《おか》しくなったのよ。日野や依子のいる前で、ぼおっとしてたりするんだもの。あの夜《よる》から——って依子には、思いあたる定子の姿があるのね。

ある真夜中、こんがらがった夢から覚めると隣の寝床に定子がいない。跡《あと》のきれいな寝床の様子が寝覚めの依子に底冷えみたいな寂しさで、胸が騒いで跳《は》ね起きたけどかえって音を忍んで立って素足で階段ひたひた降りる。やっぱりすぐに見つかった。雨戸も何も開《あ》け放った縁側に、定子がしっとり横坐《よこずわ》り。十五の頃までパジャマだった定子だけど浴衣《ゆかた》好みになってってね、その夜《よ》は梅雨寒《つゆざむ》自分で編んだ前留《まえどめ》上着の前を留めずに羽織《はお》ってた。どこからともなく漏れ来る幽《かす》かな町の灯《あかり》はあまねくしらしら足の裏がつつましやかに見えて清潔、ちょっとくねった後姿の美しさ。背中よね。うっとりする。だけど、だから、妬《や》けもする。いつもと違って依子に気づいてくれないの。さやさやしとしと雨の音？　そちこちうなずく葉末《はずえ》の玉水落ちて小岩の黒光り？　古池や、雨の紋はたえまないけど小町の雨でしとやかだから水面《みなも》が薄く硬く見えてどこかの舗道の水たまり？　葉叢《はむら》の奥の灯籠影はどこかの舗道の雨の紋を見つめてたたずむ誰かなの？　定子のお庭が雨の筆の文《ふみ》を解いて遠い誰かの消息纏《まと》っていつもと違うどこかになって依子にちっとも気づかない。だってそこに依子はいない。どこにもいない。そうでしょ？　その人いよいよ来るのね。燃えながら、抱いて泳げばいやでも声が出ちゃうわよ。）

（快感介して滅亡なんてどうでしょう。）

(依ちゃんここにさっきまで、いたって。舟橋さん、あなたの隣のこの席に、いたって。)

(姉さんから、生れたい。)

渡された、手書きの地図の名刺よりもそれを持つ手の手首にぬくもる恋紫、ゆかりの色の糸にひとすじ縁《えにし》の黒髪ひそめ編まれた呪具《まじないもの》と聞かされては、しかも外套《コート》のポケット内《うち》にそれと揃《そろ》いのお届けものが二箱《ふたはこ》忍んでいると来ては道に迷うはずもない、と戯心《たわむれごころ》に地図を重ねてあゆみが出会う目印どれも恙《つつが》なく、あっけないほどあっさり最後の角を曲がって龍一は、ぼおっとした。

(ずっと前から知ってたような気がするよ。ここに来る、ずっと前から。)

(知ってたね。)

会社あれこれまた病院や学校や、大小様々建物《ビル》が多くて蜥蜴《とかげ》の群《むれ》の甲羅《こうら》干しと見える坂町この町の、こんな所にそれがこうしてこんなに静かにさりげなく、ずっと前からここにあって今だとは――立退話《たちのきばなし》の現実《いま》を逃《のが》れて遊んでみるなら蜥蜴《とかげ》の中にも義士がいて、いつしか日野の戦《いくさ》に魂ゆさぶられ、ひそかに仕《つか》えてここは蜥蜴不入《とかげふにゅう》の地なり禁足地なりと背を立て向け合い三方隠しの衝立《ついたて》作って垣内《かきうち》に、三軒ばかり残った民家をそ知らぬふりしてひたすら守っているような、よくぞと思うこの一角、広くはないが坂の恵みか明るくしかも奥ゆきありげに思いがけない杜《もり》と顕現《みあれ》しそこだけ今は昔である。板塀が、小粋な門が格子戸が、見越しの葉陰《はかげ》は待つわ松葉の葉隠れがちよ二階の窓が、その家は。

真中《まんなか》の、その家は、どこかで……

あの夢だ。梅雨《つゆ》のあの夜《よ》のうたた寝の、あの夢の中だ映画館の看板絵！　白鳥座。絶賛上映中――

（――朧《おぼろ》月夜の火事である。金閣かと思ったが、さにあらずで板塀の両手を伸ばして胸が格子戸の門を持つ、屋敷と言うよりお家《うち》と呼びたい古風な木造《きづくり》の二階家が、すさまじい炎につつまれ炎を噴きあげそれ故かえって二階側斜《ななめ》の双《ふた》つの窓が濃紫《こいむらさき》のひとみのように不気味である。されど美しい図柄なのは炎が太い幹を成し、暈《かさ》を描いた朧《おぼろ》の月が乳房《ちぶさ》めいた気配《こ》を含む高空《たかぞら》を、憚《はばか》るようにその下に、大きく枝葉《えだは》の雲を広げ、透《すかし》さかんに散らす火の粉の風情が桜吹雪《はなふぶき》、しかも見よ、まるで炎がみずからたくんだ透絵《え》の趣に、幹の芯《しん》にほんのりと、白装束の女人の気高い立姿《たちすがた》。どんな映画だ題名が、ちょっと奇矯の風体なり。云わく『先天閣炎上』――）

引手《ひきて》がしっとり濡れていた。指は湯浴《ゆあみ》の清香《さやか》に明るみ引くともなしにおのずと、格子戸は、かろやかに、うたってくれた。姉さん――、おみえになったわよ。

門をくぐる。閉める戸歌《とうた》はひめやかに、龍さん――、二階の窓。

気配、まなざし、あッと龍一立ちすくむ。月みちて、花さいて、二階の窓に雪女！

正面《みよし》の玄関まではすぐだけれども左にわずかに小道を遊ばせ側面斜《ふなべりななめ》にゆかしく見える二階の窓は向かって右のが奥になる。そこだった。窓の縁《えん》に腰かけて、肱《ひじ》を手すりに白のブラウス紺のスカートこちらをじっと見おろして、あの顔《おもて》、あのお顔《かお》、眉根《まゆね》を苛《さいな》むせつない影。妹君《いもうとぎみ》より悩ましい。日野定子、十九歳。間違いない。ああと打たれて二十八歳舟橋龍一富士見の奇蹟《きせき》に炎《ほむら》立つ。女首の、露も涙もそこに確かに正夢《まさゆめ》だった。生きている、生身《なまみ》のひとよお姿よ。窓縁《こしかけえん》に腰かけて——

窓縁《こしかけえん》にちょいと斜《はす》にしかしゆったり豊かに腰かけ古い木肌の格子の手すりに左の肱《ひじ》を張って凜々《りり》しくもたせかけ、背筋は伸ばして女の反身《そりみ》はせり出す胸よ貴《とうと》い褥《しとね》よまるで肱《ひじ》が守護刀《まもりがたな》のようにも見え、月みちて、花さいて、雪女の肌は熱くてだから寒がりそれなのに、ブラウス一枚純白冬晴れスカート濃紺薄地らしく膝と膝のちょっと上に裾《すそ》が廂《ひさし》のいさよう波、白波の、模様は稲妻朝顔富士の雪冴え火口を綴《つづ》っているのかそして見よ、後髪《うしろがみ》に蝶《ちょう》の影、黒髪たばねて顔《おもて》をお顔《かお》をくっきり見せて後《うしろ》を治めるかたはし覗《のぞ》く蝶《ちょう》の色は恋紫、ひょっとして、横に投げた素肌の足はふくらみ細く撓《しな》り伸びてその足指をきゅっと縮めて畳をなじっていないだろうかそれほどに、腰から上がすっと正しく美しく、ましてその、じっと見つめるまなざしは、ずっと前から知っていた、初夏の夜風が若葉涼《すず》を鳴らして湯浴《ゆあみ》の清香《さやか》を奏《かな》でる涼しい愁いに潤《うるお》う夜空が大きな瞳、怒っていてもかなしく見える、嬉しい時もかなしく見える、気品がおのずと邪《よこしま》拒んで涼しくぬくもるそのまなざしは眉根《まゆね》の影に妹君《いもうとぎみ》の悲願を秘めて龍一を、つつみ込んで離さない。その顔《おもて》、そのお顔《かお》、誰のそれより微細《こまか》にすべてを知っているのに誰のそれよりあたらしい、龍一身籠《みごも》るその前の、十九《じゅうく》の姿が募《つの》る慕《おも》いを噛《か》みしめながら処女《おとめ》の聰《さと》い閃《ひらめ》きに、ほほを染めているのであろう蝶《ちょう》の色が眼に沁《し》みて、外套《コート》の袖に隠れた手首の恋紫が耳のほとりに明るんだ。あの声で、

ああ、あなたでしたの
毎朝お水をくださって……

十四

「依ちゃんあの眼をつぶったまま、ああ、なんていじらしい。定ちゃんの御懐妊を待ってたように逝《い》っちゃうなんて。あの夜《よる》から、ずっと眠ったまま、ほんとに一度も目覚めずに？」

「私《アタシ》の知る限り、一度もだ。三月《みつき》ずっと眠ってた。耳を寄せると健気《けなげ》に寝息しててさ、すやすやと、いくら聞いても聞き飽きやしなかった。ほほえんでる、そんな寝顔に見えてたよ。定子と龍さん大好きなふたりが夫婦になってくれて——言ってみりゃあ依

だった。」

「お医者様も首をかしげるばかりなり。依ちゃんらしいわねえ。死顔《しにがお》生きてるみたいとこかな。しかし解《げ》せねえよ、飲まず食わずでちっとも痩《や》せやしねえんだ。」ままだった。そう見えましたよ父親には。ふっふっふ。懐妊《おめでた》を、夢に祈る眠り姫って子が仲人《なこうど》みてえなもんだから。妙なことを言うようだが、ふたりを置いて粋《いき》に眠った

「龍さんの、悲しみようは静かだったが深かった。いとおしくってならねえって顔だった。定子は依子の遺体《なきがら》に、謝《あやま》り続けていたっけな。どっちの声と言うべきか。」

「定ちゃんに、声が戻って依ちゃんは、眠り姫。寝言《ねごと》も言わないで？　くっふっふ。定ちゃん懐妊《おめでた》依ちゃんが……、なんだかじいんと来ちゃうわねえ。」

「むこうの仕度《したく》——、受け入れ準備はいいんだな。」

「くどいわねえ、万端整ってる。白鳥みたいに首を長くしてるわよ。満開桜の満月の夜《よる》にって、おふたりさんの希望《おもい》を伝えたら、みんな黙って納得顔。くっふっふ。家臣団はあれでいいのね少数精鋭ってとこだけど。」

「くどいなあ、あれでいい。さすがはお前さんの人選だ。感心してる。しかもちゃあんとあの晩ああしてさりげなくも顔合わせをやっとくなんざ憎いねえ。龍さんすっかりお気に召したようだった。」

「お故郷《くに》の御両親にはなんて？」

「そこなんだ。当分帰って来れねえし、どうかすりゃあ親孝行、したい時に親はなしってことにだってなりかねねえわけだしさ、おそるおそるお伺《うかが》いを立ててみたんだが……」

「なんて？」

「妙なことを言うんだよ。例の人形首を送ります。それを見れば両親も、すべてを察してくれるでしょう――って、なんのこったかなあ。人形首。確かに龍さん何度か口にはしてんだが、（例の）ってのは心苦しい限りなんだな心あたりがねえんでさ。ちょいとつっこんでもみるんだが、龍さんニヤリとするだけだ。お前さん、心あたりはねえかな。」

「人形？　首？　――なんのことかしら。」

「やっぱりな。人形作りの趣味か何かそんなのは？」

「黒子《ほくろ》の数まで知ってるくせに。」

「知らねえよ！」

「こほほほほ――、色々やっては来ましたけど、人形作りはないわねえ。」

「そうだよな。浮世離れもいいけどさ、時々わけわかんねえ。」

「今更なに言ってんの。定ちゃんにしかわかんないってことなのよ。」

「違《ちげ》えねえ。」

「とにかく龍さんそれで納得してるのね？　それならいいじゃない。浮世離れ万歳よ。」

「なるほどな。もっともだ。それにしても今夜はそれこそ浮世離れの夜《よる》だぜ。月も朧《おぼろ》に桜が凄い！」

「さあそろそろ、行きましょう。頃合よ。」

○

幻か、深雪《みゆき》に積もる桜影《さくらかげ》、いのちなりけり花時《はなどき》まさにまっ盛りの崖《がけ》っぷちに踏んばる幻朧《おぼろ》の月が千々《ちぢ》に崩れて桜吹雪《はなふぶき》、あの木もこの木もじっとこらえて息をつめているような、

「昼間の桜は色だろ。夜桜は、気配だよ。漲《みなぎ》り満ちてきわどく妖しく美しく、疾走の予感だね。」

「モーツァルト？　龍さん好みのあの曲ね。着メロ、聞きます？」

「いやいいよ。耳について離れねえんだピアノがさ。」

「あら、もう、御近所さんが出てらっしゃる。」

夜目《よめ》の人影たたずむ女男《めお》の二組《ふたくみ》が、花見のように見上げているのは日野家の二階、

松葉隠れの窓からどうやら白い煙が糸遊《かげろう》じみたういういしい調《しらべ》を奏《かな》でてゆらめき立っているのである。

「龍さんめ、定子と一緒にモーツァルトやってやがる。」

「お腹《なか》の子は、依ちゃんかしら。」

「男の子でもいいいんだぜ？　お母さん。」

「サディスト！」

やがていかにも見知った仲の静かな会釈の間合《まあい》となり、

「若夫婦、いよいよですね。」

「遅くなりまして……」

御近所さんは両隣の老夫婦、遅参を詫《わ》びる主《あるじ》役のもう一組は照れているのか会釈が多い。

「お珍しい。日野さん松浦さん御一緒なんて。」

「特別な夜《よる》ですから。御迷惑はおかけしないで済むとは思うんですが、」

「日野さんあーたと松浦さんがお供《とも》をするっておっしゃるなら、無理を言っても御一緒させていただく気概でいたんです。三軒一緒がいいですよ。」

「それはひらに……」

「わかってますのよ最初から、若い人におまかせするに限るって。」

「そうよそうですそうですとも。こほほほほ。こちらはこちらで元気いっぱいやんなくちゃ。」

「これが一番はしゃいでます。どうかすると踊り出したりしますから、その時ゃ何分《なにぶん》よろしく。」

まっ盛り、吹雪《ふぶき》を危ぶむ朧《おぼろ》月夜の花時《はなどき》に、ことことささめく笑い声、三組六名雪見月見花見に火見《ひみ》の宴《うたげ》はひそかに扇を開く。若夫婦、龍一定子のたっての勧めで酒や肴《さかな》も供されたようである。

「そりゃあーた、落ちぶれ果てても武士ですよ。狩猟民の流れも含んで元来耕《たがや》す民だった。独立自尊の武装農民それが武士の実相だった。泰平を、保つために田畑《でんばた》から引き離されて士農工商支配階級搾取階級その負《お》い目、強烈なうしろめたさがあの恐ろしいほど禁欲的な道徳倫理を確立させたに違いない。支柱は決して観念的なイデオロギーなんぞでなく、武道でした。人殺しの武術ではなく自己を律する身心一如《しんじんいちにょ》の原点回帰を常に促《うなが》す武道でした。この国ほど、多種多様な武道が発達洗練された国はない。天下泰平それほど長く続いた国だということです。」

「あッ、火よ。炎が出た。」

「さあ見ましょう。雪見月見花見です。火見《ひみ》ですよ。」

「まあ美《きれ》い。紅《くれない》ね。紅蓮《ぐれん》の炎。」

「鳳凰《ほうおう》か。」

「いや龍でしょう。火と水の、龍ですよ。」

まるで鱗《うろこ》がありそうな、艶《つや》めく火の肌ぬめりぬめりと窓枠《まどわく》なめずり喘《あえ》ぎ這《は》い出し頭《かしら》が胴が膨《ふく》らみ噴き上げ猛《たけ》り立つ。狂おしく、立ってあがいて身を引きちぎって昇龍《のぼりりゅう》、飛んで春の夜気《やき》もとどろに割れて砕けて裂けて散る。立っては切れ、飛んでは死に、死屍《しし》もとどめず立って立って窓枠《まどわく》やがて黒く赤く溶け果てて、頭《かしら》はめぐる二階がすべて炎になる。

「二階蟠踞《ばんきょ》、邪気を祓《はら》う睥睨《にらみ》の形でしょうかね。」

「富士のようにも見えますよ。まさに赤富士。」

「ほらほら二階が切り離される。空飛ぶお舟になるんでしょ。」

「噴火でしょ。」

「世直し龍、富士と飛ぶ。」

「一階が、せつないですね。」

「本望です。一階限りの母なる台座《うてな》、一回限りの母港です。」

「永遠の、一回ね。」

「ああ、飛ぶ。舟が、出る。」

パチパチと、爆《は》ぜる木の音《ね》の拍手《かしわで》合図に火の龍舟《りゅうぶね》がゆっくり発《た》つ。宙に浮く。松葉が揺れる。霞《かすみ》の肌に朧《おぼろ》の月は暈《かさ》を描《えが》いて乳房《ちぶさ》のまなざしほのほのみ、台座《うてな》を離れた富士の火龍《ひりゅう》を鋭く縁《ふち》どり引き立てながらうしろの正面あまねく溶けてくぐもり渡る。やがて舟はお名残《なごり》惜しさを振り切るようにすうっと昇《のぼ》って景色を抜けて人目《ひとめ》いっぱい空にして、また停《と》まる。がもはや行手《ゆくて》を見据えている。ここから水平飛行であろうパッと炎が白く閃《ひらめ》き、

「銀色だ。眩《まぶ》しいな。白銀の、雪の輝き。」

「あら、見て、翼が生《は》えた。白鳥よ。」

「龍を抱いて泳いでゆくか。それとも頭《かしら》が龍なのか。いずれにせよ、朧《おぼろ》月夜に燃ゆる雪の白鳥舟とは豪勢な。」

「あとは花、桜の花の花びらが、無数に飛んでくれたなら。朧《おぼろ》月夜の桜吹雪《はなふぶき》、花の吹《ふ》雪《ぶき》の天の川が顕現《みあれ》してくれたなら……」

「そうなります。そろそろです。炎は風を呼びますから。しかもああして白く熟した神々しいお姿ですからね。坂の上の神社の桜が黙っちゃいませんちょいと遠いが千鳥ヶ淵の桜だって馳《は》せ参ず。

ほうらあれ、御覧あれ。おいでなすった桜吹雪《はなふぶき》！」

うしろの正面ひとつで無数無数でひとつとものの、あはれの風立ちぬ。歌声か、坂の上から空に投網《とあみ》を打ったように桜吹雪《はなふぶき》、一気に広がりゆったりたゆたいし

らしらしらに縮緬《ちりめん》走りのさざ波立つ。朧《おぼろ》月夜がささめきわななき薄紅《うすくれない》のかなしみが、颯《サッ》と胸を掠《かす》めてゆく。かろやかに、モーツァルトが疾走する。

「ああ花が、燃え出した！　燃えますよ、炎に向かってああして殺到するんだもの。初めて見ます燃える桜の桜吹雪《はなふぶき》、美しい！」

花びらの、広がり渡った網が激しい流れを作って舟に寄る寄る端《はし》からチリチリ燃え出した。火のこの吹雪《ふぶき》、舞い上がってせつなく消えて空に溶けてしかし更に続々と、

「渦《うず》を巻くのね飛び跳《は》ねては、また戻る。」

水平飛行の舟は既にするする滑り出していた。

「追いすがる。舟のお尻に追いすがる。追いすがって燃えて死んでしまうのに。」

「本望です。続々来ます。あとからあとからたまゆらの、露も涙もとどまらず、白く追って真紅《まっか》に燃えて死んで生きて天の川、龍の紋の白鳥舟が海に川の帯を織る。龍の姿の川がうねる。」

「川が激しく華やかだからでしょうかね、海がなんだか紫色に見えて来た。朧《おぼろ》月夜が高貴に深くなって来た。」

「朝顔です。」

「朝顔ですか。」

「恋紫。龍さんの……」

「ごめんなさい。話せば長くなるんです。龍さんと、定ちゃんの、依ちゃんの……」

「追々《おいおい》お聞かせ下さいまし。むかし男ありけりと。」

「聞いたか龍さん、これじゃあ退《ひ》くにひけねえなあ。」

「定ちゃんしっかり。これまでも、これからも、すべては女のあなた次第。」

首肯《うべな》うようにするするゆくよ龍の紋の白鳥舟は、燃ゆる花の吹雪《ふぶき》の川を龍体龍尾とうねらせながら朧《おぼろ》月夜を恋紫に富士へ富士へ遠ざかる。裏に生きてるヒノモトビトの母が国へ君が世へ、日の丸へ、もののあはれのその国へ、根の国へ。見送りの、六人衆にも御裾分《おすそわけ》か空からようやく散花《ちるか》ちらほらお伴《とも》の叶《かな》わぬ静かなあきらめ奏《かな》で降る。肩に胸に仮名《かな》で振る。むかしおとこありけりと。うしろのしょうめんだあーれ。ほのかに言問《こと》う湯浴《ゆあみ》の清香《さやか》は両の掌《たなごころ》を器にして、夏の朝の水を受ける。唇寄せてことこと飲む。おとこもそこにくちびるよせてことことのむ。

「どこかでモーツァルト鳴らしてる?」

「まさかね。炎の音だ。花びらの、歌声さ。」

「いざとなったらきっと戻って来て下さる。」

「そうですね、よきにつけあしきにつけ、いよいよ我慢ならなくなったら戻って来ますよ一族郎党ひきつれて。」

「どのような、お姿で。」

「傍点双《ふた》つ、うっふっふっ、もののあはれを言祝《ことほ》ぎ華やぐ歌舞音曲の芸人連《わざおぎ》がいいですか？　それともなんなら恐ろしい軍勢でも。すべてはこちらの心がけ、こちらの世の有様次第と龍さんの、思召《おぼしめし》。」

「軍勢ですか。」

「軍勢です。火山列島地震列島台風通りの恵み豊かなこの美しい列島に、賢く貴く鍛《とうと》えられた軍勢です。最強無敵の専守防衛軍には違いないとは思うんですけども――、おそらく憤怒《ふんぬ》の形相です。」

「ほほえみの、芸人連《わざおぎ》をお迎えできる懐《ふところ》深い粋《いき》な世の中にしなくちゃね。」

「そのとおり。」

「そのとおり。」

「そのとおり――なんですが、ほんとは皆さん見たいんじゃないですか？　むしろその、恐ろしい軍勢を。」

「うっふっふ。」

「燃ゆる火の、日を知る聖《ひじり》の狼《おおかみ》達かも知れません。」

サイレンが、鳴り出した。夜空に赤い鏑矢《かぶらや》か。

「消防車、頃合ですね。」

「画龍点睛ってとこですか。」

「子供が元気に泣いてるみたい。」
「おおかみのようでもある。」
「たまゆらの、露も涙もとどまらず……」

一人の子供が泣き出して、つられて一人、また一人、次々伝染出所《でどころ》同じと勿論《もちろん》知るも各地に潜《ひそ》む隠れ狼《おおかみ》いっせい蜂起の錦声《にしきごえ》かと聞き耳ときめく輪唱が、時に乱れ時に重なりやがて大山やがて大波どッと崩れて息を継いでまた輪唱、山波うねってまた大波がやがて赤富士やがて波裏雪子《ゆきんこ》富士がちらと見え、山より高く波より低く先頭飛《とぶ》舟《ふね》白鳥羽ばたき花の吹雪《ふぶき》の龍が泳ぐ朧《おぼろ》月夜は恋紫、子供達よ狼《おおかみ》達よ邂逅《めぐりあい》の富士は瞳を輝かせ、湯浴《ゆあみ》の清香《さやか》をああとせつなく口ずさむ。

ああ、あなたでしたの

（了）

解　説

東　雅　夫（アンソロジスト／文芸評論家）

平成が令和に改まった二〇一九年の春先から晩秋にかけて――私は『平成怪奇小説傑作集』（創元推理文庫）という三巻本のアンソロジー編纂に忙殺されていた。

三十年余にわたる平成時代に日本で生み出された怪奇短篇の中から、極めつきの名作を編年式で精選収録しようという大がかりな企画である。いわゆる純文学からエンターテインメントまで幅広い分野の作家作品を対象とするため、収録作の取捨選択には大いに悩まされた（まあ、アンソロジストにとっては、呻吟しつつも嬉しい苦悩《なやみ》ではあるのだが）。

その際、更めて痛感させられたのが、文芸作品における「文体」の重要性である。泉鏡花に始まり、石川淳や三島由紀夫、江戸川乱歩や夢野久作、日影丈吉や椿實ら全十六作家の幻想譚を収める稀代の名アンソロジー『暗黒のメルヘン』（一九七一年）の編集後記で、編者である澁澤龍彥は、次のように記していた。

私はもともとスタイル偏重主義者で、いわゆる作者の体質から自然ににじみ出てくるような、無自覚な、自然発生的な、なまくらな文体は大嫌いなのである。とくに幻想的な物語のリアリティーを保証するのは、極度に人工的なスタイル以外にはないとさえ考えている。スタイルさえ面白ければ、その他の欠点は大目に見てもよいのである。

わが『平成怪奇小説傑作集』においても、作品セレクトの最終的な決め手となったのはやはり「文体」であり、結果的に平成を代表する第一級のスタイリストたちを結集することができたのではないかと、いささか自負している次第。

さて、そんな折もおり、今までおつきあいのなかった版元の編集者から、寄稿オファーのメールを頂戴した。すなわち本書『たまゆら』（文芸社）の解説依頼である。文芸社は自費出版の分野で実績のある版元だが、今回は数ある自費出版物の中から好い作品をピックアップし、商業出版物として文庫化する試みの一環なのだという。

遺憾ながら、二〇一六年十月に単行本として刊行された本書のことも、著者の岡田正成氏のことも、私は存じ上げなかったのだが、依頼メールの次の一節を目にして俄然、興味を掻きたてられた。

著者は泉鏡花のファンで、三島由紀夫以降の本は読んだことがないという文学好きであり、そのせいか文体がやや難解で一般受けは難しいかもしれない作品です。ただ、一文一文が美しくあるように書かれており、美しいものへの尊敬が感じられる作品です。

鏡花ファン、三島以降の現代文学に無関心、美しいものへの尊敬の念！　その意気や、大いによし！　また「一般受けは難しいかも」と自覚しつつ、あえて文庫化に挑もうとする担当編集者の心意気も、嬉しいではないの！　とにもかくにも、現物を拝読したうえで諾否をお返事しようと、ゲラを送っていただくことにした。

程なく到着した『たまゆら』は、こちらの予想を軽々と凌駕する、いやはや、とんでもない代物であった。いろいろな意味で。

まずは、いかなるストーリーなのか、そのあらましを紹介しておこう。あえて大団円の間際まで（そうしないと、途中で挫折する読者もありそうなので……予見を交えず物語を愉しみたい向きは、以下の一節は飛ばしてお読みを）。

盆の迎え火よろしく、富士の高嶺の上空に顕現した怪異。青と赤の双《ふた》つ星《ぼし》が、ウルトラマンとベムラーさながら〈作中の譬喩である〉列島上空を過ぎって消えた。それに先立つ梅雨時、主人公の二十八歳フリーター舟橋龍一は雨の夜道で、凄艶な女の生首と見紛う首人形と遭遇、これを抱えて自宅に持ち帰っていた。首の主たる謎の女〈根の国女王〉に誘われるかのように、龍一は古書の街・神田神保町にある編集事務所へ採用面接におもむき、人品卑しからぬ江戸弁の白髪紳士・日野社長、〈すごい眼をした〉美少女・依子の父娘と、運命的な邂逅を果たす。龍一が勤務するのと時を同じくして、神保町界隈で定期的に発生する怪しい火事騒ぎ。日野の前妻だという妖艶な美女・松浦は、なにやら裏の事情に通じているらしく……謎が謎呼び窮まるとき、その名も〈富士見〉の地に立ち昇る紅蓮の炎が、異界への扉を開け放つ!

こうしてその概要を記しただけでも、〈人形〉〈妖女〉〈母なるもの〉〈火炎〉〈異界〉等々、鏡花魔界に通ずる魅惑的なモチーフの数々を認めることができようが、それにもまして瞠目すべきは、その異形とも称すべき文体だろう。一例を引くと——。

黒く濡れ、しらら千々《ちぢ》らに砂子と輝く銀河をまぶした舗道の肌に水溜《にわたずみ》、せつないものが流れる胸、そのそこの、底の深山《みやま》の湖の、水面《みなも》がそちこちまるく浮かんで雨の紋があやおり乱れる触れ心地、にじり心地、胸騒ぎ。一息《ひといき》一生無数に息づく一度っきりの無数の胸が、ほ、ほ、ほ、ほ、はかないほの字の穂に出《い》でて、ほと言う無数の唇に、なったと思うと雨が黒髪黒髪が雨になり、雨に傾《かし》いだ傘天原《かさまがはら》の乳首状《なり》の露先に、あめの露は女の露ぞおどろに垂れて息せききってしたッ、したッ、ものを言う。

「眼があきます。幕をあげて。ここですよ！」（第一部「生首」より）

その大胆不敵な措辞といい、文章の呼吸といい、これはまさしく鏡花流――さすがに免許皆伝とはいかぬまでも、古今に比類なき天才鏡花の文体を範として、しかも一巻の長篇作品の形で、ここまで果敢に矯激に追求してみせた先例を、私は寡聞にして知らないのである（短篇ならば、皆川博子や山尾悠子、諏訪哲史あたりに先例を認めうるものの、いずれにせよ誰もが容易に為しえる業《わざ》ではない）。

鏡花ファンのみならず、幻想文学マニア全般、とりわけ小説の文体《スタイル》、語り口というものに関心を抱く向きには、ぜひとも一読をお勧めしたい、嬉しいばかりの怪作にして快作である。そう、日本語とは、こんなにも自由で、愉快で、懐の深い言葉なのだ。

二〇二〇年一月　　鏡花生誕地に程近き、金沢の寓居にて

本書は、二〇一六年十月、弊社より刊行された単行本に加筆・修正し、文庫化したものです。

本作品はフィクションであり、実在の人物・団体などとは一切関係ありません。

文芸社文庫

たまゆら

二〇二〇年四月十五日　初版第一刷発行

著　者　岡田正成
発行者　瓜谷綱延
発行所　株式会社　文芸社
〒一六〇－〇〇二二
東京都新宿区新宿一－一〇－一
電話　〇三－五三六九－三〇六〇（代表）
〇三－五三六九－二二九九（販売）

印刷所　図書印刷株式会社
装幀者　三村淳

ISBN978-4-286-21270-8